KB057673

L'immensità

눈물 속에 핀 꽃

장 은 아 장편소설

L'immensità

눈물 속에 핀 꽃

장 은 아 장편소설

문이당

작가의 말

　내가 다섯 살쯤 되었을 무렵 잠이 덜 깬 상태로 부스스 일어나 앉으면 할머니가 말없이 나에게 눈을 맞추며 빙그레 웃어주었다. 그러다가 할머니는 능청스럽게 손으로 할머니의 뒤통수를 툭 쳤고, 그 순간 할머니의 입에서 혓바닥이 쑥 튀어나왔다. 놀라서 눈이 번쩍 떠진 내 앞에서 할머니의 능청은 계속되었다. 한쪽 귀를 쭉 잡아당기자 혓바닥은 마치 딸려가듯 잡아당기는 쪽으로 움직였다. 할머니가 이쪽저쪽 귀를 잡아당기는 대로 방향을 틀다가 할머니가 이마를 툭 치니 혓바닥은 입 속으로 쑥 들어가 버렸다. 넋이 빠져서 할머니의 소리 없는 공연을 보는 동안 잠은 어느새 저만치 달아나 버리고 정신이 맑아졌다. 할머니는 그런 나를 보며 켈켈 가래 끓는 소리를 내며 웃었다. 내게는 정겨운 할머니의 모래가 섞인 바람 같은 웃음소리. 어쩌면 이 글은 지워지지 않는 내 할머니의 기억에서 시작됐다.

내가 중학생쯤 되었을 때 할머니와 마주 앉아 할머니의 여러 자식들 이야기를 한 적이 있었다. 할머니는 빙그레 웃으며 얘기하다가 갑자기 말을 뚝 멈추더니 잠시 후 바람 같은 목소리로 말했다. "중간에 하나 더 있었어. 어려서 바로 죽었지." 할머니는 오래전에, 아주 어릴 적에 죽었다던 그 어린 딸의 이름을 마치 바로 엊그제까지 불러왔던 이름처럼 친숙하고 담담하게 불렀다. 내가 알지 못했던 죽은 이모 얘기에 눈이 동그래진 내 머리를 쓰다듬으며 할머니는 또 웃었다. 죽은 자식을 이야기 하며 웃는 마음은 어떤 마음일까. 무엇이 할머니를 웃게 했을까. 별 일 아닌 일에도 활짝 웃는 할머니를 보며 '그때는 때 묻지 않은 순수한 시절이라 그랬나보다'라고 철없는 생각을 했다. 그런데 가만히 되짚어보니 그때는 한국전쟁의 악몽에서 벗어난 지 채 이십 년이 안 된 때였다. 조선에 태어나서 일제 강점기를 보내며 어른이 되었고 해방 후 혼란기를 겪다가 아비규환의 전쟁을 겪은 분들이었다. 일제를 겪고, 해방을 맞고, 전쟁의 소용돌이 속에서 사랑하는 가족과 이웃을 잃은 그들이 그 고통과 슬픔의 시간을 잊었을 리 만무한 그때에 그분들은 웃었다. 웃을 수 있는 힘은 어디에서 나온 것일까.

강물처럼 흐르는 깊은 슬픔을 온몸으로 겪어낸 사람들은 그 영혼이 깊고 맑아진다는 것, 그 슬픔의 시간에도 그들에게는 붙잡을 수 있는 희망의 끈이 있었다는 것, 그것이 그분들을 웃을 수 있게 한 힘이었다는 것을 알게 되었다. 그리고 어쩌면 그렇게 살아낸 그들의 소소한 이야기들이 진정한 역사가 아닐까 하는 생각이 들었다.

　강물처럼 도도히 흐르는 역사의 물살을 견뎌낸 자들 중에는 친일파도 있었고, 항일투쟁가도 있었고 또 일부는 시류에 휩쓸려 본의 아니게 친일파로 지목된 사람과, 얼떨결에 항일을 도운 사람들도 있었다. 해방 이후에는 좌익과 우익으로, 전쟁을 겪으면서는 피를 나눈 형제끼리 서로 총을 겨누며 남과 북으로 갈라졌다. 애초부터 사상이나 이념이 무엇인지조차 모르는 사람들이 어쩌다 보니 좌익이었고 어쩌다 보니 우익이었다. 그런 들풀 같은 소시민의 이야기를 더듬으며, 그들 스스로도 모르는 역사적 정체성에 의미를 두지는 않았다. 다만 내 할머니를 포함한 그 시절을 보낸 모든 어머니들의 이야기를 쓰고 싶었다.

이 소설의 주인공은 멀리 있는 타인이 아니라 바로 내 가족이며 내 이웃이다. 그래서 나는 주인공 이름으로 내 할머니의 실명을 썼다. 당연히 주인공 남편의 이름은 내 할아버지의 실명이다(물론 소설 내용은 모두 허구이지만). 그래서일까, 쓰는 내내 그들은 내 가족이었고 그들이 살면서 웃고 울고 슬프고 행복했던 순간들이 나의 이야기가 되었다. 그 시절을 살아보지 않았기에 자료를 모으는 데 오랜 시간이 걸렸다. 생업이 따로 있어 글 쓰는 데 전력을 다 할 수 없었기에 또 오랜 시간이 걸렸다. 그래도 틈틈이 짬을 내어 쓰는 동안 행복했다. 소설 속 인물들과 보폭을 맞추어 천천히 함께 걸으며 그들을 관찰했다. 내가 의도했던 것은 아니었지만 소설 속 인물들은 내 손에서 벗어나 그들의 생각대로 움직이고, 말을 하고, 그들의 방식으로 삶을 살았다. 그들이 살아내는 삶을 보면서 나는 많은 것을 배울 수 있었다. 사람은 누구나 존중받고 사랑받는 존재라는 것, 진실한 삶을 살면서 손해 보는 일은 없다는 것, 내가 사랑하는 사람에게는 가장 귀한 것도 기꺼이 내어줄 수 있다는 것, 그래서 목숨도 아깝지 않다는 것을, 주인공 봉임이 내게 가르쳐주었다. 그건 결코 내가 미리 정해 놓았던 것이 아니었다.

봉임이 내게 가르쳐준 것들이, 이 소설을 읽는 독자와 우리의 후세들에게도 전해지길 바란다. 모진 세월을 견디고 기어이 꽃잎을 피워낸 들꽃 같은 봉임의 한 생을 통해, 어떤 순간에도 우리가 놓치지 말아야 할 진리와 희망은 있다는 것을……

내 이야기가 책으로 만들어지는 걸 보지 못하고 떠나신 나의 어머니와, 그 시절, 질곡의 세월을 견뎌낸 모든 어머니께 이 소설을 바친다.

2020년 5월
뉴저지에서
장 은 아

눈물 속에 핀 꽃

차례

민며느리 봉임

봉임은 열네 살 먹어서 오 부자 영감네 민며느리로 들어왔다. 그 집 땅을 밟지 않고는 성환 일대를 다닐 수 없다는 말이 돌 만큼 오 영감네는 땅 부자다. 선대 때부터 착실히 사들인 땅이 꽤 되어 성환 뿐 아니라 남산골과 근방 다른 지역에도 소작농을 두고 있다. 만석 꾼은 못돼도 천석꾼은 되지 않겠냐고 사람들은 수군댔다. 오 부자네 서 직접 부리는 머슴들만 해도 여럿이고, 성환리에 사는 사람은 아 무라도 드난꾼으로 집안일을 거들기 때문에 집안은 언제나 붐볐다. 살림이 크다 보니 봉임 역시 잠시 엉덩이 붙일 시간 없이 하루가 바 빴다. 일이야 시집오기 전 친정에서도 늘 해온 거지만, 그래 봤자 찢 어지게 가난한 농사꾼 집에서 하는 일이란 뻔했다. 봉임이 시집와 처음 마주한 오 부자네 집안일은 혼이 쏙 빠져나갈 만큼 분주했다.

"그 집선 배는 안 곯을 겨. 요즘처럼 어려운 때에 그게 어디 여……."

먼 데 눈을 두고 혼잣말 하듯이 나직이 말하던 할매 말대로 배는 곯지 않았지만 시집와서 이때껏 제대로 엉덩이 붙이고 앉아 한가로이 끼니를 먹어본 일이 없다. 때가 되면 밥을 해서 집안 어른들과 머슴들과 드난꾼들부터 챙겨야 했다. 제대로 못 먹고 자라서 그런지 또래보다 몸이 왜소하고 강파른 봉임은 들일하는 일꾼들에게 새참을 나르는 일도 여간 힘에 부치는 게 아니다. 그러고 나서야 겨우 밥한 숟갈 먹을 짬이 났다. 그것도 박 서방 댁과 함께 부뚜막 끝에 앉아 바가지에 어른들이 물린 밥상에서 남은 밥과 반찬 몇 가지를 부어 넣고 고추장에 비벼 허겁지겁 떠먹거나 찬밥을 바가지에 쏟아놓고 물에 말아 김치 한 쪽 찢어 얹어 먹는 게 고작이다. 그마저도 틈봐서 눈치껏 챙겨 먹어야 겨우 끼니를 거르지 않을 수 있다. 늘 분주한 중에 짬 내서 먹는 밥이라 밥숟갈이 코로 들어가는지 입으로 들어가는지 알 수 없지만 곯지 않는 것만으로도 호강인 시절이었다.

"네 밥은 네가 알아서 눈치껏 챙겨 먹어야 혀, 누가 줄 때 기다렸다간 배곯아 죽는다."

처음 시집에 왔을 때 박 서방 댁이 봉임을 따로 끌어다 귓속말을 했다. 오 영감네서 마름 살고 있던 박 서방은 죽은 봉임 어매의 재종 오라비다. 박 서방 내외는 봉임에게 각별했다. 땅에 붙은 듯 키가 작고 어린 봉임이 민며느리라고 짧은 다리로 종종거리는 게 안쓰러워서였다. 봉임 역시 설운 시집살이에 박 서방 내외 같은 일가붙이라도 있는 게 든든한 의지가 되었다. 저녁 먹은 설거지까지 다 마치고 나면 박 서방 댁은 빨래를 걷어와 안방에 부려놓았다. 시어머니 강씨와 박 서방 댁과 봉임은 호롱불 아래 모여 앉아 마른 빨래를 개고,

터지거나 해진 옷가지를 찾아 바느질을 했다. 빨래는 시집식구들 옷보다 머슴들 옷이 더 많다. 궂은일 하는 일꾼들이라 옷을 꿰매 놓으면 다시 겨드랑이등이 터져 되돌아오고 팔꿈치며 소매 끝에 천을 덧대어 기워 놓으면 또 해져 되돌아오기 일쑤였다.

"밤쇠 이놈은 뭘 하느라고 허구헌날 가랑이가 터져오는 거여? 아예 바지 밑구녕을 뻥 뚫어줄까 부다."

박 서방 댁은 또 쭉 찢어진 밤쇠의 바짓가랑이를 흔들며 구시렁거렸다. 날마다 끝도 없이 같은 일이 반복되니 어제인지 오늘인지 날짜 가는 것도 헷갈렸다. 흔들리는 불빛 아래라 눈이 아른거리고, 종일 고된 일 한 끝이라 몸뚱이는 천근이지만 그보다 더 견디기 어려운 것은 시어머니 강 씨의 냉랭함이다. 강 씨는 봉임이 하는 바느질 땀을 확인하느라 한 번씩 무심한 눈길로 건너다 볼 뿐, 긴 시간 함께 있어도 말 한마디 건네는 법이 없다. 강 씨가 워낙 뚝뚝한 성격에 말수가 적은 사람이기도 하지만 그보다는 봉임이 강 씨 성에 차지 않는 이유가 컸다. 같은 부엌에서 법석 떨며 일 하느라 시어머니 며느리가 서로 궁둥이 부딪히는 일도 다반사고, 앞서거니 뒤서거니 새참 이어 나르고, 밤늦게까지 마주 앉아 바느질한 지가 벌써 석 삼 년인데 강 씨는 봉임에게 여전히 낯설고 서먹한 존재다. 어쩌다 눈이 마주쳐도 그 표정 없는 얼굴의 냉랭함이란 가히 한겨울 얼음장 같다. 밤이 깊어갈수록 방 안에 모여 앉은 세 사람의 색색거리는 숨소리와 사르륵사르륵 옷감을 뚫고 지나가는 실 소리만 들리는 숨 막히는 밤 풍경이다. 차라리 담장 밑 풀숲에서 마음껏 울어대는 벌레가 부러울 지경이었다. 바느질이 서툰 봉임은 긴 시간 눈을 내리깔고 바느질하려면 눈꺼풀이 천근만근 내려앉았다. 결국 졸음을 참지 못해 꺼떡 고개를 떨어뜨리면 말없이 그 꼴을 건너다보는 강 씨의 눈길이 싸늘했다. 그때마다 박 서방 댁은 공연히 너스레를 떨며 바느질 감 밑으로 발을 숨겨 뻗어서 봉임을 툭툭 건드려 깨웠다.

"에구, 시집이라고 왔어도 서방님 얼굴 한번 못 보구 밤늦도록 바느질이나 해야 하니, 니 팔자도 참 딱허다."

역시나 또 졸고 있는 봉임을 깨우며 박 서방 댁은 객쩍은 소리로 헤죽거렸다. 그런 박 서방 댁이 못마땅한 강 씨는 번듯, 싫은 눈치 한번 찔러주고 쯧쯧 혀를 찼다. 찔끔 무안해진 박 서방 댁은 짐짓 모르는 척 다시 고개를 짓수그리고 하던 바느질을 계속했다. 박 서방 댁 덕분에 잠을 깬 것도 잠시, 봉임은 다시 무겁게 덮어내리는 눈꺼풀을 들어 올리느라 무던히 애를 썼다. 마침 건넌방에서 담뱃대로 놋재떨이를 요란하게 두드리며 벼락 치는 소리가 떨어졌다.

"아, 늙은이 밤새워 그냥 앉혀둘 껴? 어느 년이든 한 년은 와서 담뱃불이라도 붙여줘야 할 것 아녀?"

봉임이 반짝 눈을 들어 시어머니 강 씨를 올려다보니 강 씨는 눈을 새초롬이 가늘게 내리뜬 채 말없는 턱짓으로 가보라는 시늉이다. 봉임은 바느질하던 걸 박 서방 댁에게 넘겨주고 발딱 일어서서 쪼르르 달려 나갔다. 봉임이 자리끼를 챙겨 시할머니 방에 들어가니 송 씨는 벌써 부아가 단단히 났는지 허옇게 흰자위를 드러내고 눈을 흘겼다. 초저녁잠을 못 이겨 저녁상을 물리고 달게 한숨 자고 일어나 정신이 맑아진 송 씨는 이제나 저제나 봉임만 기다린 모양이었다. 봉임은 자리에 앉자마자 두 자나 될까 싶은 할머니 담뱃대에서 묵은

재를 털어내고 새잎을 꾹꾹 야무지게 눌러 담았다. 그러곤 불을 댕겨 담뱃대를 길게 잡고 빡빡 빨아서 익숙하게 담뱃불을 붙였다. 처음 시집와서는 생전 해본 적 없는 담뱃불을 붙이느라, 빠끔빠끔 담배를 빨면서 쿨럭쿨럭 기침하고 눈물 콧물 빠뜨려가며 고생했다. 봉임이 담뱃대를 붙잡고 쿨럭대며 어쩔 줄 몰라 하는 꼴이 우스워 송 씨는 켈켈 가래 끓는 소리로 웃었다. 석 삼 년쯤 지나면서 봉임은 이제 제법 담뱃불을 잘 붙일 뿐 아니라 어지간히 담배 맛도 알게 되었다. 불 댕긴 담뱃대를 받아든 송 씨는 언제나처럼 눈은 반쯤 감은 채로 담배를 빠끔대며 밤이 깊도록 봉임이 읽어주는 이야기책을 들었다.

"그래도 용케 글을 깨쳐 왔으니 얼마나 쓸 만혀."

봉임이 한글을 깨쳤다는 걸 알고 송 씨는 크게 기뻐했다. 글을 깨치지 못한 강 씨는 시어머니 송 씨가 봉임을 칭찬할 때마다 공연한 자격지심에 속이 껄끄럽다. 봉임에게 글을 가르쳐준 것은 봉임의 어매 박 씨였다. 늦은 밤이면 호롱불 아래 앉아 박 씨는 식구들 옷을 깁고 봉임은 그 앞에 엎드려 글을 썼다.

"우리는 조선 사람이니께 조선말과 조선 글을 알아야 하는 겨."

박 씨가 봉임에게 글자를 가르쳐주며 했던 말이다. 봉임이 한글을 깨치자 박 씨는 어디서 『장화홍련전』, 『홍길동전』 같은 이야기책을 빌려다 소리 내서 읽게 했다. 그렇게 익힌 한글이 시집와서 요긴하게 쓰일 줄 그때는 알지 못했다. 봉임은 종일 고된 일로 몸은 곤하여도 송 씨에게 책 읽어주는 일이 좋았다. 이야기책을 읽으면서 먼데 다른 세상을 알아가는 재미도 쏠쏠하지만, 그보다도 책을 사이에 두고 시할머니 송 씨와 소통하는 것이 더욱 좋다. 담뱃대를 길게 잡고 봉임이 읽어주는 이야기를 듣던 송 씨는 살살 졸음이 내려앉으면 눈을 감고 그대로 옆으로 길게 누워 손에는 여전히 담뱃대를 든 채 들고 있다. 얼마나 읽었을까 봉임은 목이 칼칼하고 쉿소리가 나오는 걸 느끼며, 읽던 책을 무릎 위에 내려놓고 자신과 마주하고 옆으로 길게 누운 송 씨를 건너다본다. 코까지 고는 걸 보니 깊이 잠든 모양이다. 봉임은 책을 접어 한 쪽으로 치워놓은 후 송 씨 손에서 담뱃대를 조심스레 빼서 놋재떨이 위에 내려놓고는 촘촘하고 솜씨 좋게 누빈 얄팍한 여름 이불을 끌어다 송 씨의 어깨를 덮었다. 노인들은 여름이라도 새벽녘에는 어깨가 선득한 법이라 이불을 챙기고 윗목 한 쪽에 불기운이 여전한 화로를 뒀다. 방구석에 따로 챙겨둔 못 쓰는 간장 종지를 덮어 소리 나지 않게 호롱불을 끄고 살그머니 송 씨 방을 나왔다. 방에서 나온 봉임은 그제야 크게 기지개를 켜고 심호흡을 하며 밤공기를 들이마셨다. 송 씨까지 잠이 들고 나면 오 씨네 가솔들 모두가 잠들었음을 의미한다. 아무도 깨어있지 않고, 마치 세상의 모든 일상이 멈춰버린 것 같은 그 시간. 봉임은 마당 건너 부엌문을 삐걱 열고 들어가 아궁이 불씨를 살핀 후 다시 부엌 뒷문을 열고 뒤란으로 나섰다. 뒤란은 오른쪽 끝으로는 단정한 장독대가 있고 왼쪽 끝으로는 끝채 방의 누마루 밑으로 돌아 안마당으로 나갈 수 있도록 뚫려 있다. 뚫려 있어도 안마당에서 바로 보이지 않는 뒤란은 봉임에게 비밀한 공간이다. 그곳은 고된 일상을 보낸 봉임에게 마침내 찾아온 위안이며 평온함이다. 봉임은 번쩍 치맛자락을 걷어 올려 속바지 춤에서 미리 종이에 말아둔 담배 한 개비를 꺼냈다. 언제부터인가, 점점 담배 맛을 알아가면서 담뱃잎 부스러기를 모으기 시작했다. 담뱃잎이 어지간히 모이면 짬나는 대로 종이에 꼭 꼭 만 후 침 발라 붙여서 담배를 만들었다. 모두가 잠든 시간이면 뒤란에 쪼그려 앉아 속바지 춤에서 꺼낸 담배를 손가락으로 쪽 펴서 피워 무는데 그 맛이 기가 막혔다. 봉임이 부싯돌을 부딪쳐 담배에 불을 붙여 무는 꼴이 이젠 아주 제법이다. 한 모금 길게 빨아 투명한 듯 빨갛게 달아오르는 담뱃불을 들여다 볼 때마다 봉임은 황홀경에 빠졌다. 봉임은 연기를 길게 뿜으며 가만히 고개 들어 맑고 둥근 달을 올려다봤다. 그 속에 그리운 얼굴들이 보였다. 죽은 어매, 늙은 할매, 집에 두고 온 동생들의 얼굴. 갑자기 툭, 눈물이 터졌다. 담배 연기 때문인지 달빛 때문인지 알 수가 없다. 봉임은 그저 훌쩍 콧물을 들이마시면서 목구멍으로 치밀어 오르는 뜨거운 덩어리를 삼켜 내릴 뿐이다.

어머니, 꿈에도 그리운

박 씨가 만삭인 몸으로 가쁜 숨을 몰아쉬며 새참 광주리를 이고 뒤뚱뒤뚱 앞서 가고, 그 뒤를 따라 봉임도 찰랑거리는 막걸리 병 모가지를 맨 끈을 단단히 감아쥐고 종종 걸음이다. 날이 좋다. 햇살이 가 닿는 모든 것들이 반짝거렸다. 여자들이 날마다 빨아대도 흙 파 먹는 게 일인 남자들 옷은 땀과 흙 얼룩이 가실 날이 없지만, 허리를 굽히고 일하는 그들의 얼룩진 무명 저고리 등판조차도 내려앉은 햇살에 눈이 부시다. 바람까지 솔솔 불어 썩 기분 좋은 날이다. 지 서방이 먼저보고 달려와 박 씨에게서 새참 광주리를 받아 밭둑에 내려놓자마자 들일 하던 남정네들이 다가들었다. 참이 조금 늦은 터라 시장도 했겠다. 황소 같은 장정 서넛이 새참 광주리에 꽉 차게 둘러앉았다. 광주리 앞에 앉기만 해도 벌써 즐거운지 땀으로 번들거리는 얼굴들이 벙싯거렸다. 막걸리 한 사발씩을 따라 우선 갈증 난 목을 축이고, 흙 때가 끼어 손톱 밑이 까만 손으로 김치쪽을 들어 그대로 길게 찢어 크게 뜬 밥숟가락에 얹어 한입에 우겨 넣었다. 쌀 한 톨 섞이지 않은 꽁보리밥이라도 땀 흘려 일하고 난 뒤의 밥맛은 그저 달기만 하다.

"아, 이렇게 먹고도 돌아서면 또 배가 고프고 또 먹고 돌아서면 또 배가 고프고 헌다니께. 밥알이 툭툭 터지는 걸 보믄 보리쌀 속에는 바람이 들은 겨. 그라니께 먹어도 먹어도 배가 고프제."

용걸이 입안에 가득 든 보리쌀을 툭툭 씹어 터뜨리며 헤벌쭉 웃었다.

"걸신이 들려서 그렇지, 보리쌀이 뭔 죄여?"

호 서방이 용걸을 향해 키들거렸다.

"두 눈 시퍼렇게 뜨고 땅덩어리를 도적질 당해 그런 모양이유. 아닌 게 아니라 나도 먹어도, 먹어도 속이 허하다니께유."

역성 들어주는 고 서방 말에 용걸이 호 서방 쪽으로 눈을 흘겼다.

"꼬챙이 하나 꽂을 땅뙈기 읎는 형편이야 예나 지금이나 달라진 게 읎지만, 이제는 그마저도 죄 왜놈들 땅이다 생각하니 도대체 흙을 파도 당최 신명이 나덜 않어."

순복 할배가 시장기를 면했는지 해진 소매 끝으로 입가를 씻으며 밭을 둘러보며 말했다. 봉임은 바람에 흔들리는 밭둑에 아무렇게나 피어난 노란 애기똥풀 꽃에 한눈팔며 어른들 얘기를 귓가로 흘려들었다. 박 씨는 해를 등지고 반쯤 돌아앉아 땀을 식히며 그런 봉임을 말없이 바라보았다.

"쉿, 말조심 하셔유, 그러다 괜히 큰일나유."

정금 애비가 커다란 눈을 끔뻑이며 사방을 살피더니 목소리를 낮추며 순복 할배 옆구리를 찔렀다.

"아, 시방 여기에 우리 말고 누가 또 있다구 그려."

"정금 애비 말이 맞구먼유. 낮말은 새가 듣고 밤 말은 쥐가 듣는다고 안 혀유. 얼마 전 만세사건으로 끌려가서 치도곤을 당한 사람들이 어디 한 둘인감유?"

호 서방이 정금 애비 편을 들자 순복 할배도 금세 기가 죽었다.

"재복이 눔이 반 병신 되어 돌아왔다고, 사람 구실이나 할 수 있을지 모르겠다고 재복 엄니가 질질 울더구먼유."

문득 오랜 벗 재복이 걱정되는지 용걸이 허공에 대고 눈을 끔벅였다.

"밤낮 땅이나 파먹을 줄이나 알지 당최 세상이 어떻게 돌아가는 건지 알 수가 없으니 원!"

지서방도 숟가락을 내려놓고 한숨이다. 그 말에 지 서방 댁, 박 씨는 얼굴빛을 흐렸다. 손바닥만 한 땅이라도 내 땅이라 믿고 평생 갈아먹던 논밭을 하루아침에 빼앗긴 게 벌써 두어 해 전이다. 개중에는 소작을 붙여먹던 사람들도 있었으나 이 동네 사람들 대부분은 누구 땅인지도 모를 땅에서 대대로 농사 지어먹던 사람들이다. 그런데 봉임이 태어나던 해에 아닌 밤중에 홍두깨로, 소유자가 불분명한 땅을 토지조사국에 신고하라는 '토지조사령'이 내려졌다. 그러나 그게 무얼 어떻게 하라는 건지 아는 사람은 없었다. 그저 신고를 하는 것이 '옳다', '그르다' 의견만 분분할 뿐. 어느 말이 옳은지 누구 하나 속 시원히 아는 사람은 없다. 그도 그럴 것이 오래 전부터 네 땅인지 내 땅인지도 모른 채 그저 일구어 먹고 살던 사람이었으니까. 지

서방네도 산자락 밑에 볕이 잘 드는 작은 논과 밭을 일구며 살아왔다. 하지만 여태 그게 누구 땅인지 모르고 살았기 때문에 신고를 해야 할지 말아야 할지 알 수 없었다. 박 씨가 "그래도 신고해야 하지 않을까유? 대대로 파먹던 땅인디 설마 이제 와서 탓할까유?" 넌지시 남편에게 권했지만, 지 서방은 알 만한 사람에게 주워듣고 온 소리로 '괜히 신고를 했다가 되레 주인 없는 땅에 허락 없이 농사지었다고 큰 봉변을 당할 수도 있다'며 차일피일 미뤘다. 그러다 그만 신고되지 않은 모든 소유자 없는 땅은 총독부 소유라는 청천벽력 같은 소리를 듣고 말았다. 그렇게 총독부 소유가 된 땅들은 일본인들이 헐값에 사들였다. 원래부터 크게 소작치고 있던 지주들과 눈치 빠른 몇몇 농부들이나 그나마 제소유로 땅을 유지했고 나머지 대부분의 농사꾼들은 그렇게 맥없이 땅을 잃었다. 그들은 두 눈 시퍼렇게 뜨고 땅을 빼앗긴 대신 생면부지 일본인 지주들에게 터무니없는 소작료를 감당하면서 소작농이 되었다.

봉임은 '왜놈들이 어디쯤에 붙어있던 땅덩어리를 훔쳐갔다는 것일까.' 목을 쭉 빼고 저만치 내다보지만, 아무리 보아도 땅덩어리가 뚝 떨어져 나간 끄트머리는 보이지 않았다. 언덕 저 너머 어디쯤일까, 손바닥을 눈썹에 대고 멀리 보아도 보이지 않았다. 봉임은 곧 다시 주저앉아 꽃을 꺾기 시작했다. 꽃을 꺾다가 손등에 기어오르는 개미들을 다른 손으로 탁탁 털어냈다. 꺾어낸 꽃을 들고 고개를 돌려보니 어매는 여전히 거기 앉아 바람결에 앞이마의 부드러운 잔머리를 날리고 있다.

"아이고, 엄니?"

잠결에 어머니의 비명소리를 들은 봉임은 소스라쳐서 벌떡 일어났다. 그날따라 초저녁잠이 들었던 모양이다. 집안에 감도는 알 수 없는 불길한 기운에 봉임은 부스스 일어나 방문을 밀고 마당을 내다보았다. 손바닥만 한 마당에 모여 있던 뒤숭숭한 눈길들이 봉임을 향했다. 마당 건너 툇마루 끝에 지 서방이 어두운 얼굴로 앉아있고, 순복 할매가 엉거주춤 엉덩이를 빼고 좁은 마당을 왔다 갔다 하는 바람에 더 정신이 없다. 말분네는 근심스런 얼굴로 그런 순복 할매를 하냥 바라보고 있다.

무슨 일이 생긴 모양이다. 그때 다시 찢어지는 비명소리가 들렸다. '아기가 나오려는 모양이여.' 봉임은 이유를 알 수 없는 울음이 새어나왔다.

"저, 저년이 재수 없게 눈물바람이여?"

장독항아리 위에 물 떠놓고 손바닥 비비며 중얼거리던 할매가 봉임을 향해 허옇게 눈을 흘겼다. 할매의 노기 섞인 목소리가 낮고 엄중하다. 저녁상을 물리고 설거지하던 박 씨가 산기를 느끼고 허둥지둥 산실에 들었고 할매는 급히 산파를 불렀던 모양이다. 아이를 셋이나 낳고 네 번째 하는 출산인데 박 씨는 난산으로 애를 쓰다가 몇 차례나 혼절했다 깨어나기를 거듭했다. 시퍼런 할매 서슬에 소리도 못 내고 봉임은 끼룩끼룩 속울음을 참았다.

"금순네, 저년 좀 데리고 나가줘. 심란해 죽것는디, 저년이 자꾸 눈물바람이네, 재수 없게! 삼신 할매 노하실까 겁나."

봉임은 금순네에게 손목을 잡혀 신발도 제대로 꿰지 못한 채 삽짝 밖으로 끌려나와 집 뒤쪽 울타리 삼아 둘러 심은 쥐똥나무 밑에 쪼그려 앉았다. 알 수 없는 두려움으로 한여름인데도 와들와들 몸을 떨었다.

"여기 가만히 있어 봐라, 내 어찌 되었나 좀 가봐야 것다."

금순네가 궁금증을 참지 못해 집안으로 들어갔다. 쥐똥나무 꽃향기가 알싸한 컴컴한 그림자 아래에 홀로 남겨진 봉임은 금세 돌아온다던 금순네를 아무리 기다려도 돌아오질 않았다. 겁에 질린 봉임은 비척거리며 걸어와 삽짝 틈으로 집안을 살폈다. 할매는 넋이 빠진 듯 마당에 주저앉아 흐린 눈동자로 허공을 바라보고 있다. 금순네와 말분네와 순복 할매는 제각각 돌아서서 어깨를 들썩거리며 소맷부리로 눈물을 찍어냈다. 산실 안에서는 짐승의 울부짖음 같은 지 서방의 울음소리가 들렸다. 그 소리 사이로 가냘픈 아기의 울음소리도 들린다. 울음소리와 소란스러움에 잠이 깼는지 어린 창규와 학규도 부스스 일어나 앉아 비죽비죽 영문 모르는 울음을 운다. 봉임은 갑자기 깊은 슬픔이 강물처럼 밀려왔다. 동생들에게 소리 없이 손짓하자 두 동생들은 울음을 터뜨리며 봉임에게 달려들어 부둥켜 안는다. 봉임의 입에서는 그제야 가느다란 신음소리가 새어나오며 뜨거운 눈물이 흘러내렸다. 그리고 방금 어머니를 잃은 어린 두 동생들의 등을 오래오래 쓸어주었다.

새사람

여편네가 또 눈물바람이다. 여편네는 아주 작심하고 죽은 봉임 어미와 저, 둘 중 누가 더 고운지 대라고 성화였다. 그런 걸 대답해야 옳은지 지 서방은 기가 막힐 노릇이다. 다른 날보다 유난히 여편네가 양양거리는 탓에 짜증이 치밀어 대꾸도 않고 귀머거리마냥 돌아누웠다. 지 서방이 꿈쩍 않자 여편네는 제 성에 못 이겨 울고 짜며 꼬집어 뜯고 할퀴다가, 제풀에 떨어져 '내 팔자, 네 팔자' 찾으며 쪽쪽 눈물을 짜는가 싶더니 잠이 들었다. 봉임 어미 박 씨보다 열 살이나 아래인 제가 아무려면 더 곱지 않겠는가? 그런 걸 굳이 대라고 성화니 지 서방도 화가 치민다. 하루 이틀도 아니고 오냐, 오냐 속없이 받아주는 일도 더는 못할 일이다. 생각해보면 죽은 마누라 박 씨가 잔재미는 없어도 속 깊고 무던한 사람이었다. 그만하면 큰 소리 없이 집안 건사를 잘했다. 있으면 있는 줄 몰라도 없으면 당장에 없는 티가 나는 그런 사람이었다. 평생 지 씨 집안 붙박이 귀신으로 살

줄 알았던 사람이 하루아침에 사라지고 없다. 아이들 넷 딸린 홀아비 신세가 동네 창피스러워서 바깥출입을 끊었다. 농사일도 나 몰라라 하고 날마다 술에 절어 폐인이 되었다. 허구한 날 방구석에 썩은 내 풍기며 자빠져 있으니 사람들은 '지 서방'이 '개 서방' 되었다고들 수군댔다. 태어나자마자 어미 잃은 어린 것을 굶겨 죽일 순 없으니 동냥젖이라도 먹여야 했지만 지 서방은 당최 눈길 한번 주지 않았다. 되레 마누라를 죽게 만든 년이 빽빽 울기나 한다고 욕지거리였다. 늙어서 허리며 무르팍이며 어디 한 군데 신통한 데 없는 노모가 집안 살림에 아이들 뒤치다꺼리도 모자라 갓난애를 들쳐 업고 나서기도 어렵다. 그러니 아이를 업고 젖동냥 다닌 건 열 살 먹은 봉임이었다. 사람 사는 집구석이 아니었다. 그때 '사람 때문에 생긴 병은 사람으로 고쳐야 하는 법이라'고 한사코 순금이네가 말을 넣어서 지금의 새 마누라와 연이 닿았다.

찢어지게 가난한 데다 애가 넷인데 누가 시집을 오겠나 싶었지만, 연분이 되려니 시집가서 삼 년 지나도록 애를 낳지 못해 소박맞은 여자가 있다고 했다. 소박맞고 기어들어온 딸년이 남 보기 부끄러워 '누가 보쌈이라도 해가면 좋겠다!'고 노래를 부르던 여자의 친정부모도 서둘러 날을 잡는 데 한몫 했다. 날마다 술만 퍼마시던 지 서방은 새사람이 들어오니 민망하리만치 죽은 마누라는 싹 다 잊었다. 새 여편네만 생각하면 공연히 허공에 대고도 웃음이 새나왔다. 여편네가 하는 짓마다 어찌나 여시 같은지 애가 살살 녹았다. 마누라와 함께하는 꿈같은 시간이 아까워 죽을 지경이었다. 밤이 지나 날이 밝으면 꿈처럼 사라져버리는 건 아닐까, 더럭 겁이나 차마 눈을 바로 뜨지 못한 적도 많았다. 눈을 떠서 새근새근 잠들어 있는 젊은 마누라의 매끈한 얼굴을 보면 가슴팍이 간질간질 어찌나 좋은지 이불 째 답삭 안아 들고 춤이라도 추고 싶었다. 지 서방은 이제야말로 사람 사는 것 같다는 생각이 들었다.

그러길 두 해가 지났나, 여편네가 생각지도 않게 덜컥 아이를 가졌다. "오메, 그람 밭에 문제가 있었던 게 아니라 씨가 문제였구먼." 그 소리를 들은 순금이네가 키들거렸다. '애를 못 낳는대서 들였드니!' 봉임 할매는 없는 살림에 입 하나 더 느는 것이 달갑지 않다. 그렇지 않아도 천덕꾸러기 된 전실 자식들의 신세가 험해질 게 뻔했다. 마냥 헤벌쭉 좋기만 한 사람은 지 서방이었다. 누가 보쌈을 해가기라도 할까 봐 전전긍긍하던 젊은 마누라가 이제야 꼼짝없이 제 사람이 된 듯싶었다. 여편네는 점점 불러오는 배를 끌어안고 '요것이 먹고 싶네, 조것이 먹고 싶네.' 해 가며 지 서방을 졸라댔다. 두 사람은 눈 끔벅거리며 몰래 한다지만 장에 갔다 돌아오는 지 서방이 똑바로 못 들어오고 비칠비칠 게걸음으로 안방에부터 들어갔다 나오는 걸 봉임 할매가 모를 리 없다. 처음 시집와서는 괜히 주눅이 들어서는 시키지 않아도 알아서 부엌일을 척척 하고 아이들도 제법 챙길 줄 알았다. 저 낳아준 어미를 한 번도 보지 못한 봉선이 불쌍하다며 몇 가닥 되지도 않는 머리칼을 끌어 모아 종종 머리를 땋아주네 요란을 떨었다. 그러더니 아이가 들어서자 입덧과 불러오는 배를 핑계 삼아 부엌 출입은 일체 없고 걸핏하면 이부자리에 몸을 묻고 자리보존인 새 며느리가 밉상이다. 아이들은 하나같이 꾀죄죄한 거지꼴이고 머리를 제대로 빗기지 않는 봉선이는 쥐어뜯다 놓친 닭 꼬락서니다. 뿐만 아니라 지 서방에게 하는 것도 달라졌다. 강짜는 날마다 늘어가고, 소박맞은 전력이 있어서인지 투기가 보통이 아니다. 하다못해 죽은 박 씨까지 투기하는 데 지 서방도 입이 딱 벌어졌다. 기어이 눈물바람을 하고야 잠이 드는 새 마누라 등쌀에 진저리 치며 잠을 이루지 못하고 담배만 뻐끔대며 멍하니 앉아 있었다. 그러다 어느 기척에 무심히 눈을 돌렸는데 언제 깼는지 귀신처럼 넋이 빠져 멍하니 앉아있는 마누라를 발견하고 지 서방이 화들짝 놀랐다.

"에구, 깜짝이야. 뭐 하는 거여 자다 말구?"

"딱 즤 어미 눈이람서유. 순금이네가 그러던디."

"자다가 뭔 봉창은 두드린디여? 뜬금없이 그게 뭔 소리여?"

"봉임이 눈. 그 음산허니 기분 나쁜 눈빛이 꼭 죽은 즤 어미라던디……."

"아니, 이 여편네가 근디…… 왜 또 자다 말고 일어나 앉아 귀신 씨나락 까먹는 소리여?"

자다 말고 죽은 마누라를 들먹이는 여편네에게 지 서방은 왈칵 화가 치밀었다.

"꿈에 봉임 어미를 봤다구유. 나더러 죽으라네유. 저처럼 나두 애 낳다가 죽을 거라고 저주를 하네유."

"아, 자네가 보지도 못한 봉임 어미를 워찌 알고 꿈에서 봤다는 겨?"

"눈이유. 그 눈을 보니 딱 봉임이 눈이두먼유. 그 음산한 눈, 아이 그 끔찍해!"

"워째 이렇게 자꾸 억울한 소리를 허능 겨. 쓸데없는 소릴랑 접고 어여 자던 잠이나 자."

새 여편네 하는 말 꼬락서니가 기막혀서 소리는 질렀지만 실제로 꿈에 뭘 보긴 했는지 가슴팍으로 파고드는 여편네의 땀으로 젖은 이마에 잔머리칼이 어지럽게 들러붙어 있다. 그날 밤 이후에도 자주 자다 깨서는 봉임 어미 봤다는 소리를 하고, 한 번은 어둑한 부엌에 혼자 있다 돌아서는데 마침 불쑥 부엌으로 들어서는 봉임을 보고 정신을 놓아버린 일도 있었다. 혹시 죽은 봉임 어미가 투기를 하는 것일까, 혹 새 며느리 태중에 있는 아이에게 마가 끼는 건 아닐까, 봉임 할매도 더럭 겁이 났다. 더욱 기가 막힌 건 날이 갈수록 점점 더 며느리의 눈구멍이 쾡해지고 두 뺨이 패어드는 것이다. 까딱하면 새 며느리까지 죽어나가는 건 아닐지 봉임 할매는 무서웠다. 새 며느리는 아예 봉임하고는 눈도 마주치지 못하고 덜덜거리니 그 꼴을 보는 것도 못할 노릇이다. 순금이네는 무당을 불러 굿 한번 해 보는 게 어떻겠냐고 하지만 없는 살림에 그러지도 못하고 그저 말 못하는 속만 시커멓게 타 들어갔다. 다행히 여편네는 별 일 없이 몸을 풀었다. 아들이다. 지 씨 집안에서야 세 번째 아들이지만 새 여편네에겐 첫 자식이고 첫 아들이다. 아이를 못 낳는 년이라는 불명예의 딱지를 떼어낸 한 맺힌 산모는 아이를 낳고 목 놓아 울었다. 아이를 낳고 나면 괜찮아질 줄 알았던 여편네가 기운을 못 차리고 자꾸만 까부라지는 것이 심상치 않다. 또 사람을 잃게 될까 봐 지 서방이나 봉임 할매 둘 다 전전긍긍이다. 봉임도 되도록 새어머니 눈에 띄지 않으려고 애썼다. 봉임 역시 자기 때문에 새 어머니 몸이 회복되지 않는 것 같아 마음이 무거웠다. 봉임이 식구들 눈을 피해 종일 밖에서 시간을 보내고 저녁이 되어 막 집에 들어서는데 방안에서 지 서방이 울음 섞인 소리로 "밖에 누구 없냐."고 소리를 쳤다.

어찌 된 일인지 그날따라 할매도 순금이네도 집안에 보이지 않았다. '어떡하지?' 봉임은 할매를 찾아 나가야 하나, 이러지도 저러지도 못하고 똥마려운 강아지 꼴이다.

"엄니, 밖에 없유? 좀 들어와 봐유. 아이구, 사람 죽것네."

다급해진 봉임은 아버지에게 할매가 집안에 없다는 것과 빨리 나가서 할매를 찾아오겠다는 말이라도 해야 할 것 같아 후다닥 마루로 뛰어올라 비릿한 냄새가 풍기는 안방 문을 열고 들어섰다. 이부자리에 누워 땀 범벅이 되어 덜덜 떨고 있는, 앙상하고 눈이 퀭한 새어머니와 눈이 딱 마주쳤다. 오한으로 덜덜 떨던 새어머니는 서슬이 퍼렇게 봉임을 쏘아봤다.

"저, 저 눈! 아악 워메, 저 눈! 워메, 나 죽네!"

갑작스레 발작을 일으키는 새어머니가 겁이 난 봉임은 몸이 굳은 듯 꼼짝할 수 없다. 사지를 벌벌 떨며 눈이 뒤집히며 숨이 꼴깍 넘어가게 생긴 새어머니를 향해 "아악!" 외마디 소리를 지르며 맨발로 뛰쳐나왔다.

마침 밖에서 들어오던 할매가 "무슨 일이냐?"고 묻지만 봉임은 그대로 눈물을 쏟으며 달려 나갔다. 눈앞이 깜깜하고 세상이 무너지는 듯 무서워 견딜 수가 없다. 어디론가 달아나야만 했다. 삽짝을 지나고 흙길을 달려 내려가 개울과 논두렁 밭두렁을 지나 동구 밖 정자나무를 지나도록 봉임은 달음박질을 멈추지 않았다.

이별

"이년아, 뭐 하냐? 서두르지 않구."

봉임 할매는 벌컥 방문을 열더니 다짜고짜 눈을 허옇게 흘기며 쉿소리부터 냈다. 그 바람에 벽에 기대어 잠들어있던 봉임이 눈을 떴다. 밤새 벽에 기대 앉아 쫄쫄 울다가 앉은 채로 잠이 들었던 모양이다. 어느새 날이 밝아 사방이 환하니 봉임은 다시 가슴이 덜컥 내려앉는다. 아직 잠이 덜 깬 얼빠진 듯 어리둥절 하는 봉임에게 할매는 한 번 더 눈을 흘기며 빈주먹을 흔들어 보였다. 그제야 정신이 드는 봉임은 몸을 일으켜 세웠다. 할매는 혀를 끌끌 차며 방문을 소리 나게 닫았다. 봉임도 벌떡 일어나 나가려고 하지만 밤새 쪼그려 앉아 있던 다리가 저려 바로 일어서지 못했다. 몇 번 코에 침을 바르며 깨금발을 몇 차례 뛴 담에야 겨우 똑바로 일어섰다. 봉임은 쭈뼛거리며 나가 댓돌 위에 아무렇게나 벗겨져 있는 신발을 꿰고는 슬슬 할매 눈치를 살폈다. 허리가 기역자로 굽은 봉임 할매는 잔뜩 성이 난 모양으로 꽉 다문 입술은 앞으로 쑥 빠졌고 미간은 잔뜩 찌푸려져 있다. 봉임은 그런 할매에게 차마 하고 싶은 말을 감히 입도 뻥긋할 수 없었다. 풀죽은 봉임은 부엌 한쪽에 놓인 물동이에서 물 한 바가지 떠서 세숫대야에 받았다.

"귀 뒤랑 모가지랑 깨끗이 씻어라. 어른들 처음 뵙는데 얼굴이라도 말끄름 해야잖여."

방금 전까지 부엌 아궁이를 쑤석거리고 있던 할매가 어느새 귀신같이 쫓아 나왔는지 세수 하려는 봉임 곁에서 쥐어박는 소리를 했다. 세수를 마친 봉임은 방으로 들어가 할매가 새로 빨아 깨끗이 손질해 놓은 옷으로 갈아입었다.

'옷을 깨끗한 걸로 입혀 놓아도 태가 나질 않아, 어쩌.' 할매가 또 방문을 벌컥 열더니 밥상을 들이며 혼잣말이다. 또래보다 몸뚱이가 왜소하고 볼품없는 봉임의 모습이 마음에 안 들었다. 봉임 할매가 귀퉁이 떨어진 밥상을 봉임 앞에 밀어놓았다. 봉임은 할매가 밀어 놓은 밥상에 눈이 휘둥그레졌다. 배추 삶은 것이나 짠지무가 다인 평소 상차림과 다르다. 허연 쌀밥에 반찬도 신경을 썼다. 덥석 숟가락부터 집어들면 어쩐지 불손한 것 같아 함부로 숟가락을 쥐지 못한다.

"아, 밥숟갈 안 들고 뭐 혀! 밥상 앞에 두고 고사라도 지내는 겨?"

"나 혼자만 먹는 겨? 할매는 안 자시고? 아버지랑 새 엄니는…… 동생들은?"

"얼래, 그년 오늘따라 주댕이가 쉬덜 않네. 시간 읎는디 어여 먹기나 혀!"

봉임 할매는 꽥 소리 지른 것이 미안했는지 목소리를 낮추고 말을 잇는다.

"늬 아버지는 새벽 댓바람부터 도지賭只쌀 의논할 게 있다고 지주댁에 갔고, 늬 새엄니는 원래가 해가 똥구녁에 들어야 게오 일어나 눈곱 떼는 사람 아니여? 그라니께 너나 어여 먹어."

"오늘은 워째 보리쌀 한 톨 없이 맨 쌀밥이랴?"

쌀은 한 톨도 없이 꽁보리밥인 날이 대부분이고 어쩌다 쌀이 조금 섞이면 그건 아버지 몫이었다. 밥주발이 바뀐 것이 아닌지 봉임은 눈이 휘둥그레졌다.

"쌀밥을 해줘도 지랄이여. 밤낮 쌀밥 노래를 하던 년이 쌀밥을 해주니까 또 해줬다고 잔말일세."

봉임 할매가 또 눈을 흘기며 봉임 손에 숟가락을 쥐어주었다. 밤낮 뻣뻣한 보리밥만 먹다 가마솥에 새로 한 쌀밥을 먹으니 기름이 반지르르해서 술술 미끄러져 내려갈 듯한데 이상하게 모래알 씹는 듯 밥이 넘어가질 않는다. 억지로 삼키려니 켁켁 마른기침까지 나오지만 봉임은 마주앉은 할매 서슬에 눈물을 찔끔거리며 밥을 삼켰다. 밥상을 물리자마자 할매는 봉임에게 옷 보따리를 안겨주며 길을 재촉했다. 어찌나 등 떠밀며 서두는지 고개 돌려 삽짝 문 안쪽을 넘겨다볼 여유도 없다.

"뭐 좋은 기억이 있다고 집은 돌아본디야? 굼뜨게 굴지 말고 어여 재게 걸음 떼어 이년아."

당최 작고 늙은 몸뚱이 어디에서 그런 힘이 나는지, 언덕을 오르는 할매의 뒷모습이 옹골차다. 할매의 뒷모습이 옹골차 보일수록 봉임은 발걸음이 무겁다.

"이년아 몸이 재야 어디 가서라도 귀염을 받는 겨. 네 걸음으로 여기 남산말에서 산 하나를 넘어 성환까지 가려면 서둘러 가도 저녁답이여. 네 시집서 박 서방을 보내 준다니께 남산 고개 마루까지 올라가 있다가, 게서 바로 박 서방을 쫓아가야 허질 않것어? 그래야 저녁밥 전에 도착할 것 아녀!"

할매는 정작 하고 싶은 말은 속으로 삼키고 입을 다문다. '으이구, 눈치 읎는 년, 밥 때 되기 전에 가야 눈치껏 저녁밥이라도 얻어먹고 잘 것 아녀. 때 놓치면 낯선 집에서 끼니 챙겨 먹기가 쉬워?' 할매와 봉임은 마치 한바탕 쌈질이라도 한 듯 서로 말 한마디 섞지 않고 기를 쓰고 고갯길 오르는 일에만 열중했다. 아침부터 내리쬐는 땡볕에 이마에 땀이 맺히고 숨이 턱에까지 차올랐을 때쯤 고갯마루에 올랐다.

"아나, 여기 소나무 그늘에 쫌 앉아 땀 좀 식히자."

할매는 키 작은 소나무 그늘 아래 기어들어가서는 빠질 듯 무거운 엉덩이를 끄응 소리와 함께 부려놓았다. 봉임도 숨을 할딱거리며 할매 곁에 앉지만 할매는 봉임을 벌써 잊은 듯 눈은 먼 데 둔 채 말이 없다. 한참 그러고 있다가 나직한 목소리로 혼잣말하듯 중얼거리기 시작했다.

"박 서방을 만나거들랑 눈치껏 굴어. 뭘 묻거들랑은, 뚜웅 허니 그라지 말고 배 속같이 사근사근 허고 싹싹하게 대답하고. 그래야 가다가 지게라도 태워줄 것 아녀? 어딜 가나, 다 너 할 탓이여. 네가 잘허면 사랑 받을 거고, 네가 못허면 구박 받을 거고."

봉임은 늘 하는 잔소리거니 귓전으로 흘려들으며 발밑에 보이는 남산말을 말없이 내려다봤다. 나고 자란 마을인데도 마치 먼 데 다른 마을처럼 낯설다. 그 속에서 먹고 자고 웃고 울고 떠들고 달음박질치며 살았던 일들이 꿈속 일인 양 아득하다. 그러고 보니 할매 입에서 자근자근한 말소리가 나오기도 하는구나 싶다. 할매 입에서는 언제나 깨진 뚝배기같이 거칠고 사나운 소리뿐이었다. 한 번씩 독한 말을 쏟아놓을 때면 봉임은 서러움에 가슴이 미어졌다. 봉임은 문득 그런 할매가 낯설어 흘깃 곁눈질로 훔쳐봤다. 할매는 형편없이 늙고 쪼그라진 몸뚱이를 옹송그리고 앉아 있다. 되는대로 아무렇게나 쓸어 넘긴 머리에 검은 머리카락은 눈을 씻고 찾아봐도 한 가닥도 없었다. 그나마 허옇게 센 머리카락도 몇 가닥 채 되지 않아 보였다. 숱 없는 뒤통수에 볼품없이 매달린 쪽에는 비녀 대신 나뭇가지를 분질러 찔러둔 게 다였다. 늘 서슬이 퍼렇던 할매라 미처 할매가 늙은 사람이라는 걸 깨닫지 못했다. 할매가 어느새 건드리면 부서질 것 같은 바싹 마른 나뭇잎처럼 늙고 쪼그라진 것일까. 할매는 여전히 흐린 눈동자를 먼 데 마을 풍경 위에 두고 있을 뿐 아무 말이 없다. 한 번씩 알아들을 수 없는 혼잣말을 중얼거리며 고개를 주억거리다가 깊은 한숨을 쉬었다.

'암만 잘했지. 잘했고, 말고.' 할매 역시 고갯마루 위에서 봉임이 나고 자란 남산말을 내려다보자니 지나간 일들이 주르르 눈앞에 펼쳐졌다. 딸년이라는 것이 본시 아무짝에도 쓸 데 없어 정을 줄 것이 못 되는 법이다. 첫 손주로 얻은 것이 고추가 아닌 딸년이라 키우면서 눈길 한번 제대로 줘 본 적이 없다. 그 밑으로 얻은 사내 녀석들 둘은 그래도 장에 나가 천이라도 끊어 기저귀를 대줬지만 봉임에게 는 되는 대로 헌 저고리며 치마를 쭉쭉 찢어 대강 변이나 받아냈지 기저귀 한번 해준 기억도 없다. 너나 할 것 없이 죄다 없이 사는 형편이니 계집애들은 어지간히 나이차면 남의집살이로 보내거나 밥술이나 먹는다는 집에 민며느리로 보내야 할 판인데, 공연히 키우며 정을 줬다가는 서로 못할 짓이다. 고초당초보다 매운 게 시집살이라는데, 앞으로 설운 밥 눈물에 말아 먹을 날이 셀 수 없이 많을 텐데 공연히 친정 집 식구들이 생각나게 했다간 그 눈물의 세월을 어찌 견디겠는가? 봉임에게 그나마 붙어있던 정나미까지 뚝뚝 떨어질 만큼 모진소리 해대며 키운 것이 여간 다행한 일이 아닐 수 없다. '암만, 잘했고말고 백 번, 천 번을 고쳐 생각해도 잘했지' 봉임 할매는 또 한 번 크게 고개를 주억거렸다.

"어이구 어르신, 그냥 댁에 계시면 지가 내려갈 텐데 여기까지 나와 계셨어유?"

반대쪽 산자락 아래에서 지게를 진 박 서방 모습이 보이는가 싶더니 바로 알아보고 사람 좋은 웃음으로 겅중 걸음으로 뛰어왔다.

"우리가 이만치라도 나와 앉았으믄 가는 길이 한결 수월허지."

봉임 할매가 반갑게 웃으며 박 서방을 맞았다. 나이가 젊은 사람이라 말은 높이지 않아도 마냥 편안한 사이가 아닌 것이, 박 서방은 죽은 봉임 어미의 재종 오래비로 할매와는 사돈 간이다. 그가 마름 살고 있는 오 부자 댁에 봉임을 민며느리로 연결해준 사람이다.

"아이구, 어르신두 다리 아프실 테데 뭣 하러 여기까지 나오셨나 몰러……."

봉임 할매 손에 들려있던 얼마 안 되는 봉임의 옷 보따리를 지게에 옮기며 박 서방이 인사치레를 한다.

"염려 마시고 인자 그만 내려 가세유, 봉임이는 지가 잘 데려갈 테니께유."

"아유, 염려는 무신, 오죽이나 알아서 잘 데리구 가시겄슈…… 사는 거야 암만혀두 여기 살 때보담 낫것지 암만. 밥만 안 굶어도 그게 어디유? 그보다 좋은 게 어디 있다구. 잘 되어서 가는 건데 염려할 것이 뭐래유? 염려 안 해유. 나는 무르팍이 쫌 아퍼서 더 쉬었다 갈라니께."

"그럼 그러세유. 저희가 먼저 갈게유. 가자 봉임아."

막상 떠나려니까 할매는 코를 훌쩍이고 어깨를 들썩이며 급한 걸음으로 봉임에게 다가왔다.

"아이구, 이년아, 이 낯짝에 얼룩 좀 봐라."

소맷부리를 당겨 침을 적셔 봉임 얼굴에 꼬질꼬질한 땟국 물을 문질러 닦으며 똑같은 잔소리를 다시 시작한다.

"싹싹하게 굴어. 어딜 가나 너 할 탓이여. 지사랑은 지가 지는 거라잖니. 어른들 말씀 잘 듣구. 새로 솜 두어서 두툼한 옷 지어 따로 싸 넣었으니께 날 추워지거들랑 꺼내 입구……."

봉임이 고개를 끄덕이자 봉임 할매는 입술을 꾹 다물고 어서 떠나라는 손시늉을 했다. 봉임은 할매에게 작별인사를 하고 싶지만 무슨 말을 해야 할지 알 수 없다. 할매 역시 말문이 턱 막혀 주름진 입술을 꽉 힘주어 다문 채 아무 말도 못한다.

'저년, 저년…… 걷는 꼬락서니 좀 보게나. 어찌 저렇게 못났을

꼬…….' 쭈뼛거리고 엉거주춤 걷는 봉임의 모양새가 참으로 볼만하다. 봉임의 조막만 한 얼굴은 땟국물이 쫄쫄 흐르는 게 꼭 간장에 졸여놓은 검정 콩 같다. '에효, 남들 자라는 동안 뭐 하느라 쑥쑥 자라지도 못했을까. 말끔하고 반반해야 서방한테라도 사랑 받을 텐데…… 통 정이란 건 안 주매 키웠으니 망정이지 정이라도 담뿍 주면서 키웠으면 어쩔 뻔 했는가? 그려도, 암만 그렸어도…… 제 어미 땅에 묻고 서럽게 울 적에는 등 한번 따습게 쓸어줄 걸. 오매가매 한 번씩 머리라도 쓰다듬어 줄 걸. 아주 가끔씩은 한 번씩 눈 맞추고 눈 웃음이라도 웃어줄 것을.' 늙으니 몸뚱어리 어디 한군데 쫀득한 데가 없이 헐거워졌는지 아무 때나 눈물이 샌다. 봉임 할매는 때 묻은 몽당치마 자락을 걷어 올려 꾹꾹 눈을 찍어 누르고는 코를 팽 풀어 냈다.

시집가는 길

봉임은 고개를 뒤로 빼고 소나무 아래 서 있는 할매가 보이지 않을 때까지 뒤돌아보고 또 돌아보았다. 박 서방은 봉임이 그러다 넘어질까 봐 걱정되었지만 그저 봉임 하는 대로 놔두었다. 결국 봉임이 돌부리에 걸려 엎어지고서야 "앞을 보고 걸어야지." 한마디 보탤 뿐이다. 봉임은 주저앉아 치맛자락을 걷어 올려 까진 무르팍이 피와 흙으로 얼룩진 것을 보더니 툼벙 굵은 눈물을 떨어뜨렸다. 박 서방은 봉임의 눈물을 보고도 모른 척했다.

"아침부터 푹푹 찌는구나!"

저만치 나동그라진 옷 보따리를 주워다 주던 박 서방은 괜히 하늘을 올려다보며 딴소리다. 해가 쨍쨍 내리쬐는 하늘을 올려다보는 박 서방의 젖은 눈꼬리가 햇살에 반짝였다.

봉임은 아무리 고개를 돌려보아도 땅덩어리가 뚝 떨어져 나간 데가 보이지 않는다. 저만치 가면 보일까, 저만치 더 가면 보일까, 아무리 가도 그런 데는 없다. 남산 고개 넘어 이쪽으로 건너오면 뚝 잘려나간 그 땅 끄트머리를 볼 수 있을 줄 알았는데. 아무리 걸어도 땅덩어리 베어져 나간 그 끝을 볼 수 없다. 집 떠나는 게 서러워 밤새 눈물을 쫄쫄 짜던 봉임은 어느새 처음 가보는 낯선 길이 신기해 힘든 줄도 모르고 신이 났다. 저만치 앞서 달려갔다가 박 서방 있는 곳까지 달려오기를 반복했다.

"아저씨, 아직 멀었나유? 땅 덩어리 뚝 떨어져 나간 그 땅 끄트머리는 아직 멀은 거유?"

봉임이 눈물자국과 땀으로 얼룩진 조그만 얼굴을 반짝 쳐들고 박 서방에게 물었다. 봉임의 하는 양이 우스워 박 서방은 빙긋이 웃었다.

"왜놈덜이 우리 땅을 훔쳐갔다던디. 아무리 모가지를 빼고 내다봐도 땅덩어리 뚝 잘려나간 그 끄트머리가 안 보여유. 안적도 멀은 거유?"

"허허허…… 그렇지, 그 몹쓸 왜놈덜이 우리 땅을 뺏어갔지."

박 서방은 대답 대신 씁쓸히 웃으며 고개만 주억거렸다. 박 서방 얼굴을 빤히 올려다보며 대답을 기다려도 아무 소리가 없자 봉임이 저만치 또 앞서 달아났다.

"봉임아, 더운데 이리저리 뛰어 댕기지 말고 여기 그늘 밑으로 와서 좀 쉬자. 여서 요기나 좀 하고 가자꾸나."

박 서방이 나무그늘에 지게를 벗어 내리자 봉임도 땟국이 졸졸 흐르는 까무족족한 얼굴을 하고 그늘 밑으로 들어왔다.

"아이구, 얼굴에 땀 좀 닦어라. 땅강아지 꼴이구나."

그 말에 소맷부리로 땀을 닦는 봉임에게 박 서방이 보따리에서 주먹밥을 꺼내주었다.

주먹밥을 받아 든 봉임은 한입 베어 물며 혹시 잘려나간 땅 끄트머리가 보일까 하고, 다시 모가지를 길게 빼고 저만치 내다보다가 불현듯 죽은 어매 박 씨가 떠올랐다. 밭둑에 앉아 바람결에 잔머리를 날리던 어매의 슬픈 모습이 불쑥 그리웠다.

박 서방 역시 땅강아지 꼴을 하고 주먹밥을 베어 먹는 봉임을 바라보자니 죽은 봉임 어매가 떠올라 코가 찡하다. 박 씨 집안에 자손이 성하지 않아 봉임 어매 박 씨와는 재종간이라도 친 남매간만큼이나 가까운 사이였다. 온순하고 속 깊었던 박 씨가 찢어지게 가난한 지 서방네로 시집간다 해서 몹시 마음이 아팠다. 하지만 너 나 할 것 없이 다들 못사는 시절에 입 하나 줄이는 것만으로도 부조하는 셈이니 무어라 다른 말도 하지 못했다. 지 서방이 없이 사는 데다 영민하지 못해도 사람이 순박하고 모진 데가 없어서 그나마 마음이 놓였다.

박 서방 역시 사는 형편이 뻔했지만, 일찌감치 글을 익혔고 제법 셈을 잘하는 축이어서, 장성하면서 바로 오 부자 댁에 마름으로 들어갔다. 오 부자는 말수가 적고 우직한 데다 드물게 글을 알고 셈이 빠른 박 서방을 특별히 믿고 좋아했다. 그를 집안 허드렛일이나 하게 두는 대신 서기로, 소작 짓는 농부들의 소작료를 논의하고 거느리는 머슴들을 관리하며 집안의 대소사를 관장하는 집사로, 또 심복으로 곁에 두었다. 선대 때부터 알아주는 땅 부자였던 오 영감은 지 서방이 살던 남산말에도 소작지를 얼마 가지고 있었다. 덕분에 오 영감 심부름으로 남산말에 올 적마다 짬 내어 봉임 어매 낯을 보고 가곤 했다. 박 씨가 죽고 없을 적에도 박 서방은 여전히 볼일 있을 때마다 박 씨가 남기고 간 어린 것들이 눈에 밟혀 지 서방네를 찾았다. 술주정뱅이 폐인이 되어 방구석에 나자빠져 있는 지 서방을 볼 적에는 턱주가리를 쥐어박고 싶었다. 봉임이 거지처럼 어린 동생을 업고 다니며 동냥젖 얻어 먹이는 걸 보면 가슴이 찢어졌다. 천덕꾸러기로 고생해서 그런지 키도 안 자라고 배리배리 비루먹은 염소 꼴인 게 불쌍했다. 동생이 마지막으로 남기고 간 봉선의 꼴도 눈 뜨고 볼 수 없긴 마찬가지다. 젖먹이를 둔 가난한 여편네들에게 제 자식을 먹이고 남는 젖이나 있을까. 그렇지 않아도 모자란 젖을 그나마 한 모금씩이라도 적선해 주는 것만으로도 감지덕지 할 밖에. 그러니 봉선의 살가죽은 거칠고 마름버짐까지 일어 꼴이 말이 아니었다. 지 서방이 들인 새 마누라는 아이를 낳지 못한다고 하더니만 금세 아이가 들어서고 말았다. 아이가 생긴 여자는 유세하면서 전실 자식들을 홀대했다. 봉임은 부엌데기가 되었고, 사내 녀석 둘은 거지꼴인데다 봉선인 땅강아지 행색이었다. 친 오라비도 아닌 재종 오라비인데다 출가외인인 죽은 동생네 시집 일에 왈가왈부 할 처지도 못되었다. 그 후 한 번씩 들러보지만, 그 집에는 죽은 전 마누라의 재종 오라비를 반겨 맞을 사람은 없었다. 새 여자뿐 아니라 지 서방의 표정도 머쓱한 것이 불편한 기색이었다. 그러던 참에, 오 부자 영감이 일본 유학 중에 있는 막내아들에게 짝지어줄 민며느리를 구해야겠다고 했다. 다른 아들들보다 특별히 귀히 여기는 아들의 짝을 왜 그렇게 급히 구하려는지, 그것도 왜 하필 민며느리를 데려다 놓으려는지 감히 어르신의 깊은 속을 헤아릴 수 없었지만 불쑥 봉임이 떠올랐다. 봉임을 오 부자 댁 민며느리로라도 가까이 데려다 놓으면 마음이 좀 놓일 것 같았다. 동경유학까지 마친 석근의 마음에 봉임이 차지 않을까 염려되었으나, 설령 그렇다 한들 어쩌랴 싶었다. 밥만 굶지 않는 게 어딘가 싶었다. 박 서방은 '안 되면 말지' 하는 심정으로 넌지시 봉임의 딱한 사정을 오 부자에게 알렸는데, 말을 꺼내자마자 오 부자 영감이 선뜻 한번 말을 넣어보라는 것이었다.

"아, 자네 재종 누이야 내가 잘 알지. 오매가매 자네와 함께 들러 밥 얻어먹은 일도 여러 번 있질 않은가. 사람이 순하고 무던했지. 그 어미 밑에서 자랐으면 비슷하것지. 농사꾼 집안 며느리가 그만하면 됐고말고. 쇠뿔도 단 김에 빼랬다고 당장 그 댁에 말을 넣어보게나."

오 부자 영감이 좋다는데 봉임 집에서 그 혼사가 싫을 리 없다. 그렇지 않아도 새 마누라 등쌀에 봉임이 곤란한 처지였는데 그렇게 소원하던 땅뙈기도 조금 떼어준다 하고 전곡까지 어지간히 보내준다니 마다할 이유가 없다. 말이 나오기 무섭게 일이 진행되더니 마침내 오늘 봉임을 오 부자 댁으로 데리고 가는 참이다. 어린 봉임이 앞으로 닥쳐올 시집살이가 얼마나 고될지 알지 못한 채 철없이 이리저리 뛰어다니는 꼴을 보자니 박 서방 가슴 한쪽이 뻐근하다. 다리 아프면 지게에 태워준다 해도 어린 것이 속이 깊어 괜찮다며 타박대고 걷는다.

모롱이 길을 돌자 넓은 마을이 펼쳐지고 밭 가운데로 집들이 띄엄띄엄 있고 집집마다 굴뚝에 저녁 짓는 연기가 새어나오고 있다. 박 서방은 어느 번듯한 대문 앞에서 걸음을 멈추었다.

"다 왔다. 이제부터는 여기가 네 집이여."

박 서방 말에 가슴이 쿵 내려앉은 봉임이 올려다본 대문은 그동안 본 대문 중 가장 큰 여닫이 나무 대문이다.

석근

까치가 깍깍 운 것을 시작으로 아침부터 집안이 부산하다. 강 씨는 박 서방이 전날 지게에 수북이 장 봐온 먹거리를 부려놓고 종일박 서방 댁과 마주 앉아 씻고, 다듬고, 가마솥에 넣어 끓이고, 뒤집어 놓은 솥뚜껑에 기름을 넉넉히 둘러 지지고, 볶고 부쳐댄다. 기름냄새는 사람들을 신명 나게 하는 데가 있어서 마당을 바쁘게 오가는머슴들의 발걸음은 춤을 추듯 경중거렸다. 어지간하면 집안일에 무심한 송 씨까지도 마당 쪽으로 뚫린 쪽문을 열어 상체를 절반쯤이나툇마루 쪽으로 내밀고 앉아 머슴들 하는 일에 '감 놔라, 대추 놔라'잔소리를 해가며 그렇지 않아도 어수선한데 한몫을 얹는다. 봉임도덩달아 어른들 잔심부름 하느라 종일 부엌과 마당과 우물 사이를 참새처럼 종종걸음 쳤다. 박 서방 댁은 어수선하고 바쁜 중에도 봉임과 마주칠 적마다 공연히 옆구리를 쿡쿡 찌르며 키득거렸다. 그때마다 봉임은 부끄러움에 얼굴을 붉혔다. 오 부자는 며칠 전부터 읍내에서 지물포를 하는 맏아들 창근 내외와, 근방에 따로 나가 살면서 소작농 관리를 하는 둘째 아들 효근 내외까지 불러다 대청소를 하고 도배를 새로 했다. 박 서방 댁은, 무슨 일인가 어리둥절한 봉임의 치마허리를 잡고 마당 한쪽으로 끌고 가더니 "늬 서방님이 온댄다." 귀에 대고 속살거렸다. 그 말에 봉임은 알듯 말듯 눈만 화등잔만 하게 떴다.

"발써 공부 마치고 일본에서 왔는디, 시방 서울 교장 선생 집에 있디야. 신세를 졌으니께 인사를 드리는 게 옳지. 거기서 며칠 머물고 곧 집으로 온단다."

'석근…….' 얼굴 한 번 본 적 없어도 '서방'이라니 그 이름자만 떠올려도 공연히 수줍고 가슴이 콩닥거리는 건 참 모를 일이다. 때때로 창근과 효근을 볼 때면 '이이처럼 생겼을까. 저이처럼 생겼을까.' 저 혼자 생각하고 얼굴을 붉히곤 했다. 늬 서방이 온다는 박 서방 댁 얘기를 들은 뒤로는 박 서방 댁을 마주칠 때마다 공연히 눈도 못 맞추고 귀밑까지 빨개진 얼굴로 어쩔 줄을 몰랐다. 박 서방 댁은 또 그 꼴이 우스워 키들거리다가 결국 강 씨에게 한소리 듣고 만다.

"이따가 눈치 봐서 들어가 옷 좀 깨끗한 놈으로 갈아입어. 첨 대하는 서방님인데 이쁘게 보여야잖여?"

봉임은 짐짓 못 들은 척 딴전이다. 박 서방 댁은 또 그 꼴이 우스워 키들거리다 구정물 통을 들고 나갔다. 박 서방 댁이 사라지자 봉임은 잠시 생각하다 물 한 바가지 떠들고 방으로 들어갔다. 반닫이를 뒤져 가지고 있는 옷 중에 제일 깨끗한 옷으로 갈아입고 바가지 물에 참빗을 적셔 흐트러진 머리칼을 빗어 내렸다. 어느새 옷을 갈아입고 나온 봉임을 보자 강 씨가 알듯 말듯 한 표정으로 봉임을 흘 깃 보더니 고개를 홱 돌렸다. 그런 강 씨 뒤에서 박 서방 댁은 잘했다고 몰래 고개를 끄덕였다.

늘 평온한 사람인 오 부자 영감조차 마음이 부산한지 아침부터 빈 곰방대를 뻐끔거리고 마당을 오가며 일하는 사람을 둘러봤다. 석근은 오 부자 영감에게 하나 남은 희망이다. 위로 두 아들은 큰일을 할 재목이 못 되어 일찌감치 기대를 접었다. 마침 저희들끼리 눈 맞은 그만한 집 색시들이 있어 두 놈 모두 짝지어 분가시켜 놓은 참이다. 장손인 창근을 곁에 두고 농지와 재산관리를 가르쳐야 하지만 아둔한 데다 농사에는 뜻이 없고 놀기만 좋아해서 그럴 수 없었다. 창근 댁이 머리가 썩 좋은 편은 아니어도 제법 셈이 빨라 저자에 지물포를 내주어 나가 살게 했다. 어른들 눈치 안 보고 저희들끼리 살게 된 것만 좋아서 희희낙락하는 꼴에 오 영감은 혀를 끌끌 찼다. 둘째 아들 효근은 온순하고 근면하긴 하나 어수룩하고 약지 못해 시키는 일이나 할 뿐 주도적으로 이끌어갈 능력이 없다. 그저 박 서방을 따라다니며 소작 관리를 돕게 하며 저희 식구 밥걱정은 안하고 살게끔 했다. 석근은 어려서부터 싹수가 형들과는 달랐다. 어렸어도 한 마디씩 거드는 말이 제법 들을 만했다. 두 형들이 보통학교 다닐 적에는 저도 공부를 하고 싶다고 성화를 부려 나이도 덜 찬 아이를 사친회비 얹어 내면서까지 보통학교에 보냈다. 위로 두 형은 학업에 영 뜻이 없어 보통학교 4년을 겨우 마쳤지만 석근은 뭐든지 배우려고 들었다. 결국 큰돈을 써서 일본아이들이 다니는 소학교에 편입을 시켰다. "학교에서 무얼 배웠니?"하고 물으면 큰 목소리로 일본말을 재재거리거나 제비새끼처럼 입을 짝짝 벌려 일본창가를 불렀다.

"원, 학교라고 보내봐야 맨 일본말만 배워오는구먼."

오 영감은 혀를 차며 눈살을 찌푸렸다.

당시 소학교 교장으로 있던 사토 료스케 선생의 눈에도 석근이 남다르게 보였던 모양이다. 소학교 졸업을 앞둔 어느 날 학교가 파하자 석근은 사토 료스케 선생을 대동하여 집으로 왔다. 선생은 다음 학기부터 서울에 있는 중학교 교장으로 발령이 났다며 새 학교로 부임하면서 석근을 수양아들 삼아 함께 데리고 가주겠다는 뜻을 비쳤다. 오 영감은 마른하늘에 날벼락을 친 듯 가슴이 내려앉았다. "있을 수 없는 일이오!"라고 단칼에 말을 자르고 돌아앉았다. 그에게 바늘 하나 들어갈 틈이 보이지 않자 사토 선생은 더 말을 붙이지 못하고 돌아갔다. 문제는 사토 료스케 선생이 아니라 석근이었다. 교장 선생을 따라 서울의 신식 중학교에 가고 싶은 열망으로 간절한 석근의 눈빛은 두고 보기가 딱할 정도였다. 그 후 사토 선생도 두어 차례 더 찾아와 오 영감을 설득했다.

"석근은 명석한 아이입니다. 그런 아이를 제대로 키워내지 못하는 건 안타까운 일이지요."

"제 자식을 그렇게 알아주시니 고맙긴 하지만, 그렇다고 조선 아이를 일본인 댁에 수양아들로 보낼 수는 없는 일이지요. 제 부모가 없는 것도 아니고……."

"그저 형식일 뿐 아이의 학교문제로 뒤를 봐주겠다는 뜻으로 받아들여 주시지요."

"저도 아이가 원하면 고등보통학교까지는 밀어줄 생각입니다."

"하아…… 이런 말씀 듣기 거북하실 테지만, 일반 고보를 나와도 일본의 소학교 졸업으로 밖에 인정되지 않습니다. 석근이라면 고등 전문학교 정도는 보내야 할 텐데, 그러려면 중학교를 다시 다니거나 사범학교 예과 과정을 마쳐야 합니다. 그러자면 다른 일본 아이들보다 적어도 5년은 뒤쳐집니다."

"……."

오 영감은 대답 대신 한 쪽에 앉은 석근을 돌아보았다. 석근은 거의 울 듯한 얼굴이다.

"그러니 바로 일본인 중학교에 진학할 수 있도록 제가 뒤를 봐주겠다는 겁니다. 저는 일본인과 조선인을 구분하지 않습니다. 우수한 학생들을 제대로 키워내는 게 선생의 사명이지요. 석근이 말고도 이번에 함께 졸업하는 석근의 동급생 두어 명도 함께 데리고 갈 참입니다. 서울에 있는 제 집에 하숙을 보낸다고 생각하십시오."

자식 이기는 부모 없다더니 오 영감은 울상으로 자신을 간절하게 쳐다보는 석근의 눈빛을 모른 척 할 수 없었다.

처음에는 방학 때마다 집에 와 오 영감에게 새로 배운 학문 이야기를 하는 석근을 바라보며 보람을 느꼈다. 그러나 점차 공부가 어려워졌다는 이유로 방학에도 서울 사토 료스케 선생 집에 그대로 머무는 날이 많아졌다. 뭔가 잘못되어 가고 있다는 생각에 마음이 무거웠다. 그러더니 급기야 오 영감이 염려한 대로 동경에 유학까지 가게 되었다. 사토 선생이 동경에 있는 친구 스즈키 다이스케 교수에게 추천서를 써주었다는 것이다. 석근도 아버지가 두 형들보다 자기를 더 귀히 여긴다는 걸 알기에 되도록 아버지의 뜻을 존중하려고 애썼다. 그러나 신학문을 하면서는 서로 얼굴 대할 일이 없어서 인지 두 사람 사이가 소원해졌다. 석근은 유학기간에 동경 사토 선 생의 본가에 자주 들락거리면서 그 집 딸 하루코와 가까워졌다. 어 쩌면 그녀가 일본인이라는 사실 때문에 괜한 죄책감이 들면서 아버 지와 사이가 멀어진 건지도 몰랐다. 석근은 아버지에게 보내는 편지 말미에 종종 하루코의 이름을 언급했다. 그런 석근의 마음을 아는지 모르는지 오 영감은 하루코의 얘기를 묻는 대신 이제 그만 고향으로 돌아올 것과 적당한 배필을 찾아보자는 말로 돌려 말했다. 일본 여 자를 며느리로 맞을 순 없었다. 까딱하다가는 석근을 일본 선생 집 에 데릴사위로 뺏길까 불안했다. 그 후로 석근의 편지가 뜸해졌다. 아버지의 진심이 불편했을 터였다. 오 영감은 석근이 다른 마음먹기 전에 대책을 강구해야 했고 서둘러 민며느리를 들였다. 무던하고 조 용한 제 어미 박 씨를 닮았다면 그만하겠다 싶었다. 그렇게 차근차 근 가르치며 키워놓으면 농사꾼 집안 며느리 노릇은 하겠지 싶었다.

　서울에서 늦게 출발한 것인지 해가 떨어지도록 석근은 나타나질 않았다. 조급한 마음에 오 영감은 대문 밖까지 나가 서성였다. 종일 기름 냄새를 풍겼는데 정작 올 사람이 오질 않아 온 식구가 굶고 있 다. 결국 송 씨가 "노인네 굶겨 죽일 작정인 겨?" 쇳소리를 내고서야 여자들이 허둥지둥 송 씨에게 저녁상을 올렸다. 송 씨가 밥상을 물 리고 초저녁잠이 들자 밖에서 왁자한 소리가 났다. 오 영감의 뒤를 따라 키가 훤칠한 석근이 마당으로 들어섰다. 검은 양복을 입은 석 근은 학처럼 흰옷을 빳빳하게 풀 발 세워 입은 오 영감과 대조적으 로 보였다. 봉임은 그 모습을 훔쳐보며 숨이 멎을 듯하다. 오 영감은 뒤숭숭했던 생각은 다 잊고 오랜만에 보는 아들 모습에 벙싯벙싯 웃음이 났다. 온 가족이 빙 둘러서 석근을 맞았다. 창근과 효근 두 사람은 모두 석근의 손위 형제들이면서도 어쩐지 석근이 조금 어려운 모양이다. 석근은 식구들과 박 서방 내외에게 고개 숙여 인사하고 구경거리 난 듯 마당에 둘러선 머슴들에게도 눈인사를 했다. 그러나 마당 귀퉁이에 서 있는 봉임을 보지 못한 것일까? 석근은 그녀에게 눈길을 돌리지 않았다. 석근 뿐 아니라 오 영감네 가솔들 누구도 헛간 앞 절구통 옆에 서 있는 봉임의 존재를 아는 사람이 없다. 박 서방 댁조차 신식 양복으로 쭉 빼 입고 나타난 석근을 구경하느라 넋이 빠져 봉임을 잊은 지 오래다. 모처럼 오 영감과 세 아들들이 한 상에 둘러앉아 늦은 저녁밥을 먹었다. 초저녁잠을 한숨 자고 난 송 씨가 잠에서 깨 석근을 보고 뒤늦게 어깨춤까지 추며 즐거워했다. 왁자지껄한 시간이 지나가고 오 영감은 석근과 함께 조용히 사랑으로 들었다.

"박 서방 댁더러 떡 몇 쪽 굽고, 조청하고 간단하게 상 좀 봐 달래서 사랑에 들여가거라."

강 씨가 부엌으로 오더니 설거지를 마치고 뒷마무리하고 있는 봉임에게 무심한 얼굴로 말했다. 봉임이 뭐라 하기도 전에 눈치 빠른 박 서방 댁이 벌써 떡 몇 쪽과 조청을 준비하여 반들반들 윤이 나는 소반에 차려주었다. 봉임은 떡 얹힌 소반을 들고 마당을 돌아 한쪽에 고즈넉이 돌아앉아 있는 사랑채 중문을 넘어 사랑마당으로 향했다. 그곳에 석근이 있다고 생각하니 상을 들고 있는 손이 달달 떨린다. 마당으로 막 들어서는데 방에서 두 사람이 언성을 높이며 싸우는 소리가 들려 봉임은 걸음을 뚝 멈추었다.

"혼인이라니요? 제가 벌써 몇 차례나 하루코를 말씀 드렸잖아요. 아버지도 제 마음을 알고 계시잖아요."

석근의 목소리는 단호하면서 화가 묻어 있다.

"어디 여자가 없어서 상스러운 일본여자에게 마음을 빼앗겼더냐? 신학문을 한다더니 고작 연애질을 하고 있었던 게냐?"

오 영감 역시 노기 가득한 목소리가 떨려 나왔다.

"상스럽다니요? 아버지는 하루코를 보신 적도 없잖아요."

"보지 않아도 뻔하지. 왜놈들 상스러운 게 어제 오늘 일이냐."

"그래요, 그런데 그거 아세요? 조선은 그 상스러운 일본에게 패배했지요. 아버지, 일본은 강대국이에요. 일본은 이제 문명국이라고요. 장에 나가 보세요. 일본 상인들이 파는 물건들만 보아도 그들이 얼마나 앞서 있는지 알 수 있어요. 조선이 멈춰 있는 동안 일본은 성장했다는 걸 모르시나요? 세상은 변하고 있어요. 세상이 변하고 일본이 무섭게 성장하는 동안 조선이 그러지 못한 이유를 아세요? 그건 바로 아버지 같은 사람들 때문이죠. 고리타분하고 고집만 센 사람들. 눈 가리고 귀 막은 채 방안에 앉아 세상이 어떻게 변해 가는지 알려고 하지도 않죠."

"그래 그 잘난 일본에서 공부했다는 놈이 이젠 부모도 못 알아보는구나. 위아래도 분간 못하는 건 사람이 아니고 짐승인 게다. 넌 머릿속에 똥만 가득 담아왔구나. 너를 보내는 것이 아니었다. 그 짐승의 나라로 보내는 것이 아니었어."

오 부자 영감은 거의 울듯이 말했다.

"저는 반드시 하루코와 혼인합니다. 하루코가 아닌 다른 처녀와 혼인하는 일은 결코 없을 겁니다."

봉임이 미처 피할 새도 없이 사랑방 문이 요란하게 열리더니 석근이 밖으로 뛰쳐나왔다. 봉임은 그저 소반을 든 채 고개만 외로 틀고 마당에 서 있었다. 봉임과 마주친 석근이 잠시 주춤하더니 그대로 마당을 돌아 중문을 지나 사라져버렸다. 석근이 사라지고 난 후에도 봉임은 얼어붙은 듯 꼼짝할 수 없었다. 사랑방 장지문에 비친 오 영 감의 그림자도 오래도록 그대로 굳은 듯이 멈춰 있다.

영천

여자들 일이라는 게 본시 시작도 없고 끝도 없다. 밥 하고, 먹은 그릇을 치우고, 새참 해다 나르고 빨래하고 풀 빳빳이 먹여 다듬이질하고 바느질까지 하고 나면, 다시 밥을 해야 하고 돌아서면 다시 시작이다. 마치 끝없이 돌고 도는 윤회 같은 것이다. 석근이 오랜 일본 유학생활을 마치고 돌아온 날이라고 해서 별 다를까. 강 씨는 다른 날보다 오히려 갑절은 더 많은 일을 마치고 늦은 밤이 되어서야 방으로 들어오는데 몸뚱이가 물먹은 솜처럼 무겁다. 오 영감은 강 씨가 들어와도 모른 체 깊은 생각에 잠긴 듯 꼼짝 않고 빈 담뱃대만 뻑뻑 빨고 있다. 그 모습을 보자 강 씨 마음도 흐려졌다. 박 서방 댁 입방정으로 벌써 사랑에서의 일을 알고 있던 참이다.

"고단하실 텐데 왜 안 주무시고……."

저고리와 치마를 벗고 난 강 씨가 속적삼차림으로 이부자리에 들며 심상히 말했다.

"자네 먼저 자리에 드시게나. 오늘 온종일 고단했을 거 아녀?"

오 영감의 목소리가 갈라져 나왔다.

'힘든 날이 어디 오늘뿐이라고.' 강 씨 역시 심기가 좋을 리 없어, 들릴 듯 말듯 혼잣말처럼 구시렁대며 돌아누웠다. 강 씨의 뿌루퉁한 말투에 오 영감은 강 씨의 돌아누운 등판에 힐끗 좋지 않은 눈길만 줄 뿐 아무 말이 없다.

"기어이 그래야 하셨우? 오래 나가 있다가 모처럼 집에 들어온 아이한테 기어이 역정을 내시구."

잠자코 돌아누워 있던 강 씨가 갑자기 주먹으로 가슴을 치며 벌떡 일어나 앉더니 기어이 볼멘소리를 터뜨렸다. 오 영감이 번듯 눈을 부라려 겁을 주지만 강 씨는 눈 하나 깜짝 하지 않았다.

"말이야 바른 말이지, 그 애가 잘못한 게 뭐래유? 다른 집도 아니고 교장선생 외동딸이라는데 나 같으면 발가벗고 깨춤을 추라고 해도 골백번은 추겠구먼, 그게 호통을 치실 일이우?"

말없는 강 씨지만 한 번 입이 터지니 꾹꾹 눌러두었던 말이 쏟아져 나왔다.

"석근에게는 정혼자가 있잖은가, 봉임이를 두고 그게 무슨 해괴한 소린가?"

오 영감이 기가 막힌 듯 혀를 찼다.

"쳇, 정혼자는 무슨. 이제 와서 말이지만 봉임이 데려올 때 식구 중 누구한테라도 의논 한마디 하셨슈? 석근이도 모르고 나도 모르게 영감 혼자 결정하고 박 서방 시켜 느닷없이 데려다 놓으시구선."

강 씨는 결국 참았던 울분을 터뜨렸다. 뜻밖의 강짜에 부아가 나기는 하지만, 그렇다고 강 씨 말이 틀린 것도 없으니 오 영감은 딱히 반박할 말이 없다.

"우리 집에 혼인 줄을 대려고 줄 선 혼처가 얼만데 하고많은 중에 어쩌자고 그 애를."

"아, 이 여편네가 오늘 뭘 잘못 먹기라도 한 거여? 오늘따라 왜 이렇게 말이 많어?"

오 영감이 버럭 소리를 질렀다.

"허이구, 내 속 문드러진 걸 영감이 알기나 하시우? 워찌 그리 비루먹은 염소같이 생긴 아이를. 하필이면 간장에 조려놓은 깜장 콩 같은 아이를."

강 씨는 말대꾸를 하다말고 울컥 목이 메는지 제풀에 말을 멈췄다. 오 부자 영감도 강 씨 억장 무너지는 심정을 모르는 바가 아니어서 눈을 흘기면서도 슬그머니 말끝을 흐렸다.

"정 붙이면 낫겠지. 정 붙이면 달라 뵈겠지. 마음을 다잡고 다잡아도 그저 기가 막히네유."

강 씨는 여간해서 보이지 않던 눈물까지 꾹꾹 찍어내며 넋두리를 늘어놓았다. 아닌 게 아니라 오 영감도 봉임을 처음 본 날에는 가슴이 덜컥 내려앉긴 했다. 박 서방을 따라 들어온 땟물이 졸졸 흐르는 꾀죄죄한 봉임을 처음 보고는 '너무 성급한 결정을 내렸나.' 잠시 후회가 일긴 했다. 다행히 아이가 고분고분하고 약은꾀를 부리지 않아 두고 볼수록 마음에 들던 참이다. 하지만 여편네는 석 삼 년이 지났는데도 여태 마음에 차지 않는 모양이다.

"저 좋다는 사람이 있는데, 왜 억지로! 억지로 인연 맺어주면 다

되는 줄 아시우? 따지고 보면 그게 어디 석근이헌티만 못할 짓인가, 봉임이헌티도 못할 짓이지. 평생을 마음은 다른 데 두고 곁을 주지 않는 빈 껍데기 같은 사람하고 사는 게. 그게 얼마나…… 얼마나 가심 시리고 설운 것인디. 누가 그 속을 알어……."

강 씨는 오래 숨겨두었던 속내를 기어이 비치고 만다.

"나원참, 남부끄러워 더는 들어줄 수가 없구먼. 낮살이나 먹어서……."

급기야 오 부자 영감이 벽력같이 소리치자 찔끔 주눅이 든 강 씨가 눈물을 훔치고는 홱 돌아누워 이불을 뒤집어썼다. 여편네 말이 아주 없는 소리는 아니다. 은근히 속내를 비치고 마는 여편네의 돌아누운 좁다란 등판을 말없이 바라보던 오 부자 영감은 명치끝이 뻐근해져왔다.

오 부자 영감이 장가들기 전, 열일곱이든가? 열여덟이든가? 사람들이 그를 영천으로 부르던 때에 같은 동네에 사는 쇠락한 양반집 규수를 마음에 품었다. 영천의 집으로 가는 길목에 삐뚜름히 돌아앉은 오두막집에, 나라가 뒤숭숭해지면서 어느 사연 있는 양반집 식구들이 들어와 살았다. 들리는 말에 이미 병약했던 그 양반님 네는 세상을 떠난 지 오래고 남겨진 과부와 외동딸만이 그 집에 살고 있다고 했다. 그 집 앞을 지나다가 한 번씩 마주치던 꽃 같은 규수의 모습에 영천은 가슴이 뛰었다. 규수 이름이 옥란이라는 걸 안 후로는 땅바닥에 그 이름을 얼마나 썼다가 지웠는지. 그녀를 훔쳐보고 싶어 다른 길로 가다가도 일부러 돌아서 그 집을 지나치곤 했다. 마주치는 날이 잦아지면서 옥란 역시 영천에게 한 번씩 눈길을 건넸다. 옥란의 눈길을 받은 날 밤이면 영천은 베개를 끌어안고 뜬눈으로 밤을 지샜다. 나무하러 산에 갔다가 나물을 캐서 돌아가는 옥란과 마주치면 소리 없이 옥란 손에 들려진 나물 광주리를 뺏어 들고 앞질러가 그 집 툇마루 끝에 놓아주고 갔다. 삯바느질로 생계를 이어가는 모녀가 안쓰러워 말없이 땔감나무를 한 지게씩 지어다 처마 밑에 내려주곤 했다. 그날도 영천이 뜬눈으로 밤을 새다가 참다못해 옥란의 오두막집으로 달려갔다. 집 바람벽에 기대앉아 들창문 밑으로 나붓나붓 한 잎씩 꽃잎을 놓듯 흘러나오는 옥란의 책 읽는 소리를 들었다. 여자의 글 읽는 소리가 그렇게 아름다운 줄 미처 몰랐다. 그때부터 영천은 그 소리를 듣고 싶어 잠이 오지 않는 밤이면 옥란의 집 들창 밑에 앉아 밤이 깊도록 그녀의 책 읽는 소리를 엿들었다. 어느 날 옥란은 영천이 자신의 책 읽는 소리를 엿듣는다는 걸 알게 되었다. 영천이 양반은 아니지만 일찍이 언문을 깨쳤고 어릴 적에 서당에 다녀서 한문도 제법 익혔다는 걸 알게 된 옥란은 읽던 책을 한 권씩 영천에게 빌려주었다. 처음에는 말없이 목례를 나누며 책만 주고받던 두 사람은 점차 책을 건네고 나서도 한참을 마주 서 있었고, 가끔은 책을 건네는 손이 상대방 손에 닿기도 했다. 처음엔 적잖이 당혹스러웠으나 서로 손이 닿은 채 시간이 멈춘 듯 가만히 서 있는 날이 더 많아졌다. 그런 날 밤이면 영천뿐만 아니라 옥란도 얼굴이 달아오르고 가슴이 뛰어서 잠을 이루지 못했다.

　세상에 영원한 비밀이란 없다더니, 두 사람이 정분났다는 소문이 동네에 퍼져 알 만한 사람은 다 아는 지경에 이르렀다. 소문을 들은 옥란의 어미가 바짝 귀를 세우고 옥란의 행동거지를 살폈다. 어느

날 밤 오두막 뒤에서 영천과 옥란이 마주 서 있는 걸 목도한 옥란 어미는 옥란에게 일체의 바깥출입을 금했고 밤중에 소리 내어 책 읽는 일도 못하게 했다. 옥란을 볼 수 없게 된 영천은 생병이 났고, 결국 그 연유를 캐던 영천 부모의 귀에까지 두 사람 소문이 들려왔다. 영천 어미는 목소리를 낮추어 "반상이 유별한데 무슨 봉변을 당하려고 양반집 규수와 가까이 지내는 겨?" 하면서 영천의 등짝만 연거푸 후려쳤다.

"몰락했다고는 해도 양반집인데 어찌 감히 그 집 출입을 한 겨? 까딱 잘못해서 소문이라도 잘못 퍼지는 날에는 네 놈 치도곤은 물론이고 그 규수도 혼삿길 막히는 겨."

영천의 아비도 조용히 영천을 불러 나무랐다. 아무리 타일러도 불붙은 영천의 가슴이 가라앉을 기미를 보이지 않자 영천의 아비는 서둘러 근방에 마땅한 처녀가 있는지 수소문했다. 마땅한 처녀를 찾아 짝 지워놓으면 곧 잊게 될 것이라고 생각했다. 마침 입은 무거우나 몸놀림은 가벼워 못하는 일이 없고 바느질 솜씨까지 좋다는 강 씨 성을 가진 처녀가 근방에 있다는 말이 들려왔다. 그만하면 농사짓는 집 며느릿감으로 더 바랄 게 없었다. 당장 중신아비에게 몇 푼 찔러주어 말을 넣었고 영천의 집이 넉넉한 걸 아는 그 쪽에서도 마다할 이유가 없었으니 혼인 말은 미처 땅에 떨어지기도 전에 이루어졌다.

영천도 시간이 지남에 따라 자신은 아무래도 상관없으나 자기 때문에 옥란을 난처한 지경에 빠지게 할 수 없다는 생각에 마음을 접기로 했다. 마지막으로 빌려왔던 책을 돌려주러 옥란을 찾은 날, 옥란의 모친은 영천이 곧 장가가게 되었다는 말을 들은 터라 짐짓 모르는 척, 잠자리에 드는 시늉을 했다. 그날 밤, 영천과 옥란 두 사람은 마지막으로 오두막집 뒤 처마 밑에서 아무 말도 하지 않은 채 오래도록 마주 서 있었다. 마침내 영천이 헛기침을 한번 하면서 들고 있던 책을 옥란 손에 들려주자 옥란도 눈을 내리깔고 말없이 책을 건네받았다. 꾸벅 인사를 마치고 무심히 돌아서는 영천 등 뒤에서 들릴 듯 말듯 옥란의 젖은 목소리가 들렸다.

"요즘 세상에 반상의 구별이 어디 있다고⋯⋯."

그 말에 영천이 옥란을 돌아보자 이번에는 옥란이 눈시울 붉힌 채 몸을 돌려 달아나 버렸다.

아닌 게 아니라 세상이 달라져서 머리를 잘라 상투를 틀지 않아도 된다고도 하고, 이젠 양반과 상놈이 따로 있지 않은 세상이라고들 하지만 어쩌면 그래서 더 뒤숭숭한 세상이었다. 상투 자르는 일로 어느 곳에서는 폭동이 일어나기도 하고, 상투를 자르느니 차라리 목숨을 끊겠다고 음독한 사람 얘기도 들렸다. 천민 주제에 양반집 규수를 탐했다고 멍석말이로 맞아 죽은 사람 얘기도 들었다. 세상이 이렇듯 뒤숭숭할 때는 지는 꽃잎에도 베이는 법이라 철없는 아들이 겁도 없이 양반집 규수를 넘봤다는 사실에 영천의 부모는 가슴이 철렁했다.

그날 이후 영천은 옥란을 다시 찾지 않았다. 옥란 집을 지나가야 할 때조차 일부러 다른 길로 빙 돌아서 지나갔다. 혼인 날짜가 다가옴에 따라, 부모님이 받아온 정한 날에 좋은 방향으로 자리 잡아 앉은 영천은 굵게 땋아 내렸던 머리를 풀고 정수리로 끌어올려 다시 잘 땋아 올린 다음 이마에 망건을 굳게 둘러 상투 트는 것으로 어른이 되었음을 알렸다. 그로써 철없던 시절의 모든 일들은 접고 참으로 어른 된 삶을 살겠다는 다짐이었다. 혼례 치르는 날, 조랑말을 타고 신부 집으로 향하는 영천을 마을 사람들이 길에 나와 구경했다. 영천은 조랑말 위에 앉은 채 고개를 돌리지 않았지만 동네사람들 틈에 부쩍 야윈 옥란도 끼어있다는 걸 알 수 있었다. 영천은 그 얼굴을 쳐다보는 대신 눈을 질끈 감았다.

조선, 조선인

사랑방에서의 말다툼 이후, 오 부자 영감과 석근은 한 집안에서 서로 소가 닭 보듯 데면데면했다. 못내 마음이 불편했던 석근이 눈치를 봐 아버지에게 말이라도 붙여볼 양으로 곁에서 얼쩡거려보지만 눈썹머리까지 곤두선 서슬에 입도 달싹 못하고 그냥 돌아섰다. 몸집이 왜소한 촌부일 뿐인데 그런 당찬 기상은 어디서 나오는 것인지 알 수 없다. 하다못해 숱도 없이 올려 묶은 상투 끄트머리까지도 꼿꼿하게 서 있는 것이 감히 넘겨다 볼 수 없는 권위 같은 게 느껴졌다. 강 씨도 석근이 오랜만에 돌아온 집에서 불편하게 지내는 것이 딱했지만 달리 도와줄 방법이 없다. 어미라고 낳기만 낳았지, 아들에게 해줄 것이 없다는 게 강 씨의 속을 긁는다.

어려운 가운데 그래도 노력하는 쪽은 석근이다. 공연히 오 부자영감이 움직이는 대로 두어 걸음쯤 떨어져서 얼쩡대기를 며칠째 계속할 뿐이다. 며칠을 두고 본 석근은 그동안 몰랐던 아버지를 둘러

싼 심상치 않은 움직임을 느꼈다. 아버지에게 낯선 사람들이 찾아오면 다른 사람의 사랑 출입을 막고 오랜 시간 소리 낮춰 그들과 이야기를 나누고, 이야기를 마친 손님들은 식구들에게 인사도 없이 슬그머니 사라졌다. 오늘도 역시 낯선 사람들과 함께 사랑으로 들어간 아버지가 나올 생각이 없자 궁금증을 참지 못하고 석근이 강 씨에게 물었다.

"저 사람들은 누군가요?"

"만주에서 온 사람들일 거다."

석근이 뭔가 짚이는 데가 있어 눈을 크게 뜨고 강 씨를 돌아봤다.

"낸들 알겠니. 만주에 설탕공장을 차리셨다더라. 한 번씩 박 서방 앞세워 다녀오시는 모양이더라만. 나한텐 통 말씀도 읎으시구. 또 내가 들은들 바깥일을 알 수가 있나. 그나마도 박 서방 댁 통해 들었지. 암튼 집안 돌아가는 일은 나보다도 박 서방 댁이 더 잘 안다니께."

'설탕공장을 만주에!' 석근은 어쩐지 불길했다. 오랜 시간 사랑에서 대화를 나누고 난 오 부자 영감이 돌아가는 그들을 대문간까지 나가 배웅했다.

"그럼 내일 모레 거기서……."

"예, 그럼 그 날 그 시간에 뵙겠습니다."

"어디 가시게요?"

석근이 단단히 마음을 먹고 대문을 닫고 돌아서는 오 영감에게 다가가 묻지만 오 부자 영감은 대답이 없다.

"아버지!"

"볼일이 있어서 어디 좀 다녀오려고 한다."

석근이 물러서지 않자, 오 영감은 무심하게 대답했다.

"그 어디라는 게 혹시, 만주인가요? 만주에 설탕공장 차렸다는 게 사실이에요?"

반응을 보이지 않던 오 부자 영감이 이번에는 걸음을 멈췄다. 정색한 얼굴로 묻는, 자신보다 머리 하나는 더 큰 석근의 얼굴을 빤히 올려다봤다.

"그 얘기는 어디서 들었느냐. 늬 어머니가 그러든?"

오 영감은 차분한 말투로 물었지만 어쩐지 그 말투에는 화가 묻어 있는 듯 들렸다.

"평생 농사만 지어보신 분이…… 설탕공장이라니 뜬금없어서."

석근답지 않게 말끝을 흐렸다.

"나라고 평생 농사만 짓고 살라는 법 있니? 그저 경험 많은 친척이 공장을 인수한다기에 모자라는 돈을 좀 보탠 거."

입이 붙은 듯 말을 아끼던 오 부자 영감답지 않게 대답이 길다.

"거기에 다른 일이 있는 건 아니신지……."

"다른 일이라니? 무슨 일을 말하는 게냐?"

이번에는 거꾸로 오 부자 영감이 석근에게 묻지만 석근은 차마 생각나는 대로 말할 수가 없다.

"아, 글쎄 돈이 모자라는 친척에게 돈을 좀 대준 것 가지고 그러는구나. 이젠 나도 늙어서 농사일이 힘에 부친다. 농사 안 짓고도 돈 되는 일이 있을까 싶어서."

오 영감은 변명 같은 말을 늘어놓더니 석근을 피해 황황히 사랑채

쪽으로 갔다. 석근이 알고 있는 아버지는 일하지 않고 돈 벌 욕심으로 돈을 댈 만한 사람이 아니다. 결국 이틀 뒤 이른 아침 오 부자 영감은 박 서방을 앞세워 집을 떠났고 석근은 말없이 집을 나서는 오 부자 영감의 뒷모습을 바라볼 뿐이다. 언제 돌아온다는 말도 없이 집을 나선 오 영감은 석근이 서울로 돌아가는 날이 되도록 돌아오지 않았다. 석근은 아버지께 인사도 드리지 못한 채 서울로 돌아올 수밖에 없었다.

고향에 다녀온 석근은 무슨 일인지 표정이 굳었고 말수가 줄었다. 하루코는 부모님께 자기와 결혼하겠다는 말은 한 것인지, 결혼하면 다시 일본으로 돌아가 직장을 얻게 될 것이라는 말도 전했는지, 궁금한 것이 한두 가지가 아니지만 입을 굳게 다물고 있는 석근에게 아무것도 물을 수가 없다.

"석근씨, 방에 있어요? 아버지께서 찾으시는데."

며칠째 방에서 꼼짝 않는 석근에게 하루코가 사토 료스케 교장의 말을 전했다. 석근이 방문을 열자 하루코가 말을 잇는다.

"일본에서 손님이 왔어요. 아마…… 석근 씨를 사윗감으로 소개하실 모양이에요."

석근은 아직 마음이 불편한 상태였지만 사토 교장의 말을 거역할 수는 없었다. 석근이 바깥마당을 지나고, 중정을 지나 안채로 성큼성큼 걸어가자 하루코가 긴장한 듯 종종걸음으로 그 뒤를 쫓는다. 하루코까지 긴장한 것을 보면 아마 중요한 손님인 듯하다. 어쩌면 두 사람이 일본으로 가면 도움을 줄 사람일지도.

"석근씨 먼저 방에 들어가 계세요. 저는 다과상이 준비되었는지 부엌에 좀 가 볼게요."

석근을 뒤따르던 하루코가 부엌 쪽으로 가며 말했다. 석근이 가볍게 고개를 끄덕이며 안채 대청 위에 올라서는데 안방에서 손님과 대화 나누던 사토 교장이 크게 웃는 소리가 들렸다. 방문 앞에 이르렀는데 함께 웃던 손님이 웃음을 멈추고 사토 교장에게 말했다.

"참으로 대단하십니다. 어떻게 조선인 사내에게 금지옥엽 외동딸을 선뜻 내주시는 겁니까? 얼마나 대단한 사내인지 당장 그 얼굴을 좀 보고 싶습니다."

뜻밖에 자신을 두고 한 '조선인'이란 말에 석근은 방문을 열려던 손을 멈췄다.

"흠 …… 말이 그렇지, 그렇게 마음먹기까지 좀 어려웠겠나. 조선인도 일본인과 똑같이 대우해야 한다고 말해왔지만, 막상 내 집안일이 되고 보니 그게 말처럼 쉬운 일이 아니더군. 나 역시 쉽게 허락할 수가 없었다네. 아무리 명석한 녀석이긴 해도 조선인 신분으로 어디까지 올라갈 수 있겠나? 당장 집안에서는 가문의 수치라고 노발대발이고. 피가 마르는 시간을 보냈다네. 하루코가 외동딸이라 귀하게만 키워놓았더니 고집이 황소고집이야. 그 놈이 아니면 절대 안 된다고, 물 한 모금 마시지 않고, 내리 닷새를 굶지 않았겠나. 자식 이기는 부모가 있는가? 하나밖에 없는 딸을 죽게 내버려 둘 순 없어 고심 끝에 찾은 방안은, 내가 그 녀석을 일본인으로 만드는 것이라네."

"아니, 어떻게 조선인 신분을 일본인으로 만들겠다는 겁니까?"

"나는 그 녀석을 내 아들로 삼을 생각이네. 그래서 그 녀석에게 내

성을 물려줄 거야. 내 손자에게 조선인 성씨를 붙여줄 순 없지. 그 녀석은 이제 내 아들로, 자랑스러운 대일본제국 신민으로 당당하게 살게 될 걸세."

석근은 조선이 일본의 일부이며 조선인 역시 당연히 일본인이라고 생각해 왔다. 하지만 '손자에게 조선인 성 씨를 붙여줄 수 없다'는 사토선생의 말은 충격적이었다. 그동안 자신을 바라보던 사토선생의 속마음을 이제야 조금 알게 되었다. 머릿속이 하얗게 비어지며 현기증이 일어 휘청거렸다. 숱 없는 머리를 꼿꼿하게 상투 틀어 올리고, 눈썹 머리까지 곤두서서 호통치던 아버지의 모습이 떠올랐다. '아버지!' 석근은 갑자기 아버지에게, 조선에게, 그리고 사토선생과 자기 자신에게조차 몹시 부끄러워져서 차마 방문을 열지 못하고 돌아섰다. 부끄러움은 곧 분노로 변하면서 귀밑까지 붉어졌다. 석근은 황급히 대청마루를 뛰어내려와 마당을 빠져 나가려다 부엌에서 다과상을 차려 들고 막 중문을 넘어서던 하루코와 마주쳤지만 눈길 한번 주지 않고 그대로 바깥채로 나가버렸다.

아버지께는 석근이 마침 외출 중이라 방에 없더라고 둘러대기는 했지만, 말도 없이 갑자기 사라져버린 석근 때문에 하루코는 여간 당혹스러운 게 아니었다. 그렇게 밖으로 나가버린 석근은 밤이 깊어 술에 취해 돌아왔고, 그 뒤로 며칠째 방에 틀어박혀 꼼짝도 하지 않았다. 식사시간이 되어도 좀처럼 방에서 나오질 않았다. 일하는 아이를 시켜 따로 밥상을 들여보내지만 밥상은 번번이 손도 대지 않은 채 도로 물려졌다. 그런 날이 며칠 지나고 누군가 석근을 찾아와 쪽지를 전하는가 싶더니 곧바로 석근은 채비를 차리고 외출을 서둘렀다. 하루코는 무슨 일인지 알 수는 없으나 석근이 다시 외부와 소통하게 되었다는 사실만으로도 기뻤다.

외출에서 돌아온 석근을 맞으며 하루코가 밝은 표정으로 물었다.

"어디 다녀왔어요?"

"준표 만났어요."

석근은 굳은 얼굴로 짧게 대답했다. 하루코는 갑자기 불안한 마음이 들었다. 석근도 하루코의 마음을 알지만 밖에서 준표와 나눈 얘기를 차마 그녀에게 말할 수 없었다. 준표 역시 사토 료스케 교장의 도움으로 서울 상급학교에 함께 진학했던 오랜 벗이다. 준표가 사토 료스케 교장과 견해 차이가 생겨 일본학생들과 조선학생들 앞에서 선생에게 대든 사건 이후 스스로 사토 교장의 집을 떠나기 전까지 둘은 서로 깊은 우정을 나누던 사이였다. 학생들 앞에서 모욕을 당한 사토 교장은 준표를 멀리했고, 그 사이에서 입장이 곤란해진 석근도 점차 준표와 멀어졌다. 오랜만에 만난 벗은 헤어져 있었던 시간만큼이나 서로에게서 멀어져 있었다.

"아니, 자네는 어떻게 그렇게 소식이 절벽인가?"

준표가 탁자를 치며 큰소리를 내는 바람에 다방 안에 있던 사람들이 모두 석근을 돌아보았다.

"자네가 잘못 들은 건 아닌가? 요즘 돌아다니는 믿지 못할 흉흉한 소문들이 좀 많은가?"

석근이 민망한 표정으로 사람들을 돌아보며 말했다.

"자네야말로 그동안 일본 사람들에 둘러싸여 귀도 막히고 눈도 막혀 살았구면. 일본선생 데릴사위가 되려니까 자네까지 일본사람이 된 것 같은가? 하긴 까마귀 같이 시커면 양복차림을 보니 그럴 만도 하구면. 부끄러운 줄 알게나."

까마귀 같다는 말에 석근은 얼굴이 화끈 달아올랐다. 그러고 보니 준표는 석근과 달리 칼날같이 풀 발이 선 흰 두루마기 차림이었다.

"만주에서 우리 독립투사와 양민들이 대거 학살되었다는 소식을 여태 못 듣고 있는 자네야 말로 과연 나와 같은 세상, 같은 시대를 살고 있는 사람인지 의심스럽네. 아니, 어쩌면 자네는 일부러 귀와 눈을 닫고 사는지도 모르겠군. 예전에 내가 알았던 그 사람이 아닐세. 한때라도 자네가 나의 벗이었다는 사실이 이젠 나의 부끄러운 과거로 남을 것 같군. 우리가 앞으로 다시 볼 일은 없을 것이네."

준표는 석근이 뭐라 말을 할 새도 없이 자기 할 말만 하고는 다방을 나가버렸다. 준표가 화가 난 것만큼이나 준표가 입고 있는 두루마기 자락도 빳빳하게 곤두서 있었다. 독립투사와 양민 대학살이라니…… 그게 사실이라면! 석근은 문득 낯선 사람들과 만주로 떠난 뒤 아직 돌아오지 않은 아버지 생각이 났다. '일본은 일본이고, 조선은 조선이다. 조선은 일본이 될 수 없다.' 사토 료스케 선생의 말에서 분명히 깨달은 것이다. 힘 없고 가난한 나라라도 조선은 아버지의 나라이며 자신의 나라이다. 늙고 왜소한 촌부일 뿐인 아버지에게서 뿜어져 나오던 추상같은 조선인의 기상이 떠올랐다.

'아버지는 만주에서 돌아오셨을까.' 석근은 아버지의 신변이 염려되기 시작하자 마음이 불안하고 급해서 더는 지체할 수가 없었다. 집으로 돌아오자마자 서둘러 가방을 챙겨 들고 기차역으로 달려 나갔다.

혼례

오 영감이 만주에서 무사히 돌아왔을 때 석근은 집에 와 있었다. 전혀 달라질 것 같지 않았던 석근이 생각을 고쳐먹고 집에 오자 오 영감은 이제야 모든 것이 제자리를 찾은 듯 마음이 놓였다. 집안은 평화로웠고 봉임의 얼굴에도 웃음기가 돌았다. 노망이 심한 송 씨도 반짝 정신이 들었는지 드나드는 집안 식구들마다 붙들고 일일이 참견이다. 이른 아침 뒷간에 다녀오던 송 씨는 마당에서 마주친 오 영감의 소맷부리를 잡고 마당 구석으로 끌고 갔다. 아들 석근이 돌아오자 밉살스런 시어머니 송 씨와 남편 오 영감이 한 통속으로 붙어다니는 꼴도 너그럽게 웃어넘길 수 있는 강 씨였다. 마당 구석에 함께 있는 두 사람을 보고도 강 씨가 짐짓 모른 척 지나가자 송 씨는 몸을 절반쯤이나 구부리고 내어준 오 영감 귀에 대고 속살거렸다.

"저것들 인제 합방 시켜. 내가 보니께 저 년, 조 앙큼한 년이 보기엔 비루먹은 염소 같아도 저 할 건 다 하더라니께. 글쎄 내가 봤잖여. 초경이 터졌어."

송 씨가 눈을 게슴츠레 뜨고 우물가에 있는 봉임을 건너다보며 가래 끓는 소리로 키들거렸다. 뜻밖의 말에 오 부자 영감은 당혹스럽다.

"오늘 죽을지 낼 죽을지 모르는 늙은이를 두고 마냥 시간만 끌겨? 석근이 장개드는 건 보고 가야 할 것 아녀. 저 년이 당최 쬐끄매서 사람 구실이나 할까 싶드니만, 글씨 조 앙큼한 년이 벌겋게 초경이 터졌드라니께."

송 씨는 신이 나서 침을 튀겨가며 말을 잇는다.

"아, 글씨 내가 깜빡 잠이 들었다가 눈을 떠 보니께 저 년이 얘기책을 읽다 말고 이불 위에 픽 씨러져 잠이 들었질 않겠어? 요년 봐라, 괘씸해서 호통을 쳐서 깨울까 하다가, 자는 낯짝을 보니께 어린 것이 안씨럽기도 허다, 싶겠지? 그래 자는 꼴을 가만히 보자니께 저년 치맛자락에 솔가지로 휙휙 뿌린 듯 핏자국이 뵈잖여? 내가 활딱 저년의 치맛자락을 들춰봤더니 속곳이 뻘건 거야. 저 미련한 년이 글쎄 그런 줄도 모르고……."

뭐가 우스운지 눈물까지 질금대며 키들거리는 어머니를 뒤로 하고 오 영감은 논, 밭을 둘러보러 나가며 석근의 혼례를 깊이 생각했다. 서울에서 갑자기 내려온 뒤 별 말이 없는 석근과 이전에 사랑방에서의 말다툼 이후로 혼인문제는 서로 말을 아끼던 두 사람이라 석근이 어떻게 나올지 알 수 없다. 동네를 절반쯤이나 돌았을까, 저만치 단풍이 붉게 물든 산모롱이 반대쪽에서 걸어오던 석근과 마주쳤다. 석근 역시 드넓은 자기네 땅을 둘러보던 중이다. 오 부자 영감은 뜻밖에도 땅에 관심을 두는 석근의 행동이 놀랍고도 대견하다. 석근은 마치 아버지에게 부끄러운 모습을 들키기라도 한 듯 얼굴이 붉어졌다.

"어느새 단풍이 붉다."

오 영감이 빙긋 웃으며 말하자 석근도 산자락에 펼쳐진 단풍을 둘러보았다.

"곱지 않니? 봄꽃보다 가을 단풍이라더니……. 그 말이 딱 맞는구나."

"예."

석근도 진심으로 고개를 끄덕였다.

오 부자 영감이 바람 부는 대로 물결처럼 춤추는 알곡이 꽉 찬 가을 벼를 흐뭇하게 바라보며 물었다.

"석근아! 보이느냐? 우리 땅이다. 이 땅이 우리가 지켜야 할, 우리 땅이다."

석근은 가슴이 쿵 울렸다.

"이 땅을 목숨 걸고 지켜야 네 아들에게 네 손자에게 물려줄 수 있다."

"아버지, 제가…… 잘못했습니다."

석근의 목소리가 떨렸다. 오 부자 영감은 가만히 얼굴을 돌려 고개 숙인 석근을 말없이 바라보다가 말을 잇는다.

"네 잘못이 아니다. 그건 늬들 잘못이 아니라 우리 어른들의 잘못이여. 미안허다. 늬들헌티 물려줄 세상을 이렇게밖에 만들지 못혀서 부끄럽다. 우리는 잘못했지만 너희는 잘못하지 마라. 이게 내가 너에게 해줄 수 있는 말이여. 내가 너에게 물려줄 수 있는 건 그것 뿐이여. 늬들은 잘못하지 마라. 늬들은…… 늬들 후손에게 떳떳해라."

두 사람은 오래도록 그 자리에 서서 금빛으로 물결치는 가을 들판을 바라보고 서 있었다.

날이 좋다. 희한하게 날이 궂으면 송 씨 정신도 흐리고 날이 맑으면 송 씨 정신도 맑다. 석근의 혼례날인 줄 어찌 알고 하늘도 맑고 송 씨 정신도 모처럼 맑은 걸 보니, 받은 날이 길일이긴 한 모양이다. 아침부터 동네 여편네들이 속속 몰려들어 잔칫날답다. 여편네들은 저마다 코흘리개 어린 것들 하나씩 끌고 와서 전 부치고 떡 썰 때마다 먹을 걸 아이들 소매 속으로 하나씩 쑤셔 넣어준다. 잔칫날에는 여편네들이 어린 것들에게 뭐 하나라도 더 먹이려고 남들 눈을 피해 슬슬 먹을 걸 쥐어주고, 그걸 받아든 콧물 줄줄 흐르는 어린 것들이 히죽거리며 뛰고, 삼삼오오 모여앉아 제비새끼들처럼 입을 벌려 먹는 걸 보아도 그저 웃으며 못 본 척 해주는 게 미덕이다. 집안에 기름 냄새가 퍼지면 먼 데 있던 동네 비렁뱅이들도 코를 킁킁거리며 대문 앞에 몰려든다. 오 부자 영감은 일찌감치 행랑채 마당에 차양을 따로 쳐서 비렁뱅이들도 섭섭지 않게 먹여 보내라고 따로 일렀다.

송 씨는 집안 여자들이 분주한 틈을 타 몰래 혼례복을 갖춰 입고 그림같이 앉아 있는 봉임의 방에 숨어들었다. 얼굴에 연지곤지를 붉게 찍고 앉아 있는 봉임의 옆구리도 찔러보고 치마도 들춰보며 키들거렸다. 봉임도 그런 송 씨가 싫지 않다. 아무도 없는 방에 혼자 앉아있던 봉임은 오히려 그런 송 씨가 고맙다. 종일 밥도 제대로 못 먹고 그림처럼 앉아 있을 봉임이 걱정되어 음식 몇 가지를 담아 방에 들이던 박 서방 댁이 송 씨를 밖으로 데리고 나가기 전까지 봉임은 송 씨 때문에 그나마 긴장이 풀렸다. 여자들에게 이끌려 초례청으로 들고, 양팔에 부축을 받으며 절을 하고, 합환주를 마시면서 봉임은 오래 전 밭둑에 앉아 있던 어매의 마지막 모습을 떠올렸다. 언덕 위키 작은 소나무 아래에서 때 묻은 몽당 치맛자락으로 콧물을 닦으며 그 자리에 오래오래 홀로 남아 있던 할매도 떠올렸다. 합환주 때문일까, 코끝이 맵고 내려 뜬 눈썹 끝에 눈물이 아롱졌다.

혼례식을 마치고 석근은 동네 청년들의 술자리에 어울리느라 바쁘지만, 봉임은 다시 아무도 없는 방안에 혼자 앉아 있었다. 종일 가슴이 울렁거려서 아무것도 먹지 못했고 또 그럴만한 정신도 아니었던 터라 밤이 되자 시장기를 느꼈다. 방 한쪽에 밥과 반찬과 술이 차려져 있긴 하지만 새색시가 혼인 첫날밤에 냉큼 밥상 앞에 앉기도 어려운 일이다. 지루하게 앉아 있던 봉임이 까무룩 잠이 들었는가 싶은데 그제야 조심스레 방문이 열리고 석근이 들어섰다. 짓궂은 동네 여편네들이 창호문을 손가락으로 뚫고 키득거리며 들여다보지만 한참을 그리고 있어도 아무 일도 일어나지 않는다. 이미 취기가 꽤 돈 석근은 박 서방 댁이 따로 들여다 놓은 상 앞에 말없이 앉아 술잔만 비웠다. 이제나 저제나 재밌는 구경거리를 기다리던 여편네들은 실망하여 하나, 둘 하품을 쩍쩍 하며 자리를 떠났다. 소란스럽던 창호문 밖이 조용해지자 그제야 석근은 봉임을 돌아봤다. 집안을 오가며 수시로 마주쳤던 석근이었지만 마치 처음 보는 남정네를 대한 듯 봉임은 가슴이 출렁거렸다.

"피곤할 텐데, 원삼 족두리 그만 벗어요. 내가 해줘야 하지만 내가 지금 많이 취해서…… 미안해요."

석근은 많이 취해 있으면서도 봉임에게 깍듯했다. 봉임은 여전히 어찌할 바를 몰랐다. 석근은 그런 봉임을 가만히 바라봤다. 계속 그렇게 가만히 있는 것 또한 예의는 아닌 것 같아서 봉임은 천천히 손을 움직이기 시작했다. 원삼 족두리도 벗어 내리고 긴 비녀에 걸친 댕기도 풀어 내렸다. 그런데 왜 눈물은 나오려고 하는 건지 봉임은 정말 알 수가 없다. 석근은 계속 술잔을 비우면서 봉임의 하는 양을 물끄러미 바라보고 있다. 혼례 날이라 집안일은 안했지만 온종일 제대로 먹지도 못하고 긴장했던 탓인지 봉임은 자꾸 몸이 까부라졌다. 첫날밤인 만큼 긴장이 되지만 밤이 깊어질수록 몸을 가눌 수 없을 만큼 피곤하다. 무겁게 내려앉는 눈꺼풀을 어쩌지 못해 안간힘을 쓰는 봉임에게 석근은 나직한 목소리로 말했다.

"아직은 당신에게 마음이 열리질 않아요. 그래서 처음엔 좀 힘들지도 몰라요. 그렇지만 노력할게요. 좋은 남편은 못돼도 실망시키는 남편은 되지 않을게요."

그게 봉임에게 하는 말인지 혼자 하는 말인지 알 수 없는 봉임은 언제 잠이 들었던 것일까. 봉임은 귓전에 따뜻한 숨결을 느꼈다. 저고리 고름을 풀고 치마 속으로 부드러운 손길이 느껴졌다. 눈을 떠보려고 애쓰지만 곤한 눈은 떠지질 않는다. 따뜻하고 깊은 수렁으로 빠져 들어가는 것 같다가 점점 깊이 파묻혀 움직일 수가 없다. 봉임은 수렁 같은 깊은 잠에 빠져들었다. 봉임은 그런 상황에도 잠에서 깨어날 수 없는 자신이 더욱 놀라웠다. 봉임의 몸 위로 미끄러지듯 스치는 석근의 손길은 힘은 있지만 거칠지 않고, 단단하면서도 부드럽고 예의 바르다. 잠이 깨기는커녕 봉임은 깊은 수렁 속 부드럽고 따뜻한 진흙에 몸을 맡긴 듯, 더욱 나른하고 편안함을 느꼈다. 부드러운 손길이 온몸을 따뜻하게 훑어 내려가는가 싶더니, 어느 지점에서 찢어지는 아픔을 느끼며 봉임은 몸을 바르르 떨었다. 몸 안에 뜨거운 불기둥이 솟는 듯도 하다가 따뜻한 물이 온몸을 채우는 것 같다가 또 일시에 쏴아 빠져나가는 것 같다. 어느새 봉임은 사나운 말 등에 올라타서 드넓은 들판을 달리고 있다. 말이 거칠게 들판을 달릴 때면 봉임의 숨결도 거칠다가, 들판을 달리던 말이 걸음을 늦출 땐 봉임의 숨결도 점차 잦아들었다. 봉임이 절반쯤 잠들었고 절반쯤은 깨어서 조금 전까지 함께 들판을 달리던 말갈기를 손가락 사이로 빗으며 그 등을 쓸어주는데 귀에 또렷이 들리는 음성이 있다.

"하, 하루코."

그때까지 절반쯤 부드러운 꿈속을 헤매던 봉임은 하루코라는 이름에 정신이 번쩍 들었다. 눈을 떠보니 만취한 석근이 봉임의 몸뚱이 위에 엎드린 채 잠이 들어있다. 봉임은 자신의 어깨 위에 고개를 떨어뜨리고 잠든 석근의 얼굴을 가만히 바라보았다. 잠든 석근의 눈가가 촉촉이 젖어있다. 그걸 보는 봉임은 가슴이 저리다. 봉임은 조심스레 석근을 이부자리에 바로 눕혔다. 석근은 깊이 잠들었는데 이번에는 봉임이 잠을 이룰 수 없다. 창호문을 통해 어스름한 새벽의 푸른빛이 석근의 반듯한 이마를 서늘하게 비쳤다. 서럽도록 반듯하게 잘생긴 석근의 이마가 봉임의 마음을 아프게 했다. 봉임은 오줌이 마렵지만 차마 부끄러워 석근이 있는 방에서 오줌을 눌 수가 없다. 봉임은 조심스레 방문을 열고 아래채 마당에 아무도 없는 것을 확인하고 요강을 들어 툇마루 한쪽 구석에 놓은 뒤 소리 죽여 오줌을 누면서 그 이름을 조그맣게 불러보았다. '하루코', 새벽의 푸른빛처럼 참으로 슬프고도 예쁜 이름이다. '아······.' 오줌에 밑이 쓰리고 따갑다. 그 바람에 툭 눈물이 터졌다.

하루코

　혼례 이후 강 씨가 봉임을 대하는 태도는 확실히 달라졌다. 체념을 한 것일까. 저녁이면 늘 세 여자가 마주앉아 밤이 깊도록 바느질을 했지만 이제는 일찌감치 봉임을 아래채에 있는 신방으로 들여보냈다. 석근과 함께 있는 시간을 만들어주려는 것이다. 뚝뚝한 성격이 하루아침에 부드럽게 변할까마는 그래도 봉임을 대하는 강 씨의 태도가 달라지니 가솔들과 집 안팎의 부리는 사람들도 봉임을 깍듯하게 작은 마님으로 모셨다. 석근 역시 봉임을 바라보는 눈빛이 이전보다는 따뜻해졌고 오가며 마주칠 때마다 말 한마디라도 건네려고 애쓰는 게 느껴졌다. 하지만 봉임은 여전히 대하기 어렵고 조심스럽기만 하다. 언제쯤이면 흔한 부부간의 정분을 나눌 수 있을까. 여전히 시할머니 송 씨가 부르면 끝도 없이 책을 읽어주어야 하지만 다행인지 불행인지 송 씨의 기력이 쇠하고 치매가 심해져서 저녁상 물리기가 무섭게 잠들어버리면 아침까지 일어나지 않았다. 그 덕에 봉임은 아래채 신방에서 석근과 함께 여유로운 시간을 보낼 수 있게 되었다. 저녁상을 물린 후 설거지를 마치고 나면 박 서방 댁은 봉임에게 가벼운 바느질거리 몇 가지만 따로 챙겨주었다. 바느질 바구니를 들고 방으로 가면 언제나 호롱불 아래서 두꺼운 책을 읽고 있는 석근이 봉임을 향해 가벼운 눈인사만 건넬 뿐, 읽던 책으로 눈을 돌린다. 행여나 책 읽는 석근에게 방해가 될까 봉임은 숨소리 내기도 조심스럽다. 그래도 봉임은 석근 곁에 있으면 좋기만 하다. 바느질하던 손을 멈추고 책 읽고 있는 석근을 조용히 건너다보면 호롱불빛이 일렁이는 그의 반듯한 이마가 그리 잘나 보일 수 없다. 읽는 책이 무슨 내용인지, 간혹 집중한 그의 이마에 살풋 주름이 잡히기도 하는데 그럴 때마다 그 이마 속 깊은 곳에 아직도 슬프고 아름다운 이름 하루코가 새겨져 있을지, 봉임은 가슴이 아려온다. 그것은 시기나 질투와는 다른 깊은 슬픔이며 사랑이다. 그와 함께라면 그의 마음속에 새겨진 슬프고 아름다운 이름 하루코조차 사랑할 수 있을 것 같다.

저녁상을 물리고 설거지를 마친 봉임은 구정물을 대문 밖 도랑에 쏟아버리고 구정물통에 남은 물을 땅바닥에 휘휘 뿌리며 문턱 너머로 한 발 넣다말고 문득 걸음을 멈추었다. 대문 기둥 뒤에 숨은 누군가의 인기척을 느낀 것이다. 가만히 돌아보니 대문 기둥 뒤쪽으로 얌전한 구두코가 보인다. 오이씨같이 작고 가지런한 구둣발. 천천히 구두코가 있는 곳으로 다가가서 시선을 올려다보니 그곳엔 얌전한 몸매에 단정하고 기품 있게 차려입은 신여성이 서 있다. 살빛이 희고, 부드러운 눈썹과 깊은 눈동자와 오뚝한 코와 벌린 듯 만 듯 꽃잎 같은 입술이 앙증맞게 작은 얼굴 안에 자리잡고 있다. 고개를 숙이고 눈을 내리깐 채 서 있는 여인의 미간에 안개 같은 슬픔이 어려 있다. 석근의 이마에 어린 슬픔과 같은 것이다. '하루코!' 그녀가 하루코라는 것을 봉임은 단박에 알 수 있었다. 석근이 품고 있는 그 슬프고도 아름다운 이름이 눈앞에 구체화되는 순간이다. 고개를 조금 들어 건너다보는 여인도 이쪽이 석근과 짝을 이룬 사람이라는 걸 알아보는 눈치다. 눈이 마주치자 잠시 당황하던 하루코가 먼저 손을 모으고 공손하게 허리를 굽혀 인사했다. 봉임은 멍하니 바라보다가 얼결에 허리를 굽혀 마주 인사했다. 봉임은 하루코를 집안 어른들 눈에 띄게 해서는 안 된다는 생각이 퍼뜩 스쳤다. 봉임은 한 손으로는 구정물통을 잡고 나머지 한쪽 손을 쓱쓱 앞치마에 문질러 물기를 닦은 후 작고 보드라운 하루코의 손을 잡았다. 대문간에서 마주친 박 서방 댁이 눈이 휘둥그레지지만 봉임이 손가락을 입술에 대고 황급히 그 입을 막은 후 들고 있던 구정물통을 박 서방 댁 손에 들려주었다. 박 서방 댁이 먼저 마당을 살펴보고 사람이 없음을 알리자 봉임은 하루코의 손을 잡고 재빨리 마당을 돌아 아래채로 갔다. 하루코는 영문을 모르지만 봉임의 호의 정도는 눈치 챌 수 있었다. 하루코는 봉임이 이끄는 대로 따랐다. 아래채 마당에 들어서서야 잡았던 손을 놓고 툇마루 너머 방문을 열었다. 방문이 열리자 석근과 봉임의 신혼 방이 보였다. 순간 하루코의 얼굴에 살풋 그림자가 내려앉았다. 석근은 산보라도 나갔는지 빈 방이다. 봉임은 말없이 하루코에게 방으로 들라는 손시늉을 했다. 하루코가 잠시 머뭇거리자 봉임이 기어이 그 손을 잡아 이끌었다. 신발을 벗고 툇마루에 오른 하루코에게 봉임은 어서 방으로 들라고 손짓했다. 봉임은 방문을 닫아준 뒤 댓돌 위에 벗어 놓은 하루코의 구두를 가지런히 모아 방향을 바꾸어 놓았다. 잠시 댓돌 위에 놓인 얌전한 구두를 내려다보던 봉임은 생각난 듯이 부엌 쪽으로 달려갔다. 얼떨결에 남의 신혼 방에 든 하루코는 잠시 선 채로 머뭇거리며 방을 둘러보다가 한 쪽에 다소곳이 앉았다. 부엌에서 뒷마무리를 하고 있던 박 서방 댁이 봉임을 보고는 바싹 달라붙으며 뭔가 말을 하고 싶어 하지만 봉임은 단호하게 검지를 입술에 대고 아무 말 말라는 시늉을 했다. 그 서슬에 박 서방 댁도 말없이 물러서고 만다. 봉임은 정성껏 다과상을 차려들고 아래채 툇마루에 다과상을 놓고 방문을 열어보니 그새 산보에서 돌아왔는지 석근이 하루코와 마주 앉아있다. 석근은 마치 봉임에게 못 보일 꼴을 보인 것처럼 당혹해 한다. 아니, 당황한 쪽은 오히려 봉임이다. 공연히 끼어들지 말아야 할 자리에 잘못 끼어든 사람처럼 곤욕스럽다. 봉임은 굳은 얼굴로 두 사람 사이에 다과상을 놓아준 뒤에 아랫목에 비단 이부자리를 폈다. 혼례 때 마련해준 원앙금침이다. 봉임의 뜻밖의 행동에 석근은 미간을 살짝 찌푸렸지만 그저 바라만 보고 아무 말도 하지 않았다.

"말씀들 나누시고, 오늘은 시간이 늦었으니…… 그럼 편히 쉬십시오."

봉임은 차마 주무시고 가라는 말까지는 하지 못했다. 마주 앉은 두 사람에게 깍듯하게 인사를 하는 봉임에게 석근이나 하루코는 그 어떤 말도 할 수가 없다. 이 무슨 기묘한 상황인지. 봉임은 낯빛을 바꾸지 않고 조용히 방문을 닫고 물러나왔다. 다시 부엌으로 와서 한번 둘러본 뒤, 뒤란으로 뚫린 뒷문을 열고 나와 쪼그려 앉았다. 눈물이 핑 돌았다. 눈물을 참으려 눈을 끔벅이며 하늘을 올려다보다 오랜만에 속바지 춤에서 담뱃가루를 꺼내 후딱 하나 말아서 피워 물었다. 그제야 답답해진 가슴이 조금 풀리는 것 같다. 눈물 섞인 콧물을 한번 훌쩍 들이마시고는 담배를 깊게 빨았다가 연기를 뿜어냈다. 그러고는 다시 고개를 들어 오래도록 하늘을 올려다봤다. 뒤란을 돌아 나왔지만 봉임은 갈 데가 없다. 공연히 단속을 핑계로 집안 구석구석을 돌다 바깥채 박 서방 댁 방문 앞에 와 섰다. 마침 박 서방은 오 부자 영감 심부름으로 만주로 떠난 지 보름째라 방 안에는 박 서방 댁만 큰 아들네 손자를 끼고 누워 잠을 청하던 참이다.

"아니, 어째 이 방으로 오는 겨? 새색시가 서방님을 두고……."

박 서방 댁이 벌떡 일어나 앉아 말을 잇지 못하고 휘둥그레 뜬 눈만 껌벅거렸다.

"오늘 밤 신세 좀 질게유."

"뭔 일이랴?"

박 서방 댁이 심상치 않은 눈빛으로 봉임의 얼굴을 빤히 쳐다봤다. 봉임은 떡 떼어먹듯 대답도 안하고 박 서방 댁 곁으로 다가앉았다. 박 서방 댁은 쯧쯧 혀를 차며 반닫이 위의 베개를 내려놓으며 자리를 내주었다.

"어른들께 소리 안 들어가도록 사람들 입단속이나 시켜 줘유."

박 서방 댁 큰 손자 녀석을 가운데에 두고 나란히 누운 봉임이 속삭이듯 말했다. 박 서방 댁은 딱하다는 듯 한숨만 크게 내쉰다. 몸은 뉘었지만 잠을 이룰 수 없다. 생각하지 않으려 해도 자꾸만 머릿속에 떠오르는 그림이 있어서 마음이 심란하다. 서로가 애틋한 눈으로 바라보던 석근과 하루코가 온 밤을 함께 보내는 상상을 떨칠 수가 없다. '워메, 내가 시방 뭔 생각을 하는 겨.' 봉임이 고개를 세차게 젓는다. 말하지 않아도 그 속을 다 안다는 듯 박 서방 댁이 혀를 쯧쯧 찼다.

봉임도 방까지 내준 건 심했다는 생각이 들었다. '이부자리까정 깔아주는 건 아니었는디.' 봉임은 하루코 앞에서 석근의 처로서 당당하지 못한 모습을 보인 것 같아 와락 부끄러운 마음이 치밀었다. 미처 생각지 못했던 뒤늦은 수치심에 저 혼자 얼굴이 붉어졌다. 생각에 생각이 꼬리를 물고 이어져 당최 잠을 이룰 수가 없다. 뜬눈으로 꼬박 밤을 새운 봉임은 아직 동도 트기 전인데 발딱 몸을 일으켰다. 행여나 박 서방 댁의 곤한 잠을 깨울까 소리 나지 않게 살그머니 방문을 열고 밖으로 나왔다. 바깥마당을 돌아 나오는데 뜻밖에도 그 자리에 석근이 우뚝 서 있다.

"아니, 어찌 이 시간에……."

석근은 대답 대신 굳은 얼굴로 가만히 봉임의 얼굴을 내려다봤다. 화가 난 것 같기도 하고, 그렇지 않은 것 같기도 하다. 표정 없는 얼굴로 봉임을 내려다보던 석근은 갑자기 봉임의 손을 잡아끌고 아래채로 데리고 갔다. 댓돌 위에 있어야 할 그녀 신발이 보이질 않았다. 봉임이 의아스러워 석근을 올려다보자 석근은 말없이 방문을 열고 봉임을 방안으로 이끌었다. 방안에는 밤새 아무도 없었던 듯 다과상도 이부자리도 손끝 하나 대지 않은 채 전날 저녁에 놓아준 그대로 다. 석근은 그때까지도 아무 말이 없다. '화가 난 것일까? 내가 아내로서 떳떳한 모습을 보이지 못한 것이 그이 앞에서 부끄러웠을지 몰라.' 석근이 화가 났을지도 모른다는 생각에 봉임은 가슴이 두근거렸다. 그때 석근이 나직한 목소리로 말했다.

"잠깐 누워서 눈 좀 붙여요. 밤새 잠을 못 이루었을 것 아니요."

말소리를 들어서는 크게 화가 난 것 같지 않지만 그렇다고 기분이 좋아 보이지도 않는다.

"어른들께는 내가 잘 말씀드릴 터이니 오늘은 그냥 방에서 쉬도록 해요."

석근이 봉임을 깔아놓은 이부자리 위에 앉혀주고 방을 나서려다 말고 방문 앞에서 등을 돌린 채 말을 잇는다.

"다시는, 앞으로 그런 짓 하지 말아요. 우리 두 사람 외에는 누구도 이 방에 들이지 말아요."

목소리가 거칠지는 않았지만 감히 뭐라 변명할 수 없을 만큼 단호함이 묻어있다. 봉임은 젖은 눈을 들어 말없이 석근의 뒷모습을 올려다봤다. 말을 마친 석근은 아무 일도 없었던 듯 방문을 열고 밖으로 나갔다. 봉임은 석근이 앉혀준 대로 비단 이부자리 위에 앉아서 눈물을 흘렸다. 안도의 눈물이기도 하고 석근을 실망시켰다는 자책의 눈물이기도 했다. 봉임조차 구분할 수 없는 복잡한 심경 속에서도 가슴 깊은 곳에서 석근을 향한 깊은 사랑을 느꼈다.

학규

송 씨는 지난 동짓달 말 갑자기 세상을 떠났다. 노인들의 건강이라는 게 알 수 없는 일인 데다 특히 겨울철 새벽녘 뒷간 출입은 노인들에게 치명적이다. 새벽에는 공기가 차니 뒷간에 가지 말라고 수차례 당부하며 방안에 요강을 넣어주었지만 송 씨는 굳이 새벽에 일어나 뒷간을 찾았다가 쓰러져서 그 길로 영영 깨어나지 못했다. 송 씨의 갑작스러운 죽음은 누구보다도 봉임에게 참으로 큰 상심이었다. 봉임이 열네 살 먹어 처음 이 집으로 들어왔을 때부터 밤마다 이야기책을 읽어주고 잠자리를 봐주며 안사람들 중에 가장 속정을 쌓았던 게 송 씨였다. 봉임에게 송 씨는 친정 어매이기도 했고, 할매이기도 했다. 동네 사람들은 치매가 있기는 했어도 그만하면 정정하게 잘 살다가 떠났으니 호상이라고 떠들었다. 집안 어른이 호상으로 떠났으니 앞으로 집안이 잘될 모양이라며 봉임에게 덕담을 건넸지만 봉임의 상실감은 어떤 말로도 채워지지 않았다. 그 상실감과 슬픔을 잊기 위해 봉임은 일부러 더 몸을 사리지 않고 일했다. 밥하고 국 끓이고 상 차려 문상객을 대접하고, 문상객이 떠난 상을 치우고 그릇 닦고 다시 음식을 차려서 새로 온 문상객에게 상을 차려냈다. 몸뚱이라도 고단해야 죽은 송 씨 생각이 나지 않을 것 같아서였다. 그렇게 몸을 혹사하면서 사십구재까지 마치고 나니 그동안 봉임을 지탱하던 긴장줄이 풀렸는지, 봉임은 아침에 자리에서 일어나려다가 그대로 주저앉고 말았다. 그래도 어른들 모시는 며느리의 본분이 있는 법이라 억지로 정신을 차리고 일어서려는 봉임을 석근이 붙잡아 앉혔다. 그렇지 않아도 병이 날까 염려가 되던 참이다.

"당신, 그동안 너무 무리했어요. 오늘 보니 안색이 영 좋지 않구려. 몸이 많이 상한 모양이니 오늘은 좀 쉬어요. 어른들께는 내가 말씀을 잘 드릴 테니."

희미한 눈빛으로 석근을 바라보던 봉임은 그 말에 못 이기는 척 이불 속에 몸을 묻었다. 몸도 마음도 젖은 솜뭉치처럼 무겁게 가라앉지만 그래도 서방의 따뜻한 배려에 행복감이 밀려들었다. 석근이 방을 나서자마자 봉임은 깊은 수렁에 빨려 들듯 잠이 들었다.

"자는가?"

"아, 아니요, 들어오세요."

박 서방 댁의 기척에 봉임이 부스스 일어나 앉으니 박 서방 댁이 방문을 열고 들어와 봉임 앞에 소박한 밥상을 밀어놓았다.

"아이구, 이 미련한 사람아. 그렇게 병이 나도록 몸을 혹사시키믄 워쩌. 시상에, 이 낯빛 좀 보게나. 쯧쯧쯧."

박 서방 댁이 봉임의 얼굴을 근심스럽게 들여다봤다.

"괜찮어유."

"괜찮기는…… 손위 동서 형님들이 둘씩이나 있어도 따로 살림나서 사니 남의 식구나 한가지고. 혼자서 큰일 치르느라 애썼지 뭘."

"아유, 그런 말씀 마세유, 형님들 안 계셨으면 그 큰일을 어찌 치렀겠어유. 아주머니도 계시고 집안에 사람이 몇인데."

봉임은 아무리 박 서방 댁이 일가붙이라 해도 오 씨네 식구 흉을 하니 썩 듣기 좋지는 않다.

"아녀, 내 말이 어디 틀려? 집 안팎으로 부리는 사람이 많으니께 며느리들 둘이 다 자네만 믿고 몸들 사리는 거여."

"저는 괜찮으니 행여나 어르신들 귀에 그런 말일랑은 마셔유."

"그려, 나도 그만한 눈치는 있구먼. 남의 집 살림한 지가 몇 핸데."

박 서방 댁은 시집 역성을 드는 봉임이 기특해서 등을 쓸어주며 웃었다.

"어여, 몇 술 떠. 미음 좀 쑤어 왔구먼."

"고마워유."

"에그, 절반도 못 먹네 그려."

봉임이 입맛이 없어 숟가락을 내려놓자 박 서방 댁이 딱하다는 듯이 말했다.

"좀 쉬면 낫것지유. 그만 나가서 일 보세유."

"에그머니나!"

박 서방 댁이 밥상을 들고 일어서자 방문이나 열어 줄 요량으로 따라 일어서던 봉임이 외마디 소리를 질렀다. 박 서방 댁이 놀라서 돌아보니 봉임의 치맛자락에 벌겋게 핏물이 들었다. 박 서방 댁은 놀라서 밥상을 아무렇게나 내려놓고 봉임을 부축해서 도로 눕혔다. 봉임도 놀라서 몸을 벌벌 떤다.

"에구머니, 이를 어째. 태기가 있었구먼…… 에구, 에구, 이 미련한 사람아, 그걸 모르고 그렇게 일을 혔으니. 에구, 아까워라, 귀한 아기씨를 흘렸구먼. 에구 이를 어째."

박 서방 댁은 절반쯤은 우는 소리다. '태기가 있었다니…….' 봉임은 가슴이 틱 막혀서 눈을 질끈 감고 만다. 박 서방 댁은 부엌 아이를 시켜 강 씨에게 봉임이 유산한 사실을 알리고, 강 씨는 당장 의원에게 사람을 보냈다. 한달음에 달려와 준 의원 말로는 봉임의 몸이 썩 약한 것은 아니나 임신 초기에 너무 무리를 했던 탓이라며 혀를 찼다.

"무리를 했구먼. 기가 많이 허해져 있으니 우선은 몸을 보하는 약을 좀 다려먹고 충분히 쉬어야 혀."

진맥을 마친 의원이 방을 나서며 봉임과 곁에 있는 박 서방 댁에게 일렀다. 봉임은 가슴이 무너져 내렸다. 늘 어색하고 조심스러운 석근과의 사이에 아이라도 하나 있으면 두 사람 사이가 훨씬 친근하고 편안해질 텐데 그만 어렵게 생긴 아이를 놓치고 말았다. 스스로 생각해도 기가 막히고 한심한 노릇이다. 석근은 물론이고 어른들 앞에서 얼굴을 들 수가 없다.

며칠 조리한 후 몸을 추스르고 나온 봉임의 핼쑥한 얼굴을 보며 박 서방 댁이 혀를 찼다.

"한참 쉬었는걸요. 뭘 잘혔다고 누워만 있나유."

"아이를 흘렸어도 낳은 것이나 매한가지여. 날이 차니께 그냥 엎어진 김에 쉬어가믄 좋겄네. 집안에 사람이 읎는 것도 아니고."

"남의 집 며느리가 쉬고 싶은 대로 쉬면 되것어유?"

박 서방 댁 마음을 모를 리 없지만 그저 박 서방 댁 손을 잡으며 희미하게 웃을 뿐이다.

"눈치껏 쉬엄쉬엄 혀. 쯧!"

봉임의 쇠고집을 꺾을 수 없는 박 서방 댁은 그저 혀만 찼다.

"참, 정월 장은 어떻게 됐슈? 누워 있느라 장 담그시는 것도 못 도와 드리구."

"돕긴, 장 담그는 게 뭔 일이라고, 별 걱정을 다 허네. 나중에 장가를 때나 자네가 혀. 어뗘, 장 잘 담가졌는가 좀 볼텨?"

두 사람이 뒤란 장독대에서 새로 담근 간장 독을 열고 들여다보는데, 뒤란 끝으로 보이는 끝 채 방 모퉁이 누마루 아래로 낯익은 얼굴 하나가 삐죽 보였다.

"워매, 저게 누구여?"

박 서방 댁이 깜짝 놀라며 물었다. 봉임이 보니 훌쩍 자란 동생 학규 얼굴이 보였다.

"에그머니나. 너, 학규로구나."

그렇지 않아도 기운 없어 휘청대던 봉임이 깜짝 놀라 주저앉다시피 하며 말했다.

"오냐, 네가 학규로구나. 이리 오너라. 키가 이렇게 삐죽 자라서 당최 몰라보겠다. 근디 남산말에서 예까지가 어디라고 그 먼 길을 너 혼자 왔다냐."

박 서방 댁이 수선을 떠는 동안 쭈뼛쭈뼛 다가온 학규는 봉임과 마주 서자 금세 눈에 눈물이 그렁해졌다.

"어뜨케 너 혼자 온 겨? 집에 무슨 일이 있는 겨? 왜? 할매가 편찮으신 겨?"

봉임이 허옇게 핏기 가신 얼굴로 학규에게 따져 물었다.

"아이고 숨 너머 가것네. 하나씩 물어봐."

박 서방 댁이 나무라자 봉임은 그제야 학규의 얼굴을 찬찬히 본다. 학규는 이제 길에서 얼핏 보면 몰라볼 만큼 훌쩍 자랐고 코밑이 거무스레해졌다.

"어느새…… 인제는 길에서 보믄 몰라보것다."

봉임은 학규를 안쓰럽게 바라보며 말했다. 학규 역시 제법 성숙해지고 머리에 쪽을 진 누이의 모습이 낯설어 멀겋게 바라봤다. 봉임이 애잔한 눈빛으로 학규를 바라보자 학규는 울컥 서러움이 북받쳐서 참았던 눈물을 툼벙 빠뜨렸다.

"야가 왜 이러나, 워째 눈물 바람이여? 뭔 일이 있는 겨?"

봉임이 애가 달아 묻지만 학규는 말을 잇지 못하고 그저 컹컹 개 짖는 소리로 울기만 했다. 어느새 자라 변성기가 된 모양이다. 봉임은 아무 말도 못하고 울기만 하는 학규의 설움을 가늠했다. 봉임은 학규를 부엌으로 데리고 가 꽁꽁 언 손을 부뚜막 위에 얹어 녹이며 학규의 울음이 잦아들기를 기다렸다. 박 서방 댁은 죽은 박 씨가 생각나 콧물을 몇 번 훌쩍이더니 오래간만에 만난 두 남매에게 자리를 피해주었다.

"할매는 워뗘? 잘 계셔?"

마침내 학규가 긴 울음을 그치고 코를 훌쩍거리자 봉임이 물었다.

"자꾸 아프셔. 인제는 여기저기 아프고 힘들어서 만사가 귀찮대."

"아부지하고 새 엄니는…… 잘 계시지?"

학규는 고개를 외로 꼬고 끄덕였다.

"봉선인? 봉선인 워뗘? 잘 있어? 인제 많이 컸지?"

봉선이 안부를 묻는 봉임의 목소리는 벌써 젖어들었다. 봉선이는 언제 생각해도 눈물이 났다. 학규는 이번에도 고개만 끄덕였다.

"창규도 잘 있고?"

"창규 성은 간신배여. 새 엄니 편에 붙은 아첨꾼이여. 나하고 봉선인 거들떠도 안 봐."

창규 이름이 나오자 학규는 입술을 쑥 빼고 성을 냈다. 봉임은 가만히 그런 학규의 얼굴을 들여다보다가 가마솥에 긁어놓은 누룽지 한 덩이를 꺼내 손에 들려주니 학규는 배가 고팠던지 허겁지겁 누룽지를 씹어 먹었다. 학규는 정신없이 누룽지를 뜯어 먹던 손을 멈추고 봉임의 얼굴을 빤히 마주 쳐다봤다.

"성, 나 여기 살면 안 되여? 시키는 일 다 할게. 나무도 해 오고, 심부름도 잘할게."

봉임은 가슴이 먹먹하고 목이 멘다.

"여가 어디라고."

봉임은 마음과는 달리 미간을 찌푸리며 단호하게 학규의 말을 잘랐다. 학규는 그런 봉임에게 풀이 죽어 고개를 숙였다. 봉임은 더 묻지 않아도 학규가 어떤 마음으로 자신을 찾아왔는지 알 것 같다.

"근디 너, 여그 온다고 창규 헌티는 말하고 온 겨? 할매는 너 여그 온 거 아셔?"

봉임의 물음에 학규는 뜯어먹던 누룽지 덩이를 슬그머니 부뚜막 위에 내려놓더니 죄 지은 사람처럼 고개를 가로젓는다.

"뭐여? 말도 안 허고 온 겨? 이거 먹고 당장 집으로 돌아가. 식구들이 월매나 걱정 하것어? 워째 그렇게 철딱서니가 없는 겨. 키는 장대같이 컸으면서."

봉임은 속상해 공연히 학규에게 큰소리를 냈다. 학규는 그런 누이가 섭섭해 또 눈물을 짠다.

"사내놈이 웬 눈물이 이렇게 헤퍼? 뚝 그치지 못혀? 날도 추운디 컴컴해지면 산길을 워찌 갈겨. 당장 일어나 집으로 안갈 텨?"

봉임은 속이 상한 마음에 공연히 더 학규를 나무랐다. 학규는 봉임에게 왈칵 성이 나 벌떡 일어나서 눈물이 그렁한 눈으로 봉임을 쏘아봤다.

"쯧, 워디서 그런 눈을 뜨는 겨?"

봉임은 눈물을 참으며 떨리는 목소리로 말했다. 학규에게 눈물을 들키지 않으려고 고개를 숙인 채 가마솥 뚜껑을 열어 누룽지 한 덩이를 더 꺼내 학규의 소맷부리 속에 넣어주며 말을 잇는다.

"자, 이거 가면서 먹고. 당장 집으로 가. 나중에 어른들 허락 받고 다시 와. 다시 오믄 그 때는 어르신들께 너 여그 살 수 있게 해달라고 부탁 말씀 디려 볼테니게."

학규는 여전히 봉임이 원망스러워 눈을 곱게 뜨지 않는다. 봉임은 가슴이 미어지지만 집에서 걱정하실 어른들 생각에 당장 학규를 집으로 돌려보내야 한다는 생각뿐이다.

"쯧, 어여 집으로 돌아가라니께!"

봉임은 기어이 허옇게 눈을 흘겼다.

"됐어. 성도 창규 성이랑 똑같어. 내 다시는 여그 안 올껴! 에잇 튀!"

학규는 봉임을 독하게 쏘아보더니 바닥에 침까지 튀! 뱉고는 그길로 뒤돌아 부엌 뒷문 밖으로 뛰쳐나갔다. 봉임이 부뚜막에 앉아 입술을 깨물며 치맛자락으로 눈물을 찍어내고 있는데 마침 박 서방 댁이 들어왔다.

"아니, 학규 워디간겨? 기어이 보낸겨?"

봉임이 눈물을 흘리며 고개를 끄덕였다.

"아이구, 이런 모자란 사람아! 지금 바로 달려가도 밤중이나 될 텐데. 이왕 온 거 따뜻한 밥이나 멕여서 하룻밤 재워 보내지 않구. 쯧쯧!"

박 서방 댁의 말에 봉임은 그제야 정신이 번쩍 들어 학규가 나간 쪽으로 달려 나갔다. 그러나 훌쩍 자라 정강이가 길쭉해진 학규의 걸음을 따라갈 수 없었다. 봉임이 숨이 턱에 닿도록 쫓아나갔지만 학규는 어느새 보이지 않았다. 봉임은 가슴이 무너져 내리고 다리에 힘이 빠져 땅바닥에 주저앉아 울고 말았다. 박 서방 댁이 주저앉아 오열하는 봉임의 등을 쓸어주었다.

"아직 몸도 성치 않은데 이렇게 찬 바닥에 앉으면 안 되는 겨. 어여 일어나."

집으로 돌아오면서도 봉임은 터져 나오는 울음을 참을 수 없었다. 학규가 그렇게 돌아가고 보름이 지났을까. 이번에는 봉임 할매가 주름진 얼굴에 기름기 하나 없이 초췌한 모습으로 봉임을 찾아왔다.

"여기, 학규 안 왔드냐?"

대문 밖 모퉁이에서 들릴 듯 말 듯 속삭이는 할매의 얼굴에 근심이 가득하다.

"어마! 학규, 여태 집에 안 갔어유?"

봉임은 가슴이 덜컥 내려앉는다.

"학규…… 그게 벌써 보름 전인데. 여기까지 온 걸, 따뜻한 밥 한 끼도 못 해 멕이고 기어이 야단을 쳐서 돌려보냈는데. 학규가 집으로 안 간 모양이네. 이걸 워쩐대유."

봉임 할매는 신음인지 비명인지 바람 같은 소리를 내며 꽁꽁 언 땅바닥에 털썩 주저앉았다. 봉임은 할매의 얼굴을 차마 바로 보지 못하고 고개를 돌린 채 입술을 깨물며 오열했다.

종종이

햇살이 따스하고 사방에 꽃들은 피었지만 봉임은 무너져 내리는 심정으로 자리에 누워 있다. 몇 년 전 첫 유산을 겪은 후로 벌써 거푸 두 번이나 더 유산하여 이번이 벌써 세 번째 유산이다. '어째 이렇게 둔하고 미련한 겨.' 봉임은 자기 몸의 변화에 무심했던 자신에게 화가 나서 견딜 수 없다. 손주를 기다리는 어른들 뵐 면목도 없지만 누구보다 아이가 생기길 기다린 건 봉임 자신이다. 혼인한 지 몇 년이 지나도록 여전히 마음을 먼 데 두고 있는 석근의 마음을 붙들어 두기 위해서라도 꼭 아이를 낳고 싶었다. 석근을 꼭 닮은 아이를 낳아 석근의 품에 안겨주고 싶었다. '어째서 나는 뭐 한 가지 똑부러지게 잘하는 게 없는 겨.' 뜨거운 눈물이 눈꼬리를 타고 흘러내려 귀를 적시고, 베갯잇을 적셨다. 봉임은 억장이 무너져 차마 소리조차 내지 못한 채 깊은 한숨과 함께 속울음을 울었다. 문 밖에서 기척이 났다. 봉임은 이불자락을 끌어올려 얼굴을 덮으며 벽 쪽으로 몸을 돌려 누워

자는 척 했다. 박 서방 댁조차 마주하고 싶지 않기 때문이다. 살그머니 문을 열고 들여다 본 박 서방 댁이 다시 조용히 문을 닫았다.

"왜? 자는 것 같은가?"

문 밖에는 강 씨까지 와 있는 모양이다. 강 씨의 기척에 봉임은 가슴이 철렁 내려앉았다.

"자는 모양이네유."

"으이구, 뭘 잘했다고. 팔자도 편하다."

강 씨가 결국 싫은 소리를 하자 박 서방 댁도 민망한지 대꾸가 없다.

"가세, 시어미가 돼갖고 안 들여다보면 서운하다 할까봐 왔더니…… 팔자 좋게 잠만 잘 자는구먼. 워째 그리 미련한 겨. 한두 번도 아니고 이게 벌써 몇 번짼가. 그러구두 뭘 잘했다고……."

봉임은 밖에서 들려오는 강 씨 말에 이불깃으로 입을 틀어막고 주먹으로 가슴을 치며 속울음을 삼켜 내렸다.

"미역국이나 한 그릇 떠다 줘야겠네유. 몸도 마음도 허할 텐데 뜨끈한 국물이라도 먹으믄 낫것지유."

강 씨 앞에서 공연히 민망해진 박 서방 댁이 말했다.

"뭘 잘했다구, 미역국을 떠다 줘! 애를 낳았나? 벼슬했구먼, 벼슬했어. 난 아들을 셋이나 낳았어도 팔자 좋게 누워 있어보질 못했구먼. 애 낳고 한나절이나 지났을까? 시어머니 무서워서 그 길로 밭에 나가 못다 맨 김을 맸지."

"흐흐흐 옛날엔 다들 그랬지유. 이 동네만 혀도, 아이 낳고 된 일 하다 밑이 빠졌다는 여편네가 어디 한 둘인감유. 봉임이 저것이 시어머니 복은 타고 났지유. 암만."

박 서방 댁이 강 씨 입을 막느라 편들어주는 척하며 바쁜 걸음으로 아래채를 빠져 나갔다. 박 서방 댁 속내를 모를 리 없는 강 씨가 박 서방 댁 뒤뚱거리는 뒷모습에 대고 눈을 흘겼다.

"박 서방 댁!"

중문을 넘으며 부엌 쪽으로 종종걸음 치는 박 서방 댁을 강 씨가 불러 세웠다.

"그만두고 자네는 이리와 나하고 쉬세나. 솥에 끓고 있는 미역국이야 누가 뜬들 어떤가. 종종이 시켜 내가면 될 것을. 자네나 나나 이제는 뼈 속에도 바람이 부는 늙은 몸 아닌가. 젊어서부터 입때까지 뼈가 부서지게 일했으면 됐지. 이제 볕이나 쬐며 어린 것들 재롱이나 봐도 좋을 때가 되었단 말이지."

찔러도 피 한 방울 안 날 것 같던 강 씨도 늙긴 늙나보다. 박 서방 댁이 피식 웃으며 강 씨를 좇아 안채 대청마루 끝에 앉았다. 아닌 게 아니라 박 서방 댁은 최근 들어 부쩍 걸을 때마다 무릎에서 삐거덕 소리가 나고, 밥상 들고 부엌문을 나서다가 풀썩 꺾인 적이 여러 차례다.

"종종아! 종종이 어디 있누?"

강 씨가 큰 소리로 종종이를 불렀다. 종종이는 뒤란에서 장을 뜨고 있었는지 된장 담긴 그릇에 숟가락 하나 꽂아 들고 숨차게 달려와 대청마루 끝에 섰다. 손바닥으로 재면 세 뼘이나 될까 싶게 몸집도 작고 어린 것이, 재바르고 싹싹하니 도리어 안쓰럽다. 남의집살이 하느라 제법 눈치가 는 모양이다.

"국솥에서 미역국 한 그릇 떠다 아래채 아씨께 올려드려라."

부엌으로 달려간 종종이가 잠시 달그락거리더니 국 대접 올린 밥상을 이마께까지 들어 올리고 종종걸음으로 아래채로 향했다. 그 모습을 건너다보는 강 씨의 표정이 쓸쓸하다. '아이를 낳아서 떠다 주는 미역국이면 얼마나 좋을까.'

봉임이 깜박 졸던 눈을 뜨고 올려다보니 아래채 방 미닫이문이 스르르 열리고 조막만 한 어린 것이 밥상을 들고 들어왔다. 제 몸집만 한 밥상을 들고 들어오는 어린 아이가 봉임이 눈에 설었다.

"너는?"

"종종이유."

"그래, 그러고 보니 종종이구나. 네가 어떻게 내게 밥상을 들이누?"

종종이는 드난꾼으로 집안일을 돕던 제 어미를 따라 가끔 드나들던 어린 계집아이다. 작은 얼굴에 눈, 코, 입이 오목조목 붙어 오종종하게 생겼다 해서 제 부모가 이름을 종종이로 붙였다.

"엊그제부터 들어와 살아유."

"그랬구나."

봉임이 힘없이 밥상을 받았다. 봉임은 안쓰러운 마음으로 밥상 너머 종종이를 건너다봤다. 불현듯 처음 민며느리로 들어왔던 날이 떠오른 탓이다.

"종종아!"

봉임은 밥상을 내려놓고 나가려는 종종이를 불러 세웠다. 멀뚱히 서있는 종종이의 단풍잎 같은 작은 손을 봉임이 잡아끌어 곁에 앉혔다.

"나 밥 먹는 동안 곁에 앉아 있어주련? 마음이 적적해서 그려."

밥상머리에 옹송그리고 꿇어앉은 종종이의 몸집이 마치 댓살 먹은 어린 아이같이 작다.

"엄니 아부지도 함께 들어온겨?"

"아뉴. 지만 들어왔슈."

종종이의 눈자위가 금세 붉어졌다. 금방이라도 툭 눈물이 터질 것 같다. 종종이 아비가 늘어나는 장리쌀을 갚지 못하길 여러 해 계속하자 급기야 일본인 대금업자는 벼 벨 때도 한참 남은 그 초가을에 종종이네 손바닥만 한 논 귀퉁이에 팻말을 세우고 입도차압(벼를 베기 전에 벼를 베어가지 못하도록 채권자가 차압을 거는 행위)을 걸었다는 말을 들었다. 몽땅 다 거두어도 몇 섬 될까 말까 한 데다 밀린 장리쌀을 조금이라도 떼어 갖고 나면, 그나마 남을 쌀이 얼마 되지 않을 판에 입도차압까지 당하니 종종이 아비는 버텨낼 재간이 없었을 터였다. 빚가리를 할 수 없으니 울며 겨자 먹기로 땅을 제 손으로 대금업자에게 갖다 바치고 스스로 소작농이 되었다는 소리를 들은 게 두어 해 전이었다. 종종이 아비는 소작이나 치면 뱃속이 편하겠거니 했겠지만 소작농이 되어도 상황은 달라지지 않은 모양이다. 논에서 나는 소출에 비해 턱없이 치솟는 도지를 감당하기 어려웠던 데다 도지 빚 장리 빚이 줄기는커녕 점점 더 늘어서 지주에게 밉보였다 한다. 결국 그나마 부쳐 먹던 땅조차도 뺏기고 말았다는 소리를 얼마 전에 박 서방 댁을 통해 들었다. 동네 사람들은 먹고 사느라 품을 팔고 다니는데 아무리 품을 팔아도 입 달린 어린것들이 여럿이라 입에 풀칠도 어려웠다. 그러니 입 하나만 줄여도 살겠다며 어지간히 나이만 차면 남의집살이를 보내는 일은 흔한 일이다. 보나마나 종종이 사연도 별반 다르지 않을 터였다.

"그래, 아부지는 요즘 뭐하시니?"

"아부지는 만주로 가셨어유. 거서 자리 잡으믄 엄니하고 저도 데려 가신다고⋯⋯."

농토를 빼앗기고 만주로 떠난 농부들이 많다더니 종종 아비도 만주로 떠난 모양이었다.

"만주에 가면 살길이 있긴 한다든?"

괜한 질문이다. 살길이 있는지 없는지는 봉임이나, 종종이나, 이제나 저제나 남편이 만주에서 돌아오길 기다리는 종종 어미나 다 모르는 일이다. 만주로 먼 길 떠난 종종 아비도 모르기는 마찬가지일 터였다.

"다들 먹구 살기 힘들어 큰일이구나."

종종이는 뭘 안다고 저도 고개를 주억거렸다.

"그래, 너는 몇 살이니?"

봉임이 미역국을 한 숟갈 떠서 입에 넣으며 물었다.

"열세 살이유."

"몸집이 작아서 열 살도 못된 줄 알았더니, 보기보다 나이배기구나."

종종이가 부끄러운 듯 고개를 외로 꼰다.

"밥은? 밥은 잘 챙겨먹는 겨?"

"조막네 아주머니가 끼니때마다 불러다 챙겨주세유."

조막네도 오랫동안 이 집 드난꾼으로 일하던 사람이다. 얼마 전 남편이 죽고 하루아침에 과부가 된 걸 오 영감이 아예 집안으로 들여 붙박이로 살게 해주었다. 봉임이 처음 오 부자 집에 왔을 때 박 서방 댁이 의지 가지였다면 종종이에겐 조막네가 있는 셈이다.

"먹는 건 집에 있을 때보담 나아유. 집에선 맨 조죽만 낄여 먹었댔는디유."

종종이는 조금 전에는 금방이라도 울 것 같더니, 밥 먹는 얘기에 그새 또 히죽 웃었다.

뭐 한 가지라도 나아진 게 있다니 다행이다. 봉임도 그맘때 집을 떠나 민며느리로 이집에 들어왔다. '요즘 같은 때에 배 안 곯는 게 워디여.' 집 떠나는 봉임에게 할매가 한 말이다. 과연 배는 곯지 않았지만 하루도 식구들이 그립지 않은 날이 없었다. 밤마다 달을 보며 울기도 많이 울었다. 그래서 봉임은 종종이를 보며 오래 전 자신을 보는 듯 가슴이 아려왔다.

"식구들 떨어져 남의집살이 하자면 서러운 일이 많을 턴디……."

조금 전 히죽 웃던 종종이는 또 금세 눈물이 그렁하다.

봉임이 종종이의 단풍잎같이 작은 손을 끌어 잡아주었다. 종종이가 몸집이 작고 여려 보여도 머루같이 새까만 눈망울은 제법 여물어 보였다.

"참, 종종아 너 글 아직 못 읽지? 저녁 일 마치면 오너라. 내가 너에게 글을 가르쳐줄 테니."

종종이는 머루 같은 눈망울로 봉임을 쳐다보며 빙긋 웃었다.

덕구

    만주 지린성 창춘현 삼성보의 만보산 인근 작은 움막촌에 남루한 옷차림의 조선인 남정네들이 하릴없이 모여 앉아 있다. 조선에서 밀려난 가난한 농사꾼들이다. 고향이야 서로 다르지만 새로 마을을 이루어 정 붙이고 살다보니 이젠 사는 데가 새로운 고향이다. 집에 있어도 끓여먹을 죽거리도 없으니 다들 하릴없이 모여 앉아 엊그제 조선인들과 중국인들이 패를 갈라 서로 들러붙어 싸운 일을 부풀려 영웅담을 나누며 히죽거리고 있었다. 그중에도 바깥소식에 밝은 축이 있어서 누군가 조선에서의 폭동 소식을 전했다. 만주에서 조선인들이 중국인들과 마찰을 빚었다는 이야기를 들은 조선 사람들이 폭동을 일으켜 중국인들을 공격했다는 것이다. 그런 소식은 만주에 사는 사람들에게는 민감할 수밖에 없다. 방금 전까지 히죽거리던 이들의 얼굴에 금세 그림자가 내리고 한숨이 새나왔다.

    "그라모, 인자 여서도 몬 살고 쫓겨나는 기가?"

쪼그라진 대추같이 주름이 많은 황 씨가 미간을 구겨서 더욱 쪼그라든 얼굴로 말했다.

"니는 와 길케 밤낮 재수 읎는 소리만 하네? 얼굴 좀 피라마. 원주름이 올마나 많은디, 오디가 눈구녕이고 오디가 콧구녕인디 당최 뵈딜 않으니 오딜 보고 있는 거인디 알 수가 읎서!"

불안한 건 이 서방도 마찬가지지만 미리 쫓겨날 염려하는 황 씨 말이 듣기 싫어 윽박질렀다.

"에헤, 설마 그럴라구. 일경들이 우리 편을 들어 중국 놈들 쪽으로 총질하는 거 다들 봤잖어. 일경이 우리 편인데 별 일이야 있겠어?"

터진 입술이 주먹덩이 만큼 부어오른 정 서방이 불안감을 감추며 아는 척했다. 그때 함께 노닥거리던 사내들 중 하나가 부스스 일어났다. 방금 그들 곁을 스쳐지나간 외지 사람들 무리 중에 아는 얼굴을 하나 본 것 같았다. 일어선 사내는 눈에 반짝 빛을 내며 박 서방의 뒷모습을 향해 손을 뻗치며 말을 걸었다.

"음마? 저기…… 박 서방 어르신 아니우?"

박 서방이 돌아보니 비쩍 말라 광대뼈가 도드라진 사내가 서있다. 하지만 박 서방은 그를 알아보지 못했다. 사내는 박 서방을 알아보고 반갑게 달려와 손을 덥석 잡았다.

"아니, 자네는? 덕구가 아닌가?"

먼저 불러 세웠으니 망정이지 그렇지 않으면 모르고 지나쳤을 정도로 덕구는 많이 상해 있었다. 몸은 비쩍 말랐고 여기 저기 기워댄 옷은 석 달 열흘은 족히 빨아 입지 않은 모양으로 꼭 짜면 그대로 땟국이 나올 듯 더러웠다. 이마는 어디서 쥐어 터졌는지 피딱지가 앉앉고 손모가지는 친친 감고 있어서 비렁뱅이보다도 못한 꼴이다. 덕구의 형편은 오히려 조선에 있을 때보다 더 나빠진 것 같았다. 문득 박 서방의 안쓰러운 눈길을 눈치 챘는지 덕구는 슬쩍 몸을 돌려 비켜섰다. 박 서방도 무심한 자기 행동에 덕구가 마음을 다쳤을까 공연한 헛기침이다.

"첨에는 웬 닮은 사람인가 했다니께유. 이게 꿈이유, 생시유!"

꼬락서니야 어떻든지 이역만리 낯선 땅에서 고향사람을 만나니 두 사람은 그저 반가웠다.

"나도 예서 자네를 만날 줄은 꿈에도 몰랐네. 만주로 떠났다는 소리야 벌써 들었네만."

"야아! 그게 발써 몇 해 되았구면유."

"이게 대체 얼마 만이여. 어디 좀 들어가서 얘기를 나누세."

"가유, 요 앞에 국밥집이 있시유."

덕구는 들뜬 목소리로 어깨를 추썩거리며 앞장섰다. 덕구와 함께 둘러 앉아 있던 농사꾼들이 궁금한 눈빛으로 움막촌을 돌아나가는 두 사람을 넘겨다봤다.

"어서들 옵세."

두 사람이 빈자리에 앉자 행주치마 차림의 국밥집 여자가 무뚝뚝한 얼굴로 물었다.

"무시기, 국밥으르 드리꼬망?"

"국밥은 무신. 밥 때 지난 지가 언젠데. 국밥은 됐고, 술이나 좀 줘봐유."

덕구는 슬쩍 박 서방 눈치를 보며 술을 시켰다. 국밥 값을 치를 사정이 아닌 눈치다.

"예끼 이 사람아, 혼자 있을수록 끼니를 잘 챙겨 먹어야지. 국밥도 두 그릇 말아 주시우."

박 서방은 비쩍 마른 덕구에게 국밥이라도 든든히 먹이고 싶었다. 밥이 나오자 덕구는 석 달 열흘 굶은 사람처럼 숨도 쉬지 않고 거푸 숟가락질을 해댔다.

"아이구 이 사람아, 얹히것어, 천천히 먹게. 자, 자, 여기 내 것까지 천천히."

박 서방은 오래 굶었을 게 분명한 덕구가 탈이 날까 염려되었다. 그 말에 숟가락질을 멈추고 눈을 끔뻑거리며 박 서방 얼굴을 빤히 쳐다보던 덕구가 갑자기 툼벙툼벙 눈물을 떨어뜨렸다.

"아니, 이사람 울긴. 남우세스럽게……."

"사나 눈에서 달기똥 겉은 눈물이 뚝뚝 떨어지는 거르 보니 꽤나 반가운 손님인가 보우, 삶은 배추나 좀 드셔들 보기오. 돈 걱정은 말고. 배추 값은 안 받겠소꼬망."

국밥집 여자가 무뚝뚝해 보여도 정은 많은지 두 사람을 번갈아 보며 무심히 말했다.

"근디 어르신, 지 마누라 허고 애새끼덜은? 다들 어떻게들 지내고 있대유? 배는 곯지 않는지…… 종종이 그것도 인자는 많이 컸을 턴디."

"배를 곯기는! 자네 안식구 허고 애들은 다 잘 있네. 오 부자 어르신 댁에 드나들며 일손 보태서 먹고 살어. 마님이 서방 없이 고생한다고 자네 안사람을 다른 사람들보다 더 챙겨주시는 눈치라네. 지난

번에 보니 종종이 그것도 이젠 제법 야물었더구먼. 자네 안식구가 오 부자 댁에 붙박이로 들여보냈는데 우리 봉임이, 그러니까 그 댁 작은 마님이 각별히 챙기는 데다 요즘엔 따로 데리고 앉아 글까지 가르쳐준다고 하더구먼."

"흐흐흑, 아이구 시상에, 고마워라. 이 못난 눔이 죄가 많아서. 흐흐흑……."

"아, 그만 좀 울어 이 사람아. 자넨 그동안 어디서 어떻게 지낸 겨?"

박 서방의 물음에 덕구는 술부터 한 사발을 들이키더니 한숨을 길게 내쉬었다.

"첨엔 쩌어기, 지린성 저 우짝으로 갔었시유. 먼저 간 천가 눔 말을 듣고 나도 따라 나섰지유. 굶어 죽게 생겼으니 만주 아니라 어디라도 따라 나설 수밖에유. 손바닥만 한 땅뙈기마저 빚에 넘어가고, 딸린 식구는 줄줄이 있고, 그것들 굶길 수는 읎구, 어쩌겠유. 부지런 허기만 하면 산다기에…… 어찌 몸 부서져라 일하다 보믄 길이 열릴 것지 허구."

"그런데 일이 잘 풀리질 않았던 모양이군."

"아, 천가 눔이 처음 들어왔을 때만 혀도 시절 좋았다느믄유. 연년이 풍년이 들고 살만 했다디유. 노상 뻐기면서 허는 말이 그때는 말타고 개장수만 해도 먹고 살았다고. 다들 고향을 떠나면서야 모진마음 먹고 오지만, 사람 운이라는 게 그게…… 안 되는 눔은 어딜 가도 안 되는 모양이유. 첨에 천가 눔이 왔을 적에만 해도 중국 눔들이 그렇게 잘 해줬다느문유. '국력증강책'이라고 해서 만주에 살고 있

는 조선인들도 중국인이라구. 근디 당최 장제스란 눔이 이끄는 국민
당인지가 들어서믄서 조선눔들 뒤에 일본눔들 있다고 못살게 구는
디…… 별의별 이름을 다 붙여서 세금을 떼어가데유. 집구석마다 붙
이는 세로 모자라서 대가리 수 대로 붙이고 토지세에 소금세에, 마
적 토벌세까지. 그러니 살 수가 있나. 세금 내면 빈손인디. 거기다가
중국 경찰들 허고 지주 눔들까지 사사건건 시비를 걸고 못살게구니.
아예 세금 좀 줄여보겠다고 중국 사람으로 귀화한 사람도 태반이구.
그람 뭐해유. 이번에는 일경눔들이 가만둬야 말이지유. 만주로 이주
한 조선인들은 아무리 중국인으로 귀화혔어도 일본 신민이라고 감
놔라 대추 놔라 상전만 많아서 당췌…… 결국 거서도 못살고 화물차
에 짐짝처럼 실려 쫓겨났지유."

덕구는 말끝에 새삼 몸서리를 쳤다. 덕구는 박 서방이 따라준 술
을 벌컥벌컥 마시더니 삶은 배추 잎사귀를 입에 넣고 우물거렸다.

"여그 만보산에는 언제 온 건가?"

"아, 완바오산이유? 그라니께 한 두어 해 상거지로 빌어먹고 다
니다가 여그 완바오산으로 온 지도 발써 한 서너 달 됐쥬. 농사꾼덜
을 모은다고 하드만유. 농사야 뭐 걸음마 시작할 때버텀 한 게 농사
니께. 하오융더(郝永德)라는 중국 눔이 '장농도전공사'라는 회사에서
우리 같은 조선 농민들에게 중국눔들 황무지 땅을 개간해서 빌려 쓰
게 해준다데유. 중국 눔들이라면 이를 갈았지만 그래두 워쩨유, 십
년을 농사 짓게 법으로 보장을 해준다니께."

"그러니께 자네도 이번 만보산, 아 완바오산이라고 했나? 그 완바
오산 사건에 연루된 건가?"

박 서방이 눈을 둥그렇게 뜨고 물었다. 덕구의 이마가 깨지고 손목에 천을 둘러 감은 이유가 이해되는 순간이다.

"벼농사를 지으려니 물이 있어야지유. 그래 이퉁강 물을 끌어오느라 물길 공사를 허는디 중국 눔들이 자기네 땅을 망친다고 지랄들을 하지 않겠유? 허긴 그렇지 않아도 물이 모자라는 판에 우리꺼정 물을 끌어가겠다고 물길을 내니 눈이 돌아가기도 허것지유. 암만 그려도 그렇지 정식으로 계약을 맺고 하는 건디, 허구헌날 관헌에 고소허고 공사를 못 허게 막잖어유. 참 이상한 것이, 조선 땅에서는 웬수 겉던 왜놈들이 웬일로 무장하고 중국 눔들을 막아주더구먼유. 살다 살다 왜놈들이 우리 편을 다 들어준다 하매 게우 공사를 마쳤는디, 중국눔들이 애써 뚫어놓은 물길을 다 메워버리지 않았것유. 그러니 죽자 사자 들러붙어 싸웠쥬."

"그 바람에 이렇게 쥐어터진 거로구먼."

"너 죽고 나 죽자 들러붙어 싸우다 보니 쥐어 터지는 줄도 모르고 싸웠지유. 히히 이마빡은 나중에 보니께 터졌드라구유. 그나마 일경들이 막아줘서 그냥저냥 흩어졌지유. 십 년이 지나믄 다 개간해 놓은 땅들이 도로 제 눔 땅이 될 텐디 지랄들이여……."

덕구의 말에 박 서방은 마음이 착잡해졌다.

"참 아까 사람들 얘기를 들으니께 시방 조선에서도 중국 놈들을 몰아내려고 난리라던디유?"

"그려. 여그 온 것도 그 일 때문일세. 그 애긴 차차 허고. 이보게, 자네는 나하고 같이 가세."

"가긴 어딜 가유. 지는 인자 아무데도 안 가유. 봄부터 먹을 게 없어 쫄쫄 긁어가매 겨우 물길 뚫었어유. 여태 고생헌 게 아까워서도 못가유.”

덕구로서는 지린성의 첫 정착지에 이어 만보산에서도 자리 잡지 못하고 또 다른 곳으로 떠난다는 게 쉬운 일은 아닐 터였다.

“이보게 덕구, 잘 들어보게나. 지금 일본 놈들 하는 짓이 암만 혀도 수상하단 말이여. 자네 말대로 이상하지 않나? 우리 조선인을 죽이지 못해 안달했던 놈들이 여기서는 왜 총을 들고 나서서 중국 놈들을 막아주는지? 이게 다 무슨 꿍꿍이가 있는 것 같다는 말일세. 그래서 자세한 진위를 알아보러 우리가 온 걸세.”

덕구는 그저 눈만 더욱 크게 뜨고 갸웃거렸다.

“자네도 좀전에 말했다시피 시방 조선에서 중국인들에게 해코지를 하는 폭동이 크게 일어났다네. 여그 만보산, 그러니께 신문에서 완바오산 사건을 실상보다 크게 부풀려서 냈다는 거여. 우선 그것부텀 이상허질 않나? 그래서 화가 난 사람들이 중국 상점에 불을 지르고 폭동을 일으킨 거지. 죽은 사람도 꽤 된다고 허고 하루아침에 터전을 잃은 중국인들이 울며불며 중국으로 도로 떠났다고 허니 나중에 우리 조선인들이 또 무슨 해코지를 당할지…… 그게 다 우리 조선과 중국을 이간질하려는 일본 놈들의 계략 아니겠나?”

“암만 그려도 정식으로 계약을 맺었다는디…….”

덕구는 아직도 목숨 걸고 수로 공사를 마쳐놓은 일이 못내 아쉬운 모양이다.

“이보게 덕구, 십 년을 빌려 쓸 땅이 생긴다고 해도 자네가 직접 빌린 게 아니니 또 그 지긋지긋한 소작농밖에 더 되겠는가? 그 조차

계약이라는 것도 중국 당국의 허락을 받지 않은 것 같단 말이지. 중국에서 허락하지 않은 계약이 무슨 효력이 있겠나? 나중에 오리발 내밀고 나자빠질 수도 있다는 말이지. 죽을 동 살 동 농사를 지어도 조차계약 자체가 무효가 된다면 불을 보듯 뻔한 노릇 아닌가. 이게 다 일본 놈들이 꾸민 수작 같다는 겨."

박 서방은 다른 사람들이 들을까 목소리를 한층 낮추어 말했다. 덕구는 더욱 뭐가 뭔지 못 알아먹겠다는 표정이다.

"자네같이 순진한 사람이 앞뒤 사정도 모르고 이렇게 몸만 다쳤으니…… 자네는 당장 짐부터 챙기게. 아니, 자네가 챙길 짐이 뭐가 있겠나. 그냥 이대로 나하고 함께 봉천으로 가세. 봉천에 가면 설탕공장이 있네. 그 공장이 오 부자 어르신이 관계하시는 공장이여. 그러니께 어르신께 잘 말씀 드리면 자네에게 일자리를 내주실 걸세."

박 서방이 사방을 둘러보며 목소리를 낮추어 말했다. 덕구는 그저 어리둥절하다.

"일단 그렇게만 알고 함께 가세나. 뱃속까지 잘 아는 고향 사람이 곁에 있으믄 어르신도 마음이 놓이실 겨. 다른 사람들헌티는 어르신이 공장의 실제 주인이라는 걸 발설하믄 안디여. 그 공장이 그냥 공장이 아니라는 것만 알아두게. 자네는 그저 아뭇소리 할 것 읎이 시키는 일만 하면 되어."

박 서방이 졸고 있던 국밥집 여편네에게 밥값을 치르는 걸 덕구는 그저 멍하니 바라봤다.

새 날은 오고

작은 사랑에서 책을 읽던 석근은 답답증이 일어 읽던 책을 덮고 벌떡 일어섰다. 봉임이 연거푸 아이를 유산한 뒤로 통 태기가 없자 강 씨는 노골적으로 싫은 내색을 했다. 석근 역시 봉임에게 몹시 언짢았다. 점점 작은 사랑에 머무는 날이 많아지면서 자연스레 부부 사이도 소원해졌다. 석근은 봉임에게 미안한 마음이 들어 오랜만에 아래채 방으로 향했다. 방안에는 아무런 기척이 없어 댓돌에 올라서 방문을 열어보니 역시나 방은 비어 있었다. 집안일 좀 줄이고 몸을 보하라고 그리 당부했건만 도통 귓등으로도 듣지 않는 봉임의 생각을 알 수 없다. 역정이 나서 문을 소리 나게 닫고 마당을 돌아 나오는데 마침 앞을 지나는 종종이가 보였다. 작달막하던 종종이는 어느새 허리가 길쭉해진 것이 이젠 제법 처녀 태가 났다.

"종종아!"

"야아, 서방님."

"작은 마님 어디 계시니?"

"들에 새참 내 가신다구, 조막네 아주머니하고 같이 나가셨시유."

"그걸 왜 작은 마님이 직접 내가신다든?"

집안에 일하는 사람이 몇인데 굳이 직접 새참을 내가나 싶어 역정이 난 석근은 공연히 종종이에게 짜증을 냈다. 눈치가 빤한 종종이는 석근의 얼굴을 살피며 변명을 늘어놓았다.

"작은 마님이 나서야 참을 넉넉히 내 간다구, 읁이 사는 사람들이 된 들일하는데 새참이라도 든든히 멕여야 한다구. 남의 집 일하는 사람덜은 먹어도 금세 또 배가 고프다구……."

"알았다."

봉임을 감싸주려는 종종이의 마음을 눈치 챈 석근은, 아이 앞에서 채신없이 군 것 같아 민망했다. 석근에게 딱히 아이 욕심이 있는 건 아니다. 단지 그녀의 조심성 없음과 자기 말을 묵살하는 그녀의 무심함이 언짢았다. '미련한 것이 조심성도 없고, 못난 것이 못난 짓만 한다.'고 말하는 강 씨의 말이 듣기 싫지만 봉임의 하는 걸 보면 그 말이 아주 틀린 말도 아닌 것 같다.

'하루코라면…….' 야무진 하루코라면, 이처럼 조심성 없지는 않을 것 같았다. 그녀라면 혹여 아이를 잃었더라도 미련하게 집안일에만 매달릴 것 같지는 않았다. 자기도 모르게 봉임을 하루코와 비교하고 있다는 걸 깨달은 석근은 다시 언짢아졌다. 도대체 언제쯤이면 하루코의 그림자에서 벗어날 수 있을 것인지. 자신의 짜증은 어쩌면 봉임이 아니라 스스로에게 일어나는 건지도 모르겠다. 아니, 어쩌면 며칠 전에 만난 홍준표 때문일까. 준표는 석근이 동경에서 돌아왔을 때 시내 다방에서 불쾌하게 헤어진 이후 실로 오랜만이었다. 다시 볼 일은 없을 것이라며 성을 내고 떠났던 준표의 방문은 의외였다. 준표는 이후 만주에서 활동하고 있었으며 뜻밖에도 거기서 아버지 오 영감을 만났다는 것이다. 석근은 준표를 통해 아버지 오 영감이 실제로 만주에 설탕공장을 운영하고 있으며, 거기서 생기는 수익과 모금한 돈으로 만주에서 활동하고 있는 독립 운동가들을 지원하고 있다는 사실을 알게 되었다. 준표는 그간 석근을 오해하고 있었던 자신을 용서하라며 진심으로 사과했다. 하지만 석근은 아버지가 하는 일을 전혀 알지 못하고 있었다. 준표는 만주 동포들의 교육과 계몽에 힘쓰며 동시에 여러 방향으로 항일운동을 돕고 있지만 많은 어려움이 산재해 있다고 했다. 자금이야 언제나 부족한 것이니 그렇다고 쳐도 부족한 인력을 감당하기 어렵다고 했다. 그 생각에 이르자 모든 이유는 자신에게 있다는 게 분명해졌다. 동경 유학까지 다녀왔다는 사람이 하릴없이 방구석에서 책이나 읽으며 세월을 보내는 것이 스스로 생각해도 한심한 노릇이었다.

바깥바람을 쐬면 가슴이 좀 뚫릴 것 같아 석근이 바깥마당을 막 지나 대문 쪽으로 향하는데 아버지 오 부자 영감도 마침 대문을 벗어나는 것이 보였다. 석근은 잰 걸음으로 다가가 '아버지!' 하고 부르려다가 그냥 입을 다물었다. 멀리서 보아도 아버지의 표정이 어두워 보였기 때문이다. 박 서방으로부터 전해들은 어지러운 만주 소식에 마음이 무겁던 오 영감도 기분을 전환할 요량으로 바람을 쐬러 나가는 참이다. 오 영감은 논두렁 밭두렁 길을 천천히 걸으며 멀리서 들일 하는 농사꾼들을 내려다봤다. 푸르게 펼쳐진 칠월의 들판이 아름답다. 몇몇 농사꾼들이 잠시 허리를 펴고 땀을 닦다가 오 영감을 알아보고 꾸벅 허리 굽혀 인사했다. 오 영감도 고개를 끄덕여주었다. 농사꾼들은 그 몇 걸음 뒤에서 말없이 오 부자 영감을 좇는 석근을 보며 말했다.

"두 양반이 앞서거니 뒤서거니 산보하시는가 보군."

"그러게. 암튼 팔자 좋으신 양반들일세."

농사꾼들은 평화로운 두 부자의 산보를 부러운 듯이 올려다보았다. 오 부자 영감은 그런 마을사람들을 무심히 바라보며 만주의 일을 떠올렸다. 만주에서 일어난 우리 농민들과 중국인들 사이에 있었던 분쟁뿐 아니라 조선 내에서의 화교배척 사건들이 줄줄이 일어나고 있었다. 그게 꼭 만주에서 우리 농민들이 중국인들에게 박해를 받았기 때문만은 아닌 것 같았다. 이전에도 조선 안에서 중국인들에게 일자리를 빼앗기고 있다고 느끼던 사람들이 꽤 있어왔던 참이었다. 중국과 손을 잡고 합심해서 항일 운동을 펼쳐나가려던 계획을 앞두고 있던 오 영감으로서는 참으로 낭패가 아닐 수 없다. 협조를 부탁해야 할 중국이 조선을 거부하면 이제까지의 수고가 모두 수포로 돌아갈 터이니 더욱 마음이 무거웠다.

들판을 바라보며 상념에 젖은 오 영감 곁으로 석근이 바싹 다가섰다.

"어잇? 나를 좇았던 것이냐?"

"네, 아까 집을 나서실 때부터 아버지를 좇았습니다."

"어헛, 기척도 없이⋯⋯."

"기척을 했는데도 못 들으셨어요. 생각이 많으신 것 같아 방해하지 않았습니다."

"뭐 언짢은 일이 있는 게냐? 너도 네 안식구 때문에 마음이 많이 상한 게냐?"

"저보다 부모님께 심려를 끼쳐드려서 죄송할 뿐이죠."

"아무렴 네 안식구 마음만 하겠냐. 듣자니 요즘은 내내 작은 사랑에만 머문다고 하던데. 그렇지 않아도 네 어머니가 싫은 소리를 많이 할 터인데 너라도 곁에서 잘 다독여 주어라."

오 영감은 다시 입을 꾹 다물고 먼 곳으로 눈길을 돌렸다.

"아버지는요? 무슨 언짢은 일이라도…… 혹시 요즘 시끄러운 화교배척 폭동 때문인가요?"

오 영감이 가만히 석근을 돌아보는 눈빛이 새롭다.

"너도 그 일들에 마음을 쓰고 있었더냐?"

"예, 신문을 읽어서 알기도 하였지만 또 건너 건너서 만주 얘기도 주워들었고요."

"준표를 말하는 거로구나. 나도 거기서 생각지 않게 준표를 만나 깜짝 놀랐다. 그래, 준표가 무슨 얘기를 하든?"

"그곳 동포들의 교육과 계몽시키는 문제에 골몰하고 있어요. 학교를 세우려는데 그 일이 생각처럼 쉽지 않은 모양이에요."

"흐음. 그렇지. 세상에 쉬운 일이 어디 있나?"

"급하게 든 생각이긴 하지만 저도 준표를 도와서 학교를 설립하는 일을 함께 할까 합니다만."

그런 생각을 하고 있다니 자기보다 머리 하나는 더 큰 석근을 올려다보는 마음이 흐뭇하다.

"요즘 같아서는 제가 마치 식충이가 된 것 같아요. 저도 이젠 사람 노릇을 해야겠어요. 말이 통할만 한 벗들을 불러 모으면 교사진은 얼추 꾸려질 것 같아요. 우선은 그곳 사정에 밝은 준표가 일선에 나가 있으니 저는 후방에서 준표의 필요를 대주는 일에 주력하려고 해요."

"아무리 뒤만 대주는 일이라고는 해도 쉽지 않은 일이다. 준표가 말하는 학교는 단순한 학교가 아니다."

"알고 있습니다."

"각오는 한 것이냐?"

아버지의 물음에 석근은 선뜻 대답을 할 수가 없다.

"아직은 잘 모르겠어요. 그래도 이렇게 살아선 안 될 것 같아요."

"그래. 네 뜻이 그렇다면. 준표에게서 뭐 또 들은 얘기가 있더냐?"

"아버지 얘기를 들었어요. 봉천에 공장을 두고 그곳 사람들에게 자금줄이 되어주신다는."

오 영감은 입술을 꾹 다문다. 마치 화가 난 듯 보이나 눈빛은 부드럽다.

"석근아. 너도 만주 일이 궁금허지? 내가 입을 다물고 있어서 섭섭허지?"

"때가 되면 말씀해 주시리라 생각하고 있었어요."

"너도 이제 어지간히 알고 있는 눈치니 내가 따로 설명할 건 없고, 다음에 한번 같이 가자꾸나. 이미 눈치야 챘겠지만 거기 설탕공장은 겉으로야 그냥 설탕을 만드는 공장일 뿐이지만, 실은 거기서 활동하고 계신 분들에게 자금을 보태면서 비밀 은신처 역할을 하고 있다.

채 사장이라고, 내 외가 쪽으로 먼 일가 되시는 양반인데 나는 그저
그 양반이 하시는 일을 도울 뿐이야. 나야 뭘 아는 게 있나. 그 분이
내가 밥술 걱정은 안하고 산다는 걸 알고는 연락해 오셨더구나. 뜻
이 있다면 십시일반으로 힘을 모아 공장을 인수하자고. 그렇게라도
조선의 독립을 위해 일하자고. 시작은 그랬지."

"예. 저도 준표를 통해서 대강 들었습니다. 아버지께서 큰 도움을
주고 계시다고."

"도움은 무슨. 그저 채 사장이 하는 일에 숟가락만 얹은 걸."

"준표 말로는 아버님의 역할이 아주 크다고 하던데요."

"흠…… 채 사장이야 이미 공장 운영자로 드러난 사람이고, 나는
아무래도 겉으로 드러나지 않게 활동하는 게 안전을 위해 좋을 것
같아 되도록 공장 일에 나서지 않고 있다. 너도 우리가 설탕 공장과
관계가 있다는 소리는 어디 가서 함부로 하지 마라."

"예."

"그려, 네가 이왕 그렇게 마음을 먹었다니 조금 더 구체적으로 네
가 할 수 있는 일을 생각해 보자꾸나."

"예."

"흠…… 어디 독립이 그렇게 당장에 이루어지겠느냐. 죽기 살기
로 싸워도 장기적인 싸움이 될 테지. 그러자면 은신처와 돈은 계속
필요할 테고. 나야 그저 그런 저들의 필요나 조금 도울 뿐이다. 아는
것도 없고. 게다가 이젠 너무 늙었어. 묵은날은 가고 새날이 오는 게
이치지. 아무렴 나 겉은 늙은이들보다야 너희 겉은 젊은 사람들이
낫지."

아버지의 말을 묵묵히 듣고 서 있는 석근은 이제야 식충이를 면하고 세상에 쓸모 있는 사람이 될 같다는 생각이 들었다.

"참, 네 어머니나 네 안식구한테는 별말하지 마라. 바깥일에 대해선 아녀자들한테 시시콜콜 말할 것 없다. 여자들이란 염려가 본시 많아서 공연히 염려만 더 보탠다."

모처럼 부자지간에 어깨를 부딪으며 기분 좋게 집으로 들어가는데 멀리서 박 서방이 겅중겅중 달려왔다.

"자네는 아직 여독도 풀리지 않았을 턴디 좀 쉬지 뭐 하러 나왔는가?"

"쉬긴유. 지가 뭘 한 게 있다고. 오늘 마침 제 작은아들 눔이 내려왔네유. 온 김에 어르신께도 인사 디리겠다고 해서 같이 왔구먼유."

"호오, 그려. 근우가 왔구먼."

오 영감의 얼굴에 벙싯 반가운 미소가 걸리며 걸음이 바빠졌다. 근우는 박 서방의 둘째 아들이다. 어릴 적 근우의 영민함을 보고 오 부자 영감이 '그냥 농사꾼으로 두긴 아까운 머리'라며 소학교도 보내고 읍내 신식 중학교도 보내주었다. 근우는 어느새 장성하여 도시에 나가 일본은행에서 일을 하고 있다. 괄괄한 장우와는 달리 성미가 부드러운 근우는 석근과도 마음이 잘 맞아 어린 시절에 둘은 곧잘 함께 놀았다. 앞서 걷는 아버지와 박 서방의 너털웃음과 허청거리는 걸음걸이를 보면서 석근은 걸음을 늦췄다. 든든하게만 보였던 두 어른이 어느새 해묵은 초가지붕처럼 구부정한 노인이 되었다. 과연 두 분의 시대는 이제 묵은시대인 걸까. 석근은 마음 한구석이 묵직해졌다.

박 서방

봉천 설탕공장에는 사탕수수 즙을 짜내느라 착즙기 돌아가는 소리가 철컹 철컹 요란하다. 공장 뒤편으로 골목을 사이에 두고 따로 대문을 달고 있는 사택이 있다. 사택 마루 유리문을 열고 바로 왼쪽으로 꺾어져 가벽으로 감춘 입구를 지나 길게 이어진 곁 마루를 돌면 뒤쪽에 숨은 비밀 방이 있다. 뒤쪽에 있는 데다가 반드시 가벽 속으로 곁 마루를 따로 두른 비밀통로를 지나야 했기에 밖에서는 쉽게 찾을 수 없는 방이다. 방 안에는 이미 도착한 여러 사람이 모여 있었다. 오 부자 영감과 채 사장, 그리고 동북지방에서 활동하는 항일 운동가들이 모여 일파만파로 커져버린 만보산 사태를 수습하기 위한 회의 중이었다.

만보산 사건으로 인해 조선에서까지 크게 폭동이 일어나고 화교 배척 운동으로까지 불이 붙은 건 일본 경찰의 승인 없이는 불가능하다는 의견이 지배적이다. 그리고 당연히 화교배척 운동은 재만 동포들에게 보복으로 돌아올 것이 불 보듯 뻔한 일이다. 그 일은 일본이 만주를 집어삼키려는 속셈이 분명한 이 시점에서 중국과의 합작을 도모하던 만주 내 항일 운동가들에게 큰 낭패가 아닐 수 없었다. 통합을 이루진 못했지만 한국독립당과 조선혁명당 산하에 있던 한국독립군과 조선혁명군 모두 중국군과 합작 연대를 이루어 항일 무장 운동을 벌이려는 계획 중에 있었기 때문이다. 지금으로선 무엇보다도 먼저 중국인들과 조선인들의 감정을 가라앉히는 일이 시급했다. 사실 우리 농민들이 이통강 물을 끌어오는 일은 중국인들의 심기를 건드리기에 충분했다. 그 일을 하느라 중국인들의 밭을 침범한 데다 장마철에 강이 범람하여 그들의 농지를 망칠 수가 있기 때문이다. 농토란 그들에겐 생명이다. 일이 그렇게까지 크게 번진 데에는 중국 관헌과 협의하지 않은 채로 조선농민들을 부추기기만 한 일본의 역할이 컸다. 조선농민들과 중국농민들 사이에 갈등과 분쟁은 점점 더 크게 확산되고 있었다. 그런 후 일본은 마치 조선인 보호자라도 된 듯 무장하여 중국인들에게 총을 쏘고, 그 일을 크게 부풀려 신문에 대서특필까지 했다. 당장 그 꿍꿍이를 다 알 수 없지만 우선 만보산 사건이 일본의 계획적인 음모라는 사실은 밝혀야 했다. 중국 국민당에서도 이미 그렇게 성명을 발표한 터라 조선인들도 이해시킬 수 있을 것 같다. 근래에 그 일 말고도 찜찜한 사건들이 여럿 있었다. 얼마 전 나까무라 대위 실종 사건만 해도 수상했다. 일본은 그 핑계로 관동군 병력을 심양에 집결시키고 공격태세까지 갖추었다. 일본 스스로 그 사건을 자꾸 부풀리는 냄새가 나는 걸로 봐서 자작극이 아닐까 의심되었다. 실제로 일본 내부에서도 그 효과는 커서 과격한 청년 장교들이 나까무라 대위의 위령제를 지내고 피를 뽑아 일장기를 그리는 미치광이 짓이 도쿄에서 벌어지기도 했다. 일본은 민심을 전쟁으로 몰고 가려는 눈치였다. 같은 얘기만 끝도 없이 돌고 있는 가운데 설탕공장 사장 조카 채 선생이 구체적인 행동 방안을 제시했다.

"중국하고 어떻게든 손을 잡아야 하는 것도 기정사실이고, 문제는 이 난국을 어떻게 뚫고 나가야 하는지예요. 우선 재만 조선인들과 중국인들에게 일본의 숨은 야욕을 알려야 합니다. 제가 신문사를 통해 기사를 내도록 해보지요. 글 모르는 사람들을 위해 마을과 마을로 다니며 전달할 사람도 필요해요. 우선 안 선생은 봉천 야학 학생들에게 그 내용을 알리도록 하세요. 그러면 자연스럽게 그 부모들에게도 전달될 터이니."

"중국과의 연대가 어려워질 가능성도 염두에 두어야 해요. 그렇더라도 우리는 계속 싸워야 할 테니 어떻게든 자금은 저희가 최대한 끌어모아 보겠어요. 그런데 심 선생은 아직 안 오시는 건지. 무슨 일이라도 있는 건지…….."

채 선생의 말끝에 채 사장이 말을 잇다 말고 갑자기 근심스럽게 심 선생을 찾았다. 심 선생은 얼마 전에 신분이 밝혀져서 수배가 내려진 상태였다.

"안 그래도 심 선생이 안 보여서 걱정하고 있던 참인데 차마 입을 못 열고 있었어요."

야학 안 선생이 거의 울 듯 한 목소리로 말했다. 다들 심 선생을 염려하는데 그때 갑자기 사택 대문을 밀치고 누군가가 뛰어 들어오더니 급히 문을 닫고 가쁜 숨을 몰아쉬었다. 심 선생이다. 대문 틈으로 바깥을 살피며 심 선생을 기다리고 있던 덕구는 안도했다.

"아니? 심 선상님, 워째 이리 늦으셨슈. 안 오셔서 걱정했시유."

"헉, 헉, 아무래도 뒤를 밟힌 것 같소."

"야아?"

"일단 그 놈들 따돌리느라 시간을 좀 끌긴 했는데. 아무래도 그 놈들이 나를 봤으니 이제 곧 이 일대에 경찰을 풀 거요. 자칫 모두가 위험해질 수 있어요. 나는 다시 나가서 그들을 다른 곳으로 유인할 터이니 당신은 어서 다른 분들을 피하시게 해요. 그럼 나는……."

심 선생은 덕구가 미처 무어라 대꾸하기도 전에 다시 대문 밖으로 나가더니 왔던 반대쪽 길로 급하게 사라졌다. 덕구는 벌렁벌렁 들뛰는 가슴을 부둥켜 잡고 허둥지둥 안채로 달려갔다. 처음 겪는 일이라 두려움에 정신까지 혼미해졌다. 미처 신발도 벗지 못한 채 가벽 뒤의 마루 통로를 돌아 뒤쪽으로 따로 붙은 비밀 방까지 다다르는데 천 리 길을 가는 듯 멀다. 방문을 열자 안에 수십 개의 눈동자들이 일제히 방문을 열고 숨을 몰아쉬고 있는 덕구를 향했다.

"심 선상님이 아무래도 뒤를 밟힌 것 같다고. 도루 나가시면서 다들 피하시라고."

덕구가 가쁜 호흡으로 간신히 말을 전했다. 오 영감은 침통한 마음으로 눈을 질끈 감으며 낮게 말했다.

"뒤를 밟혔으면 외려 밖이 더 위험할 건디. 차라리 여그로 들어오셔서 어디 벽장에라도 숨으실 일이지."

그 말에 덕구는 심 선생을 잡지 못한 게 자기 잘못인 것 같아 주눅이 들어서 변명했다.

"심 선상이 기시믄 여그 계시는 다른 분들꺼정 위험해지신다고."

아닌 게 아니라 이 집에서 심 선생이 체포되기라도 한다면 설탕 공장의 실체와 다른 동지들까지 그대로 노출될 위험이 있다. 덕구를 향했던 수십 개의 눈동자들은 천장으로 혹은 먼 데로 무심히 가 닿은 채 정적이 흐른다. 그때 채 사장이 정적을 깼다.

"다른 사람도 아니고 심 선생이 뒤를 밟혔으면 곧 경찰들이 이곳을 포위하고 수사망을 죄어올 것입니다. 우선 공장과 직접적인 관계가 없으신 분들은 일단 몸을 피하십시오. 어떤 식으로든 공장과 관계있는 분들이야 둘러댈 명분이 있지만. 자칫 우리가 준비하려는 무기와 자금줄이 묶일 위험이 있어요. 그러면 크게 낭패를 봅니다."

그 말에 몇몇이 바쁘게 몸을 일으켰다.

"자, 눈에 띄지 않게 무리지어 나가지 마시고 한 명씩 혹은 두 명씩 나가십시오. 방향은 각기 다른 방향으로."

채 사장이 떨리는 목소리로 말하고는 덕구를 향해 비장하게 일 렀다.

"자네는 골목에 비질이라도 하면서 바깥 정황을 선생님들께 알리고 피하시는 걸 돕게나."

"야아."

덕구가 비장한 표정으로 눈에 힘을 주고 고개를 끄덕였다. 동지들은 대문 안쪽에서 바깥 동태를 살피며 덕구가 신호를 주는 대로 하나씩 둘씩 대문을 나섰다. 오 영감과 채 사장은 방 안에 남아 마주앉았지만 서로 다른 곳에 눈을 두고 있다. 구석에 따로 앉은 박 서방도 가슴을 졸이며 두 양반을 물끄러미 바라봤다. 얼마 후, 밖에서 총성이 울렸다. 서로 다른 데 눈길을 두고 있던 오 부자 영감과 채 사장의 눈동자가 공중에서 서로 부딪는다. 총성이 울린 거리에서 호루라기소리와 경찰관들 달려가는 요란한 발걸음소리와 함께 일본말로 한 마디씩 내뱉는 욕설이 들렸다. 그걸 듣는 박 서방은 심장이 쪼그라드는 듯하다.

"저기, 어르신들."

덕구가 울상으로 다시 들어섰다.

"무슨 일인가?"

채 사장은 마치 화가 난 사람처럼 덕구를 향해 물었다. 오 영감과 박 서방은 그저 덕구의 입만 뚫어지게 쳐다봤다.

"채 선생이 방금 지나가시면서 슬쩍 귀띔해 주셨는디, 심 선생이 붙들려 가신 모양이유. 그럴 리 없겠지만 설탕공장에서의 비밀모임이 들통 날 수도 있고, 또 시방 이 근방을 샅샅이 살피고 있으니께, 어르신도 일단 여기를 빠져나가 몸을 피하시는 게 좋겠다구유. 근디 골목 앞쪽으로는 일경들이 쫙 깔렸다고, 아무래도 봉창 너머 뒤쪽 골목으로 빠져 나가셔야 할거라구."

덕구가 겁에 질려서 소리를 낮추고 오 영감을 향해 울먹거렸다.

"쯧, 진작 뒤쪽으로 나가는 문을 뚫어 놓았어야 했는데. 차일피일 미루다가 그만."

채 사장이 낭패라는 듯 혀를 찼다. 오 영감은 자신의 늙은 몸뚱이가 사람들에게 짐이 되는 것 같은 미안한 마음에 봉창을 열고 밖을 살폈다. 마침 봉창이 옆으로 길게 뚫려있어 몸이야 내보낼 수 있기는 해도 과연 뛰어 내려갈만 한 높이인지 내다보는 것이다.

"어르신, 지가 먼저 뛰어내리고, 저 내려간 담에 어르신이 제 등허리를 디디시믄 수월허시것어유."

박 서방이 급한 대로 자기 겉옷을 꿰어 입고 오 부자 영감의 겉옷도 챙겨 들며 말했다.

"자네나 나나 나이가 거기서 거긴데 자네라고 별수 있나?"

오 영감이 만류하자 채 사장이 오 영감의 팔을 꽉 쥐며 다급한 표정을 짓는다. 채 사장의 마음을 알아챈 박 서방은 두 번 생각할 것도 없이 벽에 바짝 붙여놓은 문갑을 딛고 봉창에 몸을 절반쯤 걸친 뒤 방향을 틀어 바깥으로 뛰어내렸다.

"어이쿠쿠!"

뛰어내리며 발을 제대로 딛지 못했는지 박 서방이 땅바닥에 나뒹굴며 외마디소리를 질렀다.

"괜, 괜찮나?"

오 부자 영감이 큰소리도 내지 못하고 땅바닥에 나뒹굴어진 박 서방에게 물었다. 박 서방이 채 대답하기도 전에 덕구가 두 사람 신발을 가져다가 봉창 밖으로 던졌다. 그러더니 오 영감 겨드랑이를 부축하여 봉창 위로 몸을 올려주었다. 오 영감도 봉창에 몸을 걸쳐 방향을 틀고 눈을 질끈 감고 창틀 잡았던 손을 놓았다. 박 서방이 어느새 봉창 밑에 몸을 엎드려 있어서 딛고 내리기는 수월했다. 경찰들의 눈을 피해 재빠르게 골목길을 빠져나가는데 박 서방이 심하게 절뚝거리며 한쪽 다리를 끈다. 걱정스런 눈으로 박 서방을 돌아보는 오 영감에게 박 서방은 아무렇지도 않다는 듯이 손사래를 치며 오 영감 뒤를 바짝 따라 뛰었다.

　박 서방은 아무래도 그때 발목뼈가 부러졌던 모양이었다. 하지만 심 선생 문제로 아무도 박 서방에게 마음 쓸 여유가 없었다. 누구보다 박 서방이 천을 친친 동여매고 좀 지나면 괜찮을 거라고 병원애기는 입도 뻥긋하지 못하게 했다. 박 서방도 처음에는 그저 힘줄이 놀랐거나 뼈가 접질린 것이려니 했다. 조선으로 돌아가 차차 접골원에라도 간다고 하던 것이 그러질 못했다. 긴장이 풀리면서 몸살이 되게 나서 앓아누운 바람에 그만 접골원에 갈 때를 놓쳤다. 쉬면 나을 줄 알았던 박 서방의 발목은 낫질 않았다. 근우가 뒤늦게 시내 병원으로 데려갔지만 이미 치료시기를 놓쳐버렸다는 의원의 말만 듣고 맥없이 돌아왔다. 뼈가 부러진 줄도 모르고 박 서방이 무리한 바람에 부러진 발목뼈가 주변 살을 찔러 괴사되었고 부러졌던 뼈는 뼈대로 비틀려 들러붙는 바람에 발목이 한쪽으로 돌아가고 말았다. 박 서방은 젊어서부터 평생을 오 영감의 수족이었다. 그런 박 서방이 자신 때문에 다친 것도 모자라 제때 치료하지 못해 영영 절름발이가 되었다는 말에 오 영감은 가슴이 무너져 내렸다. 시름에 찬 오 영감이 다친 박 서방보다 먼저 죽게 생겼다. 통 입맛이 없다는 오 영감에게 강 씨가 억지로 숟가락을 쥐어주고 저녁밥을 몇 술만이라도 뜨게 하려던 참인데 바깥이 소란스럽다. 술에 취한 장우가 안채 마당까지 들어와 주정을 하자, 몇몇 머슴들과 드난꾼들이 장우의 입을 틀어막으며 끌어내려 하지만 워낙 성미가 거친 장우를 당해낼 수가 없다.

　"에잇, 육시럴! 이것들 못 놓는겨? 요즘 시상에 양반 쌍놈이 있는 것도 아니고, 따지고 보믄 양반이 아닌 건 지네나 우리나 똑 같은 거 아녀? 같은 쌍눔끼리 할 말 좀 하겠다는 건디 왜 이렇게 막는 거여? 내가 할 말이 좀 있다잖여! 제기럴!"

"아이고, 자네가 아버지 땜시 속이 상혔구먼. 내가 그 속 다 아네, 알어. 근디 술 깨고, 낭중에 맑은 정신으로 오세나 잉?"

조막네가 장우를 구슬리며 팔짱을 낀다. 장우를 바깥으로 끌고 나갈 참이다.

"아이씨, 아줌니도 그러지 마셔유. 아줌니도 이 집 종이 아니란 말유! 요즘 시상에는 양반도 읎고 종도 읎다니께유! 아! 아니네, 울 아부지 엄니 보니께 그렇지도 않은 모양이유. 밤낮 오 부자 영감 마나님 뒤만 졸졸 쫓아 댕기믄서 종노릇 허는 걸 보니께 실상은 요즘에도 양반 쌍눔이 있긴 있는가 보네유."

"아이고, 이 사람아. 생전 안 그러던 사람이 우째 이런디여?"

"아줌니, 내가 보니께 돈이 있으믄 그게 양반이고, 돈이 읎으믄 그게 쌍눔이네. 암만 그려도 그렇지 종놈 목숨은 두 개간디? 양반도 한번 사는 거고 종놈도 한번 사는 건디 왜 종놈은 양반을 위해서 목숨 여럿 있는 거 맨치로 살아야 하는 거유?"

"허허, 이 사람이 못하는 소리가 없네."

보다 못한 머슴 중 하나가 장우를 나무라자 장우가 눈을 더욱 희번덕거리며 말했다.

"나 눈이 뒤집혔으니께 다들 비켜유. 나도 인자는 못 참어. 아배는 펴엉생을 오 부자 영감 밑 닦아주다가 다리병신 돼버리고, 어매는 어매대로 펴엉생 오 부자 영감 마누라쟁이 밑 닦아주다가 허리 절단나 버리고, 이런 더러운 세상 나는 인제 그렇게 못 살겠네! 우리 부모가 한 짓은 나는 못하것어! 암만, 목을 비틀어도 나는 못허지!"

안방에서 오 영감은 숟가락을 쥔 채 굳은 듯이 마당에서 장우가 하는 말을 묵묵히 듣고 있다. 장우 소식을 듣고 작은 사랑에서 막 안채 마당으로 들어선 석근도, 부엌문 안쪽에서 불안하게 서있는 봉임도 장우 속을 모르지 않아 차마 나서서 막지 못했다. 아무도 어쩌지 못해 쩔쩔매고 있는데 작대기를 짚은 박 서방이 중문 바깥에서부터 큰 소리를 치며 절뚝거리고 들어왔다.

"이런 배은망덕한 눔을 봤나! 이래서 머리 검은 즘승은 거두는 게 아니라는 거여! 너, 시방 여그서 뭐하는 짓이여? 어디서 배워 처먹은 짓이여 시방? 내가 여태 너를 그리 가르친 겨? 아무리 못났어도 뭣이 옳은지 뭣이 그른지는 제대로 알아야 할 것 아녀. 너, 남들 강냉이죽도 못 얻어 묵을 때 여태 밥 한 때 안 굶기고 멕여 키워주셨고, 너 장개 들어 애 새끼들 쑥쑥 낳고 살도록 부족한 거 하나 없이 해 주셨자녀? 워디 주둥이 뚫렸으면 말을 혀 봐 이 못난 눔아! 시방 이 지랄 허는기 니 애비를 위허는 것 같으냐 이 못난 눔아? 니가 시방 니 아부지 평생 살아온 낯짝에 똥칠을 허는 줄은 모르겄냐 이 눔아? 니 애비가 평생을 두고 뫼시는 어른께 이 무슨 망발이여? 니가 이 죄를 다 워찌 갚으려고 이런 못난 짓을 하는 겨, 이 즘승만도 못헌 눔아. 머릿속에 들은 게 똥밖에 없어서 모르겄거든 주둥이 닥치고 있을 일이지, 워디서 배워먹지 못하게 술은 처먹고 와서 지랄이여 지랄이!"

갈라져 나오는 박 서방의 목소리는 피를 토하는 것 같다. 장우는 차마 아버지에게는 대들지 못하고 땅바닥에 다리를 뻗고 주저앉아서 목을 놓아 울기 시작했다. 어느새 왔는지 박 서방 댁도 우는 장우의 등을 철썩철썩 때리며 꺽꺽 운다. 장우는 그래도 분을 삭이지 못하겠던지 울면서 허공에 대고 어잇, 어잇 소리를 지르며 주먹질을 했다. 박 서방은 마침내 기진하여 짚고 있던 작대기를 그만 놓치며 짚단처럼 맥없이 픽 쓰러지는데 뒤축에 서 있었던 근우가 달려와 박 서방을 부축했다. 근우는 박 서방의 양 겨드랑이 밑에 손을 끼워 넣고 일으켜 세우더니 곧 자기 등에 업었다. 근우는 바싹 마른 가랑잎처럼 가벼운 박 서방을 업고 가슴이 미어져서 한 손으로 눈물을 훔쳤다. 땅바닥에 널브러져 울고 있던 장우도 술이 어지간히 깼는지 몸을 일으켰고 박 서방 댁과 장우 댁이 눈물을 흘리며 질질 끌고 나갔다. 마당에 둘러서 수런거리던 머슴들도 제 방으로 들어가고 드난꾼들도 제 집으로 돌아가자 마당은 다시 조용해졌지만 마당 한 쪽에 있는 석근과 부엌문 안쪽에 있는 봉임은 그대로 어둠 속에 묻혀 있다. 방안에 있는 오 영감도 아직 숟가락을 쥔 채 그대로 굳은 듯 앉아있다. 잠시 넋이 빠져있던 강 씨가 오 부자 영감의 손에서 숟가락을 빼내주며 낮게 중얼거렸다.

"몹쓸 놈, 제 놈이나 우리나 똑같은 쌍놈이라니⋯⋯."

그런 강 씨를 건너다보는 오 부자 영감의 눈빛이 슬프다.

근우

　박 서방은 발목을 다친 이후로 부쩍 늙었다. 불편한 다리로 먼 데 다녀오는 것도 큰일이었지만 그보다 정신도 흐려져서 소작농 소출을 셈하고 도지 정하는 일에 둔해졌다. 당장 박 서방이 하던 일 중 소작관련 일은 효근이 하기 시작했지만 박 서방 일을 나눌만 한 사람이 없었다. 젊어서부터 티 나지 않게 차차로 맡은 일이 늘어왔던 탓에 아무도, 박 서방조차도 그가 얼마나 많은 일을 해내고 있는지 알지 못했다. 오 영감은 그 동안 자신이 박 서방에게 걸맞은 대우를 해주지 않았다는 걸 깨달았다. 오 영감은 석근에게 장우가 부쳐 먹던 농지에다 근방 적당한 다른 땅을 더해 땅문서를 챙겨주고 적당한 집 한 채 마련해서 장우 내외와 박 서방 부부가 함께 솔가하도록 했다. 일전에 패악질을 했던 장우는 박 서방에게 멱살을 잡혀와 눈물을 뚝뚝 흘리며 엎드려 사죄했다. 오 영감도 장우의 속을 모르는 바 아니라 그저 그의 등을 툭툭 쳐줄 뿐이었다. 박 서방은 자신의 평생을 책임져 준 오 영감에게 그저 고맙고 미안해서 몇 번이나 큰절을 올렸다. 아직 집안에 돌아가는 큰일은 석근이 대강 보고 있었지만 당장 박 서방이 하던 일을 맡을 사람이 필요했다. 그 와중에 여기저기서 소작쟁의로 말썽을 부린다는 소리가 들렸지만 다행히 오 영감의 땅에 먹고 사는 소작농들은 조용했다. 대부분의 소작농들이 소출의 대부분을 지주에게 바치고 밀린 도지 빚을 갚다 보면 그 해에 먹을 쌀이 모자라 다시 도지 빚을 내야 하는 악순환을 거듭하고 있지만 오 영감네는 달랐다. 우선 소작농들의 몫부터 채우고 얼마가 됐든 그 나머지를 지주에게 실어 보내게 했다. 그건 되도록 소작농을 챙기는 오 영감의 심성이기도 했지만 워낙 넓은 농지를 소유하고 있기 때문에 가능한 일이었다. 소작농들이야 어차피 남의 땅을 부쳐 먹어야 할 처지에서 지주가 일본인이거나 욕심이 많은 사람인 것보다는 차라리 그 지역 땅의 전부를 차지하더라도 지주가 오 영감인 편이 낫다고 여기니 쟁의가 일어날 일이 없었다.

뭔가 큰 일이 터질 것만 같던 만주에서의 불길한 징조는 곧 류타오후 사건이라 불리는 일본 소유의 남만주 철도 폭파사건으로 이어졌고, 일본은 그 일을 빌미로 결국 만주에 만주국이라는 괴뢰국을 세우고야 말았다. 그리고 곧 류타오후 사건 역시 일본의 자작극이었음이 밝혀졌지만 이미 일본은 야욕을 채운 뒤였다. 만주에서의 일은 더욱 많아졌지만 박 서방의 부재는 오 영감에게 날개가 꺾인 것과 같아서 웃음기를 잃었고 의욕도 없어졌다.

"어르신, 박 서방이구먼유."

"아니, 자네가 어쩐 일로. 어여 들어오시게나."

오 영감이 버선발로 내려와 몸이 불편한 박 서방을 부축해 사랑으로 들였다.

"무슨 일인가?"

"근, 근우 눔이 경찰서에 잽혀갔답니다. 흑흑!"

"근우가? 근우가 경찰서에는 왜?"

"평소에 은행에서 근우를 괴롭히는 일본인 상사가 있었슈. 노상 그 상사 때문에 곤란을 겪는다는 말을 허투루 들었는디, 이번에 은행에 횡령 사건이 벌어졌다네유. 근디 그 상사 눔이 엉뚱하게 근우에게 누명을 씌운 모양이어유. 그 눔도 범인이 따로 있다는 걸 알지만 괜한 누명을 씌워 근우를 쫓아내려고 한 모양이어유. 헌데 근우가 그만 참지 못하고 그 눔을 때려눕혔다는구먼 유. 횡령사건은 그 사건대로 해결이 안 된 상태인데 상사폭력사태까지 겹쳐서는. 에휴, 그 눔이 어쩌자구······."

오 영감 얼굴에도 금세 근심이 서렸다. 오 영감은 당장 사람을 보내 석근을 불러들였다.

"근우에게 곤란한 일이 생겼다는구나. 지서장에게 부탁하여 시내 경찰서에 말을 좀 넣어줄 수 있겠느냐?"

석근은 교활한 지서장의 좁고 긴 얼굴과 안경 너머로 뱀 같이 빛나던 눈빛이 떠올라 자기도 모르게 미간을 찌푸렸다. 얼마 전 한밤중에 고리대금업자의 집에 낫을 들고 쳐들어가서 죽이겠다고 날뛰던 용만이 잡혀 들어간 바람에, 석근이 지서로 찾아갔을 때 야비한 얼굴로 이죽댔던 지서장의 얼굴이 아직도 생생했다. 용만은 어찌나 두들겨 맞았는지 그 얼굴이 차마 눈 뜨고 볼 수 없을 지경이었다. 용만이 죽이겠다고 했던 사람이 하필이면 일본인이라 괘씸죄가 더해진 탓이었다. 석근이 애초에 터무니없이 높은 이자를 매긴 업자 때문에 생긴 문제이니 선처를 부탁한다며 고개를 숙이자 지서장은 기다렸다는 듯이 은근한 눈빛으로 돈을 요구했다. 몹시 불쾌했지만 지서장에게 뇌물을 쥐어주고라도 용만을 꺼내주지 않을 수가 없었다. 거지꼴을 하고 있는 용만의 처와 줄줄이 딸린 어린 것들이 당장 굶어 죽게 생겼기 때문이었다. 석근은 눈 한번 질끈 감고 지서장의 은근한 요구에 섭섭지 않을 만큼 돈을 쥐어줘야 했다.

"역시 본토에서 공부를 많이 하신 분이라 세상 돌아가는 이치를 좀 아시는군요. 모처럼 말이 통하는 조선인을 만나서 여간 반가운 것이 아닙니다. 조선에도 오 선생 같은 분이 많아야 무지렁이 조선인들을 계몽할 수 있을 텐데요."

석근은 더러운 기분이었지만 돈으로라도 지서장을 매수해 조선 농민들에게 실질적인 도움을 줄 수 있다면 그것도 의미 있는 일이라고 스스로 위안했다. 또다시 뱀같이 교활하고 음흉한 지서장의 좁고 긴 얼굴을 대하러 가야 한다고 생각하니 벌써부터 속이 울렁거렸다. 하지만 질금질금 눈물을 흘리고 있는 박 서방의 주름진 얼굴을 보니 그냥 두고 볼 수 없는 노릇이다.

"예, 제가 지서에 가서 서장을 만나보겠습니다. 두 분은 너무 염려 마세요."

지서장은 용만의 사건 이후로 다시 찾아온 석근을 마치 오랜 친구라도 온 양 반갑게 맞이했다. 야릇한 눈짓을 하며 슬금슬금 게걸음으로 석근을 지서 한쪽 구석으로 끌고 가는 품이 또 돈을 요구하는 것이다. 석근 쪽에서 먼저 미리 준비해 간 누런 돈 봉투를 지서장의 호주머니에 찔러주고 빙긋이 웃어주었다. 지서장도 의외라는 듯이 툭툭 호주머니를 두드려보더니 만족한 듯 크하핫 하며 웃었다. 지서장은 큼큼 헛기침을 하며 펜을 들어 시내 경찰서장에게 보내는 편지를 써주었다. 지서를 나온 석근은 편지를 들고 시내 경찰서로 갔다. 석근은 해가 어둑해져서야 초췌해진 근우를 데리고 돌아왔다. 온종일 마루 끝에 앉아 석근이 돌아오기만을 기다렸던 박 서방 댁이 반쪽이 된 얼굴로 달려 나와 근우를 끌어안고는 눈물바람이다. 박 서방 댁은 그새 핼쑥해진 근우 얼굴이 안쓰러워 연신 손으로 비벼댔다.

"아이고, 내 새끼. 그래, 월매나 고생을 한 겨, 내 새끼."

박 서방 댁은 행주치마에 콧물을 팽 풀어내고는 정색하며 석근에게 허리 굽혀 절을 했다.

"고맙네, 고마워. 석근이 자네가 우리 아들을 살렸네."

"아유, 이러지 마세요. 마땅히 해야 할 일인걸요. 아주머니께서 심려가 크셨지요."

석근은 연신 허리를 굽혀 절하는 박 서방 댁을 붙잡아 일으켰다.

오 영감이 마당에서 나는 소리에 대청마루로 나와 섰다. 근우가 대청마루 아래에 서서 오 부자 영감에게 허리를 굽혀 인사를 하자, 오 영감은 석근과 근우를 방으로 들였다.

"어찌 되었느냐. 별 탈은 없겠구?"

"횡령이야 뻔히 근우가 한 일이 아닌 걸 아니까 염려가 없습니다만 사람을 친 것 때문에 아무래도 은행에 복직하긴 어려울 것 같습니다. 하필이면 상대가 일본인 상사라."

석근이 조용히 말하자 근우가 면목이 없어 고개를 푹 수그렸다.

"괜찮다. 네가 오죽하면 사람을 다 쳤겠니."

문 밖에서 귀를 기울이고 있던 박 서방도 방안 사정이 궁금해서 조심스레 방문을 열고 절뚝거리며 들어와 윗목 한쪽에 앉았다. 박 서방은 예전 모습이 사라지고 넋이 절반쯤은 빠져나간 수수깡 같은 모습이다.

"그 일본인 상사 마음이 쉽게 풀어지지는 않겠지만 돈을 좀 들여서라도 해결해 봐야지요. 지서장이 편지를 잘 써주어 경찰서에서도 근우를 더 어쩔 생각은 없는 것 같아요. 오히려 그 일본인 상사 놈을 성가셔 하는 것 같았어요."

"어떻게든 네가 끝까지 애 좀 써주어야겠다."

오 영감이 석근에게 당부했다.

"경찰서 일은 어떻게든 해결될 것이니 염려 마세요. 그런데 근우는 앞으로 은행 일은 하지 못할 것 같아요. 이미 다른 은행 일자리까지 얻지 못하도록 훼방을 놓은 것 같습니다. 그래서 말씀드립니다. 근우만 괜찮다면 앞으로 근우가 저를 도와 우리 집 일을 봐주면 어떨까 싶은데요."

뜻밖의 제안에 오 부자 영감의 눈이 반짝 빛났다. 근우도 미처 생각해 보지 않았던 일이라 약간 당황한 기색이지만 싫은 눈치는 아니었다.

"호오, 박 서방 생각은 어떠신가?"

오 영감도 근우 역시 싫은 기색이 아닌 것 같자 박 서방의 의중을 물었다.

"근우 저 늠만 괜찮다면야…… 저 늠이 그래도 은행 일을 했던 늠이니 셈도 빠를 테고 저보다야 부리시기는 수월하실 거유."

박 서방의 얘기를 말없이 듣고 있던 근우가 어렵게 입을 뗀다.

"어차피 다른 데 취직 길도 막힌 마당에 두 분 어르신들 뜻에 따르겠습니다."

근우의 말에 오 부자 영감의 표정이 환하게 밝아졌다.

오 부자 영감의 방을 나온 석근과 근우는 작은사랑에 마주앉았다.

"경찰서에서 나와서 피곤할 텐데, 오늘은 그만 가서 쉬라는데도."

석근이 끌끌 혀를 차면서도 빙긋이 웃었다.

"그런데 우리 이제 서로 호칭을 어찌 불러야 하나?"

석근이 재미난 듯이 두 사람 사이에 새롭게 생긴 문제를 내놓았다. 석근과는 어릴 적부터 동무로 지내온 사이이며 석근이 나이가 많아 근우가 석근을 형님으로 불러왔지만, 이제 근우는 석근에게 처가 쪽으로 손 위 처남뻘이 되는 셈이어서 호칭이 곤란해진 것이다.

"뭘 어렵게 생각하십니까, 우리 사이가 뭐 새로운 사이라고. 그냥 예전처럼 제가 형님으로 모셔야지요."

근우의 말에 석근이 빙긋이 미소를 짓자 근우도 마음이 풀렸는지 피식 웃었다.

"그들하고 똑같이 실력으로 들어간 회사라 저만 똑 부러지게 잘하면 되는 줄 알았어요. 그런데 날이 가면 갈수록 저를 곤란하게 만들고 교묘하게 따돌리더군요. 그것조차 참아내 보려고 했어요. 하지만 걸핏하면 '조센징 놈들은 더럽다. 조센징 놈들은 하나같이 거지근성이 있다. 조센징이 있으니 다들 호주머니 간수를 잘해라.' 하는 식으로 조선인을 깔아뭉개는데 정말 치욕스러웠습니다. 아무리 약을 올려도 제가 걸려들지 않자 결국 횡령사건에 저를 걸고 넘어지더군요. 뻔히 제가 관여하지 않은 일인 줄 알면서도 대놓고 저부터 의심하는 데는 정말 참을 수가 없었습니다."

말수가 적은 근우가 모처럼 말이 길다. 듣고 있던 석근도 깊은 한숨을 쉬었다. 오래 전 사토 선생이 손님과 나누는 대화를 엿듣고 느꼈던 수치심과 분노가 떠올랐기 때문이다. 부모처럼 믿고 따르던 사토 료스케 선생이었기에 배신감은 더욱 컸다. 두 사람은 각기 서로 다른 듯 같은 상념에 젖어 말없이 마주 앉아 있었다.

묵은 날은 가고

 박 서방이 하던 일을 막상 나누려니 보통 일이 아니었다. 예전에 박 서방이 혼자 하던 일을 석근과 근우와 효근 세 사람이 나누었다. 집안 돌아가는 분위기를 살피던 창근 댁은 장남인 창근만 쏙 빼놓고 가산을 나누는 건 아닌지 불편한 속내를 비쳤다. 욕심을 드러내며 남편을 쑤석거리는 창근의 처가 오 영감은 괘씸했다.
 "늬들 보기에 내가 벌써 죽은 것 같어? 애초에 농사일에 관심이 없고 읍내로 나가 장사를 하겠다고 말한 것이 바로 늬들이여."
 맞는 말이다. 젊은 날 일찌감치 바람이 나서 당장 살림만 내주면 장남의 권리 따위는 개나 물어가라고 했던 창근이었다.
 "늬들이 장사해보겠다고 해서 지물포 내주고 평생 입에 들어갈 밥 걱정 안 하게 쌀 대주고 있는디 무엇이 불만이여! 늬들이 팽개친 이 집 큰살림을 여기 효근이와 석근이가 죄 맡아 하고 있는디 아우들 헌티 미안한 마음은 못 가질지언정."

오 부자 영감이 보기 드물게 분기탱천이다.

"어디 뚫린 입이 있으면 시원하게 말을 한번 해봐. 애초에 지물 포를 내줄 적에는 뭐라고 했느냐. 먹을 쌀 걱정은 없으니께 버는 대로 착착 모아서 내가 대준 돈을 싹 다 갚겠다고 안 했드냐? 헌데, 언제 이문이 남은 걸 가져온 적이 단 한 번이나 있었드냐? 내가 엽전 한 닢이라도 네 놈들한테 받은 게 있다면 내 성이 '오 가'가 아니고 '엽전 가'다. 내가 여태 아무 말 않고 있으니께 다 잊은 줄로 알았드냐! 괘씸한 눔들. 늬들도 자식 키우는 부모가 되었으니 생각이 있겠구나. 늬들 자식 눔들에게 무엇을 가르치겠느냐. 윗물이 맑아야 아랫물도 맑은 법이거늘 늬들 머릿속 생각이 그렇게 구정물 같아서야 어디 그 자식 눔들 생각이 맑을 수 있겠느냐. 꼴도 보기 싫으니 당장 돌아가라. 내가 따로 부르기 전에는 집안에 얼씬도 하지 말어."

창근 내외는 오 영감의 호통에 코가 쑥 빠져서 돌아갔다. 근우가 집사가 되자, 엊그제까지 그저 박 서방네 둘째 아들놈으로 알았던 근우를 집안사람들은 이제 무어라 불러야 할지 갈팡질팡한다. 아직 장가 전이니 작은 박 서방도 그렇고, 그렇다고 예전처럼 막 부를 수도 없고 마당 한쪽에선 조막네와 바우네와 몇몇 드난꾼 여편네의 의견이 분분하다. 마침 곁을 지나던 오 부자 영감이 사람들 하던 이야기를 듣고 빙긋이 웃으며 끼어들었다.

"박 집사라고 부르면 될 걸 뭘 그리 걱정이여. 우리 집 대소사를 모두 책임지는 박 집사 아닌가."

그 말에 조막네와 여편네들이 모두 손뼉을 치며 좋아했다. 그보다 오 영감의 노여움이 가신 것 같아 더 좋아했다. 그렇지 않아도 박 서방이 다리를 다쳐서 돌아온 후로 부쩍 늙고 초췌해 보였는데 창근 내외가 들이닥쳐 한바탕 소란을 피운 뒤로는 더욱 맥이 없었다. 몇 가닥 없는 머리칼을 끌어다 틀어 올린 상투도 숱이 모자라 삐뚜름해서 보기에 여간 안쓰러운 게 아니었다. 오 영감이 걸으면 걷는 대로 그의 정수리 위에서 이리 꺼떡, 저리 꺼떡 했다. 집 안에만 있기 무료한 오 부자 영감은 전처럼 한 번씩 바람 쏘이러 마을을 한 바퀴 둘러보지만, 바람이라도 세차게 불면 훌쩍 날아갈 듯 허청거려서 들일 하던 일꾼들도 일하다 말고 염려스런 눈길로 논두렁 위를 올려다봤다. 박 서방이라도 따라 나서는 날엔, 허청걸음으로 앞서가는 오 영감 뒤를 박 서방이 절뚝걸음으로 따라가는 모습이 한 그림으로 보여 그 꼴이 더욱 우습고도 눈물겹다.

준표와 몇몇 뜻을 같이 하는 사람들이 모여 의논할 것이 있어 서울에 갔던 석근이 동네 어귀로 들어서다가 저만치 논두렁을 걷고 있는 아버지와 박 서방을 보았다.

석근이 오 영감 곁에 서자 박 서방은 걸음을 늦춰 두 사람이 편하게 말을 나누게 했다.

"상황이 아직 복잡한 모양이구나."

"그곳 중국인들 반일 감정의 불똥이 엉뚱하게 우리 조선 사람들한테 튀는 것 같아요."

"그들이 보기엔 조선이 곧 일본일 테니."

"야학을 키워 학교로 만든 것도 어렵게 겨우 이루었는데 일경이야 말할 것도 없고 중국사람 조선사람 할 것 없이 여기저기서 나와 횡포만 부린다고 하네요. 계몽해야 할 학생을 모집하는 일도 그렇지만 가르칠 선생을 모집하는 문제도 쉽지 않은 것 같아요."

"그래 준표는 그 일로 온 게냐?"

"마침 마땅한 영어 선생을 찾았다고 하네요. 뜻이 맞는 선생들을 모으고, 온 김에 자금도 조금 모아갈 모양이에요."

"그렇지 않아도 따로 묶어둔 돈이 있으니 떠나기 전에 한번 들르라고 해라."

"예."

"석근아, 다른 생각은 말고, 그냥 들어라. 생각났을 때 미리 말해두자. 내가 작년 다르고 올 다르더니 요즘 같아서는 아침저녁이 다르구나."

석근의 눈에도 달라 보였다. 몇 해 전만 해도 꼿꼿하고 추상같았는데 지금은 바람 불면 날아갈 검불 같고 잘못 쥐면 부서질 마른 잎 같다.

"얼마 전에 창근이 처가 와서 소란을 피운 일이 언짢지?"

"언짢기는요."

"네가 이해해라. 그만만 해도 네 형들과 형수들이 너를 대우하는 거 아니겠니?"

"그럼요."

"주제도 안 되면서 '감 놔라 대추 놔라' 집안 일 하나하나 참견하면 그걸 다 어찌 감당할 겨. 창근이도 효근이도 그만하면 무던한 것이니라."

"예."

"네가 역할이 크다. 늬 형들 헌티는 앞으로도 만주 공장 일이나 학교 일을 의논하긴 힘들겨. 그러니 네가 잘해야 허는디…… 너무 늦기 전에 네가 마음을 정해 주어서 나로서는 여간 다행한 일이 아니여. 창근이야 원체 단순해서 큰 문제를 일으키진 않겠지만 창근이 처가 염려된다. 아둔한 것이 욕심이 많고 셈만 빨라서 더 위험해. 내 그래서 일전에 일부러 아주 혼구녁을 낸 겨. 두 번 다시 같은 일 없게. 내가 죽고 없으면 어찌 나올지 몰러서. 그래도 무슨 일이건 큰일을 의논할 적에는 꼭 형들과 의논하여라. 모자라도 형은 형 아니냐. 직들도 네가 낫다는 걸 알고 있으께 네가 공손하게만 굴면 네 뜻에 크게 반대는 안 할겨. 항상 소출이 나오면 제일 먼저 넉넉하게 두 형들 집에 실어다 줘. 내가 늬 형들에게도 따로 일러둘 참이지만 형들이 직들 몫으로 땅을 떼어달라 혀도 절대로 넘겨주면 안 된다. 그럴만한 그릇들이 못 돼. 나중에 조카들에게 나누어 주되 농사짓겠다는 놈 우선으로 해라. 농사짓지 않고 대처로 나가는 놈이 있거든 우선은 제 능력껏 살게 해. 도움이 필요하거들랑 적당한 때에 적당히 나누어 줘라. 만주 공장이나 학교는 어차피 너하고 나만 아는 일이니 네가 끝까지 잘 챙기고."

말을 마친 오 영감은 다시 걷기 시작했다. 들일하던 농부들도 하나 둘 붉게 물든 노을 너머로 사라지자 앞장서 걷던 오 영감이 뚝 걸음을 멈추고 석근을 돌아보더니 뜬금없이 말했다.

"내가 너에게 많이 미안허다. 네 마음을 모르는 것도 아니면서."

아버지의 갑작스런 사과에 석근은 속으로 흠칫 놀랐다. 오래 전 하루코의 일을 말하는 모양이다.

"늬들보다 먼저 산 우덜 잘못이 많다. 늬들헌티 못할짓만 많이 했다.”

“무슨 그런 말씀을요.”

“네가 내 나이 먹으면 내 마음을 조금 이해할는지 모르것다. 지금
이야 어디 알것냐. 그래도 그저 따라주니 고맙다.”

오 부자 영감이 다시 몸을 돌려 앞서 걸었다. 그새 사위가 어두워
져 겨우 두어 걸음 앞인데 아버지의 몸이 산그늘에 가려 잘 보이지
않았다.

좋은 날

모처럼 날이 좋다. 봉임은 생각난 듯이 식구들 이불호청을 죄 뜯어서 종종이를 앞세워 개울로 갔다. 물가 너른 바위에 앉아 힘차게 빨래 방망이질로 호청을 빨고 흐르는 물에 깨끗이 헹궈내니 마음까지 개운했다. 기분이 한껏 좋아진 봉임은 공연히 이불호청을 흔들어 헹구는 종종이에게 물방울을 뿌리며 어린아이 같이 웃는다. 햇살 아래 반짝이는 물방울에 종종이도 덩달아 까르르 웃음을 터뜨렸다. 따스한 바위 위에 빨래를 펼쳐놓고 다 큰 여자 둘이 눈부신 햇살 아래 물방울을 튀기며 물장난을 쳤다. 덕분에 그동안 무거운 집안 분위기에 가라앉았던 기분이 싹 가셨다. 봉임이 풀 먹인 이불호청을 햇살 좋은 안마당 빨랫줄에 하나씩 걸쳐 반듯하게 너는데 바람에 흔들리는 빨래자락 밑으로 누군가의 발이 보였다. 너울거리는 홑이불 사이로 고개를 내밀어보니 그곳에 박 서방 댁이 서 있다.

"아줌니!"

봉임이 화들짝 반가워서 박 서방 댁의 손을 덥썩 잡았다.

"이불 뜯어 빨았네."

"예에. 모처럼 날이 좋아서."

"그려, 날이 좋구먼. 나도 모처럼 날이 좋기에 슬슬 나와 봤어."

종종이도 반가운 마음에 깡충 걸음으로 달려와 꾸벅 인사했다.

"어휴, 종종이 이년, 키 큰 것 좀 보게, 시집가도 되것어."

박 서방 댁이 부끄러워 얼굴이 붉어진 종종이의 머리를 쓰다듬었다. 봉임은 아직 널지 않은 빨래를 종종이에게 맡기고 박 서방 댁의 손을 끌고 뒤란으로 가서 장독대 한쪽에 나란히 앉았다. 지난겨울 박 서방이 죽은 뒤로 박 서방 댁은 부쩍 몸이 말라 한 줌도 안 되어 보였다. 잘 웃고 장난기가 많으며 노상 떠들썩했던 사람이 말수도 줄고 웃음도 줄었다. 생전 어디 아픈 줄을 모르던 사람이 밤낮 여기저기 아프고 쑤셨다. 젊어서는 오 부자 영감 댁 진일 마른일 가리지 않았고, 집안이며 집밖이며 소 갈 데 말 갈 데 가리지 않고 일을 찾아 했다. 박 서방이 만주에서 다리를 다쳐 돌아왔을 적에도 가슴은 무너져 내렸지만 그래도 기댈 서방이 있어서 든든했다. 오 부자 영감 댁에서 따로 나와 농사일 바쁜 장우 부부의 살림을 살아줄 적에도 서방 그늘이 있어 서러운 줄 몰랐다. 헌데 막상 박 서방을 먼 데 저승길로 보내고 나니 마음 둘 곳이 없다. 밥맛이 없으니 몸뚱이는 점점 가랑잎같이 말라갔다. 하긴 큰아들 장우네 거친 사내아이 둘을 전적으로 맡아 키웠으니 몸뚱이가 아플 만도 했다.

"좀 어떠셔유, 다리 쑤신 데는?"

봉임이 벌써 손으로는 박 서방 댁의 허벅지를 꾹꾹 주무르며 물었다.

"내내 그렇지 뭐. 오늘은 날이 쨍 해서 그런지 좀 살만 허네."

봉임이 밝게 웃으며 고개를 끄덕였다.

"얼굴이 밝네. 뭐 좋은 일 있는 겨?"

"좋은 일은유······."

봉임이 비싯 웃으며 고개를 돌리지만 박 서방 댁이 그 붉어진 얼굴빛을 놓치지 않고 말했다.

"좋은 일 있구면 뭘. 가만, 몸이 제법 두리두리한 것 같은디?"

"아직, 몰러유."

"모르긴, 알고도 남을 때가 된 것 같은디?"

"엄니는 만나 뵈셨슈?"

"인자 찾아 뵈야지. 아까 들어오면서 안채 들여다 봤는디 안 계시두먼."

"어디 가셨지? 안에 기실 텐디. 있어 보세유, 미숫가루라도 타 올께유."

"미숫가루는 무신, 내가 손님이여?"

박 서방 댁이 만류하지만 봉임이 기어이 몸을 일으켜 부엌 쪽으로 종종걸음을 치자 박 서방 댁도 못 이기는 척 그냥 장독대에 앉았다. 부엌 문 안으로 사라지는 봉임의 뒷모습을 바라보며 박 서방 댁은 옛날 일을 떠올렸다. '배리배리 비루먹은 염소 겉이 생겨서 사람 구실 못할깨비 걱정했두면 나이 먹으니 나이 값 하는구면.' 박 서방 댁은 혼잣말하며 빙긋 웃었다.

"왔으면 안채부터 들를 일이지 왜 장독대에 혼자 앉아 비 맞은 중처럼 구시렁대는 겨?"

강 씨가 부엌 문 밖으로 고개를 내밀고 짐짓 역정 내는 시늉이지만 얼굴엔 슬며시 미소가 피어올랐다.

"에구, 오면서 바루 거기부텀 들렀지유. 안 계셔서 어디 가셨나 허고는 이짝으로 왔지유."

"갈 데 없는 노인네가 가긴 워딜 가, 가봤자 뒷간밖에 더 갔것어?"

말은 쥐어박듯 하지만 강 씨 역시 박 서방 댁이 반가운 눈치다. 한때는 부리는 사람과 모시는 사람 사이였더라도, 두 사람 사이에 세월이 공평하게 흘러간 뒤에는 오랜 친구 사이가 되는 모양이다. 두 노인네가 공연히 서로 흘겨보고 빈 주먹질을 해가면서 앞서거니 뒤서거니 안채 대청마루 위로 올라서는 걸 보며 봉임은 우물에서 물을 길어올려 시원하게 미숫가루를 준비했다. 윗목에 따로 앉은 박 서방 댁을 강 씨가 끌어당겨 자기와 나란히 앉히고 두 다리를 쭉 뻗게 한다.

"다리도 시원치 않은 사램이……."

박 서방 댁도 싫지 않은지 수줍게 웃으며 강 씨가 끌어당기는 대로 곁에 앉아 두 다리를 쭉 뻗었다. 강 씨는 주먹으로 박 서방 댁의 아픈 다리를 툭툭 두드려 주며 그간의 안부를 물었다. 박 서방 댁은 강 씨가 두드리는 대로 가만히 두고 두 손을 오히려 뒤로 뻗어 짚으며 허리를 쭉 펴고 앉았다. 모르는 사람이 보면 박 서방 댁이 강 씨의 상전이라고 할 판이다.

"마님, 사람 늙을 거 아니네유. 일을 그렇게 많이 해도 생전 아프지도 않고 앓지도 않더니 인자 며느리 밥상 받고 손주들 재롱 보매

살만 허니께 삭신이 안 아픈 데가 읎네유."

"배가 불러서 그려, 배곯을 땐 언제 아플 새나 있었는가? 괜히 땅
뙈기 떼어 내보냈어."

강 씨가 또 짐짓 심술궂게 쥐어박듯 말했다. 그러자 박 서방 댁은
뭐가 우스운지 강 씨를 쳐다보며 풀썩 웃음을 터뜨렸다.

"아이고, 장우 내보내면서 떼어 주신 땅뙈기가 그렇게 아까우셔
유?"

"아깝지 그럼! 장우 그눔, 내가 아주 다시는 안 보려고 했었구먼.
괘씸헌 눔."

박 서방 댁은 말없이 그저 빙긋이 웃는다.

"에효, 더러운 게 정이라드니, 한 집에서 오래 살았다고 그래도
그눔이 남의 자식 같질 않고 꼭 내 자식 겉은 게 그렇게 밉질 않더
구먼. 그래도 제 딴에는 제 아비가 가슴에 맺혀 그러는 걸 왜 모르
것어."

"마님, 은혜를 왜 모르것어유. 장우나 근우나 이 댁 아니면 어디
사람 구실이나 허것어유."

"참, 근우는 어찌 지낸다던가?"

"근우는 아예 중국에 자리를 잡은 것 같어유. 근우 그눔이 중국에
계신 양반덜 도우매 거 있겠다고 혔다나 봐유. 그래서 석근이가 그
냥 거기 눌러 있을 수 있게 자리를 만들어 줬다드면유. 나는 여기 일
이나 좀 도와드리며 가까이 살믄 좋겠다 했더니……."

박 서방 댁이 남의 말 하듯 심상히 말한다.

"우리 집 남정네들이 뭘 시시콜콜 말을 해줘야 말이지. 근우는 중

국을 왔다 갔다 하는 것 같더니만 거기 일이 바쁜가 워째 안 보인다, 그러구만 있었지. 지가 거기서 할 일이 있다믄 거기 있게 해야지. 여기 있다고 뭐 뾰죽한 수 있나? 나라는 점점 더 흉흉해지고…… 이쪽 일이야 효근이도 있으니께."

"시원한 것 좀 드시면서 말씀 나누세유. 아줌니, 조금 더 계시다가 저녁 자시고 가셔유."

봉임이 소반에 미숫가루와 유과를 챙겨 들여놓고는 박 서방 댁을 향해 살갑게 말했다.

"그려, 괜히 와서 애쓰게 하는구먼."

"애쓰기는 뭘, 지가 일하나? 부리는 드난꾼이 몇인데. 인제는 사람들도 내 말을 안 무서워해. 쟤 말을 더 여기지."

강 씨가 또 쥐어박는 소리를 하자 봉임도 강 씨가 딱히 악의가 있어서 하는 말이 아님을 알기에 그저 빙긋 웃고는 문 밖으로 나갔다. 봉임이 사라지자 박 서방 댁이 목소리를 낮추고 강 씨에게 묻는다.

"몸이 두리두리 헌디유?"

"그렇지?"

"아까 얼핏 떠 봤는디, 지 말루는 아니라고 허지만서두."

"글씨 지가 아무 말 안 허니께 나도 그냥 모르는 척허는 거지. 혹시 모르니께 '아씨가 된 일하지 못하게 하라'고 조막네나 종종이한테만 따로 귀띔 해뒀지."

"또 놓칠까 무서워서 말을 안 하는 거구먼유."

"못난 것이…… 어디 한 두 번이어야지. 면목이 읎기도 하것지. 공염불 허게 될까 무서워서 어른께는 알리지도 못허구. 몸이 제법 달라 뵈는데두 말을 안 허네. 애가 여간 미련해야지."

"이번에는 잘 간수해야 헐 틴디."

"글쎄 말이네. 지가 입 꾹 다물고 있으니 워쩌, 나도 그냥 모르는 척 기둘러야지."

"예에."

"영감도 없는디 가면 뭘 해. 오늘 밤은 온 김에 밀린 얘기나 하믄서 나랑 자고 가지?"

박 서방 댁은 나이 먹는 일이 몸뚱이 아픈 것 말고는, 다 나쁜 건 아닌 것 같다는 생각이 들었다. 당최 속을 알 수 없게 마음에 빗장을 단단히 치고 찬바람이 쌩쌩 돌게 매섭고 말이 없던 강 씨가 술술 말이 많아졌고, 그런 강 씨와 아랫목에 다리를 뻗고 나란히 앉아 함께 얘기 나누는 날이 올 줄은 예전에는 몰랐던 일이다. 드물게 날이 좋다.

혜환

12월 눈발이 폴폴 날리던 날, 아침부터 살살 아랫배가 아파왔다. 배가 뭉치고 잘 놀던 태중의 아이가 놀지 않는 것도 이상하고, 새벽녘에 뒷간 갔을 적에 이슬이 비친 것도 수상하다. '오늘인가?' 떨리는 마음과 '이번에도 잘못되는 건 아니겠지?' 불안한 마음이 동시에 일어 일이 손이 잡히지 않았다. 알 만한 사람에게 물어볼까 싶기도 하지만 괜히 부정이라도 타면…… 괜한 긴장과 불안 가운데 종일 허둥거렸다. 새벽녘 속곳에 비친 이슬로 오전 내내 예민했으나 오후가 되도록 별 기별이 없다. 오늘은 아닌 모양이다 하는데, 엉덩이뼈는 빠지는 듯 하고, 뒷간에 가고 싶은 것 마냥 아랫배가 살살 아파오고, 창자가 아래로 쏟아지는 듯이 무직근하여 봉임은 다시 극도로 긴장했다. '아이가 나오려나?' 단단하게 뭉친 배 때문에 이젠 숨을 쉬기도 걷기도 어렵다. 봉임은 티 내지 않고 눈치껏 짬을 봐서 방으로 들어가 미리 준비해둔 물건을 꺼내놓았다. 빛 고운 보자기에 싸서 이

층장 깊숙이 넣어두었던 배냇저고리와 강보다. 상황이 급해질 때를 대비해 준비해둔 것이다.

"조막네는 아이 낳을 때 어땠어유?"

"왜? 배가 아픈 겨?"

"아니유, 아직……."

"에구, 그럼 뭐, 배가 아파야 아이가 나오지."

"뒷간 가고 싶을 때보담 훨씬 많이 아파야 것지유?"

"그걸 말이라고 혀? 뒷간 가고 싶은 것하고는 천지 차이지."

"그럼, 얼마나 아파야 아이가 나오나유?"

"글씨…… 하늘을 봤을 때 하늘색이 노오랗고, 눈앞에 별이 빙빙 돌고, 문고리를 만져서 문고리가 물렁하믄 그제야 아이가 나오지."

조막네는 봉임의 어린아이 같은 물음이 우스워서 빙긋이 웃으며 말했다. 조막네의 말에 봉임은 슬그머니 부엌 문고리를 잡아 보았지만 여전히 딱딱하다. 힐끗 문틈으로 내다본 하늘은 노랗기는커녕 여전히 눈발 날리는 잿빛이다. '아직은 아닌개벼.' 공연히 유난을 떨면 남우세스럽다 소리를 들을까 싶어서 봉임은 차마 말은 못하지만 그래도 불안한 마음에 허둥거렸다. 마당 깊숙이 어스름한 붉은 노을이 밀려들 무렵, 아학! 신음소리가 새어나올 정도로 찢어지는 통증이 시작되었다. 뜯어내는 것 같은 아랫배의 통증. 온 창자가 다 쏟아져 내리는 것 같은 아픔. '아아, 이게 산통인가 보네.' 봉임은 우는 듯 신음소리를 뱉으며 부뚜막에 풀썩 주저앉았다.

"에고, 몸을 풀려는가 보네. 사람이 워째 이리 미련해. 이 정도로 아프믄 진즉 말을 허지."

그제야 조막네가 봉임을 부축해 아래채로 옮기며 종종이를 시켜 물을 끓이게 했다.

조막네는 혀를 차며 출산준비에 분주하다.

"아이고, 엄니!"

봉임은 오랜 진통 끝에 외마디 소리를 지르며 마침내 딸을 낳았다. 조막네가 봉임의 아랫도리를 덮은 이불 밑에서 머리를 빼며 상기된 얼굴로 "아고, 딸이네, 계집아이야."라고 외쳐대자 봉임은 저도 모르게 샐쭉 눈물이 배어 나왔다. 오 영감에게 떡두꺼비 같은 손자를 안겨주고 싶었기 때문이다.

"울긴, 방금 아이 낳은 산모가 울면 쓰나."

"어떻게 생겼어유? 눈이랑 코랑 다 반듯하게 붙어있나유? 손가락 발가락은……."

"눈도 코도 입도 반듯하게 잘 붙어있고, 손가락도 고사리 겉이 이쁘게 생겼고, 발가락도 다 지대로 붙었으니 염려 말고 눈이나 좀 붙여. 수고혔어."

조막네는 따뜻한 물에 새로 태어난 아이를 정성껏 씻으며 새로 태어난 아기의 무병장수를 기원했다.

"오래 살고 볼 일이다. 살다 보니 너도 이쁜짓을 하기도 하는구나."

강 씨가 강보에 쌓인 어린 아이 얼굴을 들여다보며 나직하게 말했다. 강 씨가 그늘 없이 환하게 웃는 건 정말 드문 일이다. 오 영감도 봉임이 순산했다는 소식에 채신없이 벙싯거렸다. 봉임은 이제야 온전하게 오 씨 집안 식구의 일원이 된 것 같아 우쭐해졌다.

"산훗바람이 무서운 겨. 날 풀릴 때꺼정 바깥출입은 할 생각일랑

말어라. 나야 그 옛날에 몸조리가 어디 있었더냐. 추운 날에도 개울에 가서 얼음 깨고 아이 기저귀를 빨아댔지. 넌 시절 잘 만나서 호강하는 줄 알어라."

역시 쥐어박는 소리를 해야 강 씨답다. 늘 저만치 먼 데 있는 것 같은 사람, 석근의 얼굴에도 활짝 웃음이 걸렸다. 갓난아기를 안고 들여다보며 들썩들썩 어르다가 한 번씩 웃는 낯으로 봉임을 돌아봤다. 처음으로 석근도 다른 남정네와 별반 다르지 않다는 걸 느꼈다. 석근의 그런 모습을 보면서 봉임은 오히려 처음 혼례를 올리던 그날보다 더 가슴이 설렜다.

"'혜환'이라고 하자."

오 영감이 아이의 이름에 돌림자인 '환'자을 넣어 지어왔다.

"계집아이 이름에 돌림자를 넣어요?"

강 씨가 눈을 둥그렇게 뜨고 물었다.

"계집아이면 오 씨네 핏줄이 아닌가?"

"창근이네나 효근이네 계집아이들에는 돌림자를 안 붙여주었잖아요."

"내가 안 붙여 주었나? 즤들이 먼저 계집아이라고 즤들 맘대로 이름을 붙였지."

하긴 그랬다. 그래도 강 씨는 오 영감이 석근 아이한테 주는 특별한 감정을 느낄 수 있었다. 아무렴 어떠랴 이제 아들 셋 중 자식이 끊긴 놈은 없다. 혜환, 혜환, 혜환…… 봉임은 부르면 부를수록 이름이 좋다. '아비를 닮았으면 총명하것지.' 울 엄니도 나를 낳았을 적에 이리 기뻤을까?

지울 수 없는 이름

어렵게 세운 봉천학교에 누군가 불을 질렀다. 반일 감정이 극에 달한 중국인들의 소행이었다. 그들 눈에는 조선인이 세운 학교도 일본학교나 마찬가지였다. 폭도 중 몇은 교사들이 지내는 숙소에까지 난입해서 하마터면 일본인 여선생이 크게 봉변을 당할 뻔 했다. 그렇지 않아도 중국인들과 일본인들 모두 봉천학교를 탐탁지 않아 해서 조선인들은 혹시 모를 불이익을 당할까 겁이나 은근히 봉천학교에 자식들을 보내고 싶어하지 않았다. 입학생이 줄어드니 자연적으로 학교 운영이 어려워진 참인데 어렵게 지은 2층짜리 교사마저 불에 타버렸으니 기가 막힐 노릇이다. 준표는 어차피 학교도 문을 닫은 데다 봉천 일대가 뒤숭숭하므로 이번 사건으로 봉변 당한 일본인 교사는 잠시 봉천을 떠나 몸을 피하는 게 좋겠다는 소식을 석근에게 전해왔다. 석근도 당장 봉천학교의 재건은 장담하기 어렵고, 마침 조선에 야학을 세워 조선 농민과 학생들을 계몽할 계획을 세우던 참이라 일본인 여선생을 조선으로 오게 했다. 석근은 미리 봉임에게 방 하나를 깨끗이 치워두게 했다. 멀리서 온 손님을 그것도 자기가 세운 학교의 여교사를 다른 숙소에 머물게 할 수는 없었다. 남편에게 귀한 손님이 온다는 말을 전해들은 봉임은 일꾼을 불러 방에 벽지를 새로 바르고 누구보다 열심히 손님 맞을 준비를 했다. 남자들 하는 일이야 자세히 몰라도 남편 하는 일을 무조건 지지하고 따르려는 봉임의 말없는 표현이다. 혜환 밑으로 이듬해 아들 찬환까지 낳고 나니 이제는 집 안팎으로 봉임의 위치가 공고해졌다. 창근이나 효근도 이제는 막내 제수 봉임을 오 씨 집안의 대소사를 관리하는 확실한 안주인으로 대우했다. 석근이 깨끗이 손질된 방들을 들여다보며 흐뭇해하자 봉임도 안주인으로서 제 몫을 다한 것 같아 공연히 으쓱해졌다.

"아니, 왜 기차역까지 사람은 보내서 이리 번거롭게 하는 건가?"

작은사랑 마당으로 들어서던 준표가 마침 방문을 열고 내려서던 석근에게 난감한 듯 말했다.

"내 집을 두고 왜 밖에서 손님을 맞겠는가? 자네가 보통 귀한 손님인가?"

밝게 웃는 석근과는 달리 준표의 표정이 어정쩡하다.

"함께 오신다던 손님은?"

석근이 준표의 뒤를 살피며 물었다. 준표 역시 뒤를 돌아보지만 아무도 없다.

"……?"

석근이 막 걸음을 옮기려는데 흰 저고리에 검정치마 차림의 낯익은 여성이 중문 기둥을 돌아 사랑 마당으로 들어섰다.

"아니?"

그곳엔 오래 전의 그 하루코가 서 있다.

"내가 진작 얘기를 했어야 했는데, 미리 말하지 못해서 미안하네."

준표가 머쓱한 표정으로 말했다. 갑작스러운 일이라 석근도 뭐라할 말이 없다.

"자네가 말한 그 일본인 여선생이?"

"그렇다네. 자네가 기차역까지 사람을 보내서 여러 가지로 난감해졌네그려. 집으로 오지 않겠다고, 다른 숙소에 머물겠다고 하는 걸 내가 억지로 모시고 왔네."

준표가 공연한 변명을 길게 늘어놓았다. 어색한 얼굴로 세 사람이 한자리에 모여 앉았다. 석근이 느닷없이 하루코와의 혼담을 깨고 고향으로 돌아가 버리자 사토 료스케 선생은 불같이 화를 냈다. 석근이 사토선생에게 실망한 만큼 사토선생도 석근에게 크게 실망했던 모양이다. 석근을 자신의 아들로 삼아 일본인으로 만들려 했던 사람으로서 그럴 만도 했다. 그 불똥은 엉뚱하게 하루코에게 튀었다. 하루코야말로 파혼의 피해자였지만 사토선생 입장에서는 두 사람 모두 자신의 명예에 먹칠을 한 배은망덕한 이들이었다. 선생은 하루코에게 당장 일본 본가로 가서 부끄러운 줄 알고 죽은 듯이 지내라고 했다. 그러나 하루코는 석근을 조선에 남겨두고 혼자 떠날 수가 없었다. 석근의 마음이 변하여 돌아오길 기다렸지만 석근이 조선여인과 혼례를 올렸더라는 소식만 들려왔다. 하루코는 석근이 다시 돌아오지 않을 것과, 일본과 조선의 관계가 자기가 생각했던 것처럼 간단한 게 아니라는 것과, 조선은 결코 일본에 속할 수 없다는 걸 그때 깨달았다. 하루코는 그때부터 일본이 조선에 행했던 모든 일들을 낱낱이 파헤쳤다. 그러고 나자 죄스러운 마음에 차마 그대로 조선을 떠날 수 없었다. 일본인으로서 조선에 속죄하는 마음으로 조선의 교육과 조선독립운동을 돕고자 했다. 그러던 차에 마침 교사를 구하고 있던 준표와 줄이 닿았고 그렇게 일본으로 가는 배를 타는 대신 아버지를 속이고 만주로 가는 기차를 탔다.

"자, 여기 계신 이 분은 사화영 선생일세. 자네도 앞으로 그렇게 알게나."

"사화영 선생이라니?"

"이번 일은 제가 일본인이라는 걸 알고 있던 중국인이 일본인인 저를 표적으로 삼았던 거예요. 앞으로 조선인과 중국인들과 함께 편하게 일하기 위해서도 그렇고, 제 행방을 끊임없이 좇고 있는 아버지의 눈을 피하기 위해서도…… 이차에 조선 이름을 지었습니다. 저는 앞으로 조선이 독립하기까지 일본인이 아닌 조선인으로 조선을 위해 일하며 살기로 했습니다."

예전의 하루코가 분명하지만 이전에 석근이 알았던 하루코와는 확연히 다른 사람이다.

"저녁상 들여갑니다."

봉임의 소리에 하루코는 물론이고 석근과 준표도 죄인처럼 얼어붙었다. 봉임이 재차 기척을 내자 석근이 공연히 헛기침을 하며 몸을 일으켜 방문을 열었다. 하루코 역시 민망한 듯 따라 일어섰고 입장이 곤란한 준표도 엉거주춤 엉덩이를 들었다.

"별 반찬이 없어도 정성껏 준비했으니 맛있게들 드시어유."

종종이를 시켜 상을 앞서 들여보낸 후 안주인 된 도리로 작은 사랑방으로 들어서던 봉임이 하루코와 눈이 마주쳤다. 일순간 방안에는 정적이 흘렀다. 하루코가 봉임에게 목례를 하자, 봉임도 그녀를 한눈에 알아보았다. 오래 전에 단 한번 보았지만 결코 잊을 수 없었다. 하루코는 예전과는 달리 흰 저고리에 검정 치마를 입고 있었다. 얄밉도록 세련된 양장차림에 구두를 신었던 그때보다 머리를 내려 묶고 수수한 옷차림을 한 하루코의 모습에 더 압도당하는 이유를 알 수가 없었다.

"아, 예 고맙게 잘 먹겠습니다. 먼 길을 왔더니 시장하긴 하네요."

준표가 너스레를 떨며 종종이가 밀어놓는 밥상을 두 손으로 끌어당기며 말했다.

"고, 고맙소."

석근도 얼이 빠진 듯이 말했다. 봉임이 무슨 말을 해야 할지 몰라 고개만 약간 숙여 보인 후 몸을 돌리다 말고 멈춰 서서 말했다.

"묵으실 방은……."

봉임은 말을 하다 말고 할 말을 잊은 사람처럼 그저 꾸벅 고개만 약간 숙여 보이며 도망치듯 빠져 나왔다. 봉임은 이전처럼 또 부끄러웠다. 하루코 앞에서 당당하지 못한 자신이기에 더욱 그랬다. 마음이 급해져 고무신이 버선코에 걸려 제대로 신어지지 않아 억지로 꿰어 신는데 사랑방 문이 열리고 하루코가 황급히 뒤따라 나왔다. 두 사람이 마주 서지만 서로 아무 할 말이 없다. 왈칵 눈물이 날 것 같아 몸을 돌리려는데 하루코가 손을 뻗어 봉임의 손을 꼭 잡았다. 예전에 봉임이 그랬던 것처럼. 하루코는 보일 듯 말 듯한 미소와 함께 고개를 가로젓는다. 석근과 아무 사이도 아니며, 아무 염려 말라는 뜻일 터이다. 눈물이 그렁해서 하루코의 눈을 바라보니 이번에는 가볍게 고개를 끄덕였다. 석근의 아이를 둘이나 둔 석근의 안사람으로 자리매김을 한 지가 언제인데 여전히 하루코 앞에서는 자신이 없는 건지 봉임은 알 수가 없다. 봉임도 하루코에게 가볍게 고개를 끄덕여 보였다. 첫날밤에 석근의 입에서 터져 나온 그 이름, 하루코. 봉임은 아직도 그 이름을 부르던 석근의 목소리가 귀에 쟁쟁하다.

혁명군

만주 혁명군은 이미 중국 공산당이나 소련으로부터 물자를 보급 받고 있었지만, 자금이라는 건 원래 늘 부족하기 마련이라 돈줄이 된다 싶으면 어디고 죄 손을 벌리고 다녀야 했다. 석근에게도 애국청년단원을 통해 자금지원 청탁이 들어왔다. 석근은 이미 독립군 쪽으로 자금을 대주고 있기 때문에 사정이 여의치 않다. 하지만 '노선은 다르지만 큰 뜻은 같은 거 아니냐'는 근우의 설득에 부족한 대로 양쪽 다 돕기로 했다. 석근이 독립군 쪽을 맡고 있으니 혁명군 쪽은 근우가 맡기로 했다. 혁명군 비밀 거점을 찾아 물자담당자를 만나 회의를 마치고 가는 참인데 웬 까까머리 청년 하나가 스쳐갔다. 순간 퍼뜩 떠오르는 얼굴이 있어 근우는 얼른 청년을 다시 돌아보았다.

"아니, 너는 학규가 아니냐?"

"아니, 이게 누구드래요? 근우 형님 아니드래요?"

막상 이름을 불러놓고는 잘못 본 건지 갸웃하는데 입가에 허옇게 버짐이 핀 청년은 눈을 반짝이며 근우를 알아봤다.

"많이 컸구나! 얼핏 네 아버지 모습이 비쳐서 알아보았지 안 그랬으면 못 알아볼 뻔했어."

"길티요, 쬐깐할 때 보고 못 봤으니끼니."

"그래도 너는 용케 나를 알아보았구나."

"형님은 여전히 색시처럼 곱상한 얼굴이 예전 그대론데요 멀."

"그런데 너는 어째 말투가 북녘 말이로구나?"

"집 나오게지구 개고생 하다 장사치를 만났댔시요. 장사 배운다고 석삼 년 북녘 땅을 쫓아댕기다가 국경 넘어 여기 간도까지 기어들어왔다 말이요. 북녘 땅 구석구석 돌며 장사하다보니 내래 어느새 북녘 말을 쓰고 있디 않갔시요? 하하…… 뭐 아직도 여기 말 저기 말 기분 따라 뒤섞여 나와요. 여기 사람 만나믄 여기 말으 하고, 저기 사람 만나믄 저기 말으 하고."

학규는 어린 나이에 집 나와 객지생활을 오래해서 그런지 말투가 거칠다.

"그랬구나. 그런데 여긴 웬일이냐? 행색은 장사치가 아니고 군인 같은데."

"장사치 똘마니 노릇하매 쫓아 댕기다 괜한 시비가 붙어 일경에 잽혔다 말임. 허, 딱 개죽음 당하겠구나 싶었는데 그때 유격대원들이 경찰서에 잠입해서리 빼내 주었드란 말이지요."

"혁명군들이 너를?"

"그때야 머, 그들이 저를 알기나 했겠습니까? 토벌대에 잡혀 들어

와 있던 유격대 동지들을 빼내려고 습격 했댔지요. 와…… 내래 그
때 피 터지는 전투를 처음 봤다 말임. 일본 경찰 놈들도 수십 명
죽었댔지요. 싸나이 한번 사는 거 어차피 똘마니 팔자라면 장사치
똘마니보다야 차라리 폼이나 나게 유격대 똘마니로 살아야갓다 싶
었디요. 유치장에서 나오자마자 유격대원 바짓가랑이 붙잡고 사정
해서 정식으로 유격대 훈련받아 유격대원이 되었시요. 나중에 조선
혁명군으로 바뀌었지만.”

“흠…… 어린 것이 고생이 많았구나.”

“근디 형님은 만주까지는 워쩐 일로 오셨드랬대요?”

“어쩌다 보니 나도 너희 혁명군을 돕는 일을 하고 있다.”

“히야, 형님도 독립운동을 하고 있었구나 야…….”

“실상은 석근 형님이 하는 걸 돕고 있을 뿐이지. 그런데 너 어디
가서 발설하면 안 된다!”

“석근 형님이믄?”

“네 매형 아니냐!”

“아, 매형…… 머, 매형이래도 본 적이 없어 놔서…… 그래, 우리
성은 잘 있습네까?”

학규는 조금 풀이 죽은 얼굴로 봉임의 안부를 물었다.

“아이구, 너 그렇게 집 나가고 식구들이 얼마나 애가 탔는지 아
니?”

“쳇, 머이 기래. 속이나 쎅이는 눔 없어지면 입 하나 줄고 좋디
멀.”

학규는 공연히 마음에도 없는 소리를 했다. 근우는 고생이 많았을

학규가 안쓰러워 가만히 까까머리를 끌어다 잠시 자기 가슴에 묻고 쓰다듬었다.

"우리 성, 정말 잘 있디요? 내래 어려서 몰랐는데 점점 더 생각이 나더만요. 민며느리라는 게 눈치꾸러기 남의집살인데. 하기야 시집 가기 전에도 눈치꾸러기에 고생 실컷 했디. 멀."

"그래. 네 누이는 잘 있어. 이젠 어엿한 그 댁 안주인인 걸."

"매형은 우리 성한테 잘해주나?"

"그럼, 네 매형이 좋은 양반이셔. 딸 하나, 아들 하나 낳고 정 좋게 사신다."

"거, 참 다행이구먼. 구박이나 받으며 살믄 어떡허나, 했는데 인자 두 다리 쭉 뻗고 자것네."

잠시 먹먹해져서 말이 없던 학규가 큼큼 헛기침을 하더니 아무렇지도 않은 듯 말했다.

"성이나 매형 헌티는 내 만났다는 말 하지 마요."

"아니, 왜? 너를 찾았다는 걸 알면 다들 얼마나 기뻐하실 텐데."

"여기 모인 사람들 죄 자기 신분 감추고 산다 말임. 잘못 알려지믄 다들 곤란해져요."

참인지 거짓인지 알 수 없지만 학규가 만주 땅에서 항일혁명군 노릇 한다고 알려지면 괜한 염려만 늘 것 같다는 생각에 근우도 동의했다. 학규도 같은 이유로 괜한 핑계를 대는 것이리라.

"나중에…… 좋은 세상 오믄, 그땐 내가 찾아가요. 아직은 아니구."

"그래, 너도 네 생각이 있을 테니, 내 암말 안 하마."

"일케들 애 쓰는데 이제 곧 좋은 세상 오디 안캈서요? 여기도 종종 생각들이 달라서 분분하긴 하디만, 난 끝까지 우리 김일성 대장이 가시는 길만 따라 갈테야요."

학규는 항일 파르티잔 대장으로 활동했다는 김일성을 우상으로 떠받들고 있다. 자신이 그가 이끄는 혁명군의 일원이라는 게 매우 자랑스럽다.

"내, 형편 봐서 가끔 너를 찾아오마. 항상 몸조심해라. 일본 토벌단이 나날이 극성인데."

"걱정 마시라요. 내 이래봬도 내 한 몸 건사하는 기는 누구 못디 않다 말임다."

학규가 환하게 웃었다.

사람은 누구나 쓸쓸한 것인가

　봉천주민들의 반일 감정이 팽배해질 대로 팽배해져서 봉천학교의 재건을 반대하고 나섰다. 봉천학교는 일본이 아닌 조선학교라고 아무리 말을 해도 그들에게는 조선도 일본의 일부일 뿐이다. 게다가 '화재사건 때 봉변당한 여선생이 일본인이라더라.'는 소문이 퍼지면서 더더욱 조선학교라는 말이 통하지 않았다. 벌써 많은 학생들이 중국인 학교로 옮긴 터였고 일본이라면 지긋지긋하다는 분위기였다. 엎친 데 덮친 격으로 누군가 하루코를 봉천에서 봤다는 소리가 서울 사토선생의 귀에 들어가, 일본 경찰까지 동원되어 봉천 일대를 샅샅이 뒤지며 사토 하루코의 행방을 좇았다. 천만 다행으로 하루코는 경찰이 들이닥치기 하루 전에 용케 봉천을 떠날 수 있었고 이후로는 조선인 사화영으로 신분을 위장할 수 있었다. 하지만 일경까지 봉천학교 관계자들을 주시하는 상황에서 봉천학교 재건은 사실상 불가능했다.

"분명 다른 길이 또 있을 걸세."

시내 찻집에서 준표와 사화영과 만난 석근이 말했다.

"그거야 그렇지. 교육이나 계몽이 봉천에만 필요할까. 조선 땅에도 문맹자들이 태반일걸."

준표도 석근의 말에 힘을 실었다.

"저 때문에 일이 커졌어요. 진작 신분을 감췄어야 했는데."

사화영은 두 사람 앞에서 면목이 없다.

"그런 소리 말아요. 그게 왜 사 선생 탓이요?"

준표가 티 나게 사화영을 두둔하자 석근은 묘하게 질투심이 일었다.

"흠흠, 그렇지 않아도 학교를 다시 세우는 일을 논의하려던 참일세."

석근이 순간적으로 일어나는 부끄러운 감정을 헛기침으로 감추며 말머리를 돌렸다. 학교를 세운다는 말에 준표와 화영도 눈빛이 달라졌다.

"대전에 사시는 친지 분이 있는데, 하나 있던 아들이 얼마 전에 병으로 세상을 떠났다네. 물려줄 후사도 없으니 뜻있는 일에 써달라며 살던 집과 전답을 내놓으셨네. 마침 우리 봉천학교 사정을 들으시고 이번에는 조선땅에 조선농민을 위한 학교를 세웠으면 하신다네."

"그것 참 고마운 분이군."

"우선 급한 대로 우리 세 사람과 봉천학교 선생 중 마땅하게 거취를 정하지 못한 선생들을 더 부르면 기본 수업은 가능할 것 같네. 그 후엔 차차 방안을 세워도 늦진 않을 것 같네만."

"그렇지, 우리가 언제는 상황이 좋아서 일 했었나? 언제나 어려운 중에서 일하지 않았나."

"말만 들어도 든든하구먼."

준표도 한껏 기분이 좋아졌다. 화영은 신뢰가 담긴 따뜻한 눈빛으로 석근을 바라보았다. 화영의 따뜻한 눈빛에 석근의 눈동자에도 잔물결이 일었다. 두 사람 사이에 교차하는 눈빛을 바라보는 준표의 가슴에 한 줄기 스산한 바람이 불었다. 언제부터인가 준표는 사화영에게 남다른 연정을 품었다. 하지만 사화영은 준표의 마음이 어떻든 언제나 다른 곳을 바라보고 있었다. 밤이 깊어서야 새로 지을 학교 구상이 마무리되면서 화영은 숙소로 돌아가고 준표만 석근과 한잔 더하기로 하고 석근의 작은사랑에 자리 잡았다. 봉임은 곧 종종이 편에 소박하지만 정성이 담긴 술상을 들여보냈다.

"자네는…… 자네는 왜 여태 혼자인가? 이젠 적잖은 나이인데 당최 혼인할 생각이 없네 그려."

석근이 준표의 잔에 술을 따르며 짐짓 놀리듯 물었다. '하루코를 향한 내 마음을 떠 보려는 것인가.' 준표가 석근을 말없이 건너다보다가, 아무렇지도 않은 듯 농담처럼 대꾸했다.

"허허 이사람. 요즘 조선에는 아예 결혼을 기피하는 사람들도 많다는데 아직 혼인을 하지 않은 게 뭐 흉이라고."

"어허, 그러니까 자네도 결혼 기피의 신문화를 따르겠다고?"

"뭐, 기피까지야…… 요즘 만혼도 드문 일은 아니고."

"허허, 자네는 지금 당장 혼인한다 해도 이미 만혼일세. 옛날 같으면 손주 볼 나이 아닌가."

"예끼, 이 사람아. 허허."

"허허…… 마음이 내키지 않으면 군이 결혼이라는 제도를 따르지 않아도 나쁘진 않지."

두 사람은 말하지 않아도 뻔히 알 만한 본심을 비껴서 서로 농담만 주고받으며 겉돌고 있었다. 봉임은 더 필요한 것이 없는지 확인차 사랑방에 걸음 했다가 어둠 속에서 들릴 듯 말듯 새어 나오는 방안의 소리를 들었다. 사랑방 창호 문에 비친 불빛에 흔들리는 두 사람의 그림자와, 그 그림자를 올려다보는 어둠 속에 선 또 한 여인.

조선인은 조선 이름으로

아직 바깥바람이 찬데 바우가 찬환과 준환에게 팽이 돌리는 걸 가르치는 모양이다. 팽이가 자빠질 때마다 찬환의 까르르르 터뜨리는 웃음소리와 준환의 투정하는 소리가 섞여 들렸다. 아이들의 재잘거리는 소리를 들으며 봉임은 해산한 지 얼마 안 된 몸을 이불에 묻고 곁에서 곤히 잠든 어린 것의 얼굴을 들여다보았다.

"어머니, 어머니."

혜환이 댓돌 위에 신발을 휙 벗어 던지고 방안으로 달려 들어와 치맛바람을 풀썩거리며 곁에 앉았다. 그 결에 강보에 싸여 누워있던 승환의 작은 얼굴에 찬바람이라도 닿을까 싶어 봉임은 얼른 이불자락을 끌어올려 아기의 얼굴을 가려주며 몸을 추슬러 일어났다.

"무슨 일인데 이렇게 호들갑이여?"

"당장 새 이름을 지어야 해요."

"새 이름을 짓다니?"

"학교에서 내달 초까지 새 이름을 지어서 내라는데요?"

"아니, 네 이름을 두고 왜 이름을 다시 지으라는 겨?"

"이제부터는 일본 이름으로 불러야 한대요."

봉임은 가슴이 쿵 내려앉았다.

"학교에서 그려? 이제부터 일본 이름을 쓰라고?"

"네. 어머니, 어서 제 이름을 지어주세요."

"너는 새 이름을 짓는 게 좋니?"

"새로운 이름이 생기면 좋지요. 날마다 똑같은 이름으로 불리는 건 재미없어요."

혜환이 철없는 소리를 내뱉고는 뭐라 나무랄 새도 없이 다시 밖으로 달려 나갔다. 봉임의 반응이 신통치 않자 할아버지와 아버지를 찾아 사랑채로 달려가는 모양이다. 아직 영문을 모르는 봉임이지만 뭔가 크게 잘못되고 있다는 생각에 불안하다.

"너는 조선 사람이여, 그라니께 조선말과 조선 글을 배워야 하는 겨. 여긴 조선이니께 왜인덜도 이제 곧 제 나라로 돌아갈 겨. 결국 모든 일은 다 제자리를 찾게끔 되어 있어. 그런 걸 순리라고 허지. 세상 모든 일은 순리대로 돌아가게 되어 있거든."

봉임은 어릴 적 어머니의 나직하고 느릿한 목소리를 떠올리며 마음을 가라앉혔다.

"아버지!"

사랑으로 뛰어든 혜환이 또 치마 바람을 풀썩이며 오 영감과 석근 곁에 앉았다. 오 영감은 너그러운 웃음으로 숨을 고르는 혜환의 작은 얼굴을 바라봤다.

"뭔 일로, 이렇게 숨이 턱에 차도록 달려온 겨?"

"학교에서 이제부터 우리는 새 이름을 지어 불러야 한대요. 벌써부텀 일본 이름으로 바꾼 애들이 있는데 우린 아직 안 지었잖아요."

"뭐라?"

"그런데 이제부터는 모두가 일본 이름으로 고쳐 불러야 한다잖아요?"

혜환은 사뭇 들뜨고 설레는 표정으로 오 영감의 굳은 얼굴을 눈치채지 못한 채 여전히 작은 입술을 종알거렸다. 오 영감의 얼굴에 금세 핏기가 가셨다.

"일본인들 사이에서도 반대가 심해 한동안 유야무야 했던 일을 이제는 아예 밀어붙일 심산인가 봅니다."

석근이 조심스레 오 영감에게 말했다.

"인제는 말도 일본말만 써야 한대요. 학교에서 조선말을 썼다가는 흑판에 이름이 적히고 선생님한테 혼쭐이 날 거래요."

"너는 이제 그만 나가 보아라."

석근이 오 영감의 심상치 않은 낯빛을 살피며 혜환의 입을 막았다.

"아이 참, 어서 이름을 새로 지어 주세요. 이제는 저를 무어라 부르실 건가요?"

혜환이 눈치도 없이 당장 새 이름을 지어내라고 성화를 부렸다.

"네 이름은 혜환이다. 어제도, 오늘도, 내일도 네 이름은 변함없이 혜환이다. 천지가 개벽을 해도 달라질 건 없어. 네 이름은 계속해서 혜환이다."

혜환은 싸늘한 오 영감의 굳은 표정과 말투에 놀랐다. 그 모습이 낯설고 와락 무서워졌다. 무안해진 혜환이 눈물을 참으며 입술을 삐죽거렸다. 어지간하면 그럴 때 얼굴을 환하게 밝히며 혜환을 덥석 품어 안아주었지만 이번에는 당최 풀릴 기미가 없다.

"그만 나가놀아라."

석근이 다시 한 번 말하자 혜환은 도망치듯 냉큼 일어나 사랑을 빠져나갔다. 혜환이 방을 나간 후에도 방안에 흐르는 공기는 여전히 무겁고 참담하다.

"……."

오 영감은 말을 잊은 사람처럼 허공을 응시하고 있다. 침묵을 깨고 석근이 입을 열었다.

"말씀하시던 일은 나중에 다시 논의하시지요."

석근은 오 영감의 안색을 살피며 책상 위에 놓여 있던 서류를 둘둘 말아 책상 한쪽으로 밀어놓았다.

"갈 데까지 간 모양이구나. 그놈들이."

"……."

"몹쓸 놈들."

"아이들 학교에서 지시 내린 걸 보면 그냥 버티기 힘들 텐데요."

"우리말은 못 쓰게 허고, 우리 씨, 우리 이름을 얼토당토 근본 없는 즈히 이름을 갖다 붙이게 하다니, 근본 없는 놈들."

"우리 집에 드나드는 일꾼들 중 이름이 없는 이가 몇이나 있더냐? 이참에 아예 그네들 이름이나 지어 주어야겠구나."

일본 성씨와 일본 이름을 지어 부르라는 마당에 오 영감은 오히려 이름이 없는 이들에게 조선 이름을 지어주겠다고 했다. 관에서 그 사실을 알면 곱게 볼 리가 없다. 아무리 가까이 지내는 지서장이라 해도 오 부자 영감의 이같은 행보를 어찌 볼지 석근의 가슴에 먹구름이 드리웠다.

"그래, 너는 뺨이 발그레하니 잘 익은 능금 같구나. 네 이름은 '능금'으로 하자. 누가 네 이름을 묻거든 능금이라 대답하려무나."

오 부자 영감이 대청마루 한 가운데 가부좌를 틀고 앉아 집안에 드나드는 일꾼 중 이름을 지어 받고 싶은 이들에게 하나씩 이름을 지어주고 있다. 대청마루 끝에 공손히 서서 방금 이름을 지어 받은 능금이 기쁜 웃음을 지으며 마당을 지나 부엌으로 달려갔다. 능금이는 태어났을 때부터 이름이 따로 없이 '언네'라고 불리던 '자근놈이'의 딸아이였다. 오 부자 영감은 내친김에 자근놈이도 불러다 '차석'이라는 새 이름을 지어주었다.

오 영감이 며칠을 그렇게 이름 원하는 일꾼에게 알맞은 이름을 하나씩 지어주었고 그 소문은 금세 동리를 지나 멀리까지 퍼져 나갔다. 종종이와 능금이가 어른들이 물린 아침상을 부엌 바닥에 내려놓고 남은 반찬을 바가지에 모아 붓고 썩썩 비벼 막 한 숟가락 입에 떠넣은 참인데, 누군가 요란하고 거칠게 대문을 열어젖히는 소리가 났다. 그러더니 금세 저벅저벅 거친 군화 발소리와 일본말소리가 들렸다. 두 계집아이들은 입 안 가득 밥 한 숟가락씩 떡 먹은 터라 소리도 못 내고 서로 마주 서서 '무슨 일인가?' 눈만 껌뻑였다. 바깥채에서 소리를 들은 개돌이가 놀라서 얼굴이 허옇게 되어 뛰어 나와 물었다.

"아니, 무슨 일이래유?"

"무슨 일인지는 네 놈이 알 것 읎고, 네 놈 상전이나 모셔 와라."

순사를 이끌고 함께 들이닥친 앞잡이가, 아직 영문을 몰라 눈만 휘둥그레 뜬 채 마당에 엉거주춤 서있는 개돌이를 향해 째진 목소리로 외쳤다. 입안에 가득 찼던 음식을 채 씹지도 못하고 꿀꺽 삼켜 내린 바람에 눈물이 찔끔 빠진 종종이와 능금이는 얼른 눈물을 찍어내고는 부엌 문짝에 바짝 붙어 서서 문틈으로 마당을 엿보았다. 마른 얼굴에 광대뼈가 삐죽 솟고 날카로운 콧날 밑으로 얌체 같은 콧수염을 양 갈래로 꼬아 올린 순사가 함께 온 조선인 앞잡이를 향해 일본말로 거칠게 말했다.

"주인 나오라고 해라!"

조선인 헌병 보조원은 순사의 말에 안채를 향해 소리쳤다.

"오영천 선생, 오영천 선생, 안에 계시오?"

"으르신, 나와 보셔야 겠구면유."

개돌이가 겁에 질려 턱을 덜덜거리며 안채를 향해 목소리를 떨었다.

"아니, 저눔이 누구더러 오영천 선생이래. 아이고 영감, 이게 뭔일이래유?"

갑작스런 순사의 들이닥침에 강 씨는 바들바들 몸을 떨지만 가부좌를 틀고 앉은 오 부자 영감은 마치 귀가 들리지 않는 사람처럼 꿈쩍도 하지 않았다. 안에서 아무 기척이 없자 순사가 다시 한 번 개돌이에게 턱짓을 했다.

"으, 으르신!, 마당에 기, 기찬, 아, 아니, 순사님이 오셨구면유."

개돌이 입에서 얼결에 기찬이란 소리가 나오자 순사가 흰자를 허옇게 드러내며 쏘아보았다.

"기찬이 놈이 온 모양이네유. 아이고, 그놈이 왜 왔을꼬."

강 씨가 똥마려운 강아지처럼 안절부절 못하지만 오 영감은 여전히 묵묵부답이다. 그 역시 내놓을 답이 없긴 마찬가지다.

"오영천 선생! 안에 있는 거 다 알고 왔으니 어여 나오시우!"

"혜환 아범, 혜환 아범을 부르라고 할까유?"

다급해진 강 씨가 영감 곁에 쪼그려 앉으며 물었다.

"언 놈이냐? 누가 아침부터 남의 집에 와서 소란이냐!"

그때 갑자기 천둥 같은 소리를 치며 벌떡 일어난 오 영감이 안방문을 활짝 열고 나가 대청마루 한가운데 우뚝 섰다. 그 바람에 강 씨도 엉덩방아를 찧었고 그 서슬에 놀란 개돌이는 물론 부엌문 안에서 바깥을 엿보고 있던 종종이와 능금이까지 우르르 몰려나와 마당 한쪽에 서서 머리를 조아렸다. 헌병 보조원으로 따라온 조선인 앞잡이도 저도 모르게 움찔 하며 머리를 조아릴 뻔했다. 깡마른 순사만 날카로운 눈빛으로 대청마루 위의 오 부자 영감을 매섭게 쏘아볼 뿐이다. 소식을 전해들은 석근도 중문을 통해 안채 마당에 막 들어서는 참이다.

"저, 저기, 함께 가주셔야겠습니다!"

순사의 눈짓에 뒤늦게 허리를 곧추세운 조선인 앞잡이가 더듬거리며 오 영감에게 말했다.

"오호라, 네놈은 노가의 아들 기찬이로구나. 네가 무슨 일로 나를 데려가겠다는 게냐!"

"내 이름은, 후쿠다 다카오! 시간 지체하지 말고 함께 갑시다."

"후쿠다 다카오는 누군지 모르겠고, 내 눈에는 네 놈 노기찬만 보이는구나."

기찬이 오 영감에게 무어라 하려는데 석근이 기찬을 가로막고 나섰다.

"이보게, 기찬이! 내가, 내가 함께 가겠네. 내 부친은 연로하시니 내가 대신 가겠네."

"분명히 말했을 텐데. 내 이름은 후쿠다 다카오! 시시비비야 서에 가서 따져 볼 일이고, 조사해서 별 일이 없으면 돌려보낼 테니 순순히 지시를 따르게 하시오. 그게 오 선생이나 오 선생 부친에게나 다 좋을 것이오."

자신을 후쿠다 다카오라고 우기는 이는 다름 아닌 오 영감 땅에 소작을 부쳐 먹던 가난한 농사꾼 노가의 아들 기찬이였다.

"가자꾸나. 죄가 없으니 겁 날 일도 없지."

입을 꾹 다문 오 영감이 댓돌 위에 놓인 신발을 신었다. 남편 뒤에서 마당을 살피던 강 씨는 핏기 가신 얼굴로 들어가 새로 솜을 넣어 손질해 놓은 마고자와 두루마기를 챙겨 들고 나와 손을 덜덜 떨며 오 영감의 매무새를 다듬어주었다. 나들이옷을 갖춰 입고 갓을 쓴 오 부자 영감은 왜소한 몸피에도 당당하고 거칠 것이 없다.

"가십시다!"

조선인 앞잡이가 오 부자 영감의 팔을 잡아끌었다. 오 영감이 조선인 앞잡이를 향해 엄중한 눈길을 한번 주니 그 서슬에 슬그머니 잡았던 팔을 놓고 공연한 헛기침을 얕게 뱉으며 게걸음으로 노기찬 곁에 따라붙었다.

"아버님, 제가 곧 뒤따라가겠습니다."

석근이 오 영감의 귓전에 속삭였다. 오 영감은 대꾸 없이 당당한 걸음으로 그들을 따라 나섰다. 마당에 섰던 사람들은 다리가 후들거려 우왕좌왕하고, 강 씨도 다리에 힘이 빠졌는지 대청마루에 풀썩 주저앉았다. 뒤늦게 소리를 듣고 달려온 봉임이 허둥허둥 강 씨를 부축해 일으켜 세웠다. 강 씨가 봉임에게 의지해 겨우 일어서면서 달달 떨리는 목소리로 말했다.

"이게 뭔 일이라니, 아이고…… 기찬이 저눔, 아이고 몹쓸 눔 같으니."

강 씨는 봉임의 팔에 매달리다시피 안방으로 들어갔다.

마당에 서서 우왕좌왕하던 사람들도 고개를 갸웃거리며 걱정스런 얼굴로 황황히 자리를 떠났다. 홀로 남은 석근의 표정이 어두웠다.

후쿠다 다카오

후쿠다 다카오, 노기찬은 석근과는 보통학교 동급생이었다. 한 마을에서 태어나 함께 자란 사이지만 두 사람은 친하게 지내지 않았다. 석근에게 열등감이 심한 기찬이 그럴 만한 곁을 주지 않았다. 움막집에서 찢어지게 가난한 소작농의 아들로 사는 자신과는 다르게 부유하고 남부러울 것 없는 석근이 부러우면서도 못 견디게 미웠다. 사람들은 모두 석근만 알아줄 뿐 자신에겐 눈길도 주지 않았다. 사람들은 왜 자기를 몰라주는지, 기회가 된다면 석근을 똥통에라도 빠뜨려 사람들 앞에서 망신을 주고 싶었다. 제 아무리 석근이라도 아버지 오 영감의 그늘 없이는 자신과 똑같은 별 볼일 없는 사람이란 걸 알리고 싶었다. 자기의 모든 불행과 불운은 가난한 소작농의 아들이기 때문이라고 생각했다. 무식하고 가난해서 사람들에게 무시당하는 아버지가 원망스러웠다. 게다가 소학교 교장선생으로 있던 사토 료스케 선생이 서울에 있는 중학교 교장으로 전근하게 되면서

석근과 몇몇 동급생을 데리고 함께 간다는 말을 듣고는 원통하고 분
통하여 가슴을 쥐어뜯었다. 그들만큼 뛰어나지 못한 아이라고 해서
중학교에 진학하고 싶지 않은 것은 아니었다. '왜 저놈들에게만 기
회가 있는 거야!' 석근 같은 부잣집 도령은 굳이 사토 선생의 도움
이 아니더라도 얼마든지 부모의 지원을 받아 공부할 수 있지만 누군
가의 도움이 절대적으로 필요한 자신에게는 도움을 주겠다는 사람
이 없었다. 세상은 더럽고 불공평했다. 석근과 다른 몇 명 학생들이
사람들의 환송을 받으며 사토 선생과 함께 서울로 떠나갈 때 멀리서
그걸 훔쳐보고 있던 기찬은 자기 신세가 서러워서 뒷산으로 올라가
해가 지도록 울었다. 그리고 얼마 후 기찬은 소리 소문 없이 집을 뛰
쳐나가 오랫동안 소식이 없었다. 그가 다시 고향으로 돌아왔을 때,
그는 후쿠다 다카오라는 이름의 순사가 되어있었다. 어른이 되어 나
타난 그는 콧수염을 기른 데다 순사복까지 차려 입고 있어서 사람들
은 그가 기찬이란 걸 알아보지 못했다. 기찬이 고향에 돌아와 제일
먼저 한 일은 아버지 노가에게 농지를 사준 일이었다. 노가는 처음
에 일본 사람 행세하는 아들을 망신스러워 했지만 기찬이 농지를 사
주자 금세 좋아서 오줌을 잘금거리며 동네잔치를 벌였다. 기찬의 달
라진 겉모습에 입을 삐죽이던 동네 사람들도 은근히 노가를 부러워
했다.

　후쿠다 다카오 순사는 석근이 고향으로 돌아와 있는 것에 조금 놀
라기는 했지만 티를 내진 않았다. 이제는 근사하게 변한 자신의 모
습을 석근에게 보일 수 있다는 게 오히려 좋았다. 기찬은 오가다가
석근을 만나도 턱을 높이 쳐들고 보란 듯이 무시했다. 석근이 한 번

씩 지서로 와타나베 지서장을 찾아올 적에도 철저히 공적으로만 대했다. 이제는 가난뱅이 소작농의 아들이 아닌, 긴 칼을 차고 나가면 사람들이 무서워 벌벌 떠는 순사가 되어 세상 무서울 것이 없었는데 그런 자신에게 아무런 동요를 보이지 않는 석근을 보며 다시 어릴 적 느꼈던 분노가 치밀어 올랐다. 그런 자신의 속도 모르고 뱀 눈의 야비한 와타나베 지서장이 석근에게 갖은 사탕발림을 하는 꼴이 아니꼬워 죽을 지경이었다.

'도대체 왜! 왜 세상은 여전히 불공평한가!'

총독부에서 조선 민사령을 개정하여 일본식 씨 명제를 따르라는 규제가 내려왔는데 오 영감이 일본이름을 짓기는커녕 오히려 이름 없는 조선인들에게 조선이름을 지어 준다는 소문이었다. 그건 석근 네 부자에게 합법적으로 해코지할 좋은 빌미였다. 하지만 와타나베 지서장이 걸림돌이었다. 호시탐탐 기회를 엿보던 참인데 때마침 와타나베가 경부보로 승진하면서 승진교육을 받으러 본서로 출장을 떠났다. 호랑이 없는 굴에 토끼가 왕이듯 와타나베가 없는 지서에서는 누구도 감히 후쿠다 다카오 순사에게 뭐라고 할 사람이 없었다. 오 부자 영감을 끌고 간 후쿠다 다카오 순사는 오 영감을 철창에 넣어둔 채 별다른 취조도 없이 꼬박 하루를 그냥 보냈다. 지서 밖에는 새로 지은 일본 이름을 등록하려고 온 사람들이 한길까지 길게 줄을 서 있다. 후쿠다 순사는 길게 줄을 선 무지렁이 같은 조선인들을 무심하게 내다봤다. 늘 꼿꼿하고 당당했던 석근은 이제 곧 자신을 찾아와 많은 사람들 앞에서 허리를 굽히고 머리를 조아리며 사정할 것이 뻔했다. 풋, 웃음이 나 혼자 웃음을 터뜨리는 후쿠다 순사를 까까머리 사환아이가 이상하다는 듯이 돌아봤다. 과연 후쿠다 순사의 생각대로, 석근은 아버지가 잡혀온 후 만 하루가 지나기 전에 두 번이나 지서를 찾아왔다. 사환 아이가 석근이 기찬을 찾는다고 알려주지만 기찬은 바쁘다는 핑계로 만나주지 않았다. 사환아이가 나간 뒤 유리창 너머로 말단 순사와 무어라 말을 주고받는 석근의 모습을 말없이 내다볼 뿐이다. 코가 땅에 닿게 비는 석근의 꼴을 보며 마음껏 입꼬리를 치켜 올려 비웃어주고 싶었는데 석근은 그러지 않았다. 근심스럽게 미간을 찌푸리고 있을 뿐 석근의 얼굴에 비굴함 따위는 없다. '대체 저 녀석 속에는 뭐가 들은 거야, 어째서 언제나 저렇게 당당한 거야!' 후쿠다는 치가 떨렸다.

오기가 난 기찬은 늙은 오 영감을 유치장의 찬 바닥에서 하룻밤을 보내도록 내버려두었다. 그 다음날에도 석근과 석근의 두 형들이 찾아왔다는 얘기를 듣지만 그는 만나주지 않았다. 오히려 점심식사를 마치고 난 오후 늦게야 오 영감을 불러 앉혔다.

"고연 눔. 예전에는 감히 눈을 들어 내 얼굴을 쳐다보지도 못하던 눔이 이젠 고개를 뻣뻣이 쳐들고 있구나. 고작 순사 나부랭이가 이제는 위, 아래도 몰라보게 되었구나!"

넣어준 음식을 거부한 채 하루를 꼬박 굶어 얼굴이 반쪽이 되어버린 백발 노인네 몸에서 나오는 소리는 천둥 같다. 아직도 자신을 가난한 소작농의 아들로 밖에 보지 않는 오 영감에게 기찬은 또다시 분노가 치밀어 올랐다.

"후쿠다 다카오! 후쿠다 다카오! 내 이름은 노기찬이 아니라 후쿠다 다카오라고!"

"조선 놈이 일본 이름을 지은 게 자랑이냐, 이놈아. 네 놈이 아무리 이름을 바꾸고 코 밑에 콧수염을 뻗쳐 올렸다고 해도 네 놈은 여전히 우리 집 땅이나 부쳐 먹던 노가의 아들놈일 뿐이다. 이름을 백 번 고쳐 지어 붙여도 네 놈이 다른 사람이 되지는 않는다는 걸 모르느냐."

"닥치시오!"

자신을 함부로 대하는 늙은이에게 참을 수 없는 모욕감을 느낀 후쿠다 순사는 독이 잔뜩 올라 오른손을 들어 손등으로 오 부자 영감의 오른뺨을 후려쳤다. 차마 손바닥을 똑바로 해서 치기에는 오 영감이 너무 늙었다. 기찬에게 뺨을 맞은 오 부자 영감의 한쪽 입술에서 금세 붉은 피가 터져 나왔다.

"내가 제대로 치면 당신은 뼈도 못 추려. 그나마 옛정이 있어서 봐주는 줄 알아! 내 성질 건드리지 않는 게 당신 신상에 좋을 것이야. 노인네가 나이를 생각해야지."

"흥, 옛정을 말하는 걸 보니 네 놈도 네 놈이 노기찬이라는 걸 아주 잊지는 않았구나!"

기찬은 자신이 늘 이유 없이 주눅 들었던 석근의 그 당당한 자존감은 오 영감으로부터 나왔다는 걸 느꼈다. 그 힘은 어디에서 생기는 것일까. 참으로 알 수 없는 노릇이다.

"자, 시작합시다."

후쿠다 순사는 애써 목소리를 낮추어 봐주듯이 말하지만 오히려 지친 쪽은 후쿠다 쪽이다.

"조선인들도 일본어를 사용하고 일본식 씨 명제를 따르도록 한 총독부의 명령을 모를 리 없을 텐데, 당신은 도대체 무슨 마음으로 동네 사람들이며 부리는 아랫것들에게 죄 조선이름을 붙여준 게요?"

"허허! 내가 내 식구들 이름 지어준 게 죄가 된다니 지나가는 개도 웃것다!"

"당신, 괜히 무식한 척 빠져나가려 들지 마. 내가 속을 줄 알아? 이건 명백히 반역이야."

"반역이라니, 내가 내 식구들 이름 붙여준 게 어째서 반역이 된다는 것이냐?"

"자자, 쉽게 갑시다! 여태도 이름 없이 잘 살던 사람들에게, 그것도 왜 하필 이때에 이름을 지어주었을까? 일본식 성씨를 붙이고 일본식 이름을 붙이라는데 왜 굳이 보란 듯이 달래며, 냉이며, 씀바귀 따위로 죄 조선이름을 붙여댄 것이지? 그게 천황과 총독부를 모욕하는 것이 아니고 무엇이오?"

"내가 이름을 붙여준 이들은 일본말 한마디도 하지 못하는 조선인들이다. 그들에게 당연히 조선이름을 붙여주어야지, 알아먹지도 못하는 일본이름을 지어주어야 옳단 말이냐?"

기찬은 벌벌 떨며 손이 발이 되게 싹싹 빌어도 시원치 않은데 오히려 쩌렁쩌렁하게 호통을 치는 오 영감의 반응에 겁이 나면서 괜한 짓을 벌인 건 아닐까 후회가 밀려왔다. 지서장이 없는 틈에 끝장을 내고 싶었지만 까딱 잘못했다간 지서장이 돌아오기 전에 마무리 짓기는커녕 일이 커질 것 같다. 그리 되면 낭패를 보는 건 오히려 자신이라는 생각에 등에 식은땀이 났다.

"후우…… 누굴 바보로 아는 모양인데, 이번 일뿐 아니라 그 동안 당신네 부자의 하는 행동이 쭉 수상쩍었단 말이지. 뭔가 꿍꿍이가 있다는 거 내가 모르는 줄 알아? 경찰서장, 지서장들 매수해서 떡 주무르듯이 마음대로 주무르며 미꾸라지 빠져나가듯 하니까 평생 그럴 줄 알았어? 당신네 뭐 있지? 대체 정체가 뭐야?"

오 영감의 얼굴에서 핏기가 가셨다.

"오, 이제야 사태가 파악되시는 모양이군."

기찬이 야비한 미소와 함께 순사 봉 끝으로 오 영감의 턱을 밀어 올렸다.

"오호라, 내가 네 놈을 무시하고 지서장하고만 왕래한 것이 섭섭했던 모양이구나. 그렇다면 차라리 네 놈도 명절 때 떡값이나 좀 달라고 솔직하게 속내를 드러내려무나. 공연한 빌미로 무고한 사람 붙잡아 가두지 말고!"

"아악! 뭐야! 이거 아주 사람 돌게 하네! 어디서 감히 반말지거리야. 이 참에 내가 혓바닥을 반 토막 내줄까? 나는 당신 상투 꼭지 꺼떡대고 다니는 것부터가 아주 마음에 안 들어. 땅뙈기나 있다고 양반놀음 하고 싶은 모양인데, 어디서 되도 않는 양반 행세야! 시대가 어느 시댄데! 양반놀음 따위는 집어치워!"

"흥!"

오 부자 영감이 코웃음을 치며 고개를 돌리자 후쿠다 다카오는 다시 치밀어 오르는 모욕감을 견디지 못하고 순사 봉을 들어 오 영감의 어깨를 후려쳤다.

"아악!"

오 영감은 외마디 소리와 함께 풀썩 고꾸라졌다. 후쿠다 순사가 옷덜미를 잡아끌어 도로 의자에 끌어다 앉히지만 오 영감은 한쪽 팔을 힘없이 축 늘어뜨렸다.

"당신! 도대체 정체가 뭐야? 귀신이야, 사람이야? 내가 그 동안 유심히 봐 왔어. 한 번씩 집을 나가선 한두 달씩 집을 비우더란 말이지. 요즘 같은 시국에 어딜 그렇게 다녀오시는 건가? 게다가 한 번씩 드나드는 외지인들은 누구야? 당신네가 몰래 꾸미는 일이 뭐냔 말이야!"

오기가 난 후쿠다 순사는 발악을 하지만 노인네에게 조롱당하는 쪽은 오히려 자기 쪽이다. 왜? 사람들은 다 자기를 무시하는 걸까. 와타나베 지서장도 늘 기찬을 무시하고 따돌려왔다. 기찬은 그게 자기가 조선인이기 때문이라고 생각했다. 오 영감네 부자의 수상한 행적에 대해 몇 번이나 보고를 올렸지만 와타나베는 시키는 일이나 잘 하라고 비아냥거리며 자기 말을 묵살했다. 와타나베는 자신을 따돌리면서 자기보다 계급이 낮은 젊은 말단 일본인 순사와는 킬킬거리며 농담을 주고받으며 모멸감을 주었다. 기찬은 와타나베가 없는 틈에 창씨개명 명령을 어기고 조선이름을 지어 붙인다는 빌미를 붙여 잡아들였지만 족치다 보면 수상쩍었던 행보의 실마리도 풀 수도 있을 것 같다는 계산이었다. 명백한 증거를 찾고 나면 지서장도 할 말이 없을 터이고, 그렇게만 되면 평소에 아니꼽게 굴던 지서장까지도 보란 듯이 쳐낼 수 있는 일이었다. 하지만, 일이 생각대로 돌아가지 않는다. 아무리 족쳐도 오 영감은 오히려 더 큰소리를 치며 기찬을 조롱했다. 겨우 고문하고 밤새워 취조해서 건진 것이 집안사람 하나가 만주에 설탕공장을 가지고 있고 그곳에 투자한 오 영감은 한 번씩 둘러보고 올 수 밖에 없다는 것인데 그것만 가지고는 죄를 뒤집어씌울 수 없었다. 따로 사람을 써서 만주에서의 행보를 조사해 봐야 하겠지만 기찬에게는 그럴만한 인력도 없고 그런 권한도 없다. 일이 너무 복잡해졌다.

"아니, 오 선생이 여기까지 무슨 일이오?"

와타나베 지서장이 본서까지 자기를 찾아온 석근을 보고 반색했다. 물 한 모금 넘기지 못하고 죽게 되어 누워있는 강 씨를 보다 못한 석근이 와타나베를 찾아온 것이다.

"지서에서 연락을 받지 못하셨습니까?

지서장은 얼굴에 피워 올렸던 미소를 금세 거두어들였다.

"지서에, 내가 모르는 일이 벌어졌단 말이오?"

지서장의 뱀눈이 싸늘해졌다. 석근은 지서장이 자리를 비우고 있는 동안 기찬이 아버지를 연행해갔다는 걸 말했다. 남의 말 하듯 아버지 일을 전하려니 석근의 마음은 참담하다.

"뭣이? 후쿠다 순사가 나에게 보고도 없이 그런 일을 벌였단 말이오? 괘씸한 놈!"

지서장은 순사부장으로 오래 있다가 지난 번 승진시험에 겨우 붙어서 경부보 교육차 본서에 나와 있던 참이니 마치 휴가라도 나온 듯 옛 동료들과 어울리면서 모처럼의 기분 좋은 시간을 보내고 있었다. 순사장이라고 하나 있는 후쿠다 다카오 순사는 속이 좁고 비틀린 성격이라 마음에 들지 않았다. 게다가 조선인 주제에 같은 일본인인 척 구는 게 영 마뜩치 않아서 늘 그를 무시하며 따돌리던 와타나베였다. '흠…… 순사라고 같은 순사인줄 착각하는 모양이군. 건

방진 조센징 같으니.' 와타나베 지서장은 뱀 같은 눈을 더욱 게슴츠레 뜨고 이를 갈았다.

"오 선생은 일단 돌아가 계시오. 내가 돌아가는 대로 부친을 돌려보내드릴 테니 염려하지 마시오. 어차피 교육이란 게 형식적인 것이었을 뿐인데다 받아야 할 교육은 거의 다 받은 터라 나도 내일쯤은 지서로 돌아갈 참이었소."

석근이 와타나베의 손을 덥석 잡았다. 석근의 눈에 와타나베가 그렇게 믿음직스럽게 보이긴 처음이다. 그의 뱀눈조차도 사랑스러워 보일 지경이다. 말을 마치고 돌아서려는 석근에게 와타나베가 말을 했다.

"참, 이상한 일이 아니오? 후쿠다 순사도 조선인인데 말이오. 어찌된 게 나보다 더 조선인을 깔본단 말이지?"

와타나베가 헛웃음으로 말을 얼버무리지만 석근은 조선인으로서 낯이 뜨거워졌다. 후쿠다의 행동은 일본인인 아타나베의 눈에도 치졸한 것이었다.

"후쿠다 순사 자네 말이야, 무슨 마음으로 내가 없는 틈을 타서 오영천을 잡아들인 거지?"

와타나베 지서장이 눈을 가늘게 뜨고 후쿠다 순사를 노려보고 있다.

"지서장님이 안 계신 틈을 탄 것이 아니라, 안 계신 그때 마침 불령선인 오영천이 보란 듯이 반역적인 행동을 했기에 잡아들인 것입니다."

애써 담담한 표정을 유지하며, 그러나 와타나베를 바로보지 못하고 건너편 다른 책상 쪽을 곁눈질하는 후쿠다로서는 낭패가 아닐 수 없다. 아무래도 안 되겠기에 적당히 불온한 사상을 빌미로 겁이나 주고 그만 풀어줄까 하던 참인데 예상치 않게 와타나베 지서장이 일정보다 빨리 돌아온 것이다.

"자네 말이야, 왜 시키지 않은 일 벌이는 건가? 건방지게 말이야!"

"불령선인 하나 잡아 가두었다고 이러실 일이 아니지 않습니까? 저기 새 이름을 등록하겠다고 늘어선 사람들이 보이지 않습니까? 그런데 보란 듯이 조선이름을 지어준 일이 옳습니까!"

"이봐, 후쿠다 순사!"

"……!"

후쿠다 순사는 차갑고도 경멸이 가득한 눈빛의 와타나베에게 차마 대답하지 못했다.

"자네는 왜, 하나만 알고 둘은 모르는가?"

"……?"

"조센징들이 죄 일본이름을 붙여달고 다닌다고 해보게. 우리 일본인들과 구분이 되겠는가? 말이 좋아 내선일체지, 사실상 내지에 있는 일본인들이 내선일체를 원하는 줄 알아? 우리와 이름이 같아서 일본인들과 조센징을 구별하기가 더 어려워지면 통치가 쉽겠는가? 아무리 조선 민사령이 개정되어 조선인들노 일본 씨 명제를 쓰라고 했다손 치더라도 일본 내지에서는 아직도 반대하는 목소리가 크단 말일세. 우리 경무국도 반대 입장을 취하고 있단 말이지. 왜냐고? 우선 자네 같은 조센징부터 후쿠다 다카오라고 이름을 지어놓으니 자네가 조선인인 걸 누가 알겠나? 감쪽같이 일본사람 같질 않은가?"

"하, 하지만, 오영천 영감은 전부터 수상한 구석이 많았습니다. 제가 몇 번이나 보고를 올렸지 않았습니까?"

"내가, 쓸데없는 짓 하지 말라고 했지? 만주? 빈농들 몇 집 걸러 한 집쯤은 먹고 살겠다고 떠난 데가 만주 아닌가? 그 영감은 땅도 많고 돈도 많아. 농사야 자네 아버지 같은 소작농들이 지을 테고, 할 일 없는 영감이 개나 소나 다 가서 돈벌이를 하고 있다는 만주에 공장 하나 운영하고 있다는 데 그게 뭐가 문제인가? 그 영감이 우리가 하는 일마다 대주는 돈이 얼만 줄이나 아나? 자네도 떡고물 좀 챙기지 않았다고 볼 수는 없지, 안 그런가? 빠가야로!"

책상까지 탕, 탕 치는 와타나베 앞에 후쿠다는 모멸감에 얼굴만 붉혔다.

큰 나무, 쓰러지다

"여기 계셨유? 말씀을 하시고 나가시잖구."

논두렁에서 누렇게 익은 들판을 바라보는 오 영감을 보고 강 씨가 종종걸음으로 다가섰다.

"찾기는…… 내가 어린애라고 찾아 댕겨?"

"어디서 넘어져 계시진 않을까, 했지유."

"넘어지긴, 그만한 기력도 없을까."

말은 그렇게 했지만 오 영감의 오른쪽 어깨는 왼쪽에 비해 많이 기울어져 있고 그 아래로 팔이 축 늘어져 있다. 지서에서 매를 맞고 나온 뒤로 부쩍 늙은 데다 팔까지 못쓰게 되어 억장이 무너지는 강 씨다.

"뭘 그리 보구 계시우?"

강 씨가 오 영감의 옷섶을 여며주고 오른쪽 어깨와 팔을 주물렀다.

"벌써 벼 벨 때가 다 되었어."

오른팔을 아내 강 씨에게 맡긴 채 눈을 가늘게 뜨고 말하는 오 영 감의 목소리가 떨렸다.

"그러게유. 세월 참 무심하네유."

"속절없이 무심한 세월이지. 봄인가 싶더니 어느새 여름이고, 여름인가 했더니 어느새 가을이야. 저 출렁이는 들판을 좀 봐. 얼마나 아름다워."

"츠암, 익은 벼 처음 보시는 양반 같네."

"나는 계절 중 가을이 젤루 좋아. 하늘도 곱구, 단풍도 곱구, 잘 익은 벼도 곱구, 가을엔 어느 것 한 가지도 곱지 않은 게 읎어."

"가을엔 그럼 나두 고아 보이우?"

슬쩍 걸어본 강 씨의 농에 오 영감은 가만히 강 씨를 돌아봤다. 젊어서는 고운 줄 모르고 그 시절을 지났다. 그저 '말수가 적고 살림 잘하니 그걸로 됐지.' 했었다. 일 많은 농사꾼 집에서 고생도 참 많았던 사람이다. 시부모 잘 모시고 아들 셋을 쑥쑥 낳아준 아내다. 긴 세월 무뚝뚝하고 잔정 없는 남정네 곁을 참 무던히도 잘 견뎌주었다. 오 영감은 새삼 먹먹해지면서 강 씨에게 미안하고 또 고맙다.

"자네야말로 젤루 곱지. 자네보다 더 고운 게 이 세상에 또 어디 있누. 곱지, 곱고말고."

"아이구, 영감두 츠암. 농담 한마디 건 걸 가지구 뭘 또 그렇게까지……."

강 씨가 민망해져서 고개를 돌리자 나이 먹어서도 수줍음을 타는 아내 강 씨를 향해 터진 웃음이 곧 쿨럭쿨럭 기침으로 이어졌다. 밖에서 돌아온 오 부자 영감이 우물에서 손을 씻고 일어서는데 기름기 빠진 무릎에서 삐거덕 소리가 났다. 능금이가 들고 있던 마른수건을 냉큼 두 손으로 높이 들어 오 영감의 손에 물기를 닦게 했다. 안방으로 들자 조막네는 미리 차려 두었는지 바로 저녁 밥상을 들였다. 밥그릇이고 국그릇이고 숟가락 젓가락까지 모두 나무로 깎아놓았다. 일제가 포탄과 총알을 만들기 위해 집집마다 놋그릇들을 죄 뺏어간 탓이다. 하다못해 문짝에 붙어 있는 경첩까지 떼어갔으니 말을 해 무엇하랴. 불편한 오른팔을 늘어뜨린 채 왼손으로 밥을 뜨는 오 영감의 밥숟가락 위에 강 씨가 재바르게 반찬을 하나씩 올려주었다. 밥을 다 먹고 들여온 숭늉그릇도 역시 나무로 깎았다. 능금이와 조막네가 저녁상을 물려 내갔다.

"어째, 종종이가 보이질 않어?"

상을 내가는 능금이와 조막네 쪽을 돌아보며 오 영감이 물었다.

"……."

강 씨가 대답 대신 물끄러미 남편의 얼굴을 쳐다봤다.

"어째, 종종이가 보이질 않느냐는데 왜 사람을 빤히 쳐다보누?"

"영감두…… 집안에 들고나는 사람이 한둘이라고 어찌 보이지 않는 얼굴을 그렇게 콕 짚어 내시우?"

"왜, 종종이가 어딜 갔는데?"

"종종이 시집 보냈유."

"시집을? 그 애가 나이가 몇이지? 벌써 시집을 갈 때가 된 거?"

"만날 어린앤 줄 아셨슈? 갈 때가 되기도 되었지."

"어디 종종이 짝이 될만 헌 자리가 있었나?"

"재 너머 구 서방네 둘째, 그리로 보냈유."

"구 서방네 둘째면, 그 늙다리? 거긴 총각이 아니잖여. 장개 든 지 며칠 안 돼서 마누라가 죽긴 했지만 한번 장개 들었던 사람헌티 보낸 거여?"

"내가 보낸 게 아니구 종종이 에미가 몇 번이나 찾아와서 거기라도 말을 넣어달라구."

"아니, 무에 그리 급해서? 어련히 어디 좋은 자리 알아봐 줄까봐."

"일본 놈들이 집집마다 젊은 처녀 아이들 있으면 죄 잡아간다는 소문, 영감도 들어 알잖유?"

"그래서 그리 급하게 보낸겨?"

"웃동네도 벌써 처녀 아이들 몇이 끌려간 모양입디다. 그러니 종종이 에미가 애가 닳아서……."

"…….."

"이 동네 둘러봐도 어디 남아 있는 총각이 있어야지. 총각들도 죄 징용 갈까봐서 일쯔가니 장개들을 들어놓으니."

큰 잘못이라도 저지른 듯 강 씨가 애써 변명을 하다 말고 오 영감을 향해 물었다.

"언짢으시유?"

"왜, 나랑 상의도 읋이."

"아시면 언짢으실 것 같아서 말씀 안 드렸는데, 단박에 콕 집어 종종이를 찾으시네."

"에잇, 천하에 몹쓸 놈들."

오 영감의 눈가에 이슬이 맺혔다. 그 먼 만주 공장 사택에 묶어둔 덕구에게 면목이 없다. 종종이에게 특별이 더 잘해주지는 못해도 때가 되면 좋은 집에 시집 보내줄 참이었다. 마침 사람을 보내 불러온 효근이 석근과 함께 방으로 들어섰다.

"석근이 너는 종종이가 구 서방네 둘째한테 시집간 걸 알았더냐?"

"아…… 예에."

석근이 바로 대답하지 못하고 조금 뜸을 들이다가 마지못해 대답했다. 종종이가 옷 보퉁이 끌어안고 눈물 짜며 집을 떠나던 날, 봉임도 돌아서서 눈물을 찍어내던 게 떠올랐다.

"그런데 아버지, 종종이 얘기 물으시려고 부르신 건 아닐 테고……."

효근이 커다란 눈을 끔뻑거리며 말을 돌렸다.

"한로 지났으니 더 추워지기 전에 가을걷이해야잖어?"

"그렇지 않아도 내일 일꾼들 모이라 일러두었유. 저 안쪽 논부터 슬슬 베기 시작하려구유."

"인제 말 안 혀두 잘 알아서들 하는구먼. 낼은 나도 나가서 추수하는 것 좀 봐야것다. 석근이, 넌 날 좀 데리고 가 다오."

"애들이 알아서 할 틴디, 날 추운디 뭘 영감까지 가시우? 어깨도 시릴 텐데."

강 씨가 염려스레 말참견이다.

"웃말 아랫말 모다 차질 읎게 품앗이들 잘 짜야지."

오영감이 강 씨 말에는 대꾸도 없이 말을 잇자, 몇 마디 더 얹으려던 강 씨는 그냥 입을 다물고 만다.

"일허는 사람들 신명나게 참이나 잘 챙겨. 막걸리도 넉넉히 내가게 허고."

"아이구 말씀 안 하시면 새참 안 내갈까. 그런 염려는 접으시고, 일찍 자리에 드시우. 내일 들에 나가시려면."

"영천아, 영천이 여태 자는 겨?"

'어머니?' 오 영감은 귓전에 울리는 어머니 송 씨의 목소리에 화들짝 반가우면서도 눈꺼풀을 들 수 없이 피곤하다.

"어여, 일어나."

'아아, 어머니가 오셨네. 어디 가셨다가 이렇게 오랜만에 오셨을까?'

"어째 이렇게 맥을 못 추는 겨? 어여, 일어나 보라니께."

가까스로 눈꺼풀을 끌어올려 보니 환한 빛 가운데에 젊은 날의 어머니가 고운 옷을 차려입고 앉아서 영천을 내려다보고 있다.

"어머니, 어머니가 오셨네유."

"그려. 잘 있었던겨?"

"흑, 어딜 가셨다가 이제 오신대유? 그동안 얼마나 보고 싶었는디."

영천의 눈꼬리로 서러운 눈물이 주르르 흘렀다.

"울긴, 사내는 우는 거 아니라니께."

"어머니, 인제는 날 두고 어디 안 가실 거지유?"

"자, 어여 일어나. 내가 너 입히려고 새옷을 지었구나. 색이 얼마나 고운지 봐라."

"색동저고리! 무지개 같이 고운 색동저고리를 지으셨네유."

"그려 무지개 같이 고운 색동이여. 어여 입어보려무나."

일곱이나 여덟 살 적 영천이 얼굴에 환한 미소를 지으며 발딱 일어나 어머니가 지어오신 색동저고리를 차려입었다. 매무새를 한껏 뽐내려는데 곁에 있던 어머니가 보이지 않았다.

"어머니? 어머니?"

입술을 삐죽거리며 울음 섞인 목소리로 어머니를 부르며 방문을 열고 대청마루에 나와 보니 어머니는 어느새 안개가 자욱한 마당에 커다란 황소 등에 올라 타 있다.

"어머니!"

고운 미소를 짓고 황소 등에 올라 탄 어머니 모습이 점점 자욱해지는 안개에 묻혀 흐릿해졌다.

"어머니, 어머니, 어디로 가시는 거예유, 어머니 저도 함께 가유. 흑흑."

"영감, 꿈을 꾸셨나? 웬 헛소리를 하시우?"

오 영감이 눈을 번쩍 떠 보니 아내 강 씨가 근심스런 얼굴로 들여다보고 있다.

"어머니는?"

"엄니 꿈을 꾸셨유? 꿈에서 엄니를 만나셨유? 그래서 이렇게 눈물까지 흘리시고……."

"후우! 꿈이었구먼. 꼭 생시 같았는디."

"오늘 들에 나가 벼 베는 거 보신다더니, 기운이 없으신 모양이네, 웬 식은땀을 이렇게."

"괜찮어. 잠이 덜 깨 그렇지."

"아무래도 밖에 나가지 않으시는 게 좋겠시유. 오늘따라 날도 차고."

"아니, 아니여. 우리 논 추수하는 거 내 눈으로 보고 싶어서 그려."

"하루 이틀 본 가을걷이도 아닌디."

강 씨가 못내 못마땅한지 밉지 않게 눈을 흘겼다.

"혜환 어멈이랑 조막네한테 말해 두었어? 돼지고기도 삶고 새참 넉넉히 내가라고. 막걸리도 모자라지 않게 내가고."

"어제두 말씀하셨잖어유. 그런데 정말 일어나실 수 있겠시유?"

"괜찮다니께."

오 영감이 끄응 일어서려는데 강 씨가 오 영감 팔을 붙잡고 내려앉히며 말을 잇는다.

"방에 그냥 계시우, 내가 세숫물 떠서 방으로 들여올 테니께."

"어허, 사람 참."

오 영감도 말은 그렇게 하면서도 못이기는 척 이부자리 위에 그냥 앉았다. 세숫물을 방으로 들여온 강 씨는 어린애 다루듯 오 영감의 턱 밑에 수건을 두르고 정성껏 얼굴을 씻어주었다. 오 영감도 어린 아이 마냥 강 씨 하는 대로 얼굴을 맡겨두고 있다.

"애들은?"

"벌써 들에 나갔지유."

"석근이도?"

"혜환 아범은 영감 뫼시고 나간다고 채비하고 있어유. 아침상 다 보아 놓았으니께, 상 들여오면 부자간에 모처럼 오순도순 아침 자시고 천천히 나가 보셔유."

강 씨 말이 끝나기 무섭게 봉임과 조막네가 아침상을 들여오고, 석근이 따라 들어왔다.

"날이 차니께, 뜨끈한 국물하고 든든하게 드시우."

강 씨가 밥상 곁에 앉아 생선 가시를 발라내고 뽀얀 생선살을 넉넉하게 집어 김이 모락모락 나는 밥숟갈 위에 올려주었다. 따뜻하고 평화로운 아침 밥상 풍경이다.

강 씨가 솜을 두어 누빈 목도리를 오 영감 목에 친친 감아주었다.

"아, 너무 친친 감아 죄잖어. 아직 겨울도 아닌데."

오 영감이 강 씨를 흘겨보며 투정하듯 말했다.

"고뿔이라도 들면 고생하니께, 제 말 들어유 글쎄."

이제는 강 씨도 오 영감이 어려울 나이가 아니다. 못미더운 큰 아들 챙기는 어머니처럼 오 영감의 투정에도 아랑곳하지 않는다. 말로는 싫다 하면서도 오 영감은 말 잘 듣는 어린 아이처럼 강 씨가 둘러준 대로 목도리를 친친 감고 집을 나섰다. 동네를 벗어나 들에 나오니 가을바람이 알싸하니 코끝이 맵다.

"춥지 않으세요?"

석근이 아버지의 옷섶을 여며주며 물었다.

"괜찮어. 날이 더울 때는 더워야 하고, 추울 때는 추워야 하는 겨. 그게 섭리여."

"예에."

오 영감은 햇살이 든 언덕 위에 자리 잡고 앉자, 석근도 나란히 앉았다. 멀리 논에서는 흰옷을 입은 일꾼들이 노동가를 부르며 벼 베기에 한창이다. 일꾼들에게 지시하며 함께 벼 베기를 하던 효근이 언덕 위에 자리 잡은 오 영감을 알아보고 한달음에 달려와 인사를 하고는 다시 바쁜 걸음으로 돌아갔다. 오 영감의 얼굴에 대견한 미소가 가득하다.

"석근아, 보이느냐. 일하고 있는 저 사람들 좀 봐라. 마치 춤을 추는 것 같질 않니."

"예, 보기가 좋습니다."

"제 땅에서 일하는 사람들이 얼마나 보기가 좋으냐."

"예에."

"석근아, 이 땅이 누구 땅이더냐."

"우리 땅이지요. 아버지 땅입니다."

"그렇지, 내 땅이고, 네 땅이고, 그게 곧 우리 손주들 땅이고 대대손손 물려 내려갈 우리 땅, 우리 조선 땅이지."

"예에."

"석근아. 우리가 다하지 못한 일, 너희들이 마저 해주련?"

"……"

"우리가 지키지 못한 땅, 너희가 지켜내주련? 대대손손 조선 사람이 자유롭게 살아 숨 쉴 수 있는 땅으로 너희가 지켜주련?"

"……"

오 영감의 눈에 눈물이 맺혔다. 석근은 말없이 하늘을 올려다보았다. 하늘은 맑고 일하기에 좋은 날씨다. 젖은 눈시울로 멀리 들일하는 사람들을 바라봤다. 아버지 말대로 그들은 마치 춤을 추는 학의 무리 같아 보였다. 오 영감은 언덕 위에 앉아서 벼 베기를 내려다보는 내내 기분이 좋다. 봉임과 조막네, 종종 에미와 능금이가 새참 광주리를 이고 나오고, 그 뒤를 이어 작달막한 냉이와 딸막이가 막걸리가 담긴 병을 양 손에 들고 왔다. 논둑 위에 내려놓은 새참 광주리에 모인 일꾼들 속에 오 영감도 한데 섞이어 기분 좋게 새참을 먹었다. 삶은 돼지고기와 함께 막걸리까지 나눠 마시고, 흥에 겨워 노래까지 한 소절 불렀다. 긴 시간 밖에 나와 있는 오 영감이 못미더워 뒤따라 나왔던 강 씨도 오 영감의 숟가락에 돼지고기 첨을 얹어주며 함께 모처럼 기분이 좋다. 빈 논바닥에는 방금 베어낸 벼를 늘어놓았다. 일곱 여덟 날을 두고 말렸다가 단을 묶을 참이다. 일 하기 좋은 날씨다.

"석근아, 일꾼들 섭섭지 않게 일당 챙겨주고. 품앗이 나온 사람들은 그네들 벼 베는 날 넉넉하게 일꾼들 보내주려무나. 사람만 보내지 말고 새참도 함께 보내주고. 타작 끝내면 창근이네와 효근이네 곳간 채워주고. 참, 그리고 잊지 말고 시집간 종종이네도 한 섬 챙겨 실어다 주려무나. 내가 그것 시집갈 때 아무것도 못 해준 게 미안해서 그래."

"예에."

"막걸리 몇 잔 걸쳤더니 졸음이 오는구먼."

"아버지께서는 이제 그만 들어가시지요?"

"아니, 조금 더 보련다. 내가 이 넉넉하고 좋은 풍경을 언제 다시 볼꼬."

"졸음 오신다면서요?"

"이렇게 나무에 기대앉아서 졸다가 보다가 하련다. 내가 오늘은 아주 기분이 좋구나."

"예에."

오 영감이 나무 밑동에 기대 앉아 살풋 선잠이 들었다가 눈앞에 펼쳐지는 밝은 빛에 눈을 번쩍 떴다. 햇살같이 눈부신 황금빛이 있고, 그 빛 가운데에 어머니가 보였다. 어머니가 집채만 한 황소를 타고 춤추듯 넘실거렸다.

"어머니?"

벌떡 일어서서 어머니 쪽을 바라보니 어머니도 환한 미소를 지으며 영천을 향해 손짓한다.

"어디로 가시나요?"

"좋은 데 간단다."

"그럼 나도 가요."

"아무렴, 너도 함께 가자꾸나."

영천도 어머니의 손을 잡고 힘껏 뛰어 올라 어머니가 타고 있는 크고 튼실한 황소 등에 올라탔다. 어머니와 영천은 황소 등에 올라탄 채 둥실둥실 흔들리며 논둑길을 가고 있다. 벼 이삭이 황금처럼 반짝거리는 그 논둑길을 따라 붉게 물든 하늘 속으로 춤추듯 멀어져 가는 두 사람이 마침내 한 점이 되었다가 노을 빛 속으로 스며들듯 사라졌다.

부르주아와 프롤레타리아

태평양 전쟁이 길어지고 일본의 전세가 기울면서 만주에서 독립 투쟁을 위해 활동하고 있는 독립군과 혁명군에 자금을 대주는 일은 점차 어려워졌다. 있는 힘을 다해 어떻게든 조금이라도 더 자금을 만들어내려고 노력하면서 석근은 근우와 함께 만주일대와 봉천에 머무는 기간이 길어졌다. 객지에 나와 있어도 근우와 함께여서 할 만 했다. 아버지가 세상을 떠난 후 허전함이 이루 말할 수 없고, 일본경찰의 눈을 피해 비밀스런 일을 한다는 건 언제나 두렵고 떨리는 일이었지만 근우와 함께여서 든든하고 위안이 되었다. 근우와는 대화도 잘 통하는 편이라 가족들과 떨어져 먼 만주 벌판에 있어도 외롭지 않았다. 그런데 얼마 전부터 근우가 조금씩 달라졌다. 서로 의지하며 늘 붙어 다니곤 했는데 언제부터인가 근우는 석근을 두고 움직이는 날이 많아졌고 요즘 들어는 은근히 석근에게 곁을 주지 않는다. 이번에도 긴 기차여행에 두 사람은 몇 마디 섞지도 못했다. 근우는 기차를 탄 내내 창밖을 내다보며 생각에 잠겨있거나 책만 읽을 뿐이었다. 근우와의 사이에 보이지 않는 두꺼운 벽이 가로막혀 있음을 느꼈다. 석근은 근우의 옆모습에 눈길을 주면서 자신이 뭘 잘못한 게 있는지 되짚어보았다. 아무리 생각해도 떠오르는 게 없다. 그러다 문득 괘씸한 생각과 함께 불끈 역정이 인다. '제 아버지 대부터 우리가 저희 식구들한테 해준 게 얼만데. 뿐인가? 은행 횡령 사건은 또 어땠고? 내가 경찰서에서 빼내 준 걸 벌써 잊었던가?' 괜스레 옹졸한 생각에 빠져 있는 자신이 한심해져서 석근은 혼자 허공에 대고 실소했다.

"뭐가 그리 우습습니까?"

근우가 책에서 눈길을 떼고 석근을 돌아보며 빙긋 웃었다.

"아, 아니야. 그냥 우스운 생각이 나서."

"썩 재미난 생각이셨나 봅니다."

"썩 재미나긴, 무슨. 자네야 말로 무슨 책을 그리 열심히 읽는 겐가. 썩 재미난 책인가 보군. 오는 내내 나하고는 몇 마디 섞지도 않았어."

"제가 책을 너무 오래 읽었나 봅니다."

근우가 미안한 듯 읽던 책을 덮었다. 석근이 슬쩍 넘겨다보니 『러시아혁명』이라고 쓰여 있다. 봉천에 도착하자마자 미리 기별을 해두었는지 몇몇 낯선 젊은이들이 근우를 찾아온 눈치다. 딱히 소개해 주지 않으니 찾아가 인사를 건네기도 머쓱하다. 여독이 깊어 쉽게 잠을 이룰 수 없었던 석근이 밖으로 나와 마당을 거닐며 생각에 잠겼다. 조선은 이제 막 늦가을의 문턱을 넘었나 싶은 때인데 북방은 이미 제법 알싸하니 춥다. 잠깐 사이에 코끝이 쨍하고 어깨가 시리다. 근우 방 쪽을 넘겨다보는데 방안에 불이 꺼져서 깜깜하다. '자는가?' 석근이 여전히 근우 방문 쪽에서 눈길을 거두지 못하는데 근우는 뜻밖에도 대문 밖에서 막 들어섰다. 늦은 대문소리에 덕구가 허둥지둥 눈을 비비며 마당으로 달려 나왔다. 추운 바깥 날씨에 덕구도 어깨를 한껏 움츠리고 있다.

"아유, 서방님은 왜 아직 안 주무시고? 뭐 필요한 것이라도 있으셔유?"

"아닐세. 그저 잠이 오질 않아서."

석근이 공연히 덕구의 잠을 깨운 것 같아 미안해졌다.

"근우 자네는 오자마자 어딜 그렇게 나다니는 건가? 밤길 무서운 줄 모르구."

덕구가 퉁명스레 근우에게 하대하여 말했다. 덕구는 근우가 위험한 줄 모르고 늦게까지 돌아다니는 게 못마땅했다. 근우도 그런 덕구가 못마땅한지 대꾸도 없이 그저 덕구쪽을 빤히 쳐다본다.

"사람 얼굴을 왜 그리 쳐다보나? 내 얼굴에 뭐가 묻은거?"

"알면서 왜 닦질 않소?"

머쓱해진 덕구가 소매자락을 당겨 얼굴을 문질러 닦으며 방으로 돌아갔다. 그 모습을 무심히 돌아보던 석근이 근우를 향해 빙긋 웃었다.

"자네도 참, 실없는 농담은. 그런데 이 밤중에 어딜 다녀오는 길인가?"

"마침 러시아에서 사람이 왔다기에 만나고 왔어요. 미리 부탁해둔

책도 있고."

그러고 보니 근우의 손에는 책 보퉁이가 들려있다.

"자네는 요즘 부쩍 책 읽는 재미에 빠진 것 같군."

"아, 예."

"요즘 러시아에 관심이 많은 모양이야? 기차에서도 얼핏 보니『러시아혁명』을 읽던데."

"혁명군에서 젊은이들을 많이 유입하고 있는데 요즘 러시아 쪽에서 건너온 사람들이 많아요. 몇몇과 가까이 지내고 있는데 그들에게 러시아 혁명 얘기를 들었어요. 궁금한 것도 많고 물어볼 것도 많아서……."

"믿을 만한 사람들이겠지?"

"예, 염려하지 않으셔도 됩니다."

"알아서 하겠지. 난 너무 피곤해서 그런지 잠이 영 오질 않는군. 자네는 어떤가?"

"저도 아직 잠이 올 것 같진 않은데 제 방에 잠시 들어오시지요."

"자네에게 방해가 안 된다면, 그럴까?"

예전에는 주로 근우 쪽에서 석근을 찾았는데 요즘은 주로 석근이 찾는다. 누굴 만나는지 늦게 돌아오는 날이 많고 숙소에서도 늦도록 혼자 앉아 책을 읽었다. 처음에는 '그럴 수 있지.' 넓은 아량으로 이해했지만 점점 '내가 방해가 되는가?' 공연히 언짢아졌다. 독립군 관계자들을 석근이 맡고 혁명군 관계자들을 근우가 맡았던 것이 계속 그렇게 유지되면서 차츰 서로 만나는 사람들의 성향이 다르고 그에 따라 두 사람의 생각이 달라지기 시작했다. 생각이 달라지자 묘하게 두 사람 사이에 금이 생겼다. 딱히 자금문제로 만날 일이 없어도 근우는 혁명군 사람들과 자주 어울렸다. 석근은 얼핏 처가 쪽 일가가 혁명군과 관계되어 있다는 말을 들었기에 처음에는 근우가 그 사람과 어울리는가 했는데 요즘 들어서는 러시아에서 왔다는 젊은이들과도 왕래하며 인맥을 넓히는 것 같다. 한번 나가면 늦도록 돌아오지 않아서 혹시나 위험에 처한 건 아닌지 종종 석근의 애를 태우기도 했다. 늦게 돌아온 근우에게 몇 마디 꾸짖으려 하다가도 성난 듯 굳은 그의 표정을 보면 석근은 차마 아무 말도 못하고 속엣 말을 눌러 삼켰다. 점점 근우의 태도가 못마땅하지만 석근은 내색하지 않았다. 앞으로 두 사람이 함께 해야 할 일이 많은데 척을 져서는 안 될 일이기 때문이다. 방안에 들어서자마자 근우는 석근에게 상석을 가리키며 앉게 했다. 석근은 자리에 앉으며 책상 위에 근우가 읽다가 밀어둔 책에 눈길을 주었다. 역시 기차에서 읽던 『러시아혁명』이다. 요즘 들어 근우가 사회주의 사상에 깊이 빠진 눈치다. 얼마 전에 근우는 조선일은 접어두고 봉천에 거점을 두고 활동하고 싶다는 뜻을 비쳤다. 사회주의에 더욱 심취하면서 그쪽 사람들과 깊은 교제를 나누고 싶은 듯했다.

"자네가 그러길 원한다면 그렇게 하게. 조선 일이야 두 분 형님들이 돕고 계시니까. 그래도 홀로 만주에 머무는 시간이 길면 자네 모친의 염려가 심하실 텐데."

"어머니께는 제가 따로 소식 전할게요."

"참, 조금 전에 종종 아범한테는 왜 그런 건가? 종종 아범하고 무슨 안 좋은 일이라도?"

"안 좋은 일은요."

"그럼 왜?"

"그냥, 당연한 듯이 형님과 저를 구분하시는 것이 화가 나서 저도 모르게. 형님께는 깍듯하게 존대하면서 저한테는 하대하는 것이⋯⋯."

석근은 근우가 내뱉은 뜻밖의 말에 눈이 둥그레졌다.

"알아요, 제가 유치한 거. 그런데 제가 결코 벗어날 수 없는 계급 사회에 묶여 있다는 걸 문득문득 느낄 때마다 화가 치밀어요."

"계급? 계급이라니? 우리 사이에 무슨 계급이 있었다고?"

"형님, 양반 상놈이 없어졌다고 계급이 정말로 없다 생각하시는 건 아니죠?"

언젠가 근우의 형 장우가 아버지 오 영감을 향해 울부짖었던 말이 떠오른다. 결국 근우도 장우와 다를 바 없고 근우 역시 그런 마음으로 자신과 아버지를 대한 것인지 괘씸해졌다.

"형님, 형님은 몰라요. 형님은 살면서 한 번도 가난해 본 적도 없고, 가난한 삶이 어떤 것인지 모르세요. 집안에 드나드는 소작인들은 보았지만 그들의 삶을 직접 살아보진 않았지요. 형님이 가난한 농민을 사랑하고 돕는 일은, 저나 다른 노동자 농민들이 자기들의 생존을 위해 싸우는 것과 애초에 그 출발점부터 다른 거예요."

눈빛이 달라진 근우의 서슬에 석근은 감히 입을 열어 대꾸 할 말이 없다.

"계급은 언제나 있어 왔어요. 지금은 예전처럼 반상은 없다지만 자본의 계급이 있지요. 있는 자와 없는 자, 가진 자와 못 가진 자. 부리는 자와 모시는 자 그런 게 계급이지 뭐겠어요.”

“……”

“사람은…… 이 세상에 태어난 사람은…… 누구나 똑같아야 하지요. 그러나 세상은 그렇지 않아요. 언제나 지배계급과 피지배계급이 있지요. 피지배계급인 프롤레타리아는 그들의 노동력을 팔아서 생계를 유지할 수밖에 없어요. 프롤레타리아들이 만들어낸 잉여가치로 이득을 보는 자들은 언제나 지배계급인 부르주아들이지요. 결국 부르주아 계급은 프롤레타리아를 착취하는 것으로 그들의 이익을 챙기는 거예요. 그러면 그럴수록 지배계급과 피지배계급은 더욱 분명해지지요. 프롤레타리아를 착취해서 화폐를 손에 쥔 부르주아들은 그것으로 프롤레타리아의 노동력을 사서 더욱 착취하게 되는 것이고요.”

“우리 얘기가 왜 갑자기 부르주아나 프롤레타리아에까지 이르는 건가?”

“형님, 부르주아의 화폐를 얻기 위해 프롤레타리아는 자신에게 있는 노동력을 팔고. 프롤레타리아에게 있는 노동력을 부르주아는 손에 쥔 화폐를 주고 산다는 것. 얼핏 들으면 공생하는 관계 같지만 서로 다른 이해관계를 가질 수밖에 없는 사이이고요, 그런 이해관계는 결국 충돌할 수밖에 없어요.”

“그래서 자네가 하고 싶은 말이 뭔가?”

“서로 다른 이해관계의 충돌은 개개인의 충돌을 낳게 되겠지요.”

“자네와 나도?”

“우린 시작부터 달랐으니까요. 형님은 대대로 부자였고 저는 대대로 가난한 농민이었으니까."

근우도 마지막 말은 차마 석근을 바로 볼 수 없었는지 벽 쪽으로 외면한 채 혼잣말 하듯 웅얼거렸다. 근우가 노골적으로 적의를 보이지는 않았지만 그 말 속에 자신과 석근의 위치를 분명하게 갈라놓고 있다는 건 그대로 느낄 수 있었다. 어쩌면 석근 역시 미처 깨닫지는 못했지만 오랫동안 그런 의식 속에서 살아왔는지도 몰랐다. 계급은 다 지나간 옛말이라고 하면서 자기도 모르게 보이지 않는 분명한 계급을 당연시 여겼는지도. 그런데도 석근은 근우가 말하는 계급이니, 부르주아니, 프롤레타리아니 하는 말들이 당최 거슬렸다. 어쩌면 이제 다시는 근우와 어릴 적 동무 사이로 돌아갈 수 없을 것 같았다.

해방, 그리고 혼돈의 시간

일본의 억압이 더욱 심해져서 조선인들을 위한 교육은 점점 더 어려워졌다. 일본은 조선인들을 위한 고등보통학교의 연한을 낮추고 교과목도 여러 과목을 통폐합시켜서 교묘하게 제대로 된 교육이 이루어지지 않게 했다. 전쟁이 길어져 많은 학생들이 학도병으로 내몰리면서 학생 수가 대폭 줄어 대전학교 운영도 점점 더 어려워졌다. 전장에서 들려오는 소식을 들어보면 하나같이 처참한 얘기들뿐이라 차마 입에 담지 못할 지경이었다. 부녀자들을 강간하고 살육하는 이야기, 독립투사들을 잡아 목을 베거나 총이나 창으로 무자비하게 사살하고, 어린 아이들까지 마구잡이로 집단 학살하는 이야기 등 모두 끔찍한 이야기들뿐이었다. 그들의 시간이 얼마 남지 않았다는 걸 알 수 있었다. 사화영은 일본이 패망할 거라는 걸 누구보다 단정하면서도 조국인 일본으로 돌아가기로 했다. 이때야 말로 자신이 제자리로 돌아갈 때라며 하루코는 의연하고 씩씩했다. 대신 동경이 아닌 아무런 연고가 없는 나가사키를 선택했다. 나가사키에는 군수공장이나 토목공사장에서 강제노역을 하고 있는 조선인들이 많았다. 하루코는 일본에서도 조선을 위해 일할 계획이었다. 열악한 조선인 학교에서 아이들을 가르치며 고아들을 돌보겠다고 했다. 어쩌면 평생에 다시 볼 일은 없을 거라며 조선과 조선에서 만났던 사람들과 자신이 사랑했던 사람들을 평생 기억하며 그리워하겠다는 마지막 말을 남기고 그녀는 일본으로 떠났다.

하루코가 떠난 후 대전학교를 맡게 된 석근은 학교 일에만 집중하기로 했다. 아버지가 남겨준 농지를 조카들에게 나누어주고 농사일에서 손을 떼기로 했다. 강 씨도 자신이 죽기 전에 정리하는 것이 옳다고 믿었다. 모든 것을 오 영감의 유언대로 했으나 창근에게 땅을 주지 말라는 말까지 따르기에는 석근의 마음이 불편했다.

"에휴, 즤들이 못나서 그런 걸 워쩌겠냐. 늬 아부지 그리 말씀하신 거 다들 아니께 그걸 두고 딴 말할 사람은 읎겠지만. 내 맘도 영 편치 않구나. 못났어도 내 자식들인데 차마 그냥 두고 볼 수가 읎어. 매정한 양반."

"예에."

"나 죽기 전에 적당히 섭섭지 않게 나눠주자. 그래야 나중에 뒷말들이 읎을 겨."

"예에."

"늬 아부지 생전에 창근네 댁헌티 고운 눈길 한번 안 주셨지만, 인제 그만하면 됐다. 여태 밖으로만 빙빙 돌았는데 한은 남겨주지 말아야지. 못났어도 장남 아니냐. 창근네 애들에게도 부족한 대로 챙겨주면 좋것구. 저승 가서 늬 아부지 만나믄 내가 책임지마.”

“예에.”

“고맙다. 이왕 말이 나온 김에 얘기하자. 이차에 내 거처를 창근이 네로 옮기자.”

“예? 아니, 왜?”

“네 큰 형수는 시집오면서부터 바로 따로 나가 살아서 지가 맏며느리인 줄도 모른다. 시아부지 제사 모실 줄도 모르고, 제사상 다 차려놓고 나면 남의 집 제삿밥 읃어 먹으러 오듯이 덜렁덜렁 저녁때에야 기웃거리는 것도 한심하고. 이제라도 내가 붙잡아 앉혀 가르쳐야 하지 않겠니. 너는 땅 욕심도 없으니 이 집은 네 몫으로 하여라. 나는 이제 장남 집으로 가는 게 옳아. 아주 명분이 좋다. 땅문서 쥐어주고 나를 모셔가라 하면 늬 형수 군소리 읎이 좋다고 할 겨. 죽을 땐 장남 집에서 죽어야지.”

갑작스럽고 민망한 말이긴 했지만 어머니 강 씨 말이 이해되지 않는 것도 아니다. 아버지 소유의 논과 밭 그리고 재산을 정리해서 삼 형제가 고르게 땅 문서를 나누어 가지고 나니 살림이 단출해졌다. 강 씨가 창근네로 거처를 옮기자 봉임은 팔 한 쪽이 뚝 떨어져 나간 듯 허전하다. 처음에는 봉임에게 따뜻한 말 한마디 붙여주지 않고 차갑기만 한 강 씨였지만 오랜 세월 함께 살다 보니 어느 결에 고부 간의 정이 쌓여 마음에 의지가 되었다. 여러 사람이 오고 가던 마당과 오 영감이 늦게까지 호롱불을 밝히고 앉아있던 사랑채를 둘러보아도 허전했다. 박 서방 댁과 한데 어울려 속 애기 나누던 장독대와 뒤란을 걸어보아도 허전하고, 어린 여자 아이들과 복닥거리며 분주하던 부엌을 들여다보아도 썰렁하니 가슴이 시리다. 건넌방에 길게 옆으로 누워 밤이 깊도록 책을 읽으라던 시조모 송 씨도 없고, 든든한 기둥 같던 시 아버지 오 영감도 이젠 가고 없다. 인자하게 울타리가 되어주던 박 서방 아저씨도 세상 떠난 지 오래고, 박 서방 댁도 큰 아들 장우네로 옮겨가 사니 큰맘 먹어야 한 번씩 볼 수 있다. 여러 일꾼들이 왔다 갔다 시끌벅적하고, 집안 살림을 돕느라 드나들던 드난꾼들이 한데 모여 바가지 밥을 나누어 먹으며 키들대던 시간들이 눈물나게 그리웠다. 봉임은 마치 세상에 홀로 남겨진 듯 외로웠다.

1945년 8월 6일, 미국이 히로시마에 '리틀 보이'라는 신형 원자폭탄을 투하하고, 그로부터 사흘 뒤인 8월 9일에는 나가사키에 '팻맨'이라는 원자폭탄을 투하했다. 원자폭탄 공격이라는 건 세상에 처음 있는 일이라 공격을 감행한 미국이나 폭격을 맞은 일본이나 그 피해가 얼마나 클지 알지 못하는 상태로 마침내 일본은 패망했다. 8월 15일 정오, 일왕이 무조건 항복한다고 선언함으로 오랜 세월 핍박 받아왔던 조선이 마침내 해방을 맞았다.

봉임은 자라면서 한 번도 조선이 온전한 조선인 때를 보지 못하여서 아직은 뭐가 뭔지 알 수 없었지만, 조선글자를 가르쳐준 어머니가 오래 기다리던 그날, 사람들에게 조선 이름을 지어주던 시아버지 오 영감이 소원하던 그날을 맞은 기쁨에 감격했다. 봉임도 파도처럼 출렁이는 사람들 무리에 섞여 만세를 불렀다. 사람들은 누군가가 나누어 준 태극기를 흔들며 '대한독립만세'를 외쳤다.

해방만 되면 세상이 평화로울 줄 알았지만 세상은 이전보다 더 혼란스러워졌다. 일제의 압제 아래서 오랫동안 눌려왔던 그들의 분노는 엉뚱하게 폭력적으로 분출되었다. 성미가 괄괄한 젊은이들이 패거리를 이루어 마치 무슨 사명이라도 띤 사람들처럼 일제에 부역을 했거나 친일적 행보를 보였던 사람들을 찾아다니며 해코지 했다. 해방의 기쁨도 잠시, 앞으로 이 나라가 어떻게 되려는지 봉임은 두려워졌다. 청년들이 지서로 몰려가 일본인 순사들을 끌어내려 했으나 어느 틈에 달아났는지 와타나베 순사와 일본인 말단 순사는 그 그림자도 보이지 않았다. 아마 밤을 타서 달아난 모양이었다. 또한 앞잡이 노릇을 하며 일본인 순사들보다 더 악질적으로 굴었던 헌병보조원들도 이미 달아나버린 상태다. 영문 모른 채 지서에 출근한 비쩍 마른 까까머리 사환 아이만 깨진 유리창 너머로 턱을 덜덜거리며 두려움에 떨며 울고 있다. 사환 아이가 무슨 죄가 있다고 노기에 찬 사람들은 어린 사환 아이도 끌어내 몇 대씩 쥐어박고 발로 찼다. 사환 아이는 사람들이 발로 차는 대로 흙바닥에 뒹굴며, 자기가 무슨 잘못을 했는지도 모르면서 두 손을 싹싹 빌며 연신 잘못을 빌었다. 어지간히 화풀이가 된 모양인지 사람들은 사환 아이를 그대로 두고 이번에는 노기찬의 집으로 몰려갔다. 우왕좌왕 도망할 곳을 찾던 기찬의 부모는 사람들 손에 끌려나와 마당에 팽개쳐졌다. 어느 틈에 사람들 중 몇몇이 집안을 구석구석 뒤지더니 한때는 후쿠다 다카오 순사로 불리던 기찬을 다락방에서 찾아냈다. 순사복을 입고 위풍당당하던 기찬은 더할 수 없이 초췌하고 비참한 모습으로 끌려나와 사람들 앞에 꿇려졌다. 기찬의 독한 눈빛은 아직 살아있어서 자신에게 발길질하며 함부로 구는 청년들을 쏘아보다가 다시 그들에게 발길질 당했다. 성난 청년들은 기찬을 꽁꽁 묶어 동네를 개처럼 끌고 다녔다. 미처 신발도 제대로 신지 못한 기찬은 맨발인 채로 청년들이 끄는 대로 질질 끌려 다닐 수밖에 없었다. 기찬의 부모가 통곡을 하며 빌지만 그들에게는 통하지 않았다. 동네에서 마주치는 사람들은 어른이고 아이고 할 것 없이 죄다 기찬에게 손가락질하고 돌멩이를 들어 던지며 침을 뱉고 발길질을 했다. 그들은 한때 순사가 되어 부모에게 농지를 사준 기찬을 부러워했던 사람들이다.

"왜! 왜, 나만 가지고들 그러는 거얏! 시절이 그런 걸, 그걸 왜 내 탓을 하는 거야?"

"이, 이놈이, 아직도 정신을 못 차렸냐, 이놈아!"

"네 놈이 우리한테 한 짓을 생각해 봐라 이놈아."

"저놈, 주둥이를 당장 돌로 쳐서 짓찧어 놓으시우!"

동네 사람들은 청년들의 뒤를 따르며 그동안의 한을 모두 기찬에게 풀고 있다. 기찬의 부모는 손이 발이 되게 빌고 또 빌며 사람들에게 용서를 구했다. 얼마나 통곡을 하며 잘못을 빌어댔는지 기찬의 아버지는 이제 목소리조차 나오지 않았다. 그래도 흥분한 사람들은 눈 하나 깜짝하지 않았다.

"당신들 눈에는 나만 보이우? 이 동네서 제일 잘 사는 지주가 누구였는지 당신들은 모르오? 그들이 어떻게 살았는지 말 좀 해 보시우. 와타나베 지서장에게 뇌물을 바치고 일본 사람들에게 잘 보여서 호의호식하고 살던 오 영감네를 당신네들은 벌써 잊은 거요?"

개처럼 끌려 다니던 기찬이 사람들을 향해 외쳤다.

"뭐? 뭣이?"

동네 사람들은 기찬의 말에 걸음을 멈추고 눈을 둥그렇게 뜨고 서로 마주봤다.

"그, 그건 그렇지?"

"우리가 죄 가난에 찌들어 살 적에도 그 양반들은 잘 먹고 잘 살았지?"

동네 사람들은 자기들이 미처 생각하지 못한 걸 깨달은 듯 서로 마주보고 고개를 끄덕였다.

"쳇! 그 집 아들 오 석근은 동경 유학까지 다녀오질 않았오? 그 뿐인가? 사토선생 눈에 들어서 그 집 데릴사위까지 될 뻔 했지. 그런 자는 죄가 없고, 가난한 소작농의 아들로 태어나 찢어지게 가난하게 살다가 죽을 고생해서 겨우 순사가 되었던 나는 죄인이란 말이오? 나랏님도 어쩌지 못했던 시절을 내 탓만 한단 말이오!"

기찬은 핏줄이 터져 뻘건 눈으로 피를 토하듯 외치며 서럽게 울부짖었다. 그 곁에서 기찬의 부모도 땅을 치며 서럽게 울었다.

"그렇지, 저놈 말도 틀린 말은 아니지."

"사실 아무리 어려운 시절이래도 오 영감네는 쌀 떨어져서 굶은 적이 없지. 우리는 맨 풀뿌리 캐 먹고 나무껍질 벗겨 죽을 쑤어 먹었어도 저 집은 떵떵거리고 잘 살았지."

"그게 다 일본 놈들이 봐줘서 그런 것 아녀?"

"에잇, 우리가 그 동안 아무것도 모르고 굽실거리고 어른 대접했던 게 억울하구먼!"

"가자, 오석근이, 그놈도 잡자!"

"그놈도 끌어내자!"

사람들은 다시 포박한 기찬을 앞세워 석근의 집으로 몰려왔다. 기진한 기찬의 부모도 기찬을 따라 거의 무릎걸음 하다시피 따라왔다.

사랑채에 먼 데서 석근을 찾아온 낯선 손님들에게 대접하려고 부엌에서 조막네와 함께 서둘러 점심을 준비하던 봉임이 요란하게 대문 두드리는 소리에 눈이 둥그레졌다. 바깥채에 있던 개돌이가 달려 나와 대문을 열었다. 대문이 미처 다 열리기도 전에 마을 사람들이 쏟아져 들어와 고함을 치기 시작했다. 그 바람에 개돌이가 대문에 밀려 뒤로 자빠졌다. 누군가가 벌써 부엌문 밖으로 고개를 내민 봉임을 발견하고 팔을 낚아채서는 마당으로 밀쳤고 봉임은 그대로 땅바닥에 고꾸라졌다.

"에그머니나!"

봉임은 우악스런 사내들의 힘에 맥없이 고꾸라진 채 비명을 질렀다.

"아니, 왜들 이러시우?"

능금이가 고꾸라진 봉임을 일으켜 세우며 동네 사람들을 향해 독하게 눈을 흘겼다.

"이년 봐라!"

누군가 매섭게 능금이의 뺨을 후려쳤다.

"아니, 왜들 이러시는지 말씀이나 하시우."

어디서 나타났는지 능금 아범 차석이 달려 나와 자기 등 뒤로 능금을 숨기며 애원했다.

"오석근이 나오라고 해라!"

"좋은 말할 때 나오는 게 좋을 걸?"

"어디 숨은 거야? 우리가 찾아내면 가만 둘 줄 알아?"

사람들은 신발을 신은 채로 안방이며 건넌방을 마구잡이로 쑤시고 다녔다. 건넌방에 있던 찬환과 준환이 쏜살같이 빠져나가 사랑채로 달려갔다. 찬환과 준환은 아무것도 모르고 손님들과 둘러앉아 있는 석근에게 마당에 벌어진 사단을 알렸다. 사람들이 봉임에게 패악질을 하고 있다는 얘기에 석근은 후들거리는 다리로 중문을 지나 안채 마당에 들어섰다.

"여기!"

쩌렁쩌렁 울리는 사내의 소리에 사람들이 움찔하며 돌아봤다.

"여기, 오석근이 나왔소! 무슨 일로 남의 집에 들이닥쳐서 행패를 부리시는 거요?"

사람들에게 소리치며 마당 안쪽으로 들어서던 석근은 마당 한쪽에 포박당한 채 처박힌 기찬을 발견했다. 기찬은 사람들에게 개처럼 끌려 다니느라 머리는 헝클어졌고, 옷은 사람들이 던진 오물이 잔뜩 묻은 채 찢겨져 있고, 매를 맞아 피가 터지고 부은 얼굴은 눈물 콧물이 뒤범벅되어 말이 아니다. 석근과 눈이 마주치자 기찬은 더욱 미친 듯이 소리를 질렀다.

"여기! 여기 일본 순사의 개, 오석근이 나왔소. 자, 다들 저 피둥피둥한 낯짝을 보시오. 저자야말로 일본 놈들과 한패가 되어 우리의 피땀을 쥐어짜던 악덕 지주가 아니고 무엇이오! 당장 저자의 옷을 벗기고 몽둥이로 치시오!"

이성을 잃은 사람들이 이번에는 석근에게 달려들어 발길질을 해댔다. 석근을 끌어다 봉임 곁에 쓰러뜨리고 주먹질과 발길질에 침까지 뺄었다. 사랑방에 들었던 손님들이 쫓아나와 마당에서 발길질 당하는 석근을 보고 크게 놀라 소리쳤다.

"멈추시오! 뭣들 하시는 거요?"

"당신은 또 뭐요? 뭔데 참견이시우?"

동네 사람들의 눈은 거의 흰자위만 보이게 돌아가 있어서 누가 말려도 소용이 없다.

"자, 자, 우선 진정들 하시고 내 얘기를 좀 들으시오!"

사람들 속에 섞여 있던 준표가 나서지만 역부족이다.

"진정들 하시오, 이 무슨 행패요?"

준표 곁에 손님으로 왔던 또 다른 사람들이 준표의 양 옆에 나서면서 눈에 힘을 주며 쏘아 보았다. 누군지 알 수는 없지만 당찬 그들의 서슬에 동네 사람들도 슬금슬금 물러서며 발길질을 멈추었다. 기찬도 낯선 사람들을 경계하듯 더는 크게 소리 지르지 않았다.

"여기, 이 사람, 오석근은 당신들이 짐작도 못할 만큼 우리 조선을 위해 큰일을 한 사람이오. 여기 있는 이분들은 이 나라 조선의 독립을 위해 먼 만주 땅에서 오랜 세월 위험을 무릅쓰고 고생한 분들이오. 여기 계신 이 분들과 함께 독립운동을 비밀리에 해왔고, 이분들이 독립운동을 할 수 있도록 자금을 대주고 그곳에 있는 조선인들의 계몽과 교육을 위해 학교를 세워 일했던 사람이 당신들이 지금 발길질을 해대고 있는 오석근이란 사람이오."

준표가 어찌나 기가 막힌지 거의 우는 소리로 무지하고 성난 사람들을 향해 외쳤다.

"그렇소, 이분과 이분의 선친이 아니었다면 우리는 그 많은 일들을 해내지 못했을 것이오."

만주에서 온 또 다른 손님이 눈시울을 붉히며 젖은 목소리로 말했다. 사람들은 갑작스런 사태에 우왕좌왕 하며 어찌해야 하는지 서로에게 눈짓으로 묻는다.

"아이구, 이 사람들아. 자네들은 어찌 그렇게 하나만 알고 둘은 모르는가. 자네들 곤란한 일 생겼을 적마다 누굴 찾아왔던가? 돌아가신 영감마님 아니면 여기 계신 우리 서방님 아니었던가? 그때마다 와타나베 지서장을 찾아가 머리를 조아리고 돈을 주어서라도 빼내주셨던 것이 와타나베 지서장을 위한 것이었겠는가? 그게 다 우리를 피붙이같이 여기시고 불쌍히 여겨서 그러셨던 것 아니었나?"

능금 아범 차석이 사람들을 향해 원망스러운 얼굴로 울먹거렸다.

"그, 그게, 내, 내가 예, 예전에, 나, 낫으루다 그 왜놈, 고리채업자 놈을, 죽, 죽인다고 댐볐다가, 순, 순사헌티, 잽, 잽혀 들어갔을 적에도, 서, 서방님이 빼내 주시긴 했지."

뒤쪽에서 두려움에 떨고 서있던 용만이가 말을 더듬으며 한마디 보탰다.

"그때 서방님 아니었으믄 이 양반 벌써 이 세상 사람 아니지유."

용만이 댁이 울음을 쏟아냈다.

"이 사람들아, 돌아가신 영감마님이나 여기 계신 우리 서방님이 우리들 헌티 어떻게 하셨는가? 명절이면 사람들 불러서 일삼아 만두를 빚게 하시고는 결국 그걸 다 동네사람들에게 나눠주셨던 걸 잊었단 말인가? 먹을 것이 없어 굶고 있는 것 같으면 일부러 집안일이 많으니 드난꾼으로 집안일을 도우라고 하시지 않았던가? 여기 있는 나나, 조막네나, 종종 어멈이나 저기 있는 개돌이가 다 그 덕에 여태 굶지 않고 살았던 게 아닌가? 그걸 벌써 다 잊은 겐가?"

차석이 소맷부리로 눈물을 찍어가며 동네 사람들에게 원망스레 말했다.

"옛말에 은혜는 바위에 새기고, 원수는 물에 새기랬는데 우리가 그 은혜를 벌써 다 잊구……."

몇몇이 무릎을 꿇으며 소매로 눈물을 닦았다.

"여러분, 어서 이분을 일으켜 세워주십시오. 이분은 이 나라 조선의 독립을 위해 위험을 무릅쓰고 만주에서 활약한 독립군에게 물자를 대주신 분입니다. 조선의 독립은 이런 분들의 힘으로 이룩한 것입니다."

만주 설탕공장 채 사장이 열변을 토하자 몇몇 청년들은 자신들의 무지함으로 석근에게 큰 잘못을 저질렀다는 듯 그 자리에 엎드려 울며 머리를 조아렸다. 밀쳐지고 발길에 채이며 땅바닥에 고꾸라졌던 석근은 누군가의 부축으로 일어나 대청마루로 오르면서, 기찬이 자신에게 한 말이 하나도 틀린 말이 없다는 생각에 눈물이 흘렀다. 봉임 역시 얼이 빠진 얼굴로 누군가의 부축으로 안채로 올랐지만 한바탕 어지러운 꿈을 꾼 듯 정신이 사납다. 얼마 전까지 한 동네에서 식구처럼 지내던 사람들이 하루아침에 돌변하여 발길질을 해댔다는 사실이 놀랍고도 두렵다. 봉임은 또한 조금 전 사랑방에 모였던 손님들이 석근을 두고 한 말은 도대체 무슨 말인지 알 수가 없다. 석근이 한 번씩 먼 데 출장을 다녀오긴 했지만 독립군 돕는 일을 했다는 건 꿈에도 몰랐다. 부부로 한 몸을 이루고 아이들을 다섯이나 낳고 살았지만 여태 남편 석근이 어떤 사람인지, 어디서 누구를 만나 무슨 일을 하고 다니는지, 남편에 대해 아무것도 아는 것이 없다는 사실에 황망하다. 그 사람 마음 어느 한 구석에 자신이 들어있기는 한 것이었던가. 봉임은 누군가의 부축으로 방안으로 들어서려다 고개를 돌려 대청마루 가운데 사람들에 둘러싸여 있는 석근을 바라보았다. 사람들 틈에 한 마리 학처럼 흰옷을 입고 앉아있는 석근이 마치 닿을 수 없는 먼 데 있는 사람처럼 아득해 보였다.

모든 사랑하는 사람과 모든 헤어진 인연을 위하여

"으르신, 편지가 왔습니다."

개돌이가 전해준 편지를 받아 든 석근은 가만히 겉봉만 들여다 볼 뿐 바로 뜯지 않았다. 편지를 들고 사랑채로 들어가 책상 위에 편지를 놓고도 차마 그 봉투를 열지 못한 채 묵묵히 앉아 있었다. 낮에 받아 든 편지를 책상 위에 그대로 둔 채 저녁을 먹고, 아이들이 하는 농담에 함께 웃어주고, 바람을 쐴 겸 한 바퀴 산보를 다녀왔다. 그러고 돌아왔는데도 차마 책상 위에 놓인 편지 봉투를 뜯어 볼 수가 없다. 가만히 편지 봉투만 응시한 채 얼마나 시간이 지났을까. 먹먹해진 석근은 마침내 조심스럽게 봉투를 열었다. 겉봉에는 부산 소인이 찍혀 있지만 석근은 그것이 인편을 통해 일본에서 온 편지라는 걸 짐작할 수 있었다. 편지는 사토 료스케 선생으로부터 온 것이다.

'친애하는 석근 군에게'로 시작된 편지는 해방된 조선에서 잘 지내고 있는지 안부를 물은 후 담담히 패망한 일본으로 돌아간 자신도 큰 불상사 없이 잘 지내고 있다는 소식을 적었다. 석근과 사토 집안과의 잠시 이어졌던 슬픈 인연은 일본과 조선 사이에 얽힌 슬픈 역사가 빚어낸 것이었으므로 누구의 잘못도 아니라는 내용과, 그 일로 미안해하지는 말라는 얘기를 언급하고, 일본이 조선에게 행한 씻을 수 없는 죄를 사죄하는 내용으로 이어졌다. 일본은 패망하였지만 사필귀정, 모든 것이 순리를 찾아 제자리로 돌아간 것이라고 썼다.

편지가 두 번째 장으로 넘어갈 때쯤 석근은 자신도 모르게 흡, 호흡이 멎었다. 꿈에도 잊을 수 없는 하루코의 이름이 보였기 때문이다.

자네도 이미 알고 있다시피 하루코는 나가사키의 작은 학교에서 영어를 가르치고 있었네. 전쟁이 치열해지면서 학교는 문을 닫는 날이 많았지. 그 애가 전해오는 소식으로는 방에서 지내는 날보다 방공호에서 지내는 날이 많다고 했네. 그렇지 않아도 한 번씩 미군의 폭격을 겪으며 식구라고는 단 셋 밖에 없는데 그마저도 서로 떨어져 다른 곳에 살고 있는 것이 몹시 불안하였네. 하루코에게 동경으로 오라고 몇 번이나 연락을 취했지만 그 애는 고집을 꺾지 않았네. 부모를 잃은 조선 아이들을 돌보느라 그곳에 머물러 있어야 한다고 했지. 아이들을 가르치는 걸 마치 사명처럼 여기는 것 같았네. 부끄럽게도 나는 그 아이의 행동을 보면서 우리 기성세대가 자네나 그 아이의 세대에게 했던 짓이 얼마나 큰 죄였는지 깨달았네. 나 역시 선생이었지만 그 아이와 같은 사명감을 가지지는 못했네. 그 아이는 영어를 가르치는 것이 아니라 사람이 사람답게 사는 법을 가르치고 있었네. 사람이 사람에게 해야 하는 일을 삶으로 가르쳤지.

그날은 몹시 더웠다네. 바로 며칠 전 히로시마 폭격이 있었던 터라 아내는 몹시 불안하여 발작적인 신경증을 보이고 있었지. 당장 하루코를 동경으로 불러와야 한다고 소리쳤다네. 나 역시 마음이 몹시 불안하였고 꿈자리가 뒤숭숭해서 주말쯤에는 내가 직접 나가사키로 가서 억지로라도 하루코를 데리고 올 참이었다네. 그날, 하루코는 자기가 보살피고 있던 고아 아이들과 함께 근처 개울로 멱을 감으러 나갔었다고 하더군. 가만히 있어도 땀이 줄줄 흐르는 날씨였으니까. 그게 11시쯤이었으니까 가벼운 물놀이 겸 멱을 감은 후, 돌아와서 비상식량으로 간단한 점심을 해 먹으려고 했었다는군. 그런데 바로 그 시각 그곳 나가사키에 히로시마에 이어 또 하나의 원자폭탄이 투하되었다네.

나가사키 원폭 투하 소식을 접한 우리는 하루코의 안전이 몹시 궁금하여 울부짖으며 발을 동동 굴렀지만 길이 막혔고 바로 갈수 있는 차편이 없었다네. 일주일이나 지나서야 겨우 그 애가 있는 곳에 닿을 수 있었지. 그 근방에 부서지지 않은 것은 아무것도 없었네. 사람도 건물도 온전한 것이 하나도 없더군. 도무지 똑바른 이성을 가지고 있을 수가 없는 상황이었네. 많은 사람들이 죽어서 길에 아무렇게나 쓰러져 있었고, 살아있는 사람들은 화상으로 껍질이 타 있거나, 살이 녹아내려 있거나 눈과 코와 입의 경계가 허물어져서 마치 괴물처럼 보였지. 거기서 하루코를 만난다고 해도 어찌 그 아이를 알아볼 수 있었겠나. 나는 하루코를 알아볼 수 없을 것 같아서 두려웠네. 사방팔방으로 수소문 해가며 방공호마다 뒤지기를 얼마나 했을까. 거의 실성하다시피 헤매고 다닐 즈음, 어느 한 방공호에서 겨우 그 애를 만날 수 있었네. 처음에는 아비인 나조차도 그 아이를 알아보지 못했네. 온몸은 화상을 입었고 그나마 몸의 절반쯤은 녹아내려 형체를 알아볼 수 없을 정도로 처참한 모습이었네. 얼굴은 둥그렇게 형체만 있을 뿐 도무지 알아볼 수 없었지. 바닥에 널브러져 있는 그 애를 스쳐 지나려는데 나를 올려다보는 그 애의 애절한 눈빛을 보았네. 그 애의 다정하고 상냥한 눈빛, 사랑이 가득한 눈빛, 자네도 그 눈빛을 기억하겠지. 내가 그 애와 눈을 맞추자 그 눈에서 주르르 눈물이 흘러나오더군. 하지만 그 애는 단 한마디의 말도 하지 못했네. 그 애는 그때 이미 가망이 없었어. 내가 그 애를 찾는 그때까지 살아 있었던 것만도 기적이었지. 그날 함께 있었다는 조선 아이가 말하기를 섬광이 번쩍 하더니 몸이 공중으로 붕 뜨더라는 거야. 그후로는 정신을 잃어 아무것도 기억하지 못한다고 하더군. 그 조선 고아 아이가 정신이 들었을 때 그 아이는 이미 시력을 잃어 아무것도 볼 수 없었다고 하더군. 겁에 질려 울부짖고 있는데 누군가가 그 아이의 손을 잡아 주었다고 했네. 그게 하루코였다네. 하루코는 이미 자기 몸도 가눌 수 없었던 상태였다는 걸 그 아이는 알지 못했다고 하더군. 하루코 스스로도 이미 중태인 상태에서 끝까지 그 조선아이의 손을 놓지 않고 방공호를 찾아왔다는 말을 듣고 나는 크게 울지 않을 수가 없었네.

자네에게 하루코의 이야기를 전해 주는 것이 옳은지 오래 고민했었네. 하지만 하루코가 끝까지 얼마나 자랑스러운 삶을 살았는지 자네에게 알려주는 것이 옳다는 생각에, 고통스러운 가운데 그 애의 마지막 기억을 떠올리며 이 글을 쓰고 있네. 우리 어른들의 잘못으로 자네와 하루코 같은 젊은이들에게 큰 상실과 고통을 준 것에 큰 슬픔을 느끼며, 자네와 모든 조선 사람들에게 깊게 사죄하는 마음으로 이 편지를 쓰네.

　석근은 사토 료스케 선생의 편지를 다 읽고 잠시 묵묵히 허공을 바라보다 말없이 편지를 다시 곱게 접어 서랍 속에 넣었다. 그는 한동안 사랑채에 더 앉아 있다가, 사랑 마당에 내려서서 하늘의 별을 오래 올려다보다가, 중문을 지나 안채 마당을 한 바퀴 둘러보고, 부엌 옆에 붙은 끝 채 마당을 돌아 뒤란으로 들어섰다. 아무도 없는 그곳, 세상과 단절된 적막한 그곳에 들어서자 자기도 모르게 터져 나오려 하는 속울음을 간신히 눌러 삼켰다. 후들거리는 다리로 비틀거리며 걸어서 가까스로 뒤란 맨 뒤쪽에 든든하고 단정하게 자리 잡은 장독대 한쪽에 걸터앉아 잠시 잠잠하다가 그대로 오열하기 시작했다.

　동네사람들이 행패를 부린 날 이후로 통 잠을 이루지 못하는 봉임은 밤이 깊어지자 담배 생각이 났다. 오래 참았던 흡연이다. 아이에게 젖을 물려야 하는 어미라서 아이가 미음이라도 먹을 수 있게 될 때까지 꾹꾹 참았었다. 담배는 왜 꼭 뒤란에 쭈그려 앉아 피워야 그 맛이 나는 건지 알다가도 모를 일이다. 허리춤에 종이에 말아 둔 담배를 끼워 넣고 아무도 없는 빈 부엌을 찬찬히 살피며 그릇들을 제자리에 정리한 후 아궁이 속을 들여다보고 불씨를 살폈다. 그런 후에야 담배에 불을 붙여 들고 뒤란에 막 쭈그려 앉아 한 모금 길게 빨려는데 누마루 밑을 돌아 뒤란으로 들어서는 그림자가 보였다. 달빛에 빛나는 흰 저고리를 보니 석근이다. '이 시간에?' 봉임은 그 시간에 홀로 뒤란에 들어서는 석근이 낯설었다. 그곳은 오랜 세월 봉임의 비밀공간이었다. 석근은 천천히 장독대쪽으로 갔다. 부엌 처마 밑 그림자 속에서 봉임은 차마 석근에게 인기척을 내지 못하고 소리 없이 지켜볼 뿐이다. 장독대에 걸터앉아 묵묵하던 석근은 갑자기 오열했다. 얼마나 참았던 울음일까. 태초부터 참았던 울음을 쏟아내듯 그는 오래오래 울었다.

석근이 긴 울음을 그치고 다시 어둠 속에서 사라져가도록 봉임은 여전히 처마 밑 그림자 속에 서있었다. 그러고도 한참 후에야 비로소 봉임도 뭔가 뜨거운 것이 목구멍까지 치밀어 오르는 아픔을 느꼈다. 봉임은 여태 자신이 살아온 삶의 의미가 사라져버렸다. 고분고분 착하게 말 잘 듣고 살면 되는 줄 알았다. 석근의 마음이 먼 데 가 있어도 '세월이 약이겠지' 하고 믿었다. 아이가 생기면 괜찮겠지 했다. 아이를 차례로 다섯이나 두었어도 그의 마음은 여전히 멀었지만 그래도 어느 구석, 마음 한 자락은 닿아 있으려니 했다. 그러나 이제 알았다. 석근의 마음은 그 어느 곳에도 뿌리를 내리지 못한 채 부초처럼 떠돈다는 것을. 가슴이 시리다. 부끄럽고 서럽다. 그런데 이상하게 자신에게보다 석근에게 더 측은한 마음이 들었다. 어디에도 뿌리 내리지 못하고 헤매는 그의 빈 가슴을 생각하니 가슴이 미어졌다. 슬프고 가엽다. 그를 미워할 수조차 없는 자기 자신에게 화가 났다. 사람의 마음은 참으로 알 수가 없다. 장독대 한 쪽, 석근이 울던 자리를 봉임은 손으로 쓰다듬었다. 봉임은 파도처럼 밀려드는 슬픔

으로 아픈 울음을 울었다. 구멍이 숭숭 나버린 가슴으로 시린 바람
이 휘돌아나간 그때쯤 먼 데서 푸른빛으로 동이 트고 있었다.

날이 밝으면 조막네와 능금이가 부엌을 찾고 장독대를 찾을 터이
다. 봉임은 황황히 일어나 옷자락을 털고 누마루 밑을 돌아 뒤란을
빠져나왔다. 아직 잠에서 깨어나지 않은 안마당은 고요하다. 봉임은
마당을 지나 대문을 열고 밖으로 나왔다. 아직 새벽의 푸른빛이 깔
린 길에는 사람들이 없었다. 무작정 걷다 보니 먼 데 교회당 종탑이
보였다. 파란 눈의 코쟁이 선교사가 지은 교회당이다. 교회당이 무
얼 하는 곳인지는 알 수 없으나 예수쟁이들이 모여서 기도하는 곳이
라고 들었다. 봉임은 비칠 걸음으로 종탑 쪽으로 갔다. 교회당 앞에
다다라 나무를 십자로 붙여 세워둔 걸 올려다보다가 조금 열려 있는
문틈으로 안을 들여다보았다. 나무를 길게 놓아 만든 마룻바닥에는
방석들이 놓여있고 정면 중앙에는 교회당 밖에 붙어있는 것과 똑같
은 나무 십자가가 붙어있다.

'여기가 기도하는 곳이라고…….' 기도한다는 게 무엇인지 알 수
는 없지만 기도를 하면 허탄한 마음에 조금은 위로가 될까 싶었다.
문 앞에 얌전히 고무신을 벗어놓고 마루로 올라간 봉임은 방석 하나
를 끌어당겨 그 위에 가만히 앉았다. 아직 아무것도 하지 않았지만
기분 탓인지 마음이 조금 가라앉는 것 같았다. 봉임은 가만히 눈을
들어 십자가에 매달린 한 사내를 올려다보았다.

"당신은 누구신가유?"

"당신이 누구신데, 사람들이 당신에게 기도 하나유?"

"누구라도 기도할 수 있나유? 저 같이 아무짝에도 쓸데없는 년의

기도도 들어주시나유?”

한번 입을 열자 봉임은 마치 누가 앞에 마주 앉아 있기라도 한 듯 입술을 달싹거리며 넋두리를 늘어놓았다.

“할매는 저더러 아무짝에도 쓸데 읎는 년이라구 하셨쥬. 차라리 이 세상에 태어나지도 말았으믄 좋았을 틴디…… 복도 읎고, 재수도 읎는 년이라, 부정 타서 엄니도 그렇게 일찍 돌아가셨구. 새 엄니도 지 때문에 돌아가실 뻔 했구. 차라리 그때 엄니 대신 지가 죽었더라면…… 그랬으면 좋았을 것을. 그랬으면 우리 봉선이가 그렇게 불쌍하게 크진 않았을틴디. 그랬으면 애들 아부지를 만나지도 않았을티고, 그 사람도 자기 좋은 사람하고 정 좋게 살았을틴디.”

“뭘 안다고, 열댓 살 밖에 안 먹은 게 부끄러운 줄도 모르고 애들 아부지를 처음 봤던 그때부텀 마냥 좋았던지. 웬 복에 저리 잘난 사람이 내 서방인가. 저 양반만 있으면 그래도 살만하다 했지유. 애당초 마음이 딴 데 가있는 사람인 줄은 알았어도, 내가 세상없이 좋아허니께 그걸로 됐다 했지유. 마음만 가진 사람보담 몸뗑이 가진 내가 낫다 우쭐했지유. 그런데 그 사람은 몸뗑이도 마음도 닿을 곳 없이 헤매고 다녔네유. 세상 부끄럽고 서럽고 원망스러운데, 지는 왜 그 사람이 이렇게 가여울까유. 이 죄를 다 워쩐대유. 그 불쌍한 인생들을 다 워쩐대유.”

다 마른 줄 알았던 뜨거운 눈물이 다시 흘러내렸다.

“우리는 모두 죄인입니다.”

눈물 콧물 범벅으로 넋두리를 늘어놓던 봉임은 뜻밖의 남자 목소리에 흠칫 놀라서 돌아보았다.

"이 세상 것들은 모두 스러져 없어질 허탄한 것들입니다. 세상 것에 마음을 두지 마세요. 마음을 하늘에 두셔야지요."

파란 눈을 가진 이방인 남자가 담담한 목소리로 말했다. 오다가다 몇 번 마주친 적이 있는 외국인 선교사다.

"미안해요. 들으려고 한 것은 아니지만 어쩌다 보니 당신의 사정을 엿듣게 되었습니다."

선교사는 미안한 표정으로 말을 잇는다. 낯선 이방인의 따뜻한 목소리에 봉임은 저도 모르게 마음이 따뜻해졌다.

"우리는 모두 죄인이고, 이 세상은 죄와 사망의 구렁텅이지요, 우리가 사는 삶 또한 슬픔과 고통의 연속일 뿐이랍니다."

"그렇다면 사는 것이 죽는 것과 다를 게 뭔가유? 살아야 하는 이유가 뭔가유?"

"그런 세상을 지극히 사랑하시어 하나님께서는 독생자 예수를 이 땅에 보내시었습니다. 예수님은 죄와 사망에서 우리를 구원하시려 낮고 천한 인간의 몸을 입으시고 친히 내려오셨습니다. 예수님을 믿으시면 슬픔과 고통이 없는 영원한 삶을 누릴 수 있게 됩니다."

"예수님이유?"

"그분은 우리와 같은 죄인의 친구가 되어주시는 분입니다. 우리의 모든 무거운 짐을 대신 져주시는 분입니다. 그분을 믿으세요. 믿기만 하면 당신을 구원해 주십니다.

"그분은 하나님의 아들이라면서유."

"예, 그렇습니다. 온 천하 만물을 지으시고 지금도 살아서 온 우주와 만물을 통치하시는 하나님의 독생자 아들이십니다."

"그런 분이? 왜."

"그분이 이 땅에 오신 목적이 이 땅에 사는 모든 이들을 구원하기 위함이었습니다. 그분은 이 땅의 모든 이들을 사랑하시어 스스로 하늘 보좌를 버리고 인간의 모습으로 가장 낮은 곳으로 내려오신 분이지요."

"아…… 지가 뭐라구."

"예수님은 사랑이십니다. 하나님의 사랑을 몸으로 실천하신 분입니다. 제가 보기엔 당신도 이미 예수님의 사랑을 실천하며 살아오신 분이군요. 당신은 예수님을 몰랐지만 예수님은 이미 오래 전부터 당신을 알고 특별히 사랑해 주셨습니다. 예수님을 알기 이전부터 당신은 이미 예수를 믿는 우리가 해야 할 바를 알고 계셨어요. 당신의 눈을 보면 알 수 있어요. 당신이 품은 사랑이 얼마나 큰지, 그것이 바로 주님이 세상을 사랑하는 마음입니다. 슬프고 고통스러운 중에도 끝까지 포기하지 않고 사랑하시는 주님의 마음입니다. 당신이야말로 누구보다도 예수님의 품에 안길 자격이 있으십니다."

"요즘 새벽마다 어딜 그렇게 가는 거요?"

"어째 벌써 일어나셨슈?"

"새벽마다 슬그머니 집을 빠져 나가는 것 같기에 어딜 가는가 보려고 따라 나왔소."

"지가 가면 어딜 간다구."

"지금 어딜 가고 있잖소?"

"교회당에 가유."

"교회당? 당신이 언제부터 예수교인이 되었단 말이오?"

"다닌 지 조금 되었어유. 당신이 주로 대전에 계시니 모르셨겠지만."

"새벽마다 교회당에 가서 무얼 하시오?"

"기도합니다."

"기도?"

"예, 당신을 위해서, 아이들을 위해서, 모든 사랑하는 사람들과 모든 헤어진 슬픈 인연들과 이 땅에 사는 모든 이들이 구원받기를, 영원히 고통과 죽음이 없는 천국에서 서로 사랑하며 살기를 기도해유."

말을 마친 봉임이 성경책을 소중히 가슴에 품고 교회당으로 향했다. '예수를 믿으면 벙어리도 말을 한다더니 과연 그 말이 사실인지, 봉임이 원래 저렇게 말을 잘하는 사람이었던가.' 석근은 당황스럽다.

'사랑하는 모든 사람들과 헤어진 모든 인연들을 위하여……' 석근은 반듯한 자세로 교회당을 향해 멀어지는 봉임의 뒷모습을 바라봤다.

절망

    만주에서 혁명군으로 활동하던 사람들은 혈기왕성한 젊은이들과 함께 동북항일연군으로 소속을 옮겼다. 그러다가 이미 국경을 넘어 소련으로 도피하였던 몇몇 중국인들과 조선인들은 소련군 소속의 보병여단에 들어가게 되었다. 소속은 소련군 소속이었지만 동북항일연군의 편제를 유지하였기 때문에 여전히 동북항일연군 교도려東北抗日聯軍教導旅라 불렸다. 근우는 학규와의 연줄로 소련을 여러 차례 방문한 적이 있었고 학규가 어울리는 몇몇 소련파 사람들과 교제를 나누고 있었기에 그들이 따르는 김일성의 존재를 알고 있었다. 그들의 입을 통해 들은 김일성은, 마치 홍길동처럼 동에 번쩍 서에 번쩍 종횡무진 항일운동을 펼친 사람이었다. 그들과 가깝게 지내면서 근우는 그들의 실체가 어쩌면 자기가 생각해 왔던 것과는 괴리가 있다는 생각을 종종 하게 되었다. 그들이 항일투쟁을 한다고 해서 위험한 상황에서도 어떻게든 그들에게 필요한 물자를 대주려고 애를 써왔는데, 만주에서 지내는 세월이 길었던 탓인지 그들은 자신이나 조선 내에서 억압받는 동포들만큼 간절하게 독립을 원하는 것 같지 않다는 생각이 불쑥 고개를 쳐들곤 했다. 이미 수년 전에 소련으로 도피한 몇몇 사람들 중에는 드러나게 항일투쟁을 한 일이 없고 오직 소련식 군사훈련을 받으며 편하게 지내는 데 맛이 들렸다는 말도 심심치 않게 들렸다. 오래전에 만주로 이주한 조선인 2세들이 대부분이라 교육수준도 낮고 조선인이라는 인식이 부족한 사람들이 많았다. 그들 중 일부는 김일성에 대해서도 좋지 않은 말을 했다. 그는 진짜 김일성이 아닌 김일성 행세를 하는 가짜일지도 모른다는 말까지 들렸다. 일개 마적단 두목이었던 자가 독립 운동가였던 김일성의 이름을 사칭했다는 것이다. 학규에게 그런 말이 들리더라고 했더니 학규는 당장 "그런 소리를 하고 다니는 놈은 그 주뎅이를 쭉 찢어놓겠다."며 분을 냈다. 그러고는 두 번 다시 학규 앞에서 그런 소리는 입도 뻥긋 못했다.

김일성은 소련군 보병여단에서 비밀정보원으로 동료 파르티잔의 동태를 감시하고 이를 극동 전선군 정찰국장에게 보고하는 일을 했는데, 그 일을 잘해낸 공로를 인정 받아 해방된 조선의 지도자로 발탁되었다. 김일성과 함께 소련군 보병여단에 있던 사람들은 학규처럼 김일성을 추종하는 무리들과 함께 조선으로 돌아왔다. 그들과 한 무리는 딱히 아니었지만 근우 역시 학규를 따라 북조선으로 돌아왔다. 해방된 조국 조선으로 돌아왔다는 감격도 잠시뿐, 38선 이북으로는 소련군이, 이남으로는 미군이 점령하게 되었다는 사실에 근우는 가슴이 무너졌다. 일본이 패망하여 떠나간 자리에 또다시 외세가 조선을 통제하고 관리하게 된 것이다. 뭔가 크게 잘못 돌아가고 있다는 생각이 들었다. 일본만 떠나가면 조선은 평화롭고 자유로운 독립국가가 될 줄 알았는데, 산 너머 산이라더니, 여전히 또 다른 나라들의 통제까지 받는 것으로 모자라 치안과 사회는 오히려 이전보다 더 불안했다.

스탈린은 소련의 입맛에 맞는 지도층을 구성해 단독 정권을 수립하고자 했고, 곧 조선 공산당을 조직하고 북조선 분국을 만들어 김일성과 그의 무리들이 북한 지도층을 장악하게 했다. 조선으로 돌아온 얼마간은 학규와 함께 지냈지만 학규가 금세 북한의 치안을 책임지는 보안대로 소속되면서 근우는 홀로 떨어져 지내게 되었다. 그렇지 않아도 근우는 점점 학규와 생각이 맞지 않아 함께 지내긴 어렵다고 생각하던 참이다. 학규는 연신 새로운 사명으로 들뜬 분위기 속에서 나날을 보내지만 근우는 조선의 앞날이 염려스럽기만 했다. 근우 역시 소련을 드나들면서 사회주의 사상에 심취해 있던 터라 성격은 조금 다르긴 해도 조선공산당에 입당하여 소극적이나마 공산당원으로서의 활동을 시작했다. 그러나 활동을 할수록 조선 공산당은 실제적인 공산주의라기보다는 허울만 공산주의일 뿐 김일성 체제를 굳히기 위한 도구라는 생각이 강하게 들었다.

그러는 가운데 모스크바 3상회의를 통해 미·소공동위원회를 설치하여 임시정부를 수립한 후 최대 5년간 미국과 소련과 영국과 중국의 신탁통치를 한다는 결정을 내렸다. '신탁통치라니! 어떻게 얻은 독립인데, 결코 신탁통치를 받아들일 수 없어. 까딱하다가는 이제 겨우 해방된 조선이 다시 두 동강이 나게 생겼다고!' 조선이 또다시 강대국들에게 이용당하고 있다는 생각에 근우는 분개했다. 나중에 들은 바로는 소련보다는 미국이 더 신탁통치를 강력하게 주장했다지만, 우선 북한에 알려지기는 미국이 즉시 독립을 주장하는 데 반해 소련은 38선 이북을 점령하고 신탁통치를 해야 한다고 주장했다는 것이다. 그렇게 된 데에는 미국에 특파원이 없던 국내 신문사들이 해외 통신으로부터 받아 보도한 거짓기사의 역할이 컸다. 만주에서 함께 어울리며 사회주의에 심취했던 친구들을 찾아가 신탁통치를 막아야 한다고, 어떻게든 반탁운동을 벌여야 한다고 열변을 토해보지만 그들은 독립운동가면서 좌익 단체에서 활동하고 있던 김원봉의 말을 전하며 국수주의적 사고를 버리고 시대가 바뀌었음을 인지하라며 오히려 근우를 나무랐다. 신문을 보면 조선은 우익과 좌익, 남과 북, 신탁과 반탁으로 나뉘어서 생각이 다르면 서로 암살하는 일이 곳곳에서 일어났다. 한때 함께 독립을 위해 힘쓰던 사람들끼리 반목하고 적대시하는 일이 흔하게 일어나고 있었다. 사회적 정치적으로도 매우 혼란하여 서울에서는 반탁운동을 위해 모였던 좌익 쪽 사람들이 느닷없이 찬탁을 외치는 어이없는 사태까지 벌어졌다는 소리도 들렸다. 근우는 잠시 몸담았던 공산당의 실체에 환멸을 느껴 공산당을 탈당했다. 그런 근우의 모습에 학규는 실망한 눈치였다. 소련 친구들도 흔들리는 근우를 오히려 변절자 취급을 하자 근우는 점점 더 좌절하고 절망했다.

근우는 오래 전에 만주에서 좋은 시절이 오면 함께 고향으로 돌아가자고 입버릇처럼 말하던 학규를 다시 설득해서 남한으로 데려가려 했다. 해방된 남쪽 땅에서 눈이 빠지게 학규를 기다리고 있을 누이를 생각하라고 할 참이었다. 그러나 바쁜 나날을 보내고 있는 학규를 만나기도 어렵거니와 이제는 은근히 경멸의 눈길로 근우를 바라보는 학규에게 근우의 말은 씨도 먹히지 않는다.

"형님, 소련에서 신탁을 원한다믄 따라야디 어카갓어요?"

"뭣이? 너는 여태 만주에서 무얼 위해 싸웠던 것이냐? 조선의 독립을 원했던 게 아니었어?"

"형님, 답답한 소리 좀 그만하시라요. 조선이 왜 일본의 속국으로 살았댔시요? 그게 다 힘이 없기 때문 아니었시오? 지금은 소련이 시키는 대로 할 수밖에 달리 방법이 없디 않아요? 지금 조선이 어케 온전한 독립국으로 역할을 할 수 있갔시오? 형님은 아직도 그 옛날 꿈꾸는 소년 같아요."

말로는 조선의 형편을 따지는 것 같았지만 근우가 보기에 학규는 자신의 팔에 두르고 있는 완장에 눈이 멀었다. 학규는 이미 조선 공산당의 핵심 인물로 김일성과 소련의 개가 되어 죽으라면 죽는 시늉까지 하게 생겼다.

"정신차려, 까딱하다간 우리 조선은 또다시 외세에 의해 두 동강이 나게 생겼다구!"

"형님, 우째 이러심까? 리념이 다르면 기래야디 별 수 있갔시요?"

"뭐야? 이념? 네가 이념이 뭔지나 알고 그런 소리를 하는 거야?"

"형님은 지가 무식하다고 은근 깔보시나 본데 저도 이젠 배울 만큼 배우고 있시요."

"여기 공산당원이라는 사람들이 정말로 이념으로 뭉친 줄 알아? 내가 보기에 저들은 지금 눈이 뒤집혔어. 저들이 말하는 공산주의는 우리가 꿈꿔왔던 사회주의를 이룩한 것이 아니야."

"그래요, 저는 무식해서 형님이 말씀하시는 게 뭔지 당최 몰라요. 하지만 지금 정신 바짝 차려야 할 사람은 제가 아니라 형님이라 말임다. 지금처럼 어지럽고 복잡한 시기에 까딱 잘못하다가는 언 놈 손에 죽는지도 모르고 쥐도 새도 모르게 모가지 따지는 건 일도 아니라요. 내가 형님을 아껴서 하는 말이외다. 형님은 고저 입 닫고 귀 닫고 시절을 기다리시란 말임다."

"학규야, 너도 이젠 조선이 어떻게 되든 상관이 없는 모양이구나. 너도 그들처럼 권력 욕심에 눈이 멀었구나."

평양 학원에서 간부 훈련을 받고 더욱 높은 지위로 올라갈 생각에 이미 마음을 콩밭에 빼앗긴 학규는 근우가 뭐라 말하든 상관없다. 학규를 포함해 미쳐 돌아가고 있는 세상에 근우는 또다시 깊은 절망을 느꼈다.

학규와 별 소득 없이 헤어지고 나서 숙소로 돌아온 근우는 이부자리도 미처 펴지 못한 채 그대로 쓰러져 앓아누웠다. 어쩌면 오래 참아온 몸살이었다. 남의 집 마름인 아버지의 아들로 살던 어린 시절부터, 일본 은행에 근무할 때 일본인들에게 이유 없이 멸시 당하던 그때부터, 만주에서 혁명군을 돕고 새로운 친구들과 어울려 새로운 사상을 배우고 공부하며 사회주의를 꿈꾸던 그 시간부터, 해방된 조국에서의 평화로운 나날을 꿈꾸던 그때부터, 꾹꾹 누르며 오래 참아 왔던 것이 몸살과 열병으로 터져 나온 것이었다. 사흘 낮 사흘 밤을 꼬박 앓고 나서야 근우는 힘없이 눈을 떴다. 며칠을 먹지도 못하고 죽을 듯이 앓고 난 근우는 굴속 같은 움막의 문을 열어 오랜만에 바깥 공기를 마셨다. 햇빛 아래 드러난 근우는 눈이 퀭하니 뚫려 있고 양쪽 뺨은 움푹 패어서 마치 무덤을 헤치고 일어난 해골 같은 몰골이다.

"어머니……."

근우의 바싹 마른 입술에서 '어머니' 소리가 터지면서 뜨거운 눈물이 쏟아졌다. 처음에는 오랜만에 보는 햇살에 눈이 부셔 나오는 눈물인 줄 알았지만 그러나 곧 심장이 터지도록 어머니가 그리워서 터진 눈물이라는 걸 깨달았다. 근우는 그 길로 일어나 겉옷을 걸치고 가방을 챙겨 메고 밤을 타 38선을 넘었다. 38선 이북이나 이남이나 모두 조선 땅이었지만 마치 국경을 넘듯 칠흑 같은 밤에 어둠을 타 38선을 넘으며 근우는 터져 나오려는 속울음을 몇 번이나 삼켜내렸다.

전쟁

1950년 6월 25일 일요일 새벽, 김일성이 38선 전역에서 전면 공격을 시작했다. 이전부터 38선 인근에서는 남북한 충돌이 심심찮게 있었기에 이번에도 그런 충돌 정도로 끝날 줄 알았다. 전쟁이 터진 줄도 모르고 서울운동장에서는 야구경기가 진행되기도 했다. 남침이 있은 후 며칠 되지 않아 인민군은 서울까지 밀고 내려왔고 점점 가까워지는 포격소리에 사람들은 동요했다. 당장 피난을 떠나지 않으면 빨갱이들에게 죽임을 당할 거라는 소문이 돌아서 하루에도 몇 집씩 피난을 떠났다. 대전에 머물고 있던 석근도 사정이 급박한 걸 느끼고 가족들과 피난을 떠나기로 했다. 하지만 석근이 성환리 집에 도착하기 전에 인민군이 먼저 내려와 버린 바람에 석근은 집으로 오지 못했다. 석근이 오기만을 기다리던 창근과 효근은 우선 식구들이라도 먼저 안전한 데로 가야 한다고 말했지만, 석근의 상황이 어떤지 모르는 봉임은 그럴 수가 없었다. 할 수 없이 창근네와 효근네가 강 씨와 함께 먼저 떠나기로 했다.

"빨갱이들이 보는 대로 다 죽인다던데, 어떻게 늬들만 남겨둔다니……."

강 씨는 이불 보따리와 함께 소달구지에 앉아 턱을 덜덜 떨면서 지레 운다.

"어머님, 먼저 가 계세유. 아범이 오는 대로 뒤따라 갈께유."

"어휴, 이게 웬 난리라니…… 내가 너무 오래 살았나보다. 늬아부지 가실 적에 함께 갔더라면 이런 꼴 저런 꼴 안 볼텐디. 나는 당최 무서워서 딱, 죽것다."

강 씨는 피난도 가기 전에 죽게 생겼다. 식구들은 급한 대로 우선 먹을 비상식량을 챙기고 이불 보퉁이와 솥단지를 소달구지에 실었다. 봉임도 가족들과 헤어지는 것이 무서웠지만 대전에 발이 묶인 석근을 두고 먼저 떠날 수도 없는 노릇이다.

"얘, 찬환이와 준환이라도 우선 피신을 시켜야 좋질 않겠니?"

강 씨는 아무래도 손자들이 염려되었다. 하지만 찬환은 장남으로서 어머니를 지켜야 한다며 한사코 마다했다. 혜환 역시 어머니 곁에 남겠다고 한다. 그 말도 일리는 있어서 큰 아이들 둘만 남겨두고 어린 준환과 승환과 은환은 피난시키자고 효근이 절충안을 내놓았다.

"그래, 그게 좋것다. 그럼 너희 큰놈들은 남았다가 나중에 오고. 어린 것들 셋은 나랑 가자꾸나."

강 씨는 얼른 타고 있던 달구지 한쪽에 은환의 자리를 낸다.

"너희들 챙겨놓은 가방들 메고 나오너라."

봉임은 먼저 떠나기로 한 아이들을 서둘러 채비시켰다. 은환은 난리가 났다는 게 뭔지도 모르고 그저 집을 떠나 어디 소풍이라도 가는 줄 알고 좋아서 깡총거리며 재빠르게 들어가 미리 싸둔 가방을 멘다. 은환은 벽장 속 선반 위에 고이 얹어둔 새 운동화를 신을까 어쩔까 고민하다가 다시 얌전히 벽장 선반 위에 얹어뒀다. 은환은 달구지 위에 타고 준환과 승환은 할머니가 타고 앉은 소달구지 양 옆에 호위병처럼 섰다.

"어른들 말씀 잘 듣고, 할머니 곁에 항상 붙어 있어야 한다. 알것지?"

봉임은 아이들의 뺨을 두 손으로 감싸며 당부했다. 사내 녀석들은 겁먹은 얼굴로 고개를 끄덕이고 은환도 활짝 웃으며 고개를 끄덕였다.

"자, 자, 시간 없어. 어서들 떠나자."

창근이 서둘렀다. 창근 댁과 효근 댁이 번갈아 봉임의 손을 한 번씩 잡아주고는 남편들을 따라 종종걸음을 뗀다. 짐보따리를 등에 잔뜩 실은 황소도 어슬렁어슬렁 걷기 시작했다. 달구지에 올라탄 강씨가 눈물을 찍어냈다. 그 곁에 앉은 은환은 달구지가 움직이자 신이 난 듯 환하게 웃으며 손을 흔들었다. 철없는 은환을 떠나보내는 봉임은 가슴이 무너져 내렸다. 봉임 곁에 서 있던 혜환과 찬환도 무거운 마음으로 멀어져 가는 가족들을 향해 손을 흔들었다.

식구들이 떠나고 며칠이 지났지만 석근은 돌아오지 않았다. 봉임의 마음은 천 길 낭떠러지로 떨어지지만 아이들 앞에서 약한 말을 할 수가 없다. 마을을 점령한 인민군과 그들을 소탕하려고 몰려든 연합군과 공방전을 치르느라 그야말로 콩 볶듯 총을 쏘아대고 폭탄이 떨어지는 통에 귀청이 다 떨어질 지경이다. 멀리서 쌔앵 전투기가 날아오는 소리가 나면 누가 먼저랄 것도 없이 서로를 끌어당겨 부둥켜안고 두꺼운 솜이불을 뒤집어쓴 채 덜덜 떨었다. 한여름에 솜이불을 뒤집어쓰고도 덜덜 떨릴 수 있다는 것이 놀라웠다. 난생 처음 겪는 난리 통에 봉임은 무섭고 겁이 나서 가만히 있어도 눈물이 줄줄 났다. 식구들이 떠나고 난 빈 집은 너무 크고 휑해서 무서울 지경이다. 그러나 그것도 잠시뿐, 집안은 금세 마구잡이로 밀려든 피난민들로 가득 찼다. 아무렇게나 쓰러져 자고 난 피난민들은 날이 밝으면 더 남쪽을 향해 집을 떠나고, 해가 떨어지면 또 새로운 피난민들이 그 빈자리를 채웠다. 그들은 묻지도 않고 마음대로 마루 짝을 뜯어 불을 지펴 밥을 해먹고, 독을 뒤져 간장이며 고추장이며 퍼다 먹는데 말릴 새도 없다. 방은 물론이고 마루고 마당이고 헛간이고 빤한 틈만 보이면 아무렇게나 뒤섞여 잠을 잤다. 찬환이 나서서 피난민들을 막아서고 안방을 지켜내지 못했더라면 엉뚱하게 주객이 뒤바뀌어 집 주인이 쪽방이나 헛간 신세를 질 뻔했다. 동네 사람들도 죄 피난을 떠나 한 집 걸러 빈집이지만 그마저도 금세 외지에서 피난 내려온 사람들이 들어가 들쑤시고 뜯어낸 바람에 며칠 새에 폐가가 되어 귀신이 나올 듯 괴괴하다. 길에는 폭탄을 맞거나 총에 맞아 죽은 시체들이 아무렇게나 뒹굴고 있어서 사방에서 시체 썩는 냄새가 났다. 생지옥이 따로 없다는 생각에 봉임은 몸서리를 쳤다.

"여기, 지봉임 씨 계시우?"

깊은 밤 억지로 잠을 청하는 봉임의 귀에 누군가 자기를 찾는 소리가 들렸다. '그이가 보낸 사람일까?' 벌떡 일어나 나가보니 군복을 입은 국군 한 명이 아무 데나 몸을 누이고 잠을 자는 피난민들 몸뚱이를 넘어 다니며 봉임을 찾았다.

"처형님!"

남자는 몇 년 전 결혼식 때 한번 보았던 봉선의 남편이다. 봉선의 남편이 국군이 되었다는 소리는 들었지만 이렇게 만나게 될 줄은 알지 못했다.

"아니, 제부가 여기까지 어쩐 일로? 아이구, 이게 웬 난리래유?"

결혼식 때 이후 처음 보는데도 반가움과 서러움이 뒤섞여 그를 부여잡고 눈물바람이다.

"아직, 피난을 못 가셨군요?"

"애들 아부지가 대전에서 온다고 해서. 여태 안 오네유."

"대전이라면, 발이 묶이셨을 거예요."

"아무래도 그랬지 싶어유."

"예, 이곳 전황이 아주 안 좋아요."

"여긴 어떻게?"

"저희 부대가 며칠 전에 이곳 전투에 투입되었어요. 워낙 급박한 상황이라 미처 들러볼 염을 내지 못했어요."

"아무렴 그랬겠지유."

"예, 여기 계속 계실 참인가요?"

"낼은 애들 아부지를 찾아 대전으로 가 볼까……."

"아…… 대전, 대전은 안 돼요. 거긴 이미 인민군이 쫙 깔렸어요. 지금은 미군이 북한군 전차를 격파하면서 전투가 치열하다고 들었어요. 대전으로 가시는 건 위험해요. 저희 부대는 오늘 밤 대전으로 합류합니다. 떠나기 전에 부랴부랴 찾아온 거예요.”

“에그머니나.”

봉임이 맥없이 주저앉았다.

“그런데 참, 우리 봉선이는 안전한 거지유?”

“식구들과 함께 피난을 떠났다가 집사람만 도로 집으로 돌아갔다고 들었습니다. 집사람이 지금 임신 중이라 피난행렬을 따라가기가 힘에 부쳤던 모양이에요.”

“아, 우리 봉선이가 아이를 가졌구먼유.”

“예, 그래서 걱정이 아주 큽니다.”

“아이구, 워쩐디야.”

“그러게 말입니다.”

“어차피 대전도 길이 막혔다고 허니 내가 김천 봉선이 한테로 가야 것네유. 홀몸도 아닌 것이 혼자 떨어져서 얼마나 무섭겠어유. 내가 갈 테니 제부는 안심하시고 몸조심 하셔유.”

“그래 주시면, 제가 한시름 놓지요.”

안경필은 고마워서 눈물이 날 것 같아 두 손으로 봉임의 손을 꼭 잡았다.

“마침 대전으로 가신다니, 짬이 나거들랑 인편으로라도 대전학교 애들 아부지헌티 우리 안부 좀 전해줘유. 나머지 식구들은 모두 피난을 떠났고, 저하고 큰 애들 둘은 김천으로 갈 테니 그 양반도 안전하게 잘 있으라고 해줘유.”

“예, 제가 어떻게든 동서 형님께 안부를 전하겠습니다. 몸조심하세요."

"내일 날이 밝는 대로 김천으로 떠날게유."

"그럼, 저는 부대로 복귀해야 해서, 이만."

"아이구, 이게 얼마 만에 본 건디 이렇게 헤어지다니. 그저 몸조심 하시고, 좋은 날에 건강하게 봐유."

누구를 향한 총구인가

봉임이 찬환과 혜환을 데리고 어렵사리 김천 봉선의 집에 도착하였으나 집은 텅 비어 있다.

"워매, 아무도 없네? 봉선아! 봉선아! 어딨니? 성이 왔구먼."

봉임이 집안을 구석구석 돌고 헛간까지 뒤지며 봉선을 찾지만 봉선은 아무데도 없다. 낙담하여 마루 끝에 맥없이 앉아있는데 깡마른 봉선이 안방 쪽에서 비척비척 걸어 나왔다.

"아이구, 봉선아! 무사했구나!"

"성!"

자매는 와락 끌어안고 어깨를 들썩이며 울었다.

"네가 안 보여서 가슴이 철렁했구먼, 그래, 어디 있었던 거?"

"다락 뒤쪽에 숨어있었구먼."

"에구, 그랬구나."

봉선은 실컷 울고 나더니 넋두리를 늘어놓았다.

"식구들을 따라 피난을 떠나긴 했는데 내가 입덧 하느라 당최 따라 걸을 수가 있어야지. 나 때문에 식구들 다 죽게 생겼잖여. 할 수 없이 나만 되돌아 왔지. 며칠 지나면 지나갈 줄 알았는디 끝이 나기는커녕 빨갱이들이 마을까지 밀고 내려왔다고, 동네에 남아 있다간 개죽임 당할 거라고 면사무소에서 사람이 나와서 손나팔을 해가면서 피난들 떠나라고 악을 쓰잖여. 벨 수 없이 또 사람들을 따라 피난을 나섰지. 이번에는 낙동강에 길이 막힌 겨. 폭격으로 다리가 무너졌다잖어. 밧줄이나 황소 꼬랑지라도 잡고 강을 건너야 한다는디 물살이 얼마나 센지. 나도 남의 집 황소 꼬랑지 끄트머리 붙잡고 건너다가 그만 꼬랑지를 놓쳐서는…… 어디까정 쓸려갔는지 알지도 못허것어. 마침 곁에 있던 사람들이 안 붙들어줬으면 죽었을 겨."

"이렇게 살았으니 됐다. 됐어."

봉임이 어머니처럼 가만히 봉선의 야윈 얼굴을 쓸어주었다.

"하는 수 읎이 또 집으로 되돌아왔는데 이번에는 동네가 다시 빨갱이 차지가 됐지 뭐여. 그 동안 국군을 도운 사람들은 죄 붙잡아다 뚜디려 패서 반송장을 만들어 버린다니 무서워서 나올 수가 있어야지. 다락으로 기어들어가 이불보따리 뒤에 숨어 지냈지. 무서워서 배가 고파도 내려와 밥을 해 먹을 수가 있나. 그냥 며칠째 혼자 다락에서 굶고 있었구먼."

"아이구 딱한 것."

봉임은 가슴이 찢어졌다.

"너는 다락에서 내려오지 않는 것이 좋것다. 누가 물으면 나는 외지에서 피난 왔다고 할 테니께, 넌 거기서 꼼짝 말고 있어."

봉선은 어린아이처럼 순순히 고개를 끄덕였다.

"찬환아, 너는 우선 불을 좀 지펴라. 혜환이는 쌀을 좀 안치고. 늬이모 굶어 죽게 생겼구나. 저 말라 비틀린 몸땡이 좀 봐라. 시상에아이를 가졌다는 애가 몸피는 절반으로 줄었어."

김천은 격전이 벌어지는지 쏟아지는 폭탄으로 지축이 흔들렸다.폭탄이 저렇게 떨어지는데 근방에 남아있는 집이 있을까 의심스러울 지경이다. 어느 편에서 쏘아대는 총인지 알 수도 없다. 다락방에는 봉선이 솜이불을 뒤집어쓰고 덜덜 떨었고, 방에서는 나머지 세사람이 부둥켜 안고 벌벌 떨었다. 생지옥 같은 전쟁은 언제 끝이 나려는지. 대전으로 간 안경필은 석근과 연락이 닿았을지, 다른 식구들은 피난지에서 안전한지, 봉임은 속이 타들어갔다.

"말 좀 묻갔소, 여기 안경필 동무 집 앙이오?"

마당에 총을 둘러멘 인민군 장교가 우뚝 서있다. 사람을 보는 대로 죽이고 본다는 빨갱이가 다른 집도 아니고 국군 안경필의 집에와서 안경필을 찾는다.

"나, 나는 안경필이 뉜지 모르오. 난 피, 피난을 내려온 사람이라."

봉임이 담담하려고 애쓰지만 목소리가 바들바들 떨렸다.

"기럼 이집 식구들은 다들 피난을 갔단 말이오?"

"내, 내가 왔을 때는 이미 빈, 빈집이라……."

봉임이 거짓말을 둘러대느라 덜덜거리며 슬며시 고개를 들어 상대를 쳐다보았다. 인민군 장교도 봉임을 빤히 쳐다봤다. 봉임은 잔뜩 겁이 나면서도 어쩐지 그 인상이 친숙했다.

"……."

봉임은 가슴이 쿵 내려앉았다. 상대도 봉임을 알아보는 눈치였다.

"너, 하, 학규 아니여?"

"누이? 참말 누이란 말이오?"

학규는 주소 한 장 달랑 들고 봉선을 찾아온 것이다. 봉임도 오래 전, 근우를 통해 만주에 있다는 학규 소식을 전해 들었다. 좋은 시절이 되면 찾아오겠다던 학규는 해방을 맞았어도 돌아오지 않았다. 근우만 바싹 마른 명태 같은 모습으로 폐인이 되어 돌아왔을 뿐 학규는 그대로 소식이 끊어졌다. 그런데 그 학규가 난리통에 거짓말처럼 눈앞에 나타났다.

"아이구, 학규야……."

봉임은 아주 오래 전, 시집와 있던 자신을 찾아온 학규를 밥 한 끼 안 해 먹이고 그대로 돌려보냈던 그 일이 평생 가슴에 옹이가 되어 아프게 박혀 있다.

"저 혼자 자라서 어른이 다 되었구면."

"내 나이가 몇인디……."

열두 살 머슴애가 다 자라서 장정이 된 그 세월이 어땠을까. 봉임은 시간이 없다는 학규를 굳이 마루에 앉혀두고 새로 밥을 지어 상을 차렸다. 보리쌀에 반찬은 따로 없지만 간장과 김치 한 가지라도 정성을 다해 고봉으로 밥 한 그릇을 떠서 학규 앞에 놓았다.

"그 옛날 너에게 밥 한 그릇 못 먹여 보낸 게 여기 이렇게 못이 되어 버렸다."

그 말에 학규도 눈물이 솟는지 차마 바로 숟가락을 들지 못했다.

한참을 고개 숙이고 있던 학규가 콧물을 한번 훌쩍 들이마시더니 게 눈 감추듯 밥 한 그릇을 뚝딱 비워냈다.

"어떻게 살았니? 근우 오라버니 통해 북조선에 있단 얘긴 들었어."

"만주에서 혁명군으로 있었디. 해방 되구는 북조선으로 갔고. 보안대 소속으로 치안담당 하다가 평양학교라고 군사 간부 학교엘 댕깃지. 기때까지는 기래도 근우 형님하고 래왕했드랬는데. 형님이 월남했다는 거는 나중에 들었고."

"그 어린 게 혼자서 만주까지 갔으니 고생을 월매나……."

봉임은 돌아앉아서 치맛자락에 콧물을 풀어냈다.

"근데 누이는 어떻게 여길? 여기 봉선이네 집 앙이우? 정말 피난 온 게 맞수?"

"네가 인민군 장교라 말을 해도 좋은지 모르겠다만, 그래도 네가 식구니께 말을 헌다. 실은 봉선이가 다락방에 숨어 있다."

"다락방에?"

"피난 갔다가 낙동강 물살에 휩쓸려서 죽을 뻔 했다드라."

"흠흠, 근디 봉선이 좀 볼 수 있을까?"

다락에서 데리고 내려온 봉선은 학규가 잃어버린 자기 오빠라는데도 그저 멀뚱멀뚱했다. 봉선으로선 식구들 입을 통해 학규의 존재를 알았지 학규에 대한 기억은 없다. 기억 속에 남아 있던 서너 살 먹은 어린 봉선이는 사라지고 없고 웬 비쩍 마른 임산부가 겁에 질린 얼굴로 자신을 쳐다보니 어색하긴 학규 쪽도 마찬가지다. 그래도 피붙이라 봉선을 바라보는 학규의 눈에는 뜨거운 눈물이 핑그르르 돈다.

그렇게 어색한 인사만 남기고 부대로 돌아간 학규가 다시 들르겠다고 한 약속을 지키기도 전에 이번에는 국군이 김천을 점령했다. 동네에 남아있던 사람들은 길거리로 뛰쳐나와 태극기를 흔들며 기뻐했지만 봉임은 이러지도 저러지도 못하는 복잡한 심정이다. 국군이 수복하자 이번에는 인민군 치하에 있는 동안 인민군에게 부역했던 사람들이 보복을 당하고, 경찰관들에 의해 붙잡혀 들어가고 그중 상당수가 희생당하는 사건이 발생했다. 다행히 동네 사람들은 인민군 장교가 봉임의 집을 찾은 것도 봉임이 인민군 장교에게 따뜻한 밥을 대접한 일도 알지 못하여 봉임이 불상사를 당하는 일은 없었다. 국군이 수복했다고는 해도 여전히 전황이 안정된 것은 아니어서 봉선은 다락방에 그대로 숨겨두었다. 어쩌다 동네 사람이 물으면 봉임은 그저 피난 왔다가 눌러 있는 거라고 둘러댔다. 국군 치하에 학규의 인민군부대는 안전한지 봉임은 불안해서 죽을 지경이었다. 인민군이 들어오면 인민군이 들어오는 대로, 국군이 들어오면 국군이 들어오는 대로 가슴이 두방망이질을 치고 불안하니 사람이 살 수가 없는 노릇이다. 쌔앵, 머리 위에 전투기 소리가 나고 쿠와앙, 지축을 흔드는 폭격소리가 나면 봉임은 혹시나 학규가 잘못 된 건 아닐까 소리도 못내는 바람 같은 울음이 터져 나왔다.

　"일간 한번 다시 들르갓시오." 하던 학규의 마지막 목소리가 귀에 남아, 해가 지고 밤이 되어도 봉임은 혹시나 불쑥 마당에 들어설지도 모르는 학규를 기다렸다.

　"이보시오, 이보시오!"

　어둠 속에서 누군가의 다급한 목소리가 들렸다.

"……."

"누구?"

불안한 마음으로 문밖을 내다보던 봉임은 소스라치게 놀랐다. 거기엔 낯선 인민군 한 명과 부상당한 학규가 삐뚜름히 그에게 몸을 기대고 서 있다. 봉임은 저도 모르게 학규를 외쳐 부를 뻔했으나 학규가 눈짓으로 남들이 눈치 채지 못하게 고개를 가로젓는다. 봉임도 눈치껏 학규를 모른 척했다.

"무, 무슨 일이유?"

"부상이 심해 아무래도 매복지까지 가긴 어려울 것 같으오. 당분간 이 사람 좀 부탁하겠소."

학규는 다리를 다친 모양으로 군복 위로 친친 붕대를 감고 있었지만 핏자국이 감아 맨 붕대 위까지 스며 나와 있다. 학규는 피로가 쌓였는지 방에 끌어다 눕히자마자 정신을 놓았다.

"며칠 내로 다시 오겠소, 그때까지 이 사람을 안전하게 잘 보호해 주시오."

봉임은 학규의 다리에 붕대를 풀어내고 총 맞은 자리를 소독한 다음 다시 붕대를 정성으로 감아 매면서 입에서는 저절로 기도가 나왔다. 봉임의 지시대로 상처 부위 씻을 물을 데우고 소독약과 항생제와 붕대를 챙겨 나온 혜환은 두려웠다. 빨갱이 인민군이 들이닥친 것도, 하필이면 난생 처음 보는 그가 외삼촌이라는 것도. 찬환도 겁이 나기는 마찬가지라 인민군이 들어오는 걸 본 사람은 없는지 밖으로 나가서 사방을 살피고 들어왔다. 한참이 지나서야 정신을 잃었던 학규가 부스스 눈을 뜨더니 놀라서 사방 둘러봤다.

"집이다. 괜찮어. 안심해라."

봉임이 젖은 목소리로 학규를 안심시켰다.

"나와 함께 왔던 사람은?"

"갔다. 며칠 있다가 다시 온다더만."

학규는 부상 당한 데가 고통스러운지 눈감고 얼굴을 찌푸리며 고개를 끄덕였다.

"낙오되면 큰일인디, 아, 재수 없게 부상을 당해서리."

밤이 깊어지자 봉선도 내려와 걱정스레 학규를 내려다보고, 학규도 물끄러미 여동생을 쳐다봤다.

"보니끼니 몸 풀 날이 얼마 안 남은 거 같은디. 몸조심 하라우."

"오라버니나 어여 회복하셔유."

학규는 이번에는 눈을 들어 윗목에 나란히 앉은 혜환과 찬환을 찬찬히 보며 말했다.

"매형을 닮았나, 인물들이 좋구면."

그 와중에도 농담을 건네는 학규에게 봉임은 젖은 미소로 고개를 끄덕였다. 날이 밝기 전에 사람들의 눈에 띄지 않는 곳으로 학규를 옮겨야 했다. 날씨는 어느새 추워졌는데 마땅히 몸을 숨길 데가 없다.

"마루, 마루 짝을 뜯어내고 그 밑에 들어가 있으면 눈에 안 띌 것 같은데. 찬환이 니가 마루 짝 좀 뜯어 주간? 누이는 가마니나 몇 장 개져다가 바닥에 깔고 몇 장은 마루 앞쪽을 막아 주시구래."

사람들 눈을 피해 학규를 마루 밑에 숨겨두고 봉임은 가슴이 미어졌다. 쌀독에 쌀도 떨어져서 더는 먹을 게 없다. 임산부 봉선이와 부상 당한 학규에게 뭐라도 먹여야겠기에 봉임은 이웃을 돌며 찬밥덩이를 얻고 빈집마다 쌀독을 뒤져서 물을 붓고 죽을 쑤었다. 열심히 거둬 먹인다고 먹여도 봉선이는 점점 더 비쩍 말랐다. 제대로 치료를 하지 못하는 데다 종일 추운 마루 밑에서 찬밥 덩이로 허기만 면하다 밤이 깊어야 몰래 방으로 들어오는 학규의 상처는 쉽게 아물지 않았다. 그렇게 며칠이 지나니 동네는 다시 인민군 차지가 되었다. 인민군들은 국군이 점령해 있는 동안 국군을 돕고 자신들의 매복지를 밀고했던 주민들을 찾아 응징하고 고문하느라 동네는 또다시 비명소리와 울음소리가 울려 퍼졌다. 인민군 세상이 되었다고 인민군에게 들러붙을 수도 없는 노릇인 게 전세가 또 어떻게 달라질지 알수 없다.

"씨부럴 눔들, 와 죄 없는 마을 사람들한테 지랄들이고? 우리가 무신 잘못을 했다꼬? 총부리 대가매 부역하라모 해야제 우예 거절하것노? 부역 안 하면 안 한다꼬 뚜디리 패고, 부역하믄 했다꼬 또 뚜디리 패니, 총 맞아 뒤지나 매 맞아 뒤지나, 이래저래 뒤지는 건 마찬가지 아이가, 다 죽고 살아 있는 사람이 없어야 끝날 전쟁인 갑다!"

국군을 도왔다는 이유로 인민군에게 끌려가 고문을 당해 반송장이 되어 돌아온 아들을 끌어안은 이장 영감이 길바닥에 주저앉아 울부짖었다. 나날이 불안하던 그때 인민군 두 명이 다시 봉임을 찾아왔다. 한 명은 학규를 데려다 주었던 바로 그 사람이다. 그는 학규상태가 아직도 좋질 않자 곤란한 표정을 지었다. 나머지 한 사람은 갑자기 혜환과 찬환에게 총부리를 들이대며 밖으로 따라 나오라고 했다.

"아니, 이 애들을 어디로 데려가려고 그라신대유?"

봉임이 화들짝 놀라서 인민군을 가로막으니 학규를 데리고 왔던 인민군이 개머리판을 들어 봉임의 가슴팍을 밀어 넘어뜨렸다. 봉임이 풀썩 넘어지자 방문을 열고 마당을 내다보던 학규가 움찔 놀랐으나 차마 봉임이 누이인 것을 말하지 못하고 입만 달싹거리다 말았다.

"동무래, 잠자코 있고, 젊은 동무들은 나를 좀 따라 오기요. 할 일이 있으니끼니!"

"어디로, 어디로 가는 거여유? 금세 돌아오지유?"

인민군은 귀찮다는 듯 대꾸도 하지 않고 총부리로 봉임을 가로막자 봉임은 어쩔 수 없이 한 발 물러서고 겁에 질린 혜환과 찬환은 두려운 표정으로 눈치만 살피며 끌려 나갔다. 인민군이 이끄는 대로 동네 공터로 가니 그곳에는 이미 끌려나온 장정들과 젊은 청년들이 어리둥절한 얼굴로 서 있었다. 약탈해 온 식량과 이불 보퉁이들도 잔뜩 쌓아놓았으며 그것들을 실어 옮길 황소와 달구지도 있었다. 인민군들은 쌓여 있는 쌀가마니와 곡식자루와 이불 보퉁이와 솜을 둔 옷들을 종류대로 정리하더니, 장정 몇 사람에게 쌀가마니와 이불 보퉁이를 실은 달구지를 소에 매달아 황소를 몰고 앞장서게 했다. 그 뒤에 찬환과 몇몇 장정에게는 곡식자루 여러 개씩 올린 지게를 지워 소달구지를 따르게 했다. 혜환과 몇몇 젊은 처녀들에게는 반찬거리와 간장 고추장이 담긴 함지박을 머리에 이게 하더니 장정들의 뒤를 따라 황학산 깊은 골짜기 쪽으로 갔다. 황학산 골짜기 동굴 속에는 인민군들이 국군의 눈을 피해 숨어 지내던 은신처가 있었다. 국군이 마을을 장악하고 있는 동안 식량이 떨어지고 날이 추워지면서 동굴 속에서 굶고 지냈던 모양이다. 달구지를 끌고 간 황소와 달구지에 실려 있던 쌀가마를 보고 빼빼 마른 인민군들이 동굴 속에서 기어 나와 환호성을 질렀다. 어느새 몇몇은 황소를 잡는지 골짜기 다른 쪽에서 황소 우는 소리가 들렸다. 산 아래서부터 식량과 물품을 싣고 온 열댓 명의 젊은이들은 겁에 질려 벌벌 떨며 한 줄로 늘어서 있다.

"지, 지들은 인자 내려가도 되것심니꺼?"

누군가 떨리는 목소리로 인민군 대장에게 물었다. 대장이 피식 웃으며 한 줄로 늘어선 젊은이들에게 나서서 무어라 말하려는데 머리 위로 쌔액, 미군 전투기가 지나갔다.

"이런 간나 새끼들!"

인민군 대장의 얼굴은 금세 일그러졌다. 동굴 밖 골짜기에 나와서 시시덕거리던 인민군들도 얼굴이 굳으며 후다닥 장비를 챙겼다.

"지, 지들은 인자 내려가것심니더."

분위기가 심상치 않자 아까 그 젊은이가 울먹이고는 허둥허둥 산을 뛰어 내려갔다. 인민군 대장이 그 뒤에 대고 방아쇠를 당겼다. 탕, 총소리가 나자 달아나던 청년은 풀썩, 마른 풀숲에 거꾸러졌다.

"미군이닷, 미군이 이곳을 정찰하고 있다. 이놈들이 밀고하면 우린 다 죽는다. 모두 쏴라. 한 놈도 살려두지 마라!"

총을 쏜 대장이 무장한 인민군을 향해 소리쳤다. 그러자 인민군들이 일제히 총구를 들어 덜덜 떨며 서있는 청년들 쪽으로 향하더니 총을 쏘았다. 한 줄로 늘어서 있던 젊은 청년들과 처녀들은 볏단 쓰러지듯 맥없이 픽픽 쓰러졌다. 파도가 지나가듯, 거짓말처럼, 순식

간에 청년들의 시체가 골짜기에 거꾸러져 쓰러지고 나뒹굴었다.

인민군에게 끌려 나간 혜환과 찬환은 밤이 깊도록 돌아오지 않았다. 그 대신 그날 밤, 누군가가 어둠을 타고 내려오더니 학규에게 은신처가 발각되어 밤을 타서 다른 곳으로 옮겨야 한다는 말과 함께 학규도 당장 부대로 복귀해야 할 것을 알렸다.

"아, 아, 학, 학규야."

봉임이 고개를 가로저으며 학규의 손을 붙잡지만 학규는 그 손을 뿌리쳤다. 핏발 선 학규의 눈에 눈물이 맺혀서 잠시 봉임을 쳐다보지만 이내 무정하게 돌아서서 데리러 온 군인을 따라 나섰다. 봉임이 신도 못 신고 황급히 쫓아나가지만 학규는 이미 저만치 어둠 속으로 멀어져 갔다. 두 검은 그림자 중 그저 다리를 절뚝거리는 쪽이 학규라는 것만 짐작했다. 학규가 떠나고 날이 밝았지만 여전히 젊은 이들은 돌아오지 않았다. 산 쪽에서 나는 총소리를 들은 것 같다는 사람이 있어서 어른들은 더욱 근심했다. 누구랄 것 없이 하나 둘씩 황학산 골짜기로 자식들을 찾아 올라갔다. 산세가 제법 험해서 힘에 부치지만 봉임도 기를 쓰고 골짜기마다 살폈다. 이편과 저편으로 편을 나누어 숲을 뒤지고 있는데 머리위에서 다시 쌔액, 하고 전투기 지나가는 소리가 들렸다.

"폭격기다! 미군 폭격기다! 골짜기 밑으로 몸을 숨겨라!"

누군가가 소리쳤고 그 소리가 채 끝나기도 전에 쿠쾅쾅 요란한 소리와 함께 저만치 황학산 골짜기는 삽시간에 불바다가 되었다.

아직, 끝나지 않은 전쟁

아직 달수가 다 차지는 않았는데 봉선이 벌써 진통을 시작했다. 두 번씩이나 피난길을 떠났다가 되돌아오고, 제대로 먹지도 못했던 탓에 조산을 하려는 모양이다. 봉임은 오래 전 어머니가 봉선을 낳던 그날이 자꾸 떠올라 고개를 세게 가로젓는다. '하나님 아버지, 우리 불쌍한 봉선이를 지켜 주소서.' 아궁이에 불을 지펴 물을 데우면서 봉임은 간절히 기도했다. 한줌 밖에 안 되게 바싹 마른 봉선은 힘겹게 산통을 견뎠다. 봉임은 마치 친정어미와도 같은 심정이다. 출산은 생각보다 수월했다. 아이가 작은 탓이다. 산모가 심한 영양실조이니 아이도 한 뼘이나 될까 싶게 몸이 작고 팔다리가 배배 꼬여 있다. 게다가 달수도 다 채우지 못했으니 아이는 작을 수밖에 없다.

"성, 아이는 괜찮은 거?"

아이가 태어나자마자 밭은 숨을 몰아 쉬며 봉선은 아이가 괜찮은지부터 물었다.

"괜찮어, 다 괜찮어. 눈, 코, 입, 다 잘 생겼고 손가락 발가락도 다 제대로 붙어 있어."

'공평하신 하나님이시라더니, 이빨 빠진 자리에 새 이 나게 허시 듯기, 식구 빠진 자리에 새 식구 주셨구나. 하나님, 감사합니다.' 봉임은 갓 태어난 아이를 씻기면서 눈물로 감사기도를 올렸다. 아이를 강보에 싸서 봉선 곁에 누이니 봉선은 어느새 기진하여 잠이 들었다. 봉임은 따로 챙겨 두었던 꺾지 않은 긴 미역에 쌀알을 넉넉히 해서 죽을 쒔다. 봉임은 아이를 낳고도 밥 한 그릇 제대로 먹지 못하는 봉선이가 가여웠다.

한때 사회주의 사상에 물들었고 해방 이후 북조선에서 공산당원으로 활동했던 근우는 좌익인사로 구별되어 보도연맹에 가입해야 했다. 전쟁이 터지자 이승만 대통령은 제일 먼저 보도연맹원들이 무슨 짓을 저지를까 겁이 났던 모양이다. 사람들이 피난을 떠나고 몇 집 남지 않은 동네를 면장이 돌아다니며 보도연맹원들의 소집명령을 전달했다. 애초에 공무원들을 시켜 할당량을 채우게 한 보도연맹 가입이었다. 근우 역시 면장 체면을 세워달라는 형수의 강권으로 가입했다. 엉뚱하게도 할당을 채우느라 가입한 영문 모르는 주부들과 어린 학생들도 꽤 많았다. 소집 장소에 무심한 표정으로 서 있는 근우 옆에 까까머리 중학생도 나란히 섰다.

"너는 뭐냐? 너도 보도연맹 회원이냐?"

누군가 키들대며 묻자 중학생 아이는 부스럼 난 까까머리를 긁으며 수줍게 변명했다.

"아부지는 장에 나가 장사해야 한다고…… 할수없이 저더러 대신 나가라고 해서…….”

 북에서 내려온 뒤로는 웃음을 영 잃어버린 것 같았던 근우도 중학생 아이의 그 말에 피식 웃음이 나왔다. 소집은 했는데 정작 인솔하는 자는 아직 없다. 사람들은 곁에 선 자들과 시답잖은 말을 주고받으며 먼 데 노을이 붉게 물드는 걸 올려다보는데 갑자기 등 뒤에서 다다다다! 총소리가 났다. 곁에 서있던 연맹원 사람들은 피를 흘리며 쓰러졌다. 깜짝 놀란 근우가 뒤를 돌아다보는데 근우의 몸에도 총알이 여럿 박혔다.

 “아, 아이고, 아, 아, 아저씨…….”

 금세 피투성이가 된 중학생 아이가 손을 뻗어 근우의 손을 잡는데 더 말을 잇지 못하고 붉은 피를 토했다. 근우가 있는 힘을 다해 아이의 손을 잡아주며 무어라 말을 하려는데 무장한 국군이 개처럼 쓰러진 사람들 사이를 겅중 걸음으로 걸으며 투다다다! 확인 사살을 했다. 세상 모든 소리가 멈추었다. 시간이 멈추고, 생각이 멈추고, 세상도 함께 멈췄다. 먼 데 아름답게 붉은 석양의 노을빛을 바라보는 근우의 눈이 천천히 감겼다. 감긴 근우의 눈꼬리에 한 줄 눈물이 흘러내렸다.

 지긋지긋한 전쟁이 잦아들 무렵에야 봉임은 집으로 돌아왔다. 떠날 땐 셋이었는데 돌아온 건 혼자뿐이다. 전쟁이 지나간 집은 어느 곳 하나 성한 곳이 없다. 지붕은 무너졌고 담장도 절반쯤은 허물어져서 바깥에서 집안이 훤히 보였다. 장독들은 깨져서 뒹굴고 부엌살림도 남은 게 없다. 아무 데서나 쓰러져 자야 했던 피난민들이 마당의 습기를 막느라 켜켜이 깐 볏짚으로 마당은 어느새 차곡차곡 돌을 쌓아 올린 기단을 넘어 댓돌만큼이나 솟아올라 있었다. 마당에 깔린 채 썩고 돌처럼 굳은 볏짚을 걷어내는 일만으로도 석 달 열흘은 걸릴 것 같았다. 봉임은 폐허가 된 큰 집에 기가 막혀 허망한 마음으로 앉아있다. 생때같던 다 큰 자식을 둘이나 잃었다. 지나간 일들이 아직도 거짓말 같았다. 봉임은 사람들을 불러 마당에 깔려 단단해진 짚을 걷어내고 지붕을 고치고 허물어진 담장을 새로 쌓았다. 방마다 떨어진 문짝을 새로 해 달고 벽지를 발랐다. 예전에야 부르지 않아도 드난꾼들이 알아서 일손을 보탰지만 이제는 동네에도 모르는 사람이 많고 부른다고 다 오는 것도 아니다. 한 식구처럼 지내던 동네 사람 중 많은 이가 피난에서 돌아오지 않았고 또 많은 이가 죽었다. 그들의 빈자리는 피난 내려왔다가 주저앉은 외지 사람들이 채웠다. 그러다 보니 이젠 한 동네에 살아도 쓰는 말씨가 다 제각각이다.

전쟁이 나기 전 이승만 정권이 '농지개혁법안'이란 걸 만들면서 지주제는 사실상 사라졌다. 지주는 소작인들 우선으로 농민들에게 땅을 팔아야 했다. 모아둔 돈이 좀 있는 사람들은 그 기회에 땅을 좀 사기도 했지만, 그날그날 입에 풀칠도 힘에 겨운 가난한 농민들이 대부분이라 실제로 소작농들이 땅을 사기도 어려웠다. 나라에서는 그런 이들을 위해 평년생산량 15할씩 5년간 균등하게 납부하는 조건으로 땅을 팔도록 했고, 석근도 그렇게 했다. 그 가운데 이전에 도지빚을 지고 갚지 못한 채 해만 넘기던 사람들은 어물쩍 떼어먹고 입을 씻기도 했다. 그뿐 아니라 석근은 5년간 쌀 소출로 균등 납부하겠다고 한 사람들에게조차 그런 세세한 내용으로 계약서를 쓰지 않았다. 날 때부터 한 동네서 알던 처지인데다 그 땅이 누구네 땅인지 모르는 사람도 없었다. 하지만 길고 지루한 전쟁 중 땅을 거저 얻은 소작인들이 외지인들에 땅을 팔고 고향을 떠나버렸다. '농지개혁법안'으로 손해를 본 건 창근도 마찬가지였다. 창근은 땅을 주는 대신 농지 보상비와 지가증권을 챙기긴 했지만 길어봐야 한두 달 안에 끝날 줄 알았던 전쟁이 끝도 없이 길어지면서 먹고 사느라 이미 똥값이 되어버린 지가증권을 처분해야 했다. 전쟁은 창근을 알거지로 만들었다.

집이 어느 정도 꼴을 갖추고 나니 피난을 떠났던 식구들이 돌아왔다. 창근네 장성한 아이들은 전쟁 중에 이미 결혼하여 제각각 시장 통에서 장사를 시작했고, 돈 한 푼 없는 거지꼴이 된 창근 부부만 시어머니를 따라 본가로 들어왔다. 강 씨는 이미 못 볼 꼴을 많이 본데다 창근네가 쫄딱 망하는 바람에 자기 나이보다 십 년은 더 늙어 보였다. 집으로 돌아와 생때같은 손주들의 죽음을 듣고는 말을 잃어버렸다. 피난에서 돌아온 아이들은 훌쩍 자라있었다. 준환과 승환, 사내아이들은 모가지 하나씩은 훌쩍 웃자랐고 은환도 제법 야물었다. 언니와 오빠가 죽었다는 걸 알지 못한 은환은 돌아오자마자 집 안 곳곳을 뒤지며 혜환과 찬환을 찾았다. 봉임은 가슴이 미어져 뭐라 해줄 말이 없었다. 은환은 또 얼른 벽장 선반 위에 두고 간 새 운동화를 찾지만 그게 그대로 있을 리가 없다. 그대로 있다 한들 그새 발이 한 뼘이나 자란 은환에게 맞을 리가 없다.

휴전을 맞고도 한참 지나서야 석근이 왔다. 객지에 오래 혼자 지낸 사람치고는 지나치게 말쑥한 차림이다. 봉임은 오랜만에 만난 석근이 다시 낯설고 어려웠다. 어쩐지 석근도 그런 봉임을 바로 보지 못했다. 봉임은 죽은 두 아이의 기억 때문이라고 여겼다. 석근은 아이들을 잃은 봉임의 등을 두어 번 쓸어주었다. 하지만 애써 죽은 두 아이들의 얘기는 꺼내지 않았다. 석근은 집을 팔기 위해 온 것이다. 이제는 예전과 사정이 달라졌으니 덩그렇게 큰 집이 소용이 없다. 맞는 말이지만 봉임은 섭섭했다. 열네 살에 들어와서 아이들 다섯을 낳도록 살았던 집이며, 죽은 아이들의 기억이 남아있는 집이다. 지금 이대로 창근네와 함께 살면 좋겠다고 생각하던 중이었다. 하지만 창근은 벌써 여러 차례 집을 처분하자고 석근에게 연락을 취했던 모양이다. 어머니를 모시는 장남으로서의 창근의 입장이 그러했을 터였다. 그런저런 사정을 아는 석근도 어떻게든 창근 부부에게 명분을 실어주고 먹고 살 궁리를 마련해주어야 했다.

"큰 형님 처지가 딱하게 됐소. 이 집을 팔아 작은 형님 댁 근처에서 방앗간을 운영하시게 할 생각이오. 작은 형님네와 조카들이 여전히 농사를 지으니 그 일만 맡아도 사는 데 어렵지 않을 것이오. 당신은 이제 아이들을 데리고 적당한 규모로 집을 옮기구려."

모처럼 식구들이 함께 모여 살게 되나 했던 봉임은 다시 쓸쓸해졌다. 전쟁이 끝난 지 얼마 되지 않은 때에 드물게 손질이 잘된 집은 금세 팔렸다. 봉임은 멀지 않은 곳, 아이들 다니는 학교 가까운 곳에 석근이 말한 대로 적당한 집을 마련했다. 봉임 집에서 머슴 살던 개돌이는 봉임의 부엌아이 냉이와 짝을 맞춘 후 분가하여 멀지 않은 데서 여전히 봉임네 일을 봐주고 있다. 석근은 사랑채에 있던 책들과 중요한 물건들을 개돌이 편에 대전으로 옮겼다. 대전을 다녀온 개돌이는 어쩐지 낯빛이 달라져서 봉임을 바로 보질 못했다. 봉임도 짚이는 데가 있지만 말하지 않았다. 전쟁은 모든 걸 바꿔놓았고, 아직 끝나지 않았다.

상흔

먼 데 사는 것도 아닌데 무심했다. 버스 한 번만 타면 올 데를. 봉임은 한동안 박 서방 댁을 잊고 살았다. 집으로 돌아오고 나서는 부서진 집을 수선하는 데 집중했고 피난 갔던 가족들이 돌아왔을 때는 가족들에게 온 신경을 쏟았다. 집을 옮겨 이사한 후에는 새 집을 정돈하고 자리 잡느라 마음이 부산했다. 총탄에 잃어버린 아이들, 어둠 속으로 사라진 학규, 돌아오지 않는 남편. 사람들 속내야 어떻든 세월은 무심하게 흘러갔다. 버스가 흙먼지를 일으키며 사라지고 나서야 그 뒤로 길 건너에 박 서방 댁이 쪼그려 앉아있는 게 보였다. '저렇게 작은 사람이었던가.' 마치 수백 년 세월을 견뎌낸 고목처럼 보이는 박 서방 댁이 정자나무 아래에 지팡이를 의지하고 쪼그려 앉아 있다.

"아주머니."

귀가 들리지 않는 것일까, 재차 불러도 박 서방 댁은 먼 데 둔 눈길을 거두지 않았다. 봉임은 손을 뻗어 앙상한 박 서방 댁의 손을 끌어 잡는데 후득 눈물이 떨어졌다.

"뉘여?"

그제야 인기척을 느꼈는지 박 서방 댁이 흐린 눈을 들어 봉임을 돌아봤다.

"아주머니, 저 모르시겠어유?"

"……."

박 서방 댁은 알아보지 못했다. 울고 웃으며 함께 지낸 세월이 얼만데 봉임을 알아보지 못한다. 그 눈빛은 차라리 순진한 어린 아이와 같다. 박 서방 댁이 휘청 지팡이를 의지해 일어섰다. 워낙에도 훤칠한 사람은 아니었지만 허리가 휘어 예전의 절반밖에 안되었다.

"에휴, 바람이 선득한데 왜 나와 계셔유, 쉐타나 뜨시게 입고 나오실 일이지."

봉임이 자기 목에 둘렀던 목도리를 풀어서 박 서방 댁의 휑한 목에 둘러주었다.

"근우."

박 서방 댁이 여전히 눈을 먼 데 두고 바람같이 말했다. 봉임은 가슴이 덜컥 내려앉아서 박 서방 댁의 얼굴을 내려다봤다.

"근우 기다리는 겨. 석근이 따라 만주에 갔는데."

"……."

"올 때가 지났는디 여적 안 오네. 얘가 식구들 걱정시키는 애가 아닌디."

봉임은 박 서방 댁을 끌어안고 그 등을 쓸어주며 눈물을 삼켰다.

"얼래? 이게 누구여? 은제 왔디야?"

그제야 박 서방 댁이 반짝 맑아진 눈으로 봉임의 얼굴을 올려다 봤다.

"인자 저를 알아 보시것어유?"

봉임이 눈물을 훔치며 빙긋 웃었다.

"오메, 자네가 온 줄 몰랐네. 아니 기척도 읊이 은제 온 겨."

박 서방 댁은 조금 전의 일을 전혀 몰랐다.

"들어가세, 들어가."

박 서방 댁은 봉임의 손을 잡고 앞장을 섰다.

"고뿔이라도 들면 어쩌시려고 바람이 선득한데 겉옷도 안 걸치시고 나와 계셔유."

"글씨, 내가 은제 나와 앉았나 모르것네. 점심 상 물리고 낮잠 한숨 잤는디."

"……."

"설핏 꿈에 그 눔, 우리 근우를 봤나 싶어."

점심 상 물리고 낮잠에 들었던 박 서방 댁이 꿈결에 근우를 본 보양이다.

"봉임아, 나 어쩜 좋으냐. 우리 근우 눔이 새룩새룩 더 보고 싶으니 어쩌믄 좋으냐."

봉임은 고개만 주억거리며 눈물을 삼켰다. 그 맘을 어찌 모를까. 다 키워놓은 자식들 둘을 잃은 자신도 밤마다 꿈속에서 죽은 아이들을 찾으러 황학산 골짜기를 헤매고 다니는 터였다.

"에휴, 내가 자네 앞에서 별 소리를. 내, 자네 소식도 들었는디."

"우리끼리 못할 말이 워디 있대유."

"장우 그 빌어묵을 늠은 내가 근우 얘기만 비치면 승질을 부려대서 내가 그놈 보고 싶어도 보고 싶다는 말을 못 꺼내."

"속이 상허니께 그러쥬."

박 서방 댁이 고개를 주억거렸다. 그러다가 갑자기 사방을 살피더니 한껏 목소리를 낮추며 말했다.

"자네, 그거 아는가? 우리 근우를 죽인 건 빨갱이들이 아니고 국군이었다잉? 장우 늠이 지발 입단속 잘 허라고 지랄이라 내가 당최 어디 가서 말을 안 허는디 자네니께 믿고 하는 말이여."

"……."

봉임도 들은 말이 있어서 그저 고개만 끄덕였다.

"장우헌틴 암말도 말어. 입단속 안 하믄 남은 식구덜도 다 죽는다고 지랄이여. 억울해 죽겄는디, 억울하다는 말도 못허께 더 답답하잖여. 근디 나는 암만 생각을 혀 봐도 당최 이해가 안 되야. 빨갱이 늠들이야 천하에 나쁜 늠들이지만 국군은 우리 편이잖여? 근디 워찌케 국군이 우리 근우를 죽였을까?"

봉임은 마루 밑에서 허겁지겁 언 주먹밥을 갉아먹던 학규의 얼굴을 떠올렸다. 박 서방 댁이 근우가 국군의 총에 죽었다는 걸 가슴에 묻어야 하는 것처럼 봉임도 어쩌면 학규가 빨갱이가 되어 있더라는 말을 평생 가슴에 묻어야 할지 모른다. 박 서방 댁이 꺾어진 허리로 앞장서서 걷다 말고 또 봉임의 귓가에 속삭였다.

"빨갱이덜 몰아내고 국군이 들어왔다길래 내가 동네 사람덜하고 나가서 태극기를 흔들면서 맞아주었다잉. 우리 편이니께. 근디 국군이 우리 근우를 죽였다는 게 말이 되는 소리여? 나는 아직도 그게 뭔 일인지 모르것어. 그 놈은 북녘에서 빨갱이 싫다고 목숨 걸고 38 선을 넘어온 놈 아니여. 종잇장처럼 핼쑥해져서 돌아온 놈. 그냥 보기에도 가심이 시린 놈. 그놈을 왜."

귀엣말을 하는 박 서방 댁의 입에 귀를 대주느라 한껏 허리를 낮춘 봉임도 억장이 무너졌다.

"얼래, 이게 누구랴?"

박 서방 댁과 함께 집에 들어서는 봉임을 보고 장우 댁이 화들짝 반겼다. 몇 년 만에 보는 장우 댁도 제법 나이 먹은 중노인네 태가 났다. 봉임이 달려가서 반갑게 장우 댁의 손을 마주잡았다.

"아유, 멀지도 않은디 살면서도 이렇게 큰맘 먹지 않으믄 만나지지도 않네그려."

"지 잘못이네유. 제가 진작 찾아와서 어르신께 인사도 드리고 했어야 했는디."

"아니여, 자네 얘기를 들었구먼. 자네도 어디 지 정신이었겠는가."

장우 댁이 차려내온 소박한 밥상을 물리고 장우가 담배를 하나 꺼내 피워 물었다. 설거지를 도우러 일어서는 봉임을 장우 댁이 한사코 주저앉혔다. 못 이기는 척 도로 앉은 봉임은 장우가 뿜어내는 담배 연기 냄새가 구수하다. 한참 말없이 천장을 향해 담배 연기만 뿜던 장우가 뜬금없이 말문을 열었다.

"우덜이 좌익이 뭔지, 우익이 뭔지 알기나 하남? 왼짝이든 오른짝이든 자기네들 맘대로 찍어다 붙여 놓았지. 우덜이야 이짝인지 저짝인지 알기나 하냐구. 그게 또 뭔 상관이여. 어느쪽이든 즤네 국민 아니여? 아무리 서로 죽일 웬수 겉은 사이라도, 공산당이 싫어서 내려온 놈을 북에서 왔다고, 대가리에 아직 그 사상이 남아 있다고 그대로 쏴 죽이는 게 말이 되어? 이런 죽일 늠의 시상이 다 있어?"

장우의 목소리를 귓전에 들으며 봉임은 황학산 골짜기에서 총탄에 나뒹굴었을 아이들의 모습과 어둔 밤 산 그림자 속으로 절뚝거리며 사라지던 학규의 검은 뒷모습을 떠올렸다.

"다, 내 죄구먼. 그게 다 내 죄여. 아, 면장이 쫓아댕기며 연맹에 가입혀야 한다고 어찌나 청하던지. 자기 할당 채워야허니께 시동생을 가입시키라고, 그게 연맹원을 안전하게 보호해 주려는 정책이라니께. 딱, 그렇게 믿었지. 내가 뭣도 모르고……."

어느 틈에 설거지를 마친 장우 댁이 들어와 방구석에 반쯤 돌아앉아서 근우를 보도연맹에 가입시켰던 일을 떠올리며 가슴을 쿵쿵 쳤다.

"그날도, 도련님은 영 귀찮은디 억지로 나갔다니께. 점심거리가 읎어서 죽도 못 낄여 멕이고. 연맹에 댕겨오믄 수제비나 떼어 먹자고, 끼니도 못 챙겨 내보낸 걸. 그 먼 저승길을 밥도 못 멕여 보냈구먼. 내가 아주 죄인이여. 내가 죄인이여."

장우 댁은 생각할수록 가슴이 미어지는 모양으로 금세 코를 훌쩍이며 눈물을 찍어냈다.

"그게 왜 자네 탓인가. 엄니 듣는데 공연히 쓸데없는 소리 허지 말어."

장우가 옆방에 있을 박 서방 댁이 들을까 힐끗 눈치를 살피며 조용히 말했다.

"그럼유, 그게 어디 누구 한 사람 잘못인가유."

사실이 그랬다. 어느 편에 선 줄도 모르고 어쩌다 보니 이편이고 또 어쩌다 보니 저편이었다.

대전여자

석근은 전쟁이 터지자 성환리 가족들에게 가려고 했지만 인민군이 한발 먼저 들어와 국군과 격전을 치르는 바람에 발이 묶였다. 국군의 승전보를 기다렸으나 오히려 인민군이 천안, 성환을 점령하고 숨 돌릴 새도 없이 대전까지 밀고 내려왔다는 소리가 먼저 들려왔다. 같은 집에서 숙식을 하던 교직원들은 모두 집으로 돌아갔지만 발이 묶인 석근은 갈 곳이 없었다. 전날 밤에도 콩 볶듯 볶아치는 총소리와 천지를 뒤흔드는 폭격소리에 잠을 이루지 못했다. 식구들은 모두 피난을 갔는지, 안전하게 지내고 있는지 걱정이 되었지만 방법이 없었다. 다음날 인근에 사는 주 선생이 부스스한 얼굴로 석근을 찾아왔다. 혼자 있는 석근이 염려되어 잠을 설쳤다는 주 선생은 오는 길에 들었다며 연합군이 대전을 장악하고 인민군을 밀어내고 있다는 반가운 소식을 전해주었다. 석근도 학교는 무사한지 몹시 궁금했지만 주 선생도 학교 쪽으로는 아직 가지 못했다고 했다. 당장 연합군이 대전을 수복했다는 소식만으로도 석근은 가슴을 쓸어내렸다. 이튿날은 총소리도 뜸하고 폭격소리도 들리지 않았다. '인민군이 퇴각한 것일까?' 석근은 조용한 틈에 학교에 다녀오기로 했다. 폭격이라도 맞아 오래 전 봉천학교처럼 불 탄 것은 아닐까 불안했다. 전투는 생각보다도 더 치열했던 모양이다. 거리 여기저기에 살이 찢기고 몸뚱이가 잘린 사람들의 시체가 널브러져 있어서 차마 눈뜨고 걸을 수가 없었다. 눈을 절반쯤은 감은 채 부지런히 걷고 있는데 갑자기 화염이 솟구치면서 집채만 한 인민군 탱크가 하늘로 번쩍 들렸다 내려앉는가 싶더니 곧이어 쿠아앙, 엄청난 굉음이 들렸다.

"아악!"

석근은 고막이 찢어질 것 같은 고통과 함께 얼마 동안 귀가 먹먹하고 아무것도 들리지 않았다. 석근은 두 손으로 양쪽 귀를 몇 번이나 틀어막았다 열었다를 반복했다. 다행히 먹통 같았던 귀가 조금씩 열려서 소리가 들렸다. 탱크가 폭격 당한 곳은 학교 쪽이다. 석근은 가까스로 일어나 몸을 잔뜩 움츠리고 모퉁이를 돌아 학교 쪽으로 빠르게 걸음을 옮겼다. 그때 등 뒤 골목 안쪽에서 강아지 않는 소리가 들렸다. 환청인가? 하며 귀를 두어 번 손바닥으로 막았다 열었다 한 후 걸으려는데 다시 신음소리가 들렸다. 골목 안쪽 소리 나는 데로 가보니 그곳에는 젊은 임산부가 헝클어진 머리로 피를 흘리며 쓰러져 있었다.

"이보시요, 이보시요? 정신 좀 차려 보시오!"

여인은 정신을 차리지 못하고 축 늘어져 있었다. 석근은 급한 마음에 젊은 임산부를 들쳐 업고 근처에 천막을 쳐서 간이로 만든 군인병원을 찾았다.

"미안합니다. 부상자가 밀려들어와서 남아 있는 병상이 없어요."

"응급처치라도 해주십시오. 임산부예요. 살려주십시오."

석근은 여군 간호병에게 사정했다.

"잠시만 기다리세요. 책상이라도 붙여서 병상을 만들어 보지요."

미처 병상이 마련되기도 전에 여인의 치마폭이 붉게 물들었다. '아악!' 여인의 비명소리에 달려온 간호병 몇 명이 여인을 들것에 실어 어디론가 옮겨갔다.

"당신이 이 환자의 보호자신가요?"

"네? 아…… 네, 제가 보호자입니다."

"사산하셨습니다."

"그랬군요. 그런데, 산모는, 산모는 어떤가요?"

"다행히 큰 부상은 없습니다. 약간의 화상과 파편으로 찰과상은 좀 입었지만 응급처치를 했습니다. 죄송하지만 병상이 없으니 잠시 쉬었다 돌아가셔야 할 것 같습니다."

"환자는 의식이 없는 상태인가요?"

"의식이 없는 건 아니고 기진해서 잠이 들었어요."

"아, 예, 환자가 깨면 데려가겠습니다."

"예, 그럼 수액이 다 들어갈 때까지만 주무시게 두지요."

얼떨결에 환자를 집으로 데리고 온 석근은 꿈을 꾼 듯 정신이 몽롱했다. 학교를 살피러 나갔다가 엉뚱하게 낯선 여인을 데리고 왔다. 석근은 차마 잠들어 있는 여인을 일으켜 세울 수가 없어 파리한 얼굴로 누워 있는 여인을 가만히 내려다봤다. '하루코!' 석근은 왜 그 얼굴에서 하루코를 떠올렸을까. 하루코도 낯선 나가사키에서 홀로 아팠겠구나. 홀로 가련히 쓸쓸하게 죽어갔겠구나. 석근은 또다시 가슴의 통증이 되살아났다. 원폭으로 온몸에 화상을 입고 죽어갔을 하루코를 떠올리며 눈을 질끈 감았다. 먼동이 틀 무렵 여인이 정신을 차리고 부스스 일어나 앉았다. 자기가 어디에 있는 건지 알 수가 없다. 한쪽 벽에 기대앉은 채 잠이 든 낯선 남자를 발견하고 깜짝 놀라서 벌떡 일어서려다가 아찔한 현기증으로 주저앉고 만다. 그 바람에 선잠에 들었던 석근도 놀라서 일어나 앉았다.

여인은 북쪽에서 남편과 둘이 피난을 내려오던 중 폭격을 맞았다. 곁에 있던 남편의 몸뚱이가 저만치 날아오르는가 싶더니 눈앞에서 사라져 버렸다. 피난민들도 혼비백산으로 흩어져버렸다. 한순간에 부상을 입고 혼자가 되어버린 여인은 어디로 가야할지 우왕좌왕 하다가 골목길 어디쯤에서 쓰러진 게 그녀가 가진 기억의 끝이었다. 그녀의 어느 모습이 하루코와 닮은 것일까, 석근은 그녀를 보면 볼수록 하루코가 떠올랐다. 그녀의 가녀린 모습, 슬픔에 젖은 모습, 애처로운 모습, 석근은 그녀의 모습에서 하루코를 생각했다. 남편을 따라 피난에 나섰던 여인은 남쪽 어느 곳에도 연고가 없었다. 석근은 그녀가 회복을 했지만 차마 내보낼 수가 없었다. 지켜주지 못한 하루코에 대한 죄책감 때문일까, 석근은 그녀에게 늘 애틋했다. 그녀의 이름이 한정란이라는 걸 알게 된 건 그녀가 석근과 함께 지낸 지 한참이나 지나서였다. 그녀의 성도 이름도 몰랐지만 그녀는 이미 석근의 마음 속에 잃어버린 하루코였고, 지켜주지 못했던 하루코였다.

정란은 살길이 막막해서 차라리 죽고 싶었다. 남편이 남겨준 그의 핏줄마저도 사산하였다. 이젠 삶의 의미가 없었다. 처음에는 눈에 들어오지 않았던 그가 점차 마음에 들어오기 시작했다. 가장 무섭고 외롭던 순간 그녀를 지켜준 따뜻하고 고마운 그 사람에게 자꾸 의지하게 되었다. 눈빛이 다정하고 슬픈 사람. 이유는 알 수 없지만 정란을 바라보는 그 사람의 눈이 슬프다. 슬픈 사람들은 서로를 알아보고 사랑하게 되어 있던가. 정란은 자신도 모르는 새 그를 깊이 사랑하게 되어 이제는 그를 떠날 수가 없었다.

총성이 멈추고 전쟁이 끝났지만 석근은 이제 집으로 갈 수가 없었다. 대신 돌아갈 곳이 없는 정란에게 머물러 있었다. 서로 말하지 않았지만 그들은 함께 같은 곳에 머물고 싶었고 헤어질 수 없는 사이가 되었다. 석근은 정란을 위해 단정하고 아름다운 한옥을 마련하여 밤이 되면 함께 눕고, 아침이 되면 함께 눈을 떴다. 정란이 정성스럽게 밥상을 차려 마루 끝에 놓으면, 석근은 그걸 번쩍 들어서 방으로 옮겨놓았다. 석근이 밥을 뜨면 정란이 생선살을 발라주었고, 먹다가 좋은 반찬은 슬쩍 정란 앞으로 밀어주었다. 정란은 석근에게 가족을 묻지 않았다. 석근이 한 번씩 오래 집을 비워도 언제 돌아올 지 채근하지 않았다. 석근이 돌아올 때는 반듯하고 얌전하게 다림질이 되어 있는 겉옷과 깨끗이 손질된 속옷으로 갈아입고 오는 것을 알지만 정란은 알은 체 하지 않았다. 본가 쪽에서도 자신의 존재를 알 터인데, 따로 묻거나 찾아오지 않는 그녀에게 미안했다. 명절 끝에 떡이며 반찬 될 만한 먹거리들과 빛이 고운 옷감을 따로 싸 보내는 본가의 그녀가 궁금했다.

준환

"그 동안 어머니 잘 모시고 잘 지냈느냐?"

"예."

방학을 맞아 오랜만에 집에 들른 석근이 준환을 불러앉혔다.

"이젠 찬환이가 없으니 네가 우리 집 장남이다. 네 책임이 막중하다. 네가 잘해야 동생들에게 본이 될 것이야."

"……."

"성적표는 가져왔니?"

"예."

"좀 보자."

준환은 무표정으로 성적표를 내어놓았다. 석근은 준환의 그런 냉랭함이 조심스럽다.

"성적이 좋구나."

"예."

"의학공부를 하고 싶다고 했지?"

"예."

"의학 좋지. 지금대로만 잘하면 서울대학도 기대해 볼 수 있겠구나."

의학은 원래 찬환이 하고 싶다던 공부였다. 찬환의 성품에 의학은 잘맞는 학문이다. 하지만 매사에 예민하고 신경질적인 준환에게 의학이 잘맞을지는 의문스럽다. 죽은 찬환의 영향이었으리라. 자기도 모르게 찬환의 빈자리를 채워야 하는 강박이 준환에게 있는 듯했다.

"고등학교는 대전에서 다니도록 해라. 대전고등학교를 목표에 두고 입학시험 준비를 해라."

"괜찮습니다. 여기서도 잘 할 수 있어요."

"어째 그러느냐? 예전 이 아비는 그 시절에도 할아버지가 서울로 유학을 보내주셨다. 그 시절에 서울 유학 보내주신 것만으로도 훌륭하셨지. 이 아비는 능력이 못되어 서울까지 보내주진 못하지만 아비가 있는 대전으로야 못 데려가겠느냐? 다른 걱정 말고 시험 준비나 열심히 하여라."

준환은 입술을 쑥 내민 채 대답하지 않았다. 종종 대전 심부름을 다녀오는 개돌이와 냉이 부부를 통해 들은 바로 짐작되는 것이 있다.

"왜 대답이 없는 것이냐. 네가 장남이라고 했질 않느냐. 네가 어떻게 하는지에 따라 네 동생들의 앞날이 달라진다. 더욱 학업에 정진하고, 집에 있는 동안 어머니 잘 모시고…….."

"싫습니다."

"뭐라?"

"싫어요. 그냥 여기서 어머니와 살면서 고등학교에 다니겠습니다."

"표정이 왜 그러니? 뭔가 불만이 가득하구나."

"차라리 서울로 보내주신다면 갈게요. 하지만 대전은 싫어요."

"서울로 보내주지 않아서 불만인 게냐? 아버지가 그만한 형편이 못 된다."

"왜요? 왜 아버지는 그런 형편이 못 되어요? 아버지는 왜 어머니와 저희들을 염두에 두시지 않는 건가요? 왜 우리가 쓸 재산은 하나도 남기지 않으셨나요?"

갑자기 빠르게 말을 쏟아놓는 준환에게 석근은 당혹스럽다.

"아버지는 왜 둘째 큰집 기환 형님네와 일환 형님네는 그 넓은 논과 과수원을 남겨주시고, 왜 우리를 위해서는 땅 한 귀퉁이 남겨주시지 않았나요?"

"흠…… 할아버지 유언이셨다. 땅은 농사짓는 아이들에게 물려주라고 하셨지."

"하지만 첫째 큰아버지는 농사를 짓지 않으시는 데도 땅을 가져가셨잖아요."

"그건, 네 할머니께서 원하신 일이다. 우리도 얼마간의 땅이야 있었지. 하지만 곧 농지개혁이 생긴 바람에…… 시절이 그랬다. 어지러운 시절을 보내고 보니 우리 몫의 땅이 남아 있지 않게 되었다. 하지만 그건 누구의 잘못도 아니질 않니."

"농지는 그렇다고 해도, 집은 왜 파셨나요?"

"그 집은 우리 식구에게는 너무 과했다. 너도 알지 않니?"

"아니요, 어머니가 그 집을 얼마나 아끼고 사랑하셨는지 아버지도 아시잖아요. 아버지는 어머니나 우리에게 집을 팔아도 좋은지 묻지 않으셨지요. 언제나 아버지 마음대로 결정하시고, 집값의 절반 이상 들여서 큰아버지께 방앗간을 마련해 주셨지요."

석근은 당황스럽다. 집을 비우고 있는 동안 아이들은 생각했던 것보다 훨씬 더 자랐고 삐뚤어졌다.

"어머니를 책임져야 하는 건 아버지잖아요. 아버지는 나 몰라라 하시면서 왜 책임은 저더러 지라고 하시나요?"

"네 어머니를 책임지라고 해서 이 야단인 게냐 지금?"

석근은 참고 있던 역정이 났다. 공연히 민망해져서 준환의 말꼬리를 잡았다.

"저는, 그냥 제 인생을 살 겁니다. 아버지가 제 인생을 규정짓지 말아요."

당돌하고 맹랑한 녀석이다. 석근은 오래 전 동경에서 돌아와 사랑에서 아버지 오 영감과 언쟁을 벌이던 그날 밤의 일이 떠올랐다. 준환의 앙다문 입매와 미간을 찌푸린 말간 얼굴 위로 젊었던 자신의 모습이 겹쳐 보였다.

"그래서, 대전으로는 영영 오지 않겠다는 말이냐?"

준환은 차마 대전으로 가고 싶지 않은 진짜 이유를 말하지 못했다. 석근도 준환이 차마 말하지 못하는 그 이유를 모를 리 없다.

"네 말대로 네 인생의 목표에 중점을 두고 생각해 보아라. 그저 충동적인 반항심으로 네 인생을 쉽게 결정짓지는 말라는 말이다. 사는 건 네가 생각하는 것처럼 그렇게 간단치가 않다."

"생각해 보겠습니다."

준환이 아버지와 함께 있는 동안 승환과 은환이 마당에서 놀고 있었다.

"오빠, 대전에 아버지 시앗이 있다는 말이 참말이야?"

"뭐? 시앗?"

"응, 아버지가 대전에서 오시지 않는 건 거기에 시앗을 숨겨두었기 때문이라던데?"

"누가 그러든? 어떤 이가 그런 말을 했어?"

승환이 은환을 윽박질렀다.

"동네 사람들이 빨래터에서 하는 말 들었어. 근데 시앗이 뭐야?"

승환은 차마 은환에게 대답하지 못하고 눈만 허옇게 치떴다.

"시앗이 뭐냐고? 꽃씨 같은 건가?"

"나도 몰러, 지즈배야."

승환은 화가 나서 은환을 밀쳤다. 은환에게 화가 난 것이 아니라 차마 은환에게 아버지가 숨겨두신 시앗이 무엇인지를 말해줄 수가 없어서 화가 났다.

"으이씨, 맨날 나더러 지즈배래. 내 이름이 따로 있는데 왜 자꾸 날더러 지즈배라는 거야? 오빠들 다 미워. 큰 오빠는 맨날 골이 나 있고, 작은 오빠는 나한테 욕만!"

"시끄러 지즈배야."

승환이 이번에는 은환의 머리를 세게 쥐어박더니 마당 건너 별채 방으로 들어가 문을 세게 닫았다. 은환은 별채 방 쪽으로 사라진 승환에게 눈을 흘겼다.

"씨이, 시앗 미워! 그것 때문에 아버지가 집에 오시지도 않고! 그런 아버지를 하늘처럼 떠받드는 엄마도 미워!"

"어머니 듣는 데서는 그런 말하지 마라."

준환이 어느 틈에 나왔는지 은환의 등 뒤에서 점잖게 나무랐다. 은환이 깜짝 놀라 준환을 돌아보는데 준환 역시 은환은 쳐다보지도 않고 별채 방 툇마루를 오른다.

"쳇, 이 집에서는 아무도 나한테 관심이 없다니까."

방학 중이라 준환은 책 보따리를 싸 들고 아버지와 함께 대전 집으로 갔다. 어머니까지 나서서 아버지 말을 거역하지 말라고 하니 어쩔 수 없었다. 아니, 어쩌면 그런 어머니에게 더 화가 나서 당장 보따리를 쌌다. 어머니도 핑계 김에 함께 대전 집에 들러볼 법도 한데 어머니는 그럴 생각이 없다. 어머니가 그러니까 아버지가 더 당당한 것 같아 화가 났다. 화가 나서 어머니께 인사도 않고 집을 나섰다. 준환이 개돌이 편에 이불 보퉁이와 책 보따리를 맡기고 책가방만 챙겨 대전 집 마당에 들어서니 누군가 행주치마에 손을 닦으며 반갑게 달려 나와 준환을 맞아주었다. 말로만 듣던 대전여자다. 대전여자는 어림잡아도 어머니보다 열 살은 족히 어려 보이는 데다가 정다운 인상으로 사람을 끄는 면이 있다. 준환은 대전여자를 보자 어머니를 떠올리며 어머니께 작별 인사도 하지 않고 떠나온 것을 후회했다.

"이 방이죠?"

준환은 공연히 심통이 나서 대전여자에게 뿌루퉁한 얼굴로 꾸벅 고개 한번 숙여 보이고는 방으로 들어가 문을 닫아버렸다.

"저는 이만 가 볼게유."

"저녁 다 되었는데, 저녁 드시고 가시잖고요."

대전여자는 개돌이에게조차 상냥하고 싹싹하다.

"아뉴, 서둘러 가야 해거름에 닿겠는걸유."

개돌이가 대문을 닫고 떠나는 소리가 들리자 준환은 갑자기 외로워졌다.

승환

한 뱃속에서 나왔어도 승환은 준환과는 판이하게 다르다. 말 없고 조용한 준환에 비해 승환은 퉁명스럽고 생각한 것이 있으면 속에 품어두지 못하고 툭툭 뱉어내야 직성이 풀리는 괄괄한 성격이다. 고등학교를 마친 승환은 스스로 생각해도 자기는 공부할 머리가 아니라는 생각이 들자 봉임에게 그 뜻을 말했다. '오래 두고 생각하는 것만 옳은 것도 아니고 다 자기 생긴 대로 사는 것이지.' 봉임은 그런 생각으로 승환이 하는 대로 그냥 두고 보는 편이다.

"나는 대학교 안 가요. 기술 배울래."

"맘대로 하려무나. 네 생각이 그렇다면 그렇게 해야지. 내가 말린다고 네가 듣겠냐, 내가 하란다고 네가 억지로 하겠냐. 그러니 네 맘대로 혀."

봉임이 막상 그렇게 나오자 승환은 조금 섭섭했다. 공부에 뜻이 없는 건 사실이지만 두말없이 그러라는 것이 준환과 차별하는 것 같다. '치이, 형님이라도 그랬을까. 어머니한테는 그저 형님만 자식이라니까.' 승환은 공연히 뿌루퉁해졌다.

"아버지께는 네가 말씀 드려라. 내가 아는 게 옳으니 네 생각을 바로 전하기도 어렵고. 네가 직접 말씀 드리는 것이 낫지 않겠니."

승환은 대전 집 마당에 들어서자마자 대청마루에서 민환의 재롱에 흠뻑 빠져 함박웃음을 웃고 있는 석근을 봤다.

"쳇."

승환은 그런 아버지를 보며 저도 모르게 입이 불쑥 나왔다. 석근은 늦게 얻은 막둥이 민환의 재롱에 도끼자루 썩는 줄 모르는 신선놀음이다. 석근은 젊어서 얻은 자식들은 귀한 줄 모르고 키웠다. 늦게 얻은 민환을 키우면서 처음으로 자식 키우는 재미를 솔솔 느꼈다. 승환이 대전까지 찾아와 대학 진학을 하지 않겠다는 말을 하자 석근도 그저 성에 차지 않는 자식을 향해 미간을 한번 찌푸려 보일 뿐 별다른 말이 없다. 승환의 성미에 펄펄 뛰며 반대를 했어도 성이 났을 테지만 막상 모두 별말 하지 않고 용인하는 것 같아 그것도 적잖이 섭섭하다. 아버지 무릎에 앉아서 까르륵 까르륵 웃음을 터뜨리고 있는 어린 동생 민환이 공연히 밉살스러워 슬며시 눈을 한번 흘겼다.

"기술을 배울 데는 알아두었니?"

"예, 서울에서 기계 설비 기사로 일하는 학교 선배가 있어요. 그 선배가 소개하는 곳이에요."

"그래? 선배랑 얘기는 다 되었고?"

"예, 아버지만 허락하시면."

"뭐든지 한번 마음을 먹었으면 끝을 볼 때까지 열심히 하여라. 공연히 기분에 들떠서 시작만하고 하다가 멈추면 시작하지 않은 것보다 나을 것이 없어."

승환은 자기를 믿지 못하는 아버지에게 슬며시 입을 비쭉였다.

"내 말을 알아들은 거냐?"

"열심히 할 거예요. 누구보다 열심히 기술을 배워서 대한민국 최고의 기계설비기사가 될 거예요."

'그래서 아버지 어머니나 잘난 척하는 준환의 콧대를 납작하게 해주겠다.'는 말은 속으로 삼켰다. 석근은 마주 앉은 승환을 벌써 잊었는지 무릎 위의 민환을 어르며 민환이 재롱을 부리는 대로 벙싯거렸다.

'저 밉살스런 놈' 승환은 다시 한 번 민환에게 슬며시 눈을 흘기며 자리에서 일어섰다.

"저, 가 볼게요."

"밥 다 됐어, 밥 먹고 가. 생선 좋아한다고 해서 생선도 한 마리 구웠는데."

운동화 끈을 매고 있는 승환에게 대전여자가 부엌에서 달려 나오며 말했다. 승환은 대전여자의 말투를 들으며 아버지가 왜 그녀를 좋아하는지 알 것 같다.

"늦었어요."

"저녁 먹고 놀다가 하룻밤 자고 가. 여기도 승환이 집인 걸?"

'여시 같은 여편네.' 승환은 속엣 말을 누르며 무뚝뚝하게 말했다.

"아니요, 밥은 집에 가서 먹어야지요. 생선은 아버지나 드리세요."

승환의 속내를 눈치 챈 정란도 승환에게 더 말을 잇지 않았다. 석근은 채신없이 민환을 품에 안고 대청마루 끝에 서서 승환을 배웅했다. 남들이 보면 마치 손자를 안고 있는 할아버지로 보일 것 같다.

"차 조심해서 가거라. 어머께는 일간 내가 한번 갈 테니 그때 네 문제를 두고 상의하자고 전하려무나."

"조심해서 가고, 담에 또 와."

대전여자는 진심으로 섭섭한 모양인지 승환을 대문간까지 좇아 나오며 정답게 말했다. 그녀의 그런 면이 승환에게는 더 부아가 났다. 정란은 대문간에 서서 멀어져 가는 승환의 뒷모습을 말없이 바라보다가 깊은 한숨을 쉬었다.

"오랜만에 아버지하고 겸상으로 저녁도 먹고 하룻밤 자고 오지 그랬니."

승환의 속을 모를 리 없지만 봉임은 저녁도 먹지 않고 집으로 돌아온 승환을 짐짓 나무라며 된장찌개를 새로 데웠다.

"어머니!"

"뭐!"

"아니에요, 아무것도."

"싱거운 놈."

"어머니는 대전여자가 밉지도 않아요?"

"쯧, 대전여자가 뭐여, 대전여자. 아버지랑 사시는 분헌티!"

"아아, 답답해. 그럼 뭐, 작은 어머니라고 부를까? 난 어머니의 이런 점이 답답해서 미치겠어. 나는 아버지가 왜 대전여자한테 빠졌는지 알 것 같다니까."

승환은 양말을 벗고 펌프질을 해 대야에 물을 받으며 성질을 부렸다. 승환의 마음을 모를 리 없는 봉임이다. 그렇다고 아들 앞에서 남편을 흉볼 수는 없었다. 봉임은 가만히 왼손 약지에 끼워진 금반지를 어루만졌다. 지난해에 강 씨가 임종을 앞두고 봉임의 손가락에 직접 끼워준 반지다.

"애썼다. 너 애 많이 쓰고 산 거, 여태도 애쓰고 사는 거, 안다. 너한테는 그저 다 미안하고 고맙다."

마지막 말을 마친 강 씨는 자신이 끼고 있던 금반지를 봉임의 손가락에 끼워 주었다. 반지는 거짓말처럼 봉임의 손에 딱 맞았다. 이런 날에는 죽은 강 씨가 몹시 그립다.

삶은 언제나 모순의 연속

서울에서 직장을 다니던 승환이 좋아하는 사람이 생겼다며 여자를 데려왔다. 같은 회사에 다니는 여자였다. 무뚝뚝한 인상에 싹싹해 보이진 않았지만 손끝은 여물어 보였다.

"저는 여자 인물 안 봐요. 그저 아이들 잘 키우며 살림 잘하는 여자면 그걸로 좋아요."

"누가 뭐라냐."

"작년 여름에 직원들이랑 현숙이 집에 놀러 간 적이 있는데, 그 집 마루가 유리알처럼 반들거렸어요. 그런 집 딸이면 더 볼 것 있나요? 여러 사람이 몰려갔는데 금세 국수를 한 소쿠리나 삶아서, 잘 익은 김치로 썩썩 버무려 한 상이나 차려냈는데……."

승환은 공연히 말이 길다.

"여자가 그거면 됐지요. 누구처럼 인물만 좋아 멀쩡한 사람 홀리는 여자는 당최 싫어요."

승환은 자꾸만 누구를 들먹였다. 승환에게 보이지 않는 상처가 있는 건 당연했다.

"손끝 야물면 됐지. 회사에서 큰돈을 관리하는 사람이니 살림을 오죽 잘하겠니."

욕심이 좀 있어 보이고 뚱한 인상이지만 봉임은 말하지 않았다. 승환의 짝이 될 사람이니 승환의 마음에 들면 그걸로 족했다. 봉임은 누구든 좋다는 대로 짝을 맞춰줄 생각이다. 다만 승환과 현숙이 아현동 변두리 쪽방에서 달랑 사과 궤짝 하나만 부엌 아궁이 옆에 엎어놓고 신접살림을 꾸리는 것이 안됐다. 그 옛날 고래등 같은 기와집으로 시집와 살았던 봉임으로서는 가슴이 아팠다. 병원에서 레지던트로 근무하고 있던 준환이 큰맘 먹고 신랑예복으로 양복 한 벌과 신랑 신부 나눠 낄 금반지 한 쌍을 마련해 주어서 그나마 마음이 조금 나았다. 봉임은 가장 노릇 해주는 준환이 고마웠다.

현숙은 친정에서 배워온 재봉질로 웬만한 이부자리는 물론이고 벽에 걸어둔 옷가리개며 커튼까지도 척척 솜씨 좋게 만들어냈다. 솜씨 좋고 야무진 건 둘째가라면 서러운데 욕심이 많고 자린고비에 저희들 둘밖에 몰랐다. 봉임을 찾아올 적에도 과일 한 봉지 사 들고 오는 법이 없다. 봉임은 그걸 없는 살림에 한 푼이라도 더 모으려는 마음으로 갸륵하게 여겼다. 혹여 은환이 그걸 두고 입을 비쭉일 적에도 오히려 은환을 나무랐다. 승환을 짝 맞춰놓으니 금세 아이를 가져서 이듬해에 떡두꺼비 같은 아들 세욱을 낳고 그 다음해에 둘째 세건을 낳았다. 어느새 나이배기 처녀가 된 은환에게도 좋다는 짝이 생겼다. 전쟁 때 부모를 잃고 친척집에서 자랐다는 강경수는 따로 승낙 받을 부모가 없으니 혼인 말이 나오자마자 바로 날을 잡았다. 준환은 병원 일이 바빠서 스스로 집에 내려오는 일은 거의 없고 어쩌다 큰맘 먹고 봉임이 서울 나들이를 해야 겨우 한 번씩 얼굴을 볼 수 있었다. 중학교 졸업하면서 집을 떠나 있던 기간이 길었기 때문에 준환은 자식인데도 서먹하고 어려웠다. 준환은 은환의 결혼 말에도 별 말없이 고개만 끄덕였다. 승환이 유난스러울 만치 인물 고운 여자는 못쓴다는 것도, 준환이 당최 결혼 생각이 없는 것도 모두 부모가 못난 탓인 것 같아 봉임은 속이 상했다.

"부모가 없고 가진 게 없다는 게 조금 걸리지만 사람이 성실하고 싹싹하니 은환이 마음고생 시킬 일은 없을 거예요."

마치 남의 말 하듯 하는 준환의 얼굴은 이전보다 더 핼쑥했다. 봉임은 준환의 말을 흘려 들으며 준환의 업무가 과중한 것은 아닌지 염려스러웠다.

"밥은 잘 챙겨 먹고 다니는 거지?"

"그럼요. 염려 마세요."

"잘 먹는디 얼굴이 왜 그려. 잠을 못 자나?"

"다들 그래요. 그렇게 견디는 거예요."

"근디…… 넌 당최 결혼 생각이 없는 겨? 은환이꺼정 결혼하는 마당에."

"아직은 결혼 생각이 없네요."

역시나 준환은 결혼할 생각이 조금도 없는 모양이다.

"별 사람 있니. 만나서 살다 보면 정들고 그러는 거지."

"나중에, 결혼 생각이 들면 그때 말씀 드릴게요."

"그려, 결혼을 아주 하지 않을 작정은 아닌 거지?"

"글쎄요, 결혼 자체에 대해 생각해 본 적이 없어서."

준환이 딱 잘라 결혼을 하지 않겠다고 엇나가지 않은 것만으로도 봉임은 마음이 놓였다.

"그려, 그럼 은환이 결혼식에서나 보겠구나."

말을 마치고 자리에서 일어나 휴게실을 나서려는 준환이 불쑥 봉투 하나를 내밀었다.

"아이구, 웬 거여?"

"얼마 안 돼요."

"너까지 보태지 않아도 돼. 사돈네도 없어서 한쪽 집안끼리 모여서 식 올리는 걸 머."

"그래도 장롱이랑 이불은 해주셔야 할 것 아니에요."

준환은 대책도 없으면서 무조건 마다하는 봉임이 짜증스럽다. 석근이 나이 들어 벌이가 없긴 하지만 그렇다고 주는 대로 넙죽넙죽 받기도 염치가 없는 봉임이다.

"미안혀서 그러지. 너 애쓰고 번 돈인디."

승환은 자라면서 툴툴거리며 종종 불만을 터뜨렸고 한 번씩 봉임 가슴에 대못 박는 소리도 하지만 적어도 그 소리를 하는 승환의 속은 훤히 보여서 덜 답답했다. 준환은 자랄 적에도, 다 자란 후에도 그 속을 알 수가 없다.

세월은 점점 더 빨리 흘러갔다. 승환의 아이들 세욱과 세건이 벌써 훌쩍 컸고 은환도 결혼하더니 금세 딸을 낳아 잎새라는 이름을 지었다. 강 서방이 벙싯거리며 아이 이름이 잎새라고 했을 때 봉임은 오래 전 오 영감이 이름이 없던 아이들에게 능금이, 냉이로 이름을 지어주었던 일이 생각나 빙긋 미소를 지었다.

"그려, 이름 잘 지었구먼."

준환은 여전히 결혼할 생각 없이 대학에서 연구교수로 있었다. 준환은 어쩐지 남 같아서 식구들이 모인 자리에서도 따로 돌았다. 어디에 내놓아도 자랑스러운 아들이지만 점점 더 멀게만 느껴졌다. 표정 없는 준환이지만 은환의 딸 잎새의 재롱에는 옅은 미소를 떠올리며 아이의 고사리 손을 쥐었다 놓았다 한다. 그걸 보며 봉임은 아주 결혼생각이 없지는 않는 모양이라고 짐작만 했다. 은환이 잎새 밑으로 낳은 아들 열매의 첫돌을 맞아 식구들이 모였다. 가족이 없는 강서방은 처갓집에서 잔치를 벌였다. 봉임도 그런 강 서방이 정겹고 고맙다. 늘 바쁘다는 준환에게는 차마 내려오라고도 못했는데 생각지도 않게 준환까지 내려와 모처럼 집안이 꽉 찼다.

"용케 시간을 냈네? 바쁜 사람이라 부를 염도 못했는데."

기름 냄새 풍기며 전을 부치던 봉임이 행주치마에 손을 문지르며 일어나 준환을 맞았다.

"겸사겸사 어머니께 드릴 말씀이 있어서요."

생전 따로 무슨 말을 하지 않던 준환이 뭔가 드릴 말씀이 있다는데 봉임은 벌써 가슴이 쿵 내려앉았다.

"세건 에미야, 전 좀 뒤집어라. 타것다."

"예에."

다른 데 있던 현숙이 쪼르르 달려와 프라이팬 앞에 자리를 잡는 걸 보고 봉임도 건넌방으로 들어가 앉았다.

"무슨 일이여?"

"저, 미국 가게 됐어요."

"미, 미국? 미국이라면 여기서 꽤 먼 데잖여?"

밖에서 열매가 무슨 재롱을 떨었는지 식구들이 와그르르 웃는 소리가 들리지만 봉임에겐 그 소리가 환청처럼 멀다.

"예, 지구 반대편에 있어요."

"어휴! 그렇게 먼 데면, 거긴 비행기를 타야 가것다?"

"예, 비행기 타고 일본에서 한 번 갈아타고도 오래 가야 해요."

"그 먼 델……."

"거기 뉴욕에 있는 슬론 케터링 병원에 연구원으로 가게 되었어요. 우선은 5년 계약으로 가는 건데, 연구라는 게 시간을 길게 두고 하는 거라, 아무래도 계약 연장하게 되지 싶어요."

"……."

"섭섭하세요?"

"휴우! 서울만 혀도 큰맘 먹어야 겨우 한 번씩 보는디. 그 먼 데를 가면……."

"……."

승환 같으면 그런 계획이 있을 때 미리 말을 했을 터지만 준환은 그런 아이가 아니다. 이미 가기로 다 결정이 된 상태라 누가 말린다고 말려질 일이 아닐 터였다.

"그려, 내일 열매 돌잔치에 늬 아버지도 오신다고 했으니 그때 아버지께 말씀 드려라."

"예."

봉임은 수수깡처럼 부스스 일어서며 혼잣말을 했다.

"근디, 비행기를 타고 그 높은 데를 날아가려면 어지럽지나 않을까 몰러."

건넌방에서 나와 잔치에 쓸 그릇들을 챙기는 봉임은 정신은 어디 먼 데 가 있고 자꾸 콧물만 훌쩍였다.

잘 가요, 내 사랑

미국으로 떠난 준환은 10년을 연구원으로 있다가 연구 총괄 책임
자가 되면서 아예 눌러앉기로 했다. 마주 앉아서 얘기해도 가타부타
말할 수 없는 봉임이지만 준환은 그 얘기를 아무렇지도 않게 전화기
에 대고 했다. 봉임은 담담히 "그러냐?"고 들어 넘겼는데 그 말에 펄
펄 뛰며 성을 내는 건 오히려 승환과 은환이다.

"형은 자기가 장남이란 걸 잊은 모양이지요?"

"아니, 큰오빠는 엄마를 이대로 혼자 살게 두겠다는 거야?"

승환이나 은환의 마음도 모르는 바는 아니다. 장남의 부재로 얼결
에 나누어 가진 봉임에 대한 책임이 승환이나 은환을 부담스럽게 했
을 터였다. 그런 저런 눈치에 봉임은 괘씸했다.

"내가 괜찮다는데 늬들이 왜 난리여."

그래서 더 큰소리로 역정을 냈다. 생전 큰소리를 내지 않던 봉임
의 행동에 승환과 은환이 찔끔하고 물러섰다. 두 아이들이 괘씸한

것도 있지만 어떻게든 준환을 향한 원망을 돌려볼 생각에 봉임은 일부러 더 큰소리를 냈다. 냉정하게 나가서 따로 사는 준환도 아픈 손가락이다.

"내 걱정들 말어. 늬들이 나를 업신여기나 본데, 나는 절대로 늬들 덕 볼 생각 없다. 혼자 있어도 굶진 않을 테니 걱정 말어라. 늙은이가 먹으믄 을마나 먹것냐. 늬 아버지가 사준 집에서 늬 아버지가 사주는 쌀로 내 끼니는 내가 해결해."

어느새 머리 굵어졌다고 어른시늉을 해가며 어미를 가르치려고 드는 자식들이다. '섭섭하기로 치면 내가 즤들만 못헐까.' 봉임은 말 없는 속내를 눌러 내렸다.

"누가 그렇대요? 엄마도 인제 연세가 있으니까…… 우리가 하룬들 마음 편한 줄 아세요? 그렇다고 작은 오빠가 엄마를 모실 뜻이 있는 것도 아니고."

은환은 오히려 섭섭하다는 듯이 봉임을 흘깃거리며 은근히 승환 댁 쪽으로 화살을 돌렸다.

"아가씨, 말씀 이상하게 하시네. 저흰 뭐 사정이 없는 줄 알아요? 달랑 방 두 칸짜리에 사는데 아이들 공부방은 있어야 하잖아요. 요즘 대학가는 게 보통 일이에요? 사실 우리가 한 푼 도움 받은 것도 없고, 온전히 저희 둘이 허리띠 졸라매고 산 덕에 겨우 이만큼이나 하고 사는 거 아가씨도 알잖아요."

현숙이 뿌루퉁해서 은환에게 섭섭함을 드러냈다.

"다들 시끄럽다! 너희들 준환이가 장남자리 팽개치고 내뺐다고 그러는데, 차라리 준환이가 솔직하구나. 장남 노릇 싫다고 떠나간 준환이가 늬들보다 솔직해. 아닌 척하면서도 나를 책임지기 싫은 거잖니, 늬들. 아까도 말했지만 나는 내 힘으로 산다. 넉넉하진 않아도 내 몸 하나 건사하는 건 충분허니께. 염려들 말고 썩 돌아가!"

승환네와 은환네가 코가 쑥 빠져서 집으로 돌아간 후 빈집에 홀로 남은 봉임은 오랜만에 담배에 불을 붙였다. '저것들, 준환이가 미국에 눌러앉는다고 했다고 저 난린데, 거기서 파란 눈의 코쟁이 색시를 만나 결혼한다는 말까정 하믄…….' 봉임은 담배연기를 길게 뿜어내며 혼잣말을 했다.

봉임은 일찍 잠이 깨서 준환이 보내온 결혼식 사진들을 다시 꺼냈다. 번듯하게 잘생긴 아들이 사진 속에서 서양 인형처럼 예쁜 신부와 나란히 서있다. 한 번도 만나보지 못한, 말 한마디 나눠보지 못한 그녀의 사진을 보면서 봉임은 준환이 어떤 마음으로 그녀를 선택했는지 알 것 같다. 봉임은 사진 속의 빙긋이 웃는 준환과 동그랗고 푸른 눈의 신부 얼굴을 만지고 또 만졌다.

"준환아, 네 얼굴에 웃음이 도니 나는 좋다."

그때 갑자기 전화벨이 울렸다. 새벽에 울리는 전화는 언제나 불길하다.

"여보세유?"

"……."

"여보세유? 말씀을 하세유."

"저……."

봉임은 한 번도 전화통화를 한 적 없는데도 떨리는 그 목소리가 누군지 단박에 알 수 있다.

"대전이에요."

대전이라는 단어는 언제나 가슴이 아프다. 대전이란 말에 이번에
는 봉임이 말을 못한다.

"듣, 듣고 계시죠?"

아직 들은 말이 없는데 봉임은 벌써부터 가슴이 두근거렸다.

"애들 아버지께서 쓰러지셨어요."

봉임이 그 자리에 털썩 주저앉고 만다.

"좀, 와주셔야겠어요."

"병원에 계신가?"

"예, 대전역 앞 큰길에 있는 병원이에요."

"내, 날 밝는 대로 감세."

전화기를 사이에 두고 두 여인이 한동안 사시나무 떨듯 떨었다.

석근은 뇌졸중이다. 혀가 굳어 말이 나오지 않고 팔 다리가 움직
이지 않자 겁이 난 석근은 봉임을 찾았다. 석근은 왜 가장 불안하고
두려운 그 순간에 정란이 아닌 봉임을 찾았을까. 정란은 되도록이면
병실에 있지 않으려고, 봉임의 눈에 띄지 않으려고 노력했다. 석근
의 소변통을 비우고, 쓰레기통을 비우고, 꽃병에 물을 갈고, 냉장고
를 정리하며, 공연히 창문을 열었다가 닫고, 잠시도 가만히 있지 않
았다. 그런 정란의 번잡한 마음을 석근은 모르는 것인지 가만히 손
을 뻗어 말없이 앉아 있는 봉임의 주름진 손을 잡았다. 석근은 그렇
게 봉임의 손을 잡고 병실 천장에 눈을 둔 채 아무 말 없이 반나절씩
보냈다. 봉임도 그냥 손을 잡힌 채로 아무 말 없이 앉아 있었다.

병원에서는 더 할 일이 없으니 퇴원할 것을 권했다. 언제나 든든

한 기둥 같던 석근이 눈앞에서 흔들리는 것 같아 가슴이 아려오지만 정란은 그 슬픔을 드러낼 수 있는 입장이 아니었다. 그만한 눈치가 없을 봉임이 아니다. '억지로 참지 말라고, 의연하려고 애쓰지 말라.'고 말해주고 싶지만 아무 말도 하지 않았다. 그냥 모르는 척해주는 편이 나을 수 있다.

퇴원해야 한다는 말에 석근의 눈빛은 어린 송아지 같다. 병원에서 별달리 해줄 수 있는 게 없다는 말이다.

"서, 성, 성환으루······."

"성환으로 가시고 싶어유?"

봉임이 묻자 석근이 고개를 끄덕였다. 병실 한쪽에서 허드렛일을 하고 있는 정란도 들었을 터인데 아무 말이 없다. 석근의 소식을 전하자 아이들은 또 한바탕 난리를 피웠다. 혹시 정란이 석근의 병수발이 싫어 봉임에게 떠넘기는 건 아닌지 아이들은 분개했다. 아이들의 마음을 이해하지 못하는 건 아니면서도 봉임은 자식들에게 섭섭했다.

"아버지께서 그걸 원하셔. 난 아버지 원하는 대로 해드리고 싶다."

봉임은 거두절미로 자식들 앞에 자신의 의사를 분명하게 밝혔다. 그럴 때 봉임이 고집불통으로 보였다.

"오래 나가 계셨잖니. 이젠 돌아오실 때도 됐지."

그런 봉임에게 자식들은 덧붙일 말이 없다.

성환 집으로 온 석근은 마당을 왔다 갔다 걷고, 앉아 있을 적에도 손가락을 하나씩 꼽으며 운동을 했다. 말이 어눌해지긴 했지만 못 알아들을 정도는 아니다. 봉임은 봄이 되면서부터 몸에 좋다는 약초를 직접 캐거나 구해다가 정성을 다하여 반찬으로 만들고, 약으로 달이고, 차로 끓여 마시게 했다. 새벽마다 교회에 가서 온 마음과 정성으로 남편을 위해 기도했다. 평생을 두고 끊지 못하던 담배는 석근에게 나쁜 영향을 미칠까봐 딱 끊고 입에 대지 않았다. 봉임은 아주 오랜만에 전에 느꼈던 그 행복감을 느꼈다. 자신에게 주어진 그 시간이 감사했다. 날씨 좋은 날에는 대청마루에 마주앉아 겸상으로 밥을 먹고, 저녁을 먹은 후에는 석근의 불편한 몸을 부축하여 천천히 동네를 한 바퀴 산보하는 것만으로도 좋았다.

시월 하순경부터 시작한 재활 노력이 이듬해 봄이 가고 여름이 가고 다시 가을이 왔을 때쯤까지도 성과를 보여주지 않았다. 석근은 점점 쇠약해져 가고, 쓰지 못하는 팔과 다리는 점점 굳어져갔다. 봉임이 아무리 정성을 다해도 석근은 점점 더 입맛을 잃었다.

"좀 어떠셔요?"

"아무래도…… 내년 봄까지는 어려우실 것 같네."

한 번씩 걸어오는 정란의 문안 전화에 신통한 대답을 줄 수 없는 게 미안했다. 저녁을 먹은 후 마당을 한 바퀴 돌고 숨이 차서 대청마루 끝에 걸터앉은 석근에게, 막 설거지를 마친 봉임이 다가가 앉자 석근이 봉임을 돌아보며 입술을 달싹거렸다.

"미…… 안!"

"미안하시우?"

석근은 고개를 끄덕였다.

"지한테 미안하시우? 아님 대전 그 사람한테?"

"다…… 둘 다. 둘 다헌테. 자네한테…… 더 마이 미안해……."

"지한테 더 많이?"

석근은 또 고개를 끄덕였다.

"아니 왜? 나보다 그 사람이 더 좋다고 둘이 사시더니?"

봉임은 슬슬 석근을 놀리는 재미가 붙었다.

"자네, 마음 마이 아프게 해써…… 내가. 자네가 마이 서, 서럽고 외로웠을…… 거야."

봉임은 아무 말 않고 먹먹한 가슴으로 어느새 깜깜해진 하늘의 별을 올려다 볼 뿐이다.

"절머서는 그, 그걸 모, 몰라써. 내, 내가 그 마, 마음까지 헤아리질…… 못해써."

"그게 미안하시우?"

하늘의 별에 눈을 둔 채 봉임이 물었다. 석근은 또 고개를 끄덕였다.

"나는 그냥 당신이 좋아유. 그냥 내 서방님인 게 좋았구, 애들 아버지인 것이 좋았어유. 당신이 그저 당신 자리에 머물러 계시기만 했어두 좋았어유. 그거믄 됐지. 내가 평생을 당신 곁에서 좋았으믄 됐지."

봉임은 혼잣말하듯이 자신에게 석근이 어떤 의미였는지 담담하게 말했다. 봉임의 나직한 목소리에 석근은 눈물을 흘렸다.

"처음 동경서 오셨을 적에 시상에, 그렇게 반듯허게 잘 생긴 남정네가 내 서방이라는디. 내 복에 어찌 저런 분을 만났을까. 살면서 원망스럽기도 허고 서운허기도 혔지만 그래도 당신이 내 남편이라 평생 행복했었시유. 대전? 당신이 대전에 있었던 거? 그래도 내 남편인디 뭘. 암만 대전에 있어 봐유, 그런다고 내 남편이 아닌가? 그런다고 내가 낳은 아이들 아버지가 아닌가? 그러니까…… 미안해 말어유. 난 이제 당신이 편안하시믄 좋것네.”

석근이 손을 뻗어 봉임의 손을 꼭 쥐었다. 한 손을 석근에게 맡긴 채 봉임이 말했다.

“당신 마음 어디 둘 데 없었든 거 다 아는디 뭘. 그랬어도 당신은 한 번도 나한테 함부로 대하지 않았어유. 대전 그 사람을 처음 보았을 때 나는 단박에 알았시유. 당신이 왜 그 사람을 버릴 수 읎는지. 닮은 데가 읎는 것 같으면서도 묘하게 닮았드라니께. 당신 가슴에 평생 남아 있는 그 사람을 여태두 잊지 못하고 있구나…… 따지고 보면 당신은 나보다도 대전 그 사람헌티 더 미안하셔야 해유.”

정란의 얘기가 나오자 석근은 어깨를 들썩이며 울음을 참느라 애를 쓴다.

“에유, 밤공기 찬데 들어가십시다. 밤바람에 자꾸 눈물 흘리시다가 고뿔 들것네.”

봉임이 석근을 부축하여 방으로 들어갔다. 봉임이 직접 손바느질로 마무리 한 보송보송하고 빛이 고운 이부자리를 깔고 새로 속을 넣고 풀 먹여 다듬이질 잘한 베갯잇으로 두른 베개를 반듯하게 놓아주고 석근에게 가볍고 포근한 이불을 조심스레 끌어올려 주었다.

“아이구머니나! 늦잠을 잤구먼. 아침쌀을 못 안쳐서 워쪄.”

늦잠을 자고 난 봉임은 화들짝 놀라 일어나 앉으며 제일 먼저 석근이 먹을 아침쌀을 안치지 못한 것부터 염려했다.

"여보, 시장해도 조금 참으슈. 내가 얼른 쌀 씻어 안치……."

봉임은 말하다 말고 석근이 이상했다.

"여, 여보? 눈 좀 떠 봐유."

봉임이 석근의 얼굴을 다시 건드려 보지만 석근은 꿈쩍도 하지 않았다. 석근의 두 뺨도 가슴도 아직 따뜻하다.

대전아이 민환

잎새는 빈소에 놓인 외할아버지 석근의 영정 사진을 물끄러미 바라보았다. 외갓집에는 신비로운 인물들이 셋 있었다. 살아계시기는 하지만 외갓집에 살지 않고 명절에나 한 번씩 계시는 외할아버지가 그 하나였고, 실제로 본 적은 없지만 할머니가 한 번씩 자랑스레 보여주는 사진 속 인물인 외삼촌 준환이 두 번째였다. 마지막으로 식구 중 누구에게도 함부로 물어서는 안 되는 '대전아이'가 있었다. 특히 대전아이는 직접 보지도 못했고 사진으로도 보지 못했으며 언제나 현숙과 은환의 귓속말이거나, 잠결에 설핏 흘려듣는 어른들의 소곤거림 속에만 등장했기 때문에 잎새는 그가 마치 실제로는 없고 전해 내려오는 이야기 속에만 사는, 상상 속의 동물 같은 비밀스러운 인물로 느껴졌다. 석근이 세상을 뜨면서 비밀스럽던 인물들이 동굴 속 벽화에서 빠져 나온 듯 하나씩 실제로 등장하는 일이 벌어졌다. 장례는 보통 삼일장으로 치르는 것이 일반적이지만 오는데 14시간이나 걸린다는 준환 때문에 부득이 오일장으로 치르게 되었다. 미국 영화배우 같이 생긴 외숙모 로리를 만나면 영어로 인사를 어떻게 건네야 하는지 걱정했던 것이 무색하게 로리는 함께 오지 못했다. 출산한 지 얼마 되지 않는 로리는 장시간 비행할 수 없었다고 했다. 준환은 미국으로 떠나기 전에도 그랬다더니 어린 조카 잎새와 눈이 마주칠 때에만 싱긋이 웃어주었을 뿐 그 외에는 종일 어색하고 머쓱한 표정으로 앉아있었다. 늘 큰 외삼촌에게 할 말이 많다던 작은 외삼촌 승환 역시 정작 큰 외삼촌 준환과 마주 앉자 별로 말도 없이 굳은 얼굴로 딴 데만 보고 있다가 한 번씩 생각난 듯 서로 술잔만 주고받았다. 가슴에 묻어둔 얘기가 너무 많아서 오히려 아무 말도 꺼낼 수 없는 건지도 몰랐다. 늘 비밀스럽게 대전아이로 불리던 그 아이가 실제로는 아이가 아니라 키가 훌쩍 큰 어른이라는 것을 알고는 잎새는 놀랐다. 그 역시 준환이나 승환처럼 민환이라는 멀쩡한 이름을 가진 보통 사람이라는 게 놀라웠다. 그렇다면 그는 어째서 오랫동안 대전아이로 불리며 베일에 감춰진 비밀스러운 존재였던 걸까.

빈소 앞에서 어색하고 불편한 얼굴로 서 있는 준환이나 승환과는 달리 민환은 석근의 빈소에 엎드려 서럽게 통곡했다. 봉임이 통곡하는 민환을 일으켜 세워 등을 한 번 쓸어준 후 준환과 승환 곁에 나란히 서게 했다. 준환과 승환은 민환 쪽으로 눈길을 주지 않으면서도 한 걸음씩 안쪽으로 옮겨 민환에게 자리를 내주었다. 석근이 죽은 후 마련된 빈소에서야 처음으로 삼형제가 나란히 섰다. 민환은 그렇게 나이 차이가 많은 형님들 곁에 서서 아버지의 아들로 형님들과 함께 문상객을 받고 인사를 나눴다. 장지에 가서도 셋이 나란히 서서 절을 올리고 장남부터 민환까지 삼형제가 차례로 술잔을 받아 아버지께 올렸다. 그걸 바라보는 봉임의 가슴 한쪽이 뻐근히 아프다.

그게 언제였던가, 민환이 한참 사춘기를 보내고 있던 때였다. 석근이 설 명절을 앞두고 대전에서 성환 본가에 와 있었다. 오래도록 장손인 창근네서 차례를 모시다가 어느 해부터인가 삼형제가 각자의 집에서 직계 자손들과 함께 차례를 지내고 성묘만 창근, 효근, 석근 삼형제가 모여서 가기 시작했다. 그해에도 봉임은 차례 준비를 위해 현숙과 은환을 대동하고 큰 시장에 가서 제수거리를 장만해 오던 참이었다. 골목에 들어서는데 웬 까까머리 머슴애가 집 앞에 서서 대문 안을 기웃거리다가 봉임 일행의 기척을 느끼고는 후다닥 골목 반대편으로 사라져버렸다. 현숙과 은환은 시장에서 하나씩 들고 온 호떡을 먹으며 뭐가 그리 우스운지 농담을 나누며 깔깔거리느라 그 아이를 미처 보지 못했다. 봉임은 퍼뜩 짚이는 데가 있어서 현숙과 은환에게 "먼저 들어가거라. 뭐 하나를 빠뜨린 게 있어 큰 길 가게라도 가서 사와야것다."고 둘러대고 골목에 남았다. 어린 아이가 겅중거리고 달아난 참이니 봉임이 그를 따라 잡을 수가 없다. 그저 목을 길게 빼고 아이가 사라진 쪽 골목을 내다보고 서 있었더니 아니나 다를까 아까 달아났던 까까머리 아이가 다시 나타났다. 아이는 집 쪽으로 기웃거리며 걸어오다가 봉임과 눈이 마주치자 걸음을 딱 멈추었다.

"너? 대전…… 그 아이구나."

봉임의 말에 아이는 봉임을 뚫어지게 쳐다보았다. 봉임은 두고두고 그때 그 아이의 눈빛을 잊을 수가 없었다.

"그러니까, 네가 민환이여, 그렇지?"

여전히 봉임의 얼굴만 알 수 없는 표정으로 빤히 쳐다보는 아이에게 말을 이었다.

"아버지 뵈러 왔니?"

봉임이 재차 묻자 민환은 말없이 고개를 떨어뜨렸다. 사실 무작정 집을 뛰쳐나와 본가를 찾아오긴 했지만 자기 스스로도 왜 거기까지 와야 했는지 그 이유와 목적이 불분명했다. 그러나 봉임을 만나는 순간 한 가지는 확실하게 알 수 있었다. 마주친 여인이 아버지의 조강지처라는 걸.

민환은 어릴 적에 '지봉임'을 자신의 어머니 이름으로 알았다. 학교에 적어내는 서류마다 어머니 이름을 쓰는 난에 아버지가 그렇게 썼기 때문이다. 자라면서 그 이름이 자기 어머니의 이름이 아닌 다른 누군가의 이름이라는 걸 알게 되어 충격을 받았다. 뿐만 아니라 내내 집에서 잘 지내던 아버지가 명절이 가까워오면 어머니가 잘 손질해 둔 나들이옷을 차려입고 어디론가 갔다가 명절 지나고 하루나 이틀쯤 후에 돌아왔다. 남들은 명절이면 떨어져 있던 식구들도 다 모인다는데 자신은 오히려 그런 날이면 어머니와 단 둘이 쓸쓸한 시간을 보내야 했다. 멋모른 채 어린 시절을 보냈지만 '아버지는 매번 명절 때마다 어딜 가시는 걸까.' 점차 궁금해졌다. 그러다가 자신과 어머니를 두고 수군대는 동네 아주머니들의 말이 귀에 들어왔다. 그러곤 어릴 적에 한 번씩 아버지를 찾아왔던 형들을 기억해냈다. 어머니는 언제나 그들에게 깍듯했고, 그들은 그런 어머니를 불편해했다. 고등학생이 되면서 아버지는 본처를 따로 두고 어머니와 두 집 살림을 하고 있다는 사실을 알게 되었다. 아버지가 그런 사람이라는 데 크게 실망했고 그런 아버지를 세상에 둘도 없이 반듯하게 대하는 어머니에게 반항심이 일었다. 점점 커지는 불만과 반항심을 걷잡을 수 없어 친구들과 어울려 집을 나가기도 하고 나무라는 어머니에게 큰 소리로 대들기도 했다. 그날도 명절을 앞두고 집을 떠나 본가로 간 아버지에게 화가 난 민환은 어머니에게 대들었다.

"어머니 나빠요. 어머니는 남의 가정을 깨뜨린 가정 파탄범이예요. 왜 하필이면 처자식이 있는 남의 남자와 살림을 차려서 첩 자식이라는 딱지를 이마에 써 붙이고 태어나게 했냐고요? 왜 나를 태어날 때부터 서럽고 당당하지 못한 사람으로 만들었냐고요!"

민환은 흐느껴 우는 어머니를 뒤로하고 무작정 본가를 찾아 나섰다. 이중적이고 위선적인 아버지에게 분노하고 그 거짓된 삶에 침을 뱉고 손가락질을 해주고 싶었다. 본가라는 곳에서 또 다른 집안의 아버지로 있는 그 실상을 두 눈으로 직접 확인하고 싶었다. 언젠가 몰래 적어놓았던 본가 주소를 손에 들고 무작정 버스를 타고 성환리로 향했다. 막상 그 집에 오니 선뜻 들어갈 용기가 나지 않았다. 무슨 봉변을 당할지 모를 일이었다. 대문 앞에서 머뭇거리다 봉임 일행과 마주치고는 누가 뭐라기 전에 죄지은 사람 모양 후다닥 달아나 버리고 말았다.

봉임은 두툼한 겉옷도 제대로 챙겨 입지 않고 밖에서 덜덜 떨고 있는 민환을 보며 그가 얼마나 급하게 집을 뛰쳐나왔는지 알 수 있었다. 봉임은 자기 앞에서 어쩔 줄 모르고 쩔쩔매는 민환의 손을 잡아끌고 골목을 나와 길가에 있는 빵집으로 들어갔다.

"여기 따뜻한 우유 좀 줘유. 빵도 한 접시 담아 주시구."

봉임은 추위에 덜덜 떨고 있는 민환을 위해 몸을 덥힐 따뜻한 우유와 빵을 시킨 후 잠시 물끄러미 마주 앉은 민환을 건너다보았다. 군살 없이 미끈하게 잘 빠진 몸매에 갸름한 얼굴, 이마가 반듯하고 다부진 입매가 석근의 젊은 날 같기도 하고, 날카롭고 예민했던 준환의 청년기 모습이 보이기도 했다. '핏줄은 못 속인다더니.' 마침 따뜻한 우유와 빵 접시가 왔다.

"속 따뜻해지게 어여 마셔라."

"……."

민환은 말없이 두 손으로 우유 잔을 감싸 쥐며 꽁꽁 언 손을 녹였다.

"내가 누군 줄 알겠니?"

민환은 대답 대신 고개를 끄덕였다.

"아버지가 계신 곳이 궁금했던 겨?"

민환은 긍정도 부정도 하지 않은 채 공연히 주눅 들어 고개를 더욱 수그렸다. 앞에 앉은 나이가 지긋한 여인은 '어머니에게 남편을 빼앗긴 사람, 어쩌면 자신과 어머니보다 더 상처가 깊을 사람'일거라는 생각에 고개를 들 수가 없었다.

"날이 추운데 겉옷이라도 잘 챙겨 입고 나오지 그랬니."

"……."

"네 얼굴을 보니, 말 안 해도 알것다. 네 어머니 속 시끄럽게 해드리고 나온 모양이구나."

그냥 봐도 어머니보다 열 살은 족히 많아 보이는 여인이 말하지 않은 것까지 꿰뚫고 있었다. '저 나이쯤 되면 남의 속을 그냥 읽을 수 있는 것일까.' 봉임이 따뜻하게 데운 빵 하나를 집어 민환의 손에 건네주며 말을 이었다.

"네 맘, 다 안다."

"……."

"미안하다. 금쪽같은 늬들 가슴에 못을 박았구나. 휴, 그냥 두고 보기만 혀도 아까울 내 새끼들헌티 모진 기억들을 남겨주었다, 우리 어른들이."

그녀의 입에서 나온 '미안하다'는 말에 오히려 민환이 깜짝 놀라 고개를 들었다.

"그런데 민환아, 너야 아직 어리니께 잘 모르것지만 돌아보면 섧지 않은 인생 하나 읎고, 돌아보면 시리고 외롭지 않은 인생 하나 읎구나."

민환은 뜬금없이 도 닦은 사람 같은 소리를 하는 봉임의 얼굴을 물끄러미 올려다보았다. 봉임은 갑자기 허리춤 어딘가에서 수첩 같은 걸 꺼내더니 그 속에서 얇은 종이로 곱게 싼 사진 한 장을 꺼내 민환 앞에 내 놓았다.

"누구 같으냐?"

오래되어 누렇게 빛이 바랜 낡은 사진 속에는 낯선 여인이 수줍게 웃고 있었다. 민환은 아무리 생각해도 알 수 없는 여인이었다.

"가만히 들여다봐라. 누구 닮았다는 생각 안 드니?"

봉임의 말에 가만히 사진 속 여인을 들여다보는데 그 수줍은 미소가 얼핏 어머니를 닮은 것 같기도 하다.

"지금은 이 세상에 읎는 사람이다. 일정 때 우리나라에 살았던 일본 여자인데 늬 아부지가 평생 가슴에 품은 사람이지."

"……."

"평생 가슴 속에 다른 사람 품고 어디에도 뿌리 내리지 못하고 헤매고 다닌 늬 아부지도 불쌍허고, 늬 아부지 그런 줄 알면서도 아부지 곁에서 그림자처럼 사는 늬 어머니도 불쌍허고, 그런 두 사람 바라보며 사는 나도 불쌍허지. 그런데 민환아, 내가 살아보니 그렇더라. 누구랄 것 없이 다 슬프고 외로운 사람들이여. 서로가 다 불쌍한 사람인디 누가 누굴 원망허겄냐. 그러니께 사람은 말이다, 그저 서로 품어주어야 할 뿐, 다른 거 읎더라."

"……."

"늬 어머니가 전쟁 때 이북에서 피난 내려오신 거는 알지? 그때 늬 아부지 읎었으믄 아마 늬 어머니도 벌써 이 세상 하직했을 것이다. 늬 아부지는 늬 어머니 생명의 은인이여. 아마 늬 어머니는 그거 하나로 늬 아부지 모시고 사는 걸 거다. 늬 아부지가 늬 어머니와 사는 이유고 늬 어머니가 살 수 있는 유일한 생명줄이었을 겨."

"……."

"너는 아직 이해하기 힘들 겨. 그게 어디 누구 한 사람 잘못이겄냐. 그 세월이 그랬고 그 시절이 그랬다. 누군들 그러고 싶어 그랬겄니. 어쩌다 보니, 살다 보니, 그렇게 된 겨. 모진 목숨 부지 허고 살다 보니 그렇게 된 겨."

"세상 이치를 우덜이 우찌 다 알겄냐. 그래도 그 안에 뜻이 있겄

지. 우덜은 그냥 사는 동안 각자 자기 몫의 죄를 사죄하는 마음으로 살자. 그게 삶 아니것냐."

"……."

민환은 그 말을 알 듯도 하고 모를 듯도 했다. 빵집을 나선 봉임은 민환의 손을 꼭 쥐고 버스 정류장까지 함께 걸어가 주었다. 가는 길에 고깃간에 들러 소고기를 넉넉하게 끊어 신문지에 둘둘 만 고깃덩어리를 민환의 손에 들려주었다.

"설인디…… 늬 어머니랑 떡국이라도 끓여 먹어라. 아직 차례 전이니께 설 음식일랑은 늬 아부지 가실 때 잘 싸서 보내마."

"……."

"민환아, 불쌍한 늬 엄니 아껴드려라. 늬 엄니헌티 너밖에 더 있것니."

마침 대전행 시외버스가 정류장에 멈추어 민환이 꾸벅 인사를 하고 버스에 올라타려는데 봉임이 허둥허둥 자기 목에 둘렸던 목도리를 풀더니 민환의 목에 두 번 감아주었다. 버스에 올라탄 민환이 자리에 앉아 창밖을 내다보니 봉임이 민환에게 손을 흔들어주고 있다. 그걸 본 민환은 왈칵 뜨거운 눈물이 솟았다. 눈물이 나는 건 버스 밖에서 손을 흔들고 있던 봉임도 마찬가지다. '각자 자기 몫의 죄를 사죄하며 사는 게 삶'이라는 봉임의 말을 민환은 아직 온전히 이해할 순 없지만, 어머니에게 어머니 몫의 죄를 사죄해야 하는 사명이 있다면 자기 자신도 자기 몫의 죄를 사죄하며 살아야 하는 사명이 있다는 걸 생각하며 달리는 차창 밖을 내다보았다.

가족

　자식들은 봉임의 여든 살 생일을 맞아 봉임이 살고 있는 대전 시내의 연회장을 빌려 '산수연傘壽宴'을 열기로 했다.

　"고집불통 노인네, 자식들 망신을 시켜도 정도가 있지. 왜 굳이 민환네를 고집하는 건지."

　은환은 좋은 날인 줄 알면서도 막상 대전에 내려갈 채비를 하려니 짜증이 났다. 어머니 봉임이 서울에 사는 친자식들을 두고 대전의 첩실 자식 민환과 지내는 걸 알만 한 사람은 다 안다는 것도 심기를 불편하게 했다. 잔치만이라도 서울에서 하자고 했지만 봉임은 고집을 꺾지 않았다. 봉임은 조용하고 온순한 듯하면서도 당최 황소고집이라 아무도 그 고집을 꺾을 수가 없다.

　"그게 무슨 망신이야? 어머니가 대전에 계신 게 어제 오늘 일도 아니고. 이제 그만 장모님과 막내처남을 이해해 드려. 솔직히 당신네 형제들보다 훨씬 잘 모시고 있잖아."

강현수가 어린아이처럼 괜한 투정을 부리는 은환에게 눈살을 찌푸렸다.

"누가 뭐래요? 가까이 계시면 좋잖아요. 한 번씩 내려가는 것도 번거롭고."

"뭘 얼마나 자주 내려간다고 그래? 누가 들으면 둘도 없는 효녀인 줄 알겠어. 당신은 지금 큰처남이 모시지 않는 게 불만이잖아. 이제 그만할 때도 됐는데 그러네."

"아우, 알았어요, 알았어. 그냥 그렇다는 소리지."

은환은 입을 삐죽이면서도 그렇게 말해주는 남편이 고맙다. 은환네는 서울역에서 승환의 가족과 만나 기차를 타고 함께 대전으로 내려갔다.

석근이 세상을 떠난 후 이태쯤 지난 어느 날, 봉임은 민환에게서 걸려온 전화를 받았다.

"그려, 워쩐 일이여? 잘들 지내지?"

"그간 잘 지내셨지요? 몸은 편안하시고요?"

"그럼, 나야 뭐 맨 똑같지."

"예에!"

이태 만에 걸려온 전화가 그냥 안부인사 일리가 없다. 그런데 민환은 정작 용건은 말하지 않고 딴 소리만 하고 있었다. 봉임도 그만한 눈치는 있다.

"말혀봐. 무슨 일이냐?"

"큰어머니…… 흐흐흑!"

민환은 말을 잇지 못하고 흐느껴 운다.

"무슨 일이냐? 늬 엄니헌터 변고가 생겼구나."

정란이 오랫동안 소화불량으로 고생을 했다고 한다. 민환은 병원에 모시고 가야 하는 줄 알면서도 차일피일 미루다가 그만 병원 갈 때를 놓쳤다. 먹는 대로 다 토하고 몸이 바싹 말라서야 덜컥 겁이나 병원으로 모셨지만 위암 말기라는 청천벽력 같은 진단이 나왔다는 것이다.

"뭐여?"

"크, 큰어머니. 저 지금 너무 무서워요. 저 이제 어떻게 하나요?"

"내가 가마. 내가 가야지. 내가 가서 그 사람을 봐줘야지."

봉임이 정란이 있는 대전으로 간다는 말을 들은 자식들은 석근이 성환으로 돌아왔을 때보다 더 크게 화를 냈다. 당연한 일이다. 그러나 봉임은 아픈 정란을 그냥 두고볼 수가 없었다. 봉임은 기어이 대전을 찾아갔고, 마른 잎처럼 바싹 말라 허리도 제대로 펴지 못하는 정란은 버선발로 대문간까지 달려 나와 봉임을 맞았다. 봉임은 몸피가 전에 비해 절반으로 줄어있는 정란을 보고 입만 딱 벌렸다.

"아이구, 이 사람아, 이게 웬일인가. 자네 나이가 이제 몇이라고 벌써 이렇게 몸이 상했어."

봉임은 정란을 보듬어 안고 등뼈가 앙상한 그녀 등을 쓸어주었다.

"형님, 여기가 어디라고 여기까지 와주셨어요. 아이고, 이 죄를 어찌 다……."

"그게 무슨 소린가. 이렇게 생각이 많으니 병이 나지. 아이구 이 못난 사람아."

봉임은 흐느끼는 정란을 끌어안고 함께 울었다. 살면서 이런저런 마음고생을 견디느라 속병이 났을 거라는 걸 봉임은 그대로 헤아릴 수 있었다.

"왜 병을 만들었어, 왜? 훌훌 날리며 살질 못 허고 왜 가슴에 쌓으며 살았어, 그래……."

봉임이 앙상한 정란의 어깨를 주먹으로 치며 눈물을 훔쳤다. 두 사람은 기구한 자기들 처지는 다 잊고 마치 오래 헤어졌던 자매처럼 묻어두었던 속말을 다 꺼내놓으며 밤이 깊도록 부둥켜안고 울었다. 다음날부터 봉임은 예전에 석근에게 했듯이 정란을 보살폈다. 딸에게 하듯 동생에게 하듯 정성을 다했다. 새벽마다 정란을 위해 기도했고 늘 말했듯 자기 몫의 죄에 용서를 빌었다. 그 덕분이었는지 애초에 삼 개월도 버티지 못할 거라고 했던 정란은 반 년쯤 더 살다가 봉임이 보는 앞에서 민환의 품에 안겨서 편안히 눈을 감았다.

정란의 장례를 마치고 난 민환은 막막했다. 대전 집 대청마루에 동그마니 혼자 앉아 앞으로 어떻게 살아가야 할지 가늠이 되지 않았다. 아무도 없는 세상에 홀로 남겨진 것 같이 고독했다. 멍한 얼굴로 대청마루 끝에 걸터앉아 있는 민환 곁에 봉임이 나란히 앉았다.

"민환아."

"예."

"나랑 같이 살자."

"……."

민환이 금세 붉어진 눈으로 봉임의 얼굴을 바라보았다.

"늬 아부지 아들이면 나한테도 아들이여. 아들이 어머니하고 같이 사는 게 뭐가 문제여."

"서울 형님이⋯⋯."

"내가 그러고 싶다는디 뭐가 문제여. 너 좋은 사람 생겨 장가갈 때꺼정 나랑 살자."

"허락만 해주신다면, 저 장가들고도 제가 모시고 싶어요."

봉임은 어른들 잘못으로 슬프고 외로운 시간을 보내야 했던 민환에게 늘 미안했다. 마찬가지로 민환은 자신과 어머니 정란이 준 상처로 늘 봉임에게 미안했다. 언젠가 성환을 찾아갔던 자신에게 봉임이 했던 '서로 자기 몫의 죄를 사죄하며 사는 게 사람 사는 거'라던 말을 어렴풋이 알 것도 같았다. 두 사람은 그때부터 함께 살기 시작하여 민환이 장가들고 아이를 낳도록 함께 살고 있다. 동네 사람들은 모두 봉임을 민환의 친어머니로 안다. 민환 처 역시 봉임을 친시어머니처럼 모셨다. 이젠 누구도 민환이 봉임의 친아들이 아니라고 말하지 못했다.

승환네 네 식구와 은환네 네 식구가 만나 대전에 내려오니 봉임이 환한 웃음으로 식구들을 맞았다.

"엄마 아주 얼굴빛이 더 좋아졌네. 엄마 얼굴빛 보면 누가 여든 살 자셨다고 하겠우?"

"그러게요, 연세 드신 분 얼굴빛이 어쩜 이리 맑고 투명하실까."

은환과 현숙이 주거니 받거니 봉임을 비행기 태우고 있다. 식구들 들이닥치기 전에 새벽부터 동동거리고 준비한 민환 처가 정성껏 점심상을 차려냈다.

"아우, 올케는 힘들게 뭘 이렇게 준비했어. 그냥 짜장면이나 시켜 먹으면 될 걸."

"식구가 몇인데요. 짜장면 시켜 먹으면 그 돈이 또 얼마예요?"

은환이 공연히 미안한 마음에 호들갑을 떨자 민환 처도 환하게 웃으며 말했다.

"아유, 나도 돈이라면 벌벌 떨지만, 동서도 만만치 않아!"

현숙도 민환 처를 거들어 식구대로 국그릇을 놓아주며 우스갯소리를 했다.

"잘 먹겠습니다, 제수씨."

승환이 민환 처에게 인사치례로 말했다.

"저기, 이거…… 이번 잔치준비도 혼자 하느라 애썼는데, 넣어두었다가 어머니 필요한 것 있으면 사드려."

현숙이 두둑하게 돈을 넣은 봉투를 민환 처에게 건넸다.

"어머, 어머, 형님, 왜 이러세요. 저희도 돈 있어요. 아우, 뭘 이런 걸 다."

"돈 좋아하는 사람들끼리 또 돈 주고받는 것 좀 봐."

은환도 깔깔 웃으며 그들에게 밉지 않게 눈을 흘겼다.

초인종 소리에 민환 처가 나가는 것 같더니 와자한 소리와 함께 준환네가 왔다는 소리가 들렸다. 다음날에나 도착하여 연회장으로 바로 온다고 들었는데 일정을 하루 앞당긴 모양이다. 준환이 왔다는 소리에 봉임은 벌떡 몸을 일으키려다 현기증이 나서 주저앉았다. 그러는 사이에 준환과 로리와 손자 토미가 방으로 들어섰다. 봉임은 가슴이 턱 막혀 아무 말도 못하고 그저 왈칵 눈물을 쏟았다. 준환은 봉임 앞에 무릎 꿇고 가만히 봉임을 끌어안았다. 봉임은 준환의 가슴에 얼굴을 묻은 채 참았던 울음을 흐느껴 울었다.

"먼 길 와주었구나."

"일찍 찾아뵙지 못해서 죄송해요."

"그 먼 데서 어떻게 자주 오겠니. 이렇게 한 번씩만 와도 비행기 삯이 얼만디…… 이깟 노인네 생일이 뭐라고, 오느라 애썼다."

봉임은 준환의 품에서 한참 울다가 곁에 다가앉은 로리와 토미의 손을 잡아주며 말했다.

"반갑다. 오느라 고생했지?"

로리도 따뜻한 미소를 지으며 봉임의 두 손을 마주 잡았다. 토미도 환한 미소로 봉임을 올려다보았다.

"내 새끼구나. 내 손자여. 잘도 생겼다. 차암, 잘도 생겼어."

봉임이 토미의 머리를 몇 번씩이나 쓰다듬으며 같은 소리를 반복했다. 그들의 말을 알아듣지 못해도 그 분위기는 느낄 수 있는지 로리도 환한 미소를 지었다. 점심상을 물리고 봉임을 중심으로 식구들이 둘러앉아 차를 마시며 옛이야기를 나누니 모처럼 웃음꽃이 만발했다. 자식들이 한 데 모여 앉아 옛이야기를 나누며 웃음꽃을 피우니 봉임도 기분이 한껏 좋다. 또 한 번의 초인종 소리가 들리고 민환 처가 뛰어나가 대문을 여는 소리가 들리더니 이번에도 왁자지껄 또 한 무리의 사람들이 집 안으로 들어섰다. 창규와 봉선이가 왔다. 봉선이는 전쟁 통에 봉임이 받아준 아들까지 데리고 왔다. 그들 뒤로 새 어머니가 낳은 두 동생 현규와 경규도 따라 들어왔다. 봉임은 생각지도 않았던 동생들이 차례로 방으로 들어오는 걸 보더니 눈이 화등잔처럼 둥그레지더니 얼마나 반가운지 소리도 못 내고 입만 쩍 벌렸다.

"어떻게들 왔어?"

"어머, 언니 생신에 우리도 당연히 와야지요. 언니네 식구들끼리만 잔치 벌이려고 했어요?"

봉선이 봉임의 두 손을 잡아 흔들며 괜한 시비다.

"아니, 늬들은 또 어떻게 온 겨? 경규 너는 먼 데 더운 나라에 가서 고생한다더니?"

사우디아라비아로 돈벌이를 갔다던 경규도 오랜 해외생활을 마무리하고 마침 돌아온 참이라 큰 누이의 산수연에 함께하기 위해 온 것이다.

"아유, 어떻게 이렇게 다들 같이 온 겨? 아유, 생각지도 못했네."

봉임은 마치 꿈을 꾸는 기분으로 동생들과 장성한 조카를 둘러보며 물었다.

"우리 다 오니까 좋지?"

"그럼, 말이라구!"

봉선의 물음에 봉임이 벙싯거리며 말했다. 갑자기 몰려든 사람들로 집안은 그야말로 잔칫집이 되어 북적거렸다. 한쪽에서는 오랜만에 만난 인사를 나누고 또 다른 한쪽에서는 웃음이 터진다. 현숙과 은환과 민환 처는 손님 접대에 분주하고 로리도 덩달아 함께 분주했다. 저녁까지 먹고 난 후 시간이 꽤 늦었는데 잘 생각들을 하지 않는다.

"요즘 잔치야 연회장에서 다 해주는데 뭐. 우리는 모처럼 모였으니 우리 밤새 이야기보따리나 풀어보자고요."

"그러세요, 언제 또 이렇게들 모이시겠어요."

"나는 걱정 마라. 어차피 시차 때문에 잠을 잘 수도 없을 것 같으니."

준환도 나이를 먹으니 제법 농담도 할 줄 아는 모양이다.

"그래 그거 좋은 생각. 오늘은 아무도 잠자는 사람 없기다. 잠자는 사람은 벌칙을 주자."

봉선도 기분이 좋아져 이복동생들을 바라보며 말했다. 서로 들떠서 말을 주고받는 중에 민환 처가 얌전히 깎은 과일접시와 찻잔을 내려놓았고, 그런 민환 처에게 서로들 한마디씩 얹는다.

"아무리 생각해도 민환이 쟤는 웬 복에 저런 아내를 얻었는지 몰라. 세범 엄마 겨드랑이 잘 좀 살펴봐라, 천사 날개 돋는 거 아닌지……."

은환의 객쩍은 농담에 식구들은 까르르 기분좋게 웃는다. 민환 처도 부끄럽지만 싫지 않은 웃음이다. 밤이 깊도록 이야기꽃을 피우던 식구들이 거실에 자리를 펴고 잠자리에 든 후에도 부엌 식탁에서는 서양 며느리 하나와 한국 며느리 둘과 딸 은환이 모여 앉아 말이 통하든지 안 통하든지 손짓 발짓으로 의사소통을 하다가 자기들끼리 그게 또 우스워서 까르르 웃는다. 그 모양을 빙그레 웃으며 바라보던 준환이 봉임의 방으로 들어서니 그 뒤를 승환과 민환과 사위 강서방이 따라 들어와 앉는다. 코가 오뚝하고 눈이 푸르고 깊은 토미는 조금 전까지 잎새와 열매를 따라 뛰어다니며 까르르 웃음을 멈추지 않더니 오는 길이 피곤했는지 슬그머니 봉임의 무릎을 베고 누워서 잠이 들었다.

"이렇게 자식들이 모두 모이니 참 좋구나. 늬 아부지도 계셨으면 얼마나 좋았으려나."

세 며느리들과 은환도 어느새 또 과일을 깎아 들고 봉임의 방으로 들어섰다. 아들과 딸과 며느리와 사위가 모두 들어와 한 방에 앉으니 봉임이 좋아서 입이 쩍 벌어졌다.

"늬들은 모두 한 아부지를 둔 형제들이여. 그저 서로 사랑하며 살아라. 사랑만 하면서 살아도 모자란 인생이여. 짧은 인생 서로 시기하고 원망하며 허비하는 일 없게 해라."

봉임은 마치 유언이라도 남기듯이 조용한 목소리로 말했다.

"엄마는 왜 좋은 분위기 가라앉히고 그러세요?"

은환이 가슴이 먹먹해져서 공연히 봉임에게 눈을 흘기며 눈물을 찍어냈다. 봉임은 문갑 서랍에 넣어둔 유언장에 대해서는 입을 다물었다.

"토미 어멈은 내가 말이 안 통허니께 준환이가 대신 전해다오. 결혼은 사랑의 끝이 아니라 사랑의 시작이니라. 그 사람의 있는 그대로를 보아주고 인정해주고 믿어주고 기다려주는 거, 끝까지 함께해주는 거. 그런 게 사랑이다. 서로 사랑하며 살아라."

로리는 푸른 눈동자로 다정하게 봉임의 눈을 응시하며 봉임이 말하는 대로 고개를 끄덕였다. 그런 로리를 가만히 바라보던 봉임이 왼손 약지에 끼고 있던 금반지를 빼냈다. 오래 전 시어머니 강 씨에게서 물려받은 금반지였다. 봉임은 로리의 손을 끌어다가 금반지를 끼워주었다. 반지는 봉임이 처음 받았던 때와 마찬가지로 이번에도 거짓말처럼 딱 맞았다. 준환은 반지를 주고받는 봉임과 로리를 바라보다가 갑자기 눈물이 왈칵 솟구쳐 쏟아지는 눈물을 참지 못하고 마당으로 뛰어나갔다. 놀란 로리도 준환을 따라 마당으로 나왔다.

"왜 그래요, 준환?"

"……."

로리는 아무 말 못하고 그저 흐느끼기만 하는 준환을 바라보다가 가만히 그를 끌어안아주었다. 한참을 눈물을 흘리던 준환이 젖은 얼굴을 들며 말했다.

"당신의 눈에서 어머니의 눈빛을 보았어. 내가 그 오랜 세월을 미워했고 떠나고 싶어 했던 눈빛. 나는 언제나 양보하고 희생만 하는 어머니의 그 쓸쓸하고 슬픈 눈이 싫었어. 나는 언제나 그 눈빛으로부터 벗어나고 싶었어. 내가 어머니께 얼마나 모진 아들이었는지. 어머니께 사랑한다는 말을 한 번도 못했어."

"어머니는 이미 당신이 어머니를 깊이 사랑한다는 걸 아셨을 거예요."

로리는 진심으로 말했다.

"나는 여태 당신의 눈빛은 어머니의 눈빛과 전혀 다르다고 생각했어. 애초에 그래서 당신을 좋아하게 되었지. 그런데 지금 알았어. 당신의 눈빛 속에 어머니의 눈빛이 들어있다는 것을. 내가 왜 당신을 사랑하게 되었던 것인지 나는 그걸 이제야 깨달았어."

준환의 이야기를 들은 로리는 가만히 준환을 안고 그 등을 따뜻하게 쓸어주었다.

바람꽃의 노래

잔치가 벌어지는 내내 봉임은 즐겁고 행복했다. 자식들과 동생들이 함께 있는 그 시간이 좋았다. 연회장을 가득 메운 사람들 속에 얼핏 혜환도 보이고 찬환도 보이고 어느 한 구석에 학규도 보이는 듯 착각이 든다. 살다 보니 이런 좋은 날도 있다. 맛있는 음식도 많이 먹고 좋아하는 사람들도 다 만나고 다른 어떤 날보다 많이 웃고 많이 행복했다. 모처럼 만난 남매들은 잔치를 마치고도 하룻밤 더 머물기로 했다. 민환의 집은 밤이 깊도록 불이 꺼지질 않고 식구들의 웃음과 이야기보따리가 넘쳐났다. 더 없이 행복한 시간을 보내서 그런지 봉임은 온몸이 기분 좋게 나른하고 구름 위를 걷듯 둥실둥실 공중에 뜬 기분이다. '피곤해서 그런 모양이네.' 봉임은 슬그머니 자리에서 일어나 방으로 들어왔다. 자리에 누우려는데 방문이 살짝 열리더니 잎새가 얼굴을 들이민다.

"우리 잎새가 워째?"

"할머니, 나 오늘 할머니랑 자도 돼요?"

"그럼 되고말고. 오랜만에 우리 잎새랑 자자꾸나."

봉임은 장롱에서 베개 하나를 더 꺼내 이부자리 위에 놓았다. 잎새와 봉임은 나란히 누워 서로를 마주보며 빙긋이 웃었다.

"할머니, 오늘 행복했어요?"

"그럼, 행복했지."

"할머니 자식들이 다 모여서 좋았지요?"

"그랬지."

"할머니는 자식들 중 누가 제일 좋아요?"

"그런 게 어딨어, 다 좋지. 준환이, 승환이, 민환이, 은환이, 다 금쪽같은 새끼들인 걸."

"민환 삼촌은 할머니 아들이 아닌데도 할머니는 똑같이 좋아요? 삼촌이 밉지 않아요?"

'어린 것이 들은 말이 있구나' 싶어 봉임은 잎새의 얼굴을 쓰다듬으며 피식 웃고 만다.

"할머니는 할머니를 슬프게 만든 사람들이 밉지 않아요?"

"미운 적도 있었지. 원망스럽기도 혔고. 근디 밉다가도 가만히 그 사람들 지나온 길을 생각하면 다 이해가 되고 용서가 되는 겨. 그 사람들도 다 그만한 사연이 있었구나. 이해하고 나면 그저 안쓰럽고 딱한 마음만 남는 겨."

"그게 어떤 마음이지?"

"글씨, 오래 살다 보면 절반쯤은 다른 세상에 한 발 걸치고 사는 것 같다고 할까. 살면서 난리란 난리는 다 겪고, 별의별 사람 다 만

나고, 북새통을 떨며 살고 나니께 웬만한 거는 다 그냥 넘길 수 있게
돼. 연연하고 애면글면 살 필요가 읎는 거라는 걸 알게 되더구나. 그
저 적당히 흘려보내고, 적당히 내려놓고, 적당히 비워내면서 살면
되는 겨."

"아이고, 우리 할머니는 천사네."

"할미가 아까 그랬잖여. 오래 살면 절반쯤은 다른 세상에 한 발 걸
쳐 사는 거라고."

"할머니."

"응?"

"혜환 이모하고 찬환 삼촌 기억해요? 오래 전에 잃은 자식들인데
도 아직 기억나요?"

"기억나고말고. 한시도 잊은 적이 없는 걸. 꽃보다 곱고 별보다 빛
나던 내 새끼들인 걸. 잎새야 사람이 죽는다고 그 생이 끝난 게 아
녀. 남은 사람들 기억 속에 있으면 그 사람은 살아 있는 거지."

"나도 오래 살면 할머니 같아질까? 할머니같이 아는 게 많아질
까?"

"그렇지. 살면서 배우는 건 학교에서 배우는 것보다 훨씬 많지.
잎새야. 살다보면 별의별 일이 다 있단다. 그래도 겁먹을 것 없어.
사는 거 어렵게 생각 말어. 그저 반듯하고 진실한 마음으로 살면 되
는 겨."

"……."

"잎새 잠들은 겨?"

"아니……."

"졸리믄 자."

"그치만 할머니, 아무리 그래도 할머니처럼 늘 양보만 하고 늘 희생만 하는 인생은 좀 억울하지 않아?"

"그건 희생도 아니고 손해 보는 것도 아니고 지는 것도 아녀. 그건 사랑이지. 사랑은 내가 가진 아까운 것도 내 놓을 수 있는 거여. 목숨을 내놓아도 아깝지 않은 거. 그런 게 사랑이여."

"……."

"예쁜 꽃이 그냥 피는 줄 알어? 그건 씨앗이 땅에 떨어져 스스로 썩고 제 몸을 찢어 움을 틔워서 꽃을 피우는 거여. 우선은 손해 보는 것 같고 희생 같지만 그게 바로 사랑인 겨. 사랑은 새 생명을 피워내지. 그것들이 반복되는 게 사람들 사는 일이여."

"……."

"잎새 잠들은 겨?"

"……."

봉임은 잠든 잎새에게 베개를 바로 놓아주고 이불을 덮어주었다.

"잎새야, 사는 게 아무리 힘들어도 한 세상 살아볼만 한 겨. 사람이 사는 건 끝나지 않는 이야기를 쓰는 일이여. 꽃이 지고 이듬해에 다시 꽃이 피는 것처럼. 내가 지나간 자리에 네가 남는 것 같이, 그렇게."

봉임은 잠든 잎새의 옆얼굴을 흐뭇한 표정으로 고즈넉이 바라보았다. 피곤이 밀려와 봉임도 하품이 쩍쩍 났다. 나른한 몸을 누이니 민환 처가 새로 빨아 손질한 이부자리라 구름 위에 누운 듯 몸이 둥실둥실 하고 기분이 좋다.

살풋 잠이 들었는데 머리칼 스치는 따스한 봄바람에 꽃향기가 묻어있다. 어디서 나는 향기인가 눈을 떠 보니 풀을 먹여 잘 손질한 하얀 옷을 입은 젊은 석근이 한아름 꽃을 안고 서 있다. 환한 표정의 석근이 다정하게 다가와 봉임에게 꽃다발을 안겨주었다.

"웬 꽃을, 아아! 좋은 향기……."

봉임은 꽃 속에 얼굴을 파묻고 꽃향기를 맡았다. 그런 봉임을 석근은 환한 미소로 바라봤다. 꽃향기는 어느새 어머니의 향기로 변하고 따스하고 부드러운 어머니의 품처럼 봉임을 감싸줬다. 꽃 속에 파묻었던 고개를 들어보니 저만치 논두렁에 어머니가 예전 그대로의 모습으로 앉아 있다. 봉임은 눈물이 왈칵 났다. 열 살 먹은 봉임이 어머니에게 힘껏 달려갔다. 그립고 그리웠던 어머니의 품에 달려가 힘껏 안겼다.

"어머니……."

봉임의 장례식은 모든 것이 좋았다. 화사한 햇살에 날도 좋아서 문상객들의 걸음도 불편하지 않다. 사랑하는 사람이 떠난 슬픈 날이기도 하지만 그녀가 사랑했던 모든 사람들이 한자리에 모여 그녀를 보내는 아름다운 날이기도 했다. 하관예식을 마친 가족들은 두런두런 이야기를 나누며 산을 내려가고 있다. 열매는 미국에서 온 외사촌 동생 토미에게 학교에서 배운 짧은 영어로 뭔가를 열심히 말하며 저만치 앞서고 있다. 로리는 말도 통하지 않는 현숙과 은환 사이에서 팔짱을 끼고 그들의 대화에 귀 기울이며 걷고 있다. 민환 부부와 승환도 남은 장례절차를 의논하는지 진지한 표정으로 이야기를 나누고 있다. 잎새 속눈썹에 아직 매달린 눈물방울이 반짝 햇살이 비쳤다. 잎새가 고개를 들어 하늘을 보니 맑은 하늘에 금빛 같은 햇살이 쏟아졌다.

"날이 참 좋다."

제일 마지막까지 새로 만든 봉분 앞에서 자리를 뜨지 못했던 준환이 어느 결에 잎새 곁으로 다가서며 말했다. 산들바람이 스치는가 싶더니 문득 어떤 투명하고 맑은소리가 들린 듯해 잎새는 걷던 걸음을 멈추고 왔던 길을 돌아보았다. 준환도 함께 걸음을 멈추고 돌아봤다.

"왜?"

"무슨 소리가 들린 것 같아요. 맑고 투명한 소리."

나무 숲 밑으로 아주 작은 흰 꽃들이 보였다. 조금 전에 무심히 지나쳤던 꽃이다.

"바람꽃이구나."

잎새가 쪼그리고 앉아 꽃을 들여다보자 곁에 함께 쭈그려 앉으며 준환이 말했다.

"바람꽃이 피고 나면 봄이 온 거야. 그때부터 세상이 따뜻해지지. 바람에 쉬이 흔들리고 꺾일 것 같이 여리고 작은 꽃이지만 그렇지 않아. 바람꽃은 칼바람에도 맞서 싸우면서 크는 매우 강인한 꽃이지. 그렇지만 바람꽃이 아무 데나 막 피는 그런 꽃은 아니야. 아주 고고한 꽃이기도 해. 꽃 피는 기간이 짧고 그 수가 적어 사람들 눈에 잘 띄지 않아. 그러니 사람들은 그 꽃이 얼마나 아름다운지, 또 얼마나 생명력이 강한 꽃인지 잘 알지 못하지. 바람꽃은 찬바람을 피해 햇살이 좋을 때만 꽃잎을 활짝 피운단다."

"바람꽃은 할머니 같은 꽃이네요."

잎새는 가만히 손을 뻗어 작고 고운 바람꽃잎을 살살 건드렸다. 맑고 투명한 소리. 꽃잎 위에 햇살 쏟아지는 소리. 산들 바람에 꽃잎이 서로 부딪는 소리. 잎새는 조금 전 들은 맑고 투명한 소리는 자신을 불러 세운 할머니의 소리였다는 걸 깨달았다. 오랜 세월 거친 비바람을 견디며 버텨낸 소리. 추운 겨울을 뚫고 기필코 여린 꽃잎을 피워낸 소리였다.

해설

바람꽃 여인의 행복 찾기

-임헌영 (문학평론가)

1. 지봉임, 바람꽃 운명의 여인

여기 한 여인이 있다. 빈농의 딸로 태어나 열네 살에 땅 부잣집 민며느리로 들어갔으나 일본 유학출신인 지아비는 곁을 주지 않은 채 부평초처럼 밖으로만 떠돌았다. 그 부평초 지아비와의 사이에 5남매를 출산한 그녀는 남편의 첩실이 낳은 아들 하나까지 자신의 혈육인 양 애지중지하며 80년의 생애를 살다 간 바람꽃 같은 운명의 여인이었다. 1910년경에 태어나 1990년에 생을 마감한 지봉임은 친할머니의 눈에도 "저년, 저년…… 걷는 꼬락서니 좀 보게나. 어찌 저렇게 못났을꼬……." 라고 여길 만큼 "조막만 한 얼굴은 땟국물이 쫄쫄 흐르는 게 꼭 간장에 졸여놓은 검정 콩 같다." -「이별」

그녀의 아버지 지 서방은 대대로 자영농이었으나 1910년 일제의 조선 강제 병탄 이후 실시된 토지조사사업 때 토지를 강탈당하면서

해설 / 바람꽃 여인의 행복 찾기 339

빈농으로 전락했다.

　그녀가 팔려간 시댁은 오 부잣집이다. 이럴 경우 거의 모든 역사 소설에서는 참판 댁이나 조상 중 한 분이 지냈던 감투 이름이나 하다못해 첨지로라도 불리기 마련인데, 이 소설에서는 성환 일대의 땅 부자로만 등장하는 이례적인 인물로 그냥 선대부터 땅 부자인 '오 영감'으로 불렸다. 그러니까 지 서방네와 오 영감의 집안은 빈부의 차이는 있지만 신분의 위아래는 없는 만백성의 범주에 속하는, 현대적 명칭으로는 그냥 보통 사람인 셈이다.

　1910년 일제의 조선 강점의 해에 태어난 지봉임은 아홉 살 때 3·1만세 운동을 겪었을 터이고, 그 뒤 1924년에 민며느리로 들어갔다. 이후 민족사는 만주사변(1931), 중일전쟁(1937), 태평양전쟁(1941), 8.15(1945), 한국전쟁(1950-1953), 4월혁명(1960), 5.16쿠데타(1961), 유신독재(1972-1979), 1980년 광주시민항쟁, 6월시민항쟁(1987) 등등 숱한 격랑을 거쳤다. 이 근현대 민족사를 시대적인 배경으로 삼은 이 소설은 크게 보면 (1) 식민지 시기(26장까지), (2) 8.15와 한국전쟁(27장부터), (3) 그 이후(34장부터)로 구분할 수 있다. 이 유장한 민족사의 수난 중 작가가 초점을 맞춘 시기는 한국전쟁까지였다.

　한국전쟁까지는 민족사적인 중요 사건이 등장인물들의 활약상과 교직되면서 소설 속에서 소상하게 다루고 있으나 그 뒤부터는 시대적인 사회상이나 중요 사건을 전혀 고려하지 않은 채 개인사적인 일상의 삶에만 초점을 맞추고 있다. 작가로서는 한국전쟁의 시련 이후의 민족사적인 쟁점들을 한국의 '눈부신 경제성장'이라는 자긍심으로 대체하고 있는 것이 아닌가 싶다. 해외교민들, 특히 미국의 교민 대부분이 지니고 있는 모국의 경제적 발전상에 대한 애착의 결과인 셈이다.

이런 현상은 조자손祖子孫 3대를 다룬 가족소설 어디에서나 나타나는 일반적인 사건전개의 흐름이기도 하다. 할아버지인 1세대가 일제에 의한 망국의 설움을 직접 겪으면서 통절하게 느끼는 반면 그 2세대에서는 일제 식민교육이 만든 민족의식 마취제에 의하여 친일파라고 해도 될 정도로 그 모습이 달라진다. 그러던 중 일인과 조선인 사이의 야릇한 편견의 상처를 받으므로써 민족의식을 되찾아 독립운동에 투신하게 된다. 독립투쟁 중 그들은 이내 이데올로기적인 선택의 기로에서 좌우파로 나뉘어져 대립과 협조를 반복하다가 8.15를 맞는다.

그러나 이내 한국전쟁을 통해 좌우의 대결은 더욱 심화되어 분단이 고착화 된다. 3대로 내려오면 아예 역사니 민족이니 민주주의니 하는 역사의식은 표백당한 채 개인적인 안락의 문제에 탐닉하게 되기 십상이다. 이 소설 역시 3대에 걸친 이런 의식의 변모 현상을 그대로 반영한 것이다.

2. 민족의식에 눈 뜨는 계기

『눈물 속에 핀 꽃』에서 1세대에 속하는 인물로는 땅 부자 오 영감,

그가 민며느리로 들인 지봉임의 아버지인 지 서방, 봉임의 외당숙으로 오 영감네 집사인 박 서방 등이다. 이들은 조선 왕조시대에 태어나 나라가 멸망해가는 과정을 지켜본 세대라서 기본적인 우국충정이 일제의 식민통치에 대한 반감으로 작용한다. 오 영감은 지주였지만 소작인들뿐만 아니라 누구에게나 관대한 인간상으로 설정되어 있다. 그는 펑톈(奉天, 션양)에다 설탕공장을 차려 독립투쟁의 근거지로 삼으면서 자금조달까지 하는 선량한 지주의 전형으로 부각되어 있다. 비밀리에 수행했던 독립운동이었기에 오석근은 8.15 직후에는 마을 사람들로부터 잠시 동안 친일파라는 오해로 수난을 당하기도 했지만 이내 그 진상이 알려져 편안한 일생을 마친다. 그러나 항일 운동을 했던 경력과는 달리 8.15 이후의 행적은 너무나 평탄한 게 약간 어색하긴 하다. 이 정도의 경력이면 8.15 후의 정국이나 사회운동에 투신하지 않을 수 없을 신분이건만 작가는 오석근에게 더 이상의 역사적인 역할을 부여하지 않는다. 이유는 '선량한 중소지주'로서만 그의 생애를 설정했기 때문일 것이다.

오 영감에게는 세 아들이 있다. 맏아들 창근은 읍내에서 지물포를 하며 자족하게 지내며, 둘째 아들 효근은 소작농 관리를 맡았다.

막내로 재주가 뛰어난 석근은 소학교 때 일인 교장 사토 료스케의 눈에 들어 그의 도움으로 서울의 중학교를 거쳐 도쿄로 유학을 갔다. 그는 사토의 딸 하루코와 사랑, 결혼을 약속한 사이가 되었지만 오 영감은 민며느리로 빈농의 딸 봉임을 맞아 들였다. 오 영감이 석근에게 민며느리 봉임과의 결혼을 강요하자 부자간에 언쟁이 벌어지는데, 이 장면은 식민지 1세대와 2세대의 역사의식의 차이를 극명하게 드러낸다.

"혼인이라니요? 제가 벌써 몇 차례나 하루코를 말씀 드렸잖아요. 아버지도 제 마음을 알고 계시잖아요."

석근의 목소리는 단호하면서 화가 묻어 있다.

"어디 여자가 없어서 상스러운 일본여자에게 마음을 빼앗겼더냐? 신학문을 한다더니 고작 연애질을 하고 있었던 게냐?"

오 영감 역시 노기 가득한 목소리가 떨려 나왔다.

"상스럽다니요? 아버지는 하루코를 보신 적도 없잖아요."

"보지 않아도 뻔하지. 왜놈들 상스러운 게 어제 오늘 일이냐."

"그래요. 그런데 그거 아세요? 조선은 그 상스러운 일본에게 패배했지요. 아버지, 일본은 강대국이에요. 일본은 이제 문명국이라고요. 장에 나가 보세요. 일본 상인들이 파는 물건들만 보아도 그들이 얼마나 앞서 있는지 알 수 있어요. 조선이 멈춰 있는 동안 일본은 성장했다는 걸 모르시나요? 세상은 변하고 있어요. 세상이 변하고 일본이 무섭게 성장하는 동안 조선이 그러지 못한 이유를 아세요? 그건 바로 아버지 같은 사람들 때문이죠. 고리타분하고 고집만 센 사람들. 눈 가리고 귀 막은 채 방안에 앉아 세상이 어떻게 변해가는지 알려고 하지도 않죠."

"그래 그 잘난 일본에서 공부했다는 놈이 이젠 부모도 못 알아보는구나. 위아래도 분간 못하는 건 사람이 아니고 짐승인 게다. 넌 머릿속에 똥만 가득 담아왔구나. 너를 보내는 것이 아니었다. 그 짐승의 나라로 보내는 것이 아니었어."

오 부자 영감은 거의 울듯이 말했다.

"저는 반드시 하루코와 혼인합니다. 하루코가 아닌 다른 처녀와 혼인하는 일은 결코 없을 겁니다."

―「석근」

이미 친일 개화파로 변신해 '조선이 일본의 일부이며 조선인 역시 당연히 일본인이라고 생각'하고 있는 오석근이 민족의식을 가지도록 만든 계기를 작가는 두 가지 원인에서 찾는다. 사토가 자기 사윗감을 다른 일본인에게 소개하고자 석근을 호출했을 때였다. 미처 방으로 들어가기 직전에 석근은 방안의 대화를 엿듣게 되었다. "어떻게 조선인 사내에게 금지옥엽 외동딸을 선뜻 내주시는 겁니까?"라는 방문객의 질문에 사토가 응대하는 말이 이어졌다. 그는 조선인도 일본인과 똑같이 대우해야 한다는 신념이었으나 막상 자기 딸 문제에서는 쉽게 허락할 수 없는 데다 집안 전체가 극력 반대였다. 그런데도 귀엽게 키운 외동딸의 황소고집은 내리 닷새 동안 단식투쟁이라 "고심 끝에 찾은 방안은 내가 그 녀석을 일본인으로 만드는 것"이었다고 사토는 말했다. 그 방법으로는 "그 녀석을 내 아들로 삼을 생각이네. 그래서 그 녀석에게 내 성을 물려줄 거야. 내 손자에게 조선인 성씨를 붙여줄 순 없질 않겠나. 그 녀석은 이제 내 아들로, 자랑스러운 대일본제국 신민으로 당당하게 살게 될 걸세."라는 것이었다. 이 말을 들은 석근은 너무나 놀랐다.

　머릿속이 하얗게 비어지며 현기증이 일어 휘청거렸다. 숱 없는 머리를 꼿꼿하게 상투 틀어올려, 눈썹 머리까지 곤두서서 호통을 치던 아버지의 모습이 떠올랐다. '아버지!' 석근은 갑자기 아버지에게, 조선에게, 그리고 사토선생과 자기 자신에게조차 몹시 부끄러워져서 차마 방문을 열지 못하고 돌아섰다. 부끄러움은 곧 분노로 변하면서 귀밑까지 붉어졌다. 석근은 황급히 대청마루를 뛰어내려와 마당을 빠져 나가려다 부엌에서 다과상을 차려 들고 막 중문을 넘어서던 하루코와 마주쳤지만 석근은 눈길 한번 주지 않고 그대로 바깥채로 나가버렸다.　　　　　　　　　　　　　　　　　　　　　－「조선, 조선인」

　이래서 석근은 일방적으로 하루코와 파혼을 감행하게 된 것이다.
　석근에게 민족의식을 깨닫게 만든 두 번째 계기는 친구 준표의 영향이다. 그 역시 '사토 료스케 교장의 도움으로 서울 상급학교에 함께 진학'한 고향 친구지만, '칼날같이 풀발이 선 흰 두루마기 차림'으로 다니며, '까마귀 같이 시커먼 양복차림'인 석근에게 '만주에서 우리 독립투사와 양민들이 대거 학살되었다는 소식'도 모르냐며 "한

때라도 자네가 나의 벗이었다는 사실이 이젠 나의 부끄러운 과거로 남을 것 같군. 우리가 앞으로 다시 볼 일은 없을 것이네."라며 절교를 선언한다. 그는 이미 사토 교장과도 의절상태로 지내고 있었다.

이에 석근은 바로 만주엘 자주 들락거리는 아버지의 안부가 염려되면서 귀향, 봉임과 결혼을 하게 된다. 그렇다고 석근이 하루코를 향한 사랑의 감정을 말끔히 청산은 못했지만 형식적이나마 봉임과는 정식 부부관계를 유지하게 되었다.

3. 만보산 사건의 민족사적인 교훈

소설은 자연스럽게 오 영감이 깊숙이 관여하고 있던 펑톈(奉天)의 설탕공장을 중심으로 전개되는 독립운동에 석근도 참여하여 친구 준표의 항일 교육사업에도 투신하는 활동으로 줄거리가 바뀐다. 소설의 무대는 고향(성환) 마을과 가장 가까운 도시 천안 등지로 확대되다가 독립운동의 성지인 만주의 길림성과 요녕성 일대로 옮겨간다. 오 영감의 집사인 박 서방 역시 만주 일대와 고향을 오가며 온갖 허드렛일을 도맡아 처리하고 있는데, 이 소설에서는 완바오산(萬寶山)사건을 매우 자상하게 부각시키고 있다.

길림성(吉林省 長春縣 三區 三姓堡)에서 1931년 7월에 일어났던 조선과 중국 두 나라의 농민 패싸움은 동북아 정세에서 매우 중요한 사건인데, 작가는 이를 역사학계의 최근 연구동향까지 참고하여 자세하게 서술하고 있다.

일제가 조선의 빈농을 만주 지역으로 이민하도록 유도한 것은 중국 침략의 교두보를 삼기 위한 포석이었다. 그들은 톈진(天津) 출신의 중국인 하오융더(郝永德)를 앞잡이로 내세워 일본 자금으로 창춘(長春)에다 장롱도전공사長農稻田公司를 설립해 불법으로 조선 농민들에게 농지를 빌려주고는 벼농사를 위해 이퉁강(伊通河) 물을 끌어오도록 보 공사를 벌렸다. 이에 중국 농민들이 분노해 분쟁이 일어나자 창춘의 일본영사관 경찰들이 노골적으로 조선 농민의 편을 들어주면서 갈등은 심화되었으나 더 확대되지는 않은 채 소강상태로 되돌아갔다. 여기서 끝날 수 있었던 이 사건을 다시 불 지핀 것은 조선일보 창춘지국장 김이삼(金利三, 본명 김영석)이었다. 그는 와세다대학 출신으로 당시 이 지역 주재 최고 기자였는데, 일본영사(다시로 시게노리, 田代重德)가 제공해 준 조선·중국인 간의 대립으로 동포들이 위험하다는 날조 정보를 본사에 타전하므로써 큰 분쟁을 일으켰다. 《조선일보》는 이를 호외로 발행하여 국내의 화교들을 테러하도록 민족감정에 불씨를 지폈고, 《동아일보》도 이에 동조했다. 무책임한 언론 때문에 조선 내 화교 사망자는 91명, 중상자는 102명(중국측은 사망 142명, 중상 546명, 행불 91명이라고 주장)에 이르렀고, 한중 관계는 위기일발에 처했다.

뭔가 미심쩍게 여겨 각계에서 진상을 조사하고자 현지로 급파했는데, 이 소설에서도 박 서방이 바로 현지로 가게 되었다.

예상대로 불과 며칠 뒤 그게 오보임이 밝혀져 한중 관계가 정상화

되자 김이삼이 그 죄책감으로 사죄와 진상을 알리는 기사를 계속 발표하자 이를 못마땅하게 여긴 일본 영사관은 경찰을 동원해 그를 암살해버렸다.

이 사건의 원인 제공자였던 중국인 하오융더(郝永德)는 사건 후 바로 체포되었으나 만주사변 후 석방, 친일에 앞장서서 호사를 누려 도조 히데키(東條英機)가 관동헌병대 사령관 겸 경무부장으로 갔을 때 그의 저택에 머물기도 했다. 전후 그는 당연히 한간汉奸으로 피체, 옥사했다.

소설에서는 박 서방이 바로 이 사건의 허상과 진상을 꿰뚫어보는데, 이런 역사적 진실을 판별하는 슬기는 지식인에 뒤지지 않게 농민들에게도 있음을 입증해준다. 그는 "조선인을 죽이지 못해 안달했던 놈들이 여기서는 왜 총을 들고 나서서 중국 놈들을 막아주는지? 이게 다 무슨 꿍꿍이가 있는 것 같다"고 봤다. "일본 놈들 하는 짓이 암만혀도 수상하단 말이여."라는 게 박 서방의 판단이었고 그건 적중했다.

《조선일보》의 오보로 "조선에서 중국인들에게 해코지를 하는 폭동"이 터져 버려 "하루아침에 터전을 잃은 중국인들이 울며불며 중국으로 도로 떠났다고 허니 나중에 우리 조선인들이 또 무슨 해코지를 당할" 염려가 되는데, 이건 필시 "우리 조선과 중국을 이간질하려는 일본 놈들의 계략"(-「덕구」 중에서)이라는 게 박 서방의 추론이었다.

박 서방만이 아니다. 펑톈 주변의 독립운동가들 모두가 "만보산사건으로 인해 조선에서까지 크게 폭동이 일어나고 화교배척 운동으로까지 불이 붙은 건 일본 경찰의 승인 없이는 불가능하다는 의견이 지배적"이었다. 따라서 이 사건의 핵심은 일본이 만주를 침략하기 위한 전초전으로 한·중 두 나라의 항일세력이 뭉치지 못하게 하려는 "일본의 계획적인 음모라는 사실"을 밝혀야 한다는 게 중론이었다.

"얼마 전 나카무라 대위 실종 사건만 해도 수상하다."라고 화두를 꺼낸 건 설탕공장을 중심으로 모인 중요 간부들이다.

나카무라 대위사건(中村震太郞 大尉事件)은 1931년 6월, 이 일군 장교가 농업기사 복장으로 변장하고는 일본인 출입 금지 구역인 대흥안령大興安嶺 지구로 군사기지 부지를 측량하러 갔다가 항일의식이 강한 장학량張學良의 군에게 피체, 총살당한 사건이다.

일본이 그 평계로 "관동군 병력을 심양(펑톈)에 집결시키고 공격 태세까지 갖추었다. 일본 스스로 그 사건을 자꾸 부풀리는 냄새가 나는 걸로 봐서 자작극이 아닐까 의심된다. 실제로 일본 내부에서도 그 효과는 커서 과격한 청년 장교들이 나까무라 대위의 위령제를 지내고 피를 뽑아 일장기를 그리는 미치광이 짓이 도쿄에서 벌어지기도 했다. 일본은 민심을 전쟁으로 몰고 가려는 눈치다."(-박서방 중에서)라고 소설에서는 서술하고 있다.

실제로 그랬다. 당시 일본의 문화 풍토는 '에로. 그로. 넌센스(エロ・グロ・ナンセンス)'라는 술어가 시사하듯이 에로틱, 그로테스

크, 넌센스 풍의 예술이 대유행이었는데, 이 사건 뒤 '에로 다음은 미리다(エロの次はミリだ)'라며 군사문화(밀리터리)로 바꾸기 시작했는데, 그 계기가 노래 〈아, 나카무라 대위(噫中村大尉)〉란 군가를 대유행시켰다.

아니나 다를까, 만보산사건이 일어난 불과 두 달 뒤 만주사변(滿洲事變, 1931.9.18.)이 터져 일본은 이 지역에다 괴뢰 만주국을 세웠고 독립운동은 점점 위축되어 갔다.

4. 독립운동의 좌우파 분열

작가는 21장부터 "만주 혁명군은 이미 중국 공산당이나 소련으로부터 물자를 보급 받고 있다."라면서 우파를 독립군, 좌파를 혁명군으로 불렀다. 이런 시대적인 변모 앞에서 오석근은 "이미 독립군 쪽으로 자금을 대주고 있기 때문에 사정"이 여의치 않았으나 "노선은 다르지만 큰 뜻은 같은 거 아니냐."라는 박 서방의 작은 아들 박근우의 설득으로 "양쪽 다 돕기로 했다." 지주의 아들 오석근은 독립군 쪽을, 혁명군 쪽은 마름의 아들 근우가 맡았다.

진짜 사회주의자로는 봉임의 남동생 지학규가 있다. 어려서 가출한 그의 경력은 이채롭다.

"집 나와게지구 개고생 하다 장사치를 만났댔시요. 장사 배운다고 석삼 년 북녘 땅을 쫓아댕기다가 국경 넘어 여기 간도까지 기어들어

왔다 말이요. 북녘 땅 구석구석 돌며 장사하다보니 내래 어느새 북
녘 말을 쓰고 있디 않갔시요? 하하…… 뭐 아직도 여기 말 저기 말
기분 따라 뒤섞여 나와요. 여기 사람 만나믄 여기 말으 하고, 저기
사람 만나믄 저기 말으 하고."

—「혁명군」

　학규는 장사치 똘마니로 다니다가 시비가 붙어 일경에 잡혔는데,
"유격대원들이 경찰서에 잠입해서리 빼내" 주었다. "싸나이 한번 사
는 거 어차피 똘마니 팔자라면 장사치 똘마니보다야 차라리 폼이나
나게 유격대 똘마니로 살아야갓다 싶었디요. 유치장에서 나오자마
자 유격대원 바짓가랑이 붙잡고 사정해서 정식으로 유격대 훈련받
아 유격대원이 되었시요. 나중에 조선혁명군으로 바뀌었지만."이라
며, "난 끝까지 우리 김일성 대장이 가시는 길만 따라 갈테야요."라
며 혁명군의 일원임에 자긍심으로 넘쳤다.
　일심동체처럼 움직였던 오석근과 박근우 사이에 미묘한 변화가
싹트기 시작한 것은 근우가 "제가 결코 벗어날 수 없는 계급사회에
묶여 있다는 걸 문득문득 느낄 때마다 화가 치밀어요."라고 계급의
식을 거론하면서였다. 이어 근우는 석근에게 "형님은 몰라요.(-중
략) 형님이 가난한 농민을 사랑하고 돕는 일은, 저나 다른 노동자 농
민들이 자기들의 생존을 위해 싸우는 것과 애초에 그 출발점부터 다
른 거예요."라며 눈빛이 달라지자 석근은 대꾸를 피한다.

"서로 다른 이해관계의 충돌은 개개인의 충돌을 낳게 되겠지요."

"자네와 나도?"

"우린 시작부터 달랐으니까요. 형님은 대대로 부자였고 저는 대대로 가난한 농민이었으니까."

근우도 마지막 말은 차마 석근을 바로 볼 수 없었는지 벽 쪽으로 외면한 채 혼잣말 하듯 웅얼거렸다. 근우가 노골적으로 적의를 보이지는 않았지만 그 말 속에 자신과 석근의 위치를 분명하게 갈라놓고 있다는 건 그대로 느낄 수 있었다.(중략) 어쩌면 이제 다시는 근우와 어릴 적 동무 사이로 돌아갈 수 없을 것 같았다.

―「부르주아와 프롤레타리아」

중국에서의 독립투쟁은 복잡하게 얽혀 있으나 이 소설은 주로 만주 지역의 활동 중 우파 계열의 일부와 좌파 중 동북항일연군東北抗日聯軍을 주목한다. 제7차 코민테른(1935)이 결정한 반제국주의 인민통일전선의 노선에 따라 1936년에 중국, 조선 연합 항일전선으로 형성된 이 조직은 1940년 이후 소련으로 가서 그 명칭을 중국은 동북항일연군 교도려敎導旅로, 소련은 국제 홍군 제88특별여단이라 불렀다.

이런 정황을 『눈물 속에 핀 꽃』에서는 "만주에서 혁명군으로 활동하던 사람들은 혈기 왕성한 만주 내의 젊은이들에 휩쓸려 함께 동북항일연군으로 소속을 옮겼다. 그러다가 이미 국경을 넘어 소련으로 도피하였던 몇몇 중국인들과 조선인들과 합하여 소련군 소속의 보병여단에 들어가게 되었다. 소속은 소련군 소속이었지만 동북항일연군의 편제를 유지하였기 때문에 여전히 동북항일연군 교도려東北抗日聯軍敎導旅라 불렸다."라고 썼다.

박근우와 지학규는 그들이 따르는 김일성의 존재를 알고 있다. 둘은 소련 체험을 통해 다시 이념적으로 갈라진다. 근우는 "이미 수년 전에 소련으로 도피한 몇몇 사람들 중에도 드러나게 항일투쟁을 한 일이 없고 오직 소련식 군사훈련을 받으며 편하게 지내는데 맛이 들렸다."면서, "진짜 김일성이 아닌 김일성 행세를 하는 가짜일지도 모른다는 말까지 들린다."는 등 회의론자로 변하나, 학규는 "그런 소리를 하고 다니는 놈은 그 주둥이를 쭉 찢어놓겠다." 라며 격분한다.
—「절망」

8.15 후 민족분단의 비극을 예고하는 장면이다.

5. 바람꽃 여인의 행복론

작가는 8.15 직후 김일성의 활동에 대해서 근우의 시선에 입각해서 비판적으로 서술하면서 학규와는 다른 자세임을 명확히 밝혀준다. 그런 가운데 모스크바 3상회의에서의 신탁통치 문제가 제기되면서 근우의 태도는 확고해져 학규를 설득해 함께 고향인 남쪽으로 가자고 권유하나 그는 오히려 근우을 변절자로 취급하여 둘은 결별한다.

이 시기의 역사 인식에서 중요한 사실은 러시아는 탁치, 미국은 독립을 주장했다는 종래의 설이다. 그 반대로 소련은 완전 독립, 미국은 탁치를 주장했음을 역사학계가 밝힌 지는 이미 오래인데, 이 엄연한 역사적인 사실을 거꾸로 뒤집어 반소. 반공 노선으로 남한의 다수 국민을 속인 것은 《동아일보》의 날조 기사 때문이었고, 이 소설도 그런 주장을 따르고 있다.

어쨌든 근우는 월남했고 학규는 북에 머문 채 한국전쟁이 발발했고, 보도연맹으로 억울한 희생이 따르는 등 나라는 온통 통곡으로 가득찼다. 이런 와중에서 봉임은 기독교 신자가 되고, 세상은 서서히 3세들, 석근과 봉임의 자녀 세대로 바뀌어간다.

이 부부 사이에는 5남매가 태어났으나 큰딸 오혜환과 큰아들 찬환은 한국전쟁 중 인민군에 의하여 총살당했다. 차남 오준환은 미국에서 연구교수 제안을 받아 현실도피책으로 도미, 미국인 아내(로리)를 얻는다. 결국 3남인 오승환이 실질적인 장남 역할을 수행하면서 불만이 많고, 막내 딸 은환은 아버지의 부재로 부정을 느끼지 못한 채 성장했으며, 어머니를 냉대하는 오빠들의 태도가 마음에 들지 않았지만 그렇다고 딸인 자신이 나서서 어머니를 모시기도 어려운 처지다.

일본 유학생 출신의 남편 석근은 식민지 시대 때는 독립운동으로 떠돌다가 8.15후에는 정착하는가 싶었으나 한국전쟁 중 위기에 처한 여인(정란)을 구해주면서 유학시절에 사랑했던 하루코의 모습을 발견하고 그녀를 첩실로 삼아 대전에다 살림을 차려 살면서 아들 오민환을 얻는다. 첩살이를 하던 석근은 죽음에 임박해서야 봉임에게 돌아가 최후를 마쳤고, 정란도 죽자 봉임은 친아들 대신 민환과 만년을 보내다가 세상을 하직한다.

아무리 찬찬히 읽어봐도 여주인공 지봉임의 일생은 파란만장과 불행의 연속임을 부인하기 어렵다. 민며느리, 일녀를 사랑한 남편의 냉대, 독립운동에 헌신한 남편, 첩실과 동거한 남편, 죽음에 임박해서야 곁으로 돌아온 남편, 자식들도 어머니에 대해 불만, 첩의 아들과 노년의 여생을 함께한 지봉임의 일생은 한국문학에 숱하게 등장한 여느 여인과 마찬가지로 한 많은 삶이었다.

그런데 작가는 그녀로 하여금 그 불행한 모든 순간순간을 긍정적으로 수용하면서 불행과 분노를 도리어 행복으로 바꿔버리는 슬기를 가진 인간상으로 형상화했다. 그녀의 행복론은 온갖 궂은 고통속에서도 자신을 그런 구렁텅이로 빠트린 상대를 원망하기는커녕 이해하고 온갖 정성을 다해 그 상대의 소망이 잘 이뤄주기를 빌어준다는 희생적인 자세였다. 남편의 외도와 직면하고서도 그녀는 의연했고, 딴살림을 차려도 마찬가지였을 정도가 아니라 첩실과 그녀가 낳은 자식에게조차도 충정어린 사랑과 보살핌을 베풀었다. 그 단적인 예가 남편의 첩이 낳은 아들 민환에게 "민환아, 불쌍한 늬 엄니 아껴드려라. 늬 엄니 헌티 너 밖에 더 있것니."라며 보살펴 준다.

이런 선량한 심성의 바탕이야말로 그녀가 진정한 행복을 얻을 수 있는 비결일 것이다. 따라서 남들이 볼 때에는 참담한 사건인 데도

도리어 그걸 수용하여 사랑을 베풀어 줌으로써 그녀는 행복할 수 있었다. 일상 속의 행복 찾기를 극명하게 그린 장면은 모처럼 날이 좋은 날 "봉임은 생각난 듯이 식구들 이불호청을 죄 뜯어서 종종이를 앞세워 개울"로 가서 빨래를 하는 장면이다.

물가 너른 바위에 앉아 힘차게 빨래 방망이질로 호청을 빨고 흐르는 물에 깨끗이 헹궈내니 마음까지 개운하다. 기분이 한껏 좋아진 봉임은 공연히 이불호청을 흔들어 헹구는 종종에게 물방울을 뿌리며 어린아이같이 웃는다. 햇살 아래 반짝이는 물방울에 종종이도 덩달아 까르르 웃음을 터뜨렸다. 따스한 바위 위에 빨래를 펼쳐놓고 다 큰 여자 둘이 눈부신 햇살 아래 물방울을 튀기며 물장난을 쳤다. 덕분에 그동안 무거운 집안 분위기에 가라앉았던 기분이 싹 가셨다. 봉임이 풀 먹인 이불호청을 햇살 좋은 안마당 빨랫줄에 하나씩 걸쳐 반듯하게 너는데 바람에 흔들리는 빨래자락 밑으로 누군가의 발이 보였다. 너울거리는 홑이불 사이로 기웃 고개를 내밀어보니 그곳에 박 서방 댁이 서 있다.

-「좋은 날」

그녀의 행복 찾기에서 뭉클한 장면은 얼마든지 있으나 단연 그 절정은 첩과 살던 남편이 병들어 죽음에 임박했을 때 본가로 가고 싶다고 하자 자식들의 반대를 단칼에 잘라버리곤 모셔와 정성을 다 해

간호하며 행복을 만끽하는 순간일 것이다. 지면 관계상 인용은 못하지만 이 장면은 박경리의 『토지』에서 월선의 죽음 앞에서 용이와 나눈 대화를 연상케 해준다.

봉임의 장례식이다. 화사한 햇살에 날도 좋은 데다 그녀가 사랑했던 모든 사람들이 한자리에 모여 그녀를 보내는 아름다운 날이다. 미국에서 온 실질적인 장남 준환이 원수처럼 대했던 첩실의 아들 민환과 어느새 어머니 봉임의 영향을 받아 다정해졌다.

외손녀 잎새와 준환의 대화가 이 소설의 마지막 장면이다.

바람꽃이 피고 나면 봄이 온 거야. 그때부터 세상이 따뜻해지지. 바람에 쉬이 흔들리고 꺾일 것 같이 여리고 작은 꽃이지만 그렇지 않아. 바람꽃은 칼바람에도 맞서 싸우면서 크는 매우 강인한 꽃이지. 그렇지만 바람꽃이 아무 데나 막 피는 그런 꽃은 아니야. 아주 고고한 꽃이기도 해. 꽃피는 기간이 짧고 그 수가 적어 사람들 눈에 잘 띄지 않아. 그러니 사람들은 그 꽃이 얼마나 아름다운지, 또 얼마나 생명력이 강한 꽃인지 잘 알지 못하지. 바람꽃은 찬바람을 피해 햇살이 좋을 때만 꽃잎을 활짝 피운다.

―「바람꽃의 노래」

눈물 속에 핀 꽃

초판 1쇄 인쇄일 • 2020년 6월 20일
초판 1쇄 발행일 • 2020년 6월 25일

지은이 • 장은아
펴낸이 • 임성규
펴낸곳 • 문이당

등록 • 1988. 11. 5. 제 1-832호
주소 • 서울시 성북구 동소문로 65-2 삼송빌딩 5층
전화 • 928-8741~3(영) 927-4990~2(편)
팩스 • 925-5406

ⓒ 장은아, 2020

전자우편 munidang88@naver.com

ISBN 978-89-7456-528 - 2 03810